Spannung und psychologische Durch-
dringung sind die Markenzeichen der
1920 in Oxford geborenen englischen
Autorin P. D. James (Pseudonym für
P. D. White), der man immer wieder
bestätigt, nicht nur höchst
erfolgreich auf den Spuren ihrer
Vorbilder Dorothy Sayers und
Agatha Christie zu wandeln,
sondern das Genre des klassischen
englischen Detektivromans um eine
neue, eigene Qualität bereichert
zu haben. Ihre Bücher wurden
mehrfach preisgekrönt, so u. a. mit
dem Silver Dagger der Crime
Writers Association für den
vorliegenden Roman und dem
Edgar-Allen-Poe-Preis für
»Tod im weißen Häubchen« (1971).
Ihre bekanntesten Romane, wie
»Ein Spiel zuviel« (1962), »Ein
reizender Job für eine Frau« (1972),
»Tod eines Sachverständigen« (1977)
und »Ihres Vaters Haus« (1980),
wurden in den USA und
Großbritannien verfilmt. Der Roman
»Der Beigeschmack des Todes« (1986)
ist ihr bisher letztes Buch.

# P. D. JAMES

# Der schwarze Turm

Kriminalroman

Aus dem Englischen von
Doris Kornau
und Alexandra Wiegand

VERLAG VOLK UND WELT
BERLIN

ISBN 3-353-00569-2

1. Auflage
Lizenzausgabe des Verlages Volk und Welt, Berlin 1989
für die Deutsche Demokratische Republik
L. N. 302, 410/107/89
Copyright © 1982/1984 by Rowohlt Verlag GmbH,
Reinbek bei Hamburg
Originalausgabe: *The Black Tower*, erschienen im Verlag
Faber and Faber, London 1975
Copyright © 1975 by P. D. James
Printed in the German Democratic Republic
Einbandentwurf: Klaus Müller
Satz, Druck und Einband: Karl-Marx-Werk Pößneck V 15/30
LSV 7324
Bestell-Nr. 649 073 8

00700

# Vorbemerkung

Verehrer von Dorset werden mir,
wie ich hoffe, die Freiheiten
nachsehen, die ich mir mit der
Topographie ihrer schönen Grafschaft
erlaubt habe. Insbesondere erbitte ich
Vergebung für die verwegene
Errichtung meiner beiden
Absurditäten »Gut Toynton«
und »Der schwarze Turm« an der
Küste von Purbeck. Man wird mit
Erleichterung zur Kenntnis nehmen,
daß ich zwar die Landschaft leihweise
übernommen habe, daß jedoch die
Personen frei erfunden sind und
keinerlei Ähnlichkeit mit Lebenden
oder Toten geltend machen können.

# 1. KAPITEL
## Das widerrufene Todesurteil

Die letzte Visite des behandelnden Arztes stand bevor, und Dalgliesh hegte den Verdacht, daß keiner von ihnen beiden dies bedauerte. Arroganz und gönnerhaftes Verhalten auf der einen, Schwäche, Dankbarkeit und Abhängigkeit auf der anderen Seite waren nun einmal keine Grundlage für eine befriedigende Beziehung zwischen Erwachsenen, sei sie auch noch so flüchtig. Angeführt von der Schwester und gefolgt von seinem Hofstaat betrat er Dalglieshs kleines Krankenhauszimmer, bereits gekleidet für die elegante Hochzeit, die er am späten Vormittag durch seine Anwesenheit zieren sollte. Fast war man versucht, ihn für den Bräutigam zu halten, hätte er nicht eine rote Rose anstatt der üblichen Nelke getragen. Er und die Blume wirkten beide wie auf Hochglanz poliert, als wären sie in Geschenkpapier verpackt und gefeit gegen zufällige Windstöße, Kälteeinbrüche und unsanfte Finger, die weniger hohen Graden der Vollkommenheit hätten gefährlich werden können. Als abschließende Note waren er und die Blume mit einem teuren Duftwasser besprüht worden. Dalgliesh roch es durch den Krankenhausmief von Kohl und Äther hindurch, an den sich seine Nase in den vergangenen Wochen so gewöhnt hatte, daß sie ihn kaum noch registrierte. Die Medizinstudenten gruppierten sich um das Bett. Mit ihrem langen Haar und den kurzen weißen Mänteln wirkten sie wie eine Schar nicht ganz gesellschaftsfähiger Brautjungfern.

Dalgliesh wurde von den geschickten, unpersönlichen Händen der Schwester für eine erneute Untersuchung entkleidet. Die kalte runde Fläche des Stethoskops glitt über seine Brust, seinen Rücken. Zwar war diese abschließende Untersuchung nur eine Formalität, dennoch ließ es der Arzt wie immer nicht an Gründlichkeit fehlen; nichts, was er tat, geschah mechanisch. Auch wenn seine ursprüngliche Diagnose sich in diesem Fall als falsch erwiesen hatte, war er doch zu sehr von sich eingenommen, um es für nötig zu befinden, mehr als eine symbolische Entschuldigung zu äußern. Er richtete sich auf und sagte: »Der neueste Bericht der Pathologie liegt vor, und diesmal dürfen wir wohl sicher sein, daß wir es richtig getroffen haben. Der zytologische Befund war ja von Anfang an undeutlich, und die Diagnose war noch erschwert durch die Pneumonie. Aber es ist keine akute Leukämie, es ist auch keine andere Form von Leukämie. Wovon Sie – glücklicherweise – genesen, ist eine atypische Mononukleose. Ich gratuliere Ihnen, Kommissar. Sie hatten uns einen schönen Schrecken eingejagt.«

»Ich war lediglich ein interessanter Fall für Sie. Der Schrecken war ganz auf meiner Seite. Wann kann ich fort von hier?«

Der große Mann lachte und lud sein Gefolge mit einem Lächeln ein, seine Nachsicht zu teilen angesichts dieses erneuten Beispiels eines undankbaren Rekonvaleszenten. Dalgliesh warf hastig ein: »Vermutlich brauchen Sie das Bett.«

»Wir brauchen immer Betten. Trotzdem – es besteht kein Grund zu übermäßiger Eile. Sie haben noch ein gutes Stück Weg vor sich. Aber wir wollen sehen. Wir wollen sehen.«

Nachdem sie gegangen waren, blieb er flach auf dem Rücken liegen und ließ den Blick umherwandern, als sähe er den Raum zum erstenmal. Das Waschbecken mit den Wasserhähnen, die mit den Ellbogen bedient werden konnten, der schmucke funktionelle Bettisch mit dem abgedeckten Wasserkrug, die beiden kunstlederbezogenen Besucherstühle, die an ihrer gekräuselten Schnur in Reichweite über ihm baumelnden Kopfhörer, die Vorhänge mit ihrem dezenten Blumenmuster, der kleinstmöglichen Einheit guten Geschmacks. Er hatte damit gerechnet, nach einem letzten Blick auf diese Dinge, die Augen für immer zu schließen. Ein kärglicher, unpersönlicher Ort zum Sterben, so wollte ihm scheinen. Gleich einem Hotelzimmer war auch dieses hier für Durchreisende bestimmt. Gleichgültig, ob die Besucher es auf eigenen Beinen oder, mit einem Laken bedeckt, auf einer Totenbahre verließen, nichts blieb von ihnen zurück, nicht einmal die Erinnerung an ihre Furcht, ihr Leiden und ihr Hoffen.

Sein Todesurteil war ihm, wie das seiner Vermutung nach in solchen Fällen die Regel zu sein pflegte, mitgeteilt worden durch ernste Blicke, eine gewisse falsche Herzlichkeit, geflüsterte Beratungen, ein Übermaß an klinischen Tests und – bis er auf einer klaren Auskunft bestanden hatte – den Unwillen, eine Diagnose oder Prognose zu stellen. Als das Todesurteil dann mit sehr viel weniger Brimborium widerrufen wurde, nachdem die schlimmsten Tage der Krankheit vorüber waren, hatte ihn das erst richtig von den Füßen gehoben. Es zeugte nach seinem Dafürhalten von einer gehörigen Portion Leichtsinn, wenn nicht gar Fahrlässigkeit seitens der Ärzte, ihn erst so gründlich mit dem Gedanken an den Tod vertraut zu machen und dann ihre Meinung zu ändern. Es war ihm jetzt peinlich, sich ins Gedächtnis zurückzurufen, mit welch geringem Bedauern er sowohl von seiner Arbeit wie von seinen Vergnügungen innerlich Abschied genommen hatte, sobald der drohende Verlust ihm diese Dinge als das enthüllt hatte, was sie waren: bestenfalls eine Vergeudung von Zeit und Energie. Nun mußte er sie sich wieder zu eigen machen und an ihre Wichtigkeit zumindest für ihn selbst glauben. Er bezweifelte, daß er sie jemals wieder als wichtig für andere würde erachten können. Wahrscheinlich würde sich, mit zurückkehrender Kraft, all dies von selbst wieder einfinden. Nach Ablauf einer gewissen Zeit würde das physische Leben sich erneut behaupten. Er würde, in Ermangelung einer Alternative, sich mit dem Gedanken, weiterleben zu müssen, anfreunden, jenen perversen Anfall von Unmut und Apathie einfach seinem damaligen geschwächten Zustand zuschreiben und zu der

Überzeugung gelangen, daß er von Glück sagen konnte, noch einmal davongekommen zu sein. Seine Kollegen würden ihm mit neugewonnener Unbefangenheit gratulieren. Sex war als das große unantastbare Thema durch den Tod abgelöst worden, und dieser hatte eine spezielle Art von Peinlichkeit angenommen: zu sterben, ehe man zu einer lästigen Plage geworden war und die eigenen Freunde mit Recht die Litanei von der »goldenen Erlösung« anstimmen konnten, war der Gipfel der Geschmacklosigkeit.

Gegenwärtig aber war er sich nicht sicher, ob er sich wieder mit seiner Arbeit würde anfreunden können. Nachdem er sich mit seiner Rolle als Zuschauer – und bald nicht einmal mehr Zuschauer – abgefunden hatte, fühlte er sich nun schlecht gerüstet, auf das lärmende Spielfeld der Welt zurückzukehren; doch wenn es sein mußte, war er gesonnen, dort einen weniger gewalttätigen Platz für sich ausfindig zu machen. Es war dies nicht etwas, worüber er bewußt und eingehend nachgedacht hatte; dazu hatte er keine Zeit gehabt. Es war mehr eine Überzeugung als eine Entscheidung. Die Zeit für einen Richtungswechsel war gekommen. Strafverfolgungsbestimmungen, Totenstarre, Verhöre, der Anblick von verwesendem Fleisch und zerschmetterten Knochen, das ganze blutige Geschäft der Menschenjagd, er hatte genug davon. Es gab andere Dinge, mit denen er seine Zeit ausfüllen konnte. Er war sich noch nicht sicher, welcher Art diese Dinge waren, aber er würde es herausfinden. Über Wochen Rekonvaleszenz lagen vor ihm, genügend Zeit, um eine Entscheidung zu formulieren, sie gründlich zu überdenken und sie vor sich selbst und, schwieriger noch, gegenüber dem Hauptkommissar zu rechtfertigen. Der Zeitpunkt war schlecht, dem Yard den Rücken zu kehren. Sie würden ihm Fahnenflucht vorwerfen. Aber andererseits würde der Zeitpunkt immer schlecht sein.

Er war sich nicht klar darüber, ob diese Desillusion seiner Arbeit gegenüber ausschließlich von seiner Krankheit, der heilsamen Mahnung an den unvermeidlichen Tod, herrührte oder ob sie Symptom eines grundlegenden Unbehagens war, jener Etappe um die Lebensmitte, gekennzeichnet durch wechselnde Phasen tiefer Windstille und unberechenbarer Fallböen, wenn man erkennt, daß aufgeschobene Hoffnungen nun nicht mehr verwirklicht werden können, nicht angelaufene Häfen dem Auge für immer entzogen bleiben werden, daß es möglicherweise falsch war, diese Reise oder andere vor ihr unternommen zu haben, und daß man nicht einmal mehr zu Schiffskarten und Kompaß Vertrauen hat. Mehr als nur seine Arbeit dünkte ihn jetzt nichtssagend und unbefriedigend. Schlaflos, wie sicherlich schon viele Patienten vor ihm, lag er in dem öden, unpersönlichen Raum, beobachtete, wie die Scheinwerfer vorbeifahrender Autos über die Decke huschten, lauschte den gedämpften Lauten des nächtlichen Krankenhauslebens und zog die entmutigende Bilanz seines Lebens.

Der Kummer über den Tod seiner Frau, seinerzeit so aufrichtig, so tief empfunden – wie bequem war es dann später, daß man sich durch die eine persönliche Tragödie von der Verpflichtung zu neuen Gefühlsbindungen freigesprochen fühlen durfte. Seine Liebesaffären – so auch die, welche ihm gegenwärtig hin und wieder einen Bruchteil seiner Zeit und etwas mehr an Energie abverlangte – pflegten sporadisch, zivilisiert, angenehm und frei von allen Verwicklungen abzulaufen. Es verstand sich von selbst, daß er zwar über seine Zeit nie völlig frei verfügen konnte, sehr wohl aber über sein Herz. Die Frauen waren emanzipiert. Sie hatten einen interessanten Beruf, eine hübsche Wohnung und wußten sich mit dem zu begnügen, was sie bekommen konnten. Emanzipiert hatten sie sich auch von jenen chaotischen, einengenden und zerrüttenden Gefühlen, die das Leben anderer Frauen beherrschten. Was, so fragte er sich, hatten jene befristeten Begegnungen, bei denen beide Beteiligten wie ein Paar verspielter Katzen nur auf sinnlichen Genuß ausgingen, mit Liebe zu tun, mit unaufgeräumten Schlafzimmern, ungespültem Geschirr, Babywindeln, mit dem warmen, intimen, klaustrophobischen Leben in Ehe und Bindung? Sein schwerer Verlust, sein Beruf, seine Lyrik, alles hatte dazu herhalten müssen, seine Einsiedlerrolle zu rechtfertigen.

Seine Liebschaften hatten immer mehr Verständnis gezeigt, wenn er sein Gedichteschreiben als Ausflucht ins Treffen führte, als wenn er auf das Andenken seiner toten Frau pochte. Sie hatten wenig Respekt vor Gefühlen, hingegen eine übertriebene Achtung vor der Kunst. Und das Schlimmste – oder vielleicht das Beste – war die Tatsache, daß er sich jetzt nicht mehr ändern konnte und daß es auch gar nicht darauf ankam. Es war vollkommen belanglos. In den letzten fünfzehn Jahren hatte er keinem Menschen absichtlich weh getan. Es kam ihm nun plötzlich in den Sinn, daß man nichts Abwertenderes über einen Menschen sagen konnte. Wenn sich denn schon an alldem nichts ändern ließ, so ließ sich wenigstens seine berufliche Situation ändern. Zunächst jedoch mußte er seiner persönlichen Verpflichtung nachkommen, einer Verpflichtung, der er sich mit perverser Erleichterung durch den Tod entbunden geglaubt hatte. Nun hatte ihm der Tod diesen Gefallen nicht getan. Auf den Ellbogen gestützt, griff er hinüber ins Schubfach seines Schrankes, entnahm ihm Pater Baddeleys Brief und las ihn zum erstenmal aufmerksam durch. Der alte Mann mußte jetzt fast achtzig sein; schon damals war er nicht jung gewesen, als er vor dreißig Jahren zum erstenmal als Kaplan zu Dalglieshs Vater in das Dorf in Norfolk gekommen war, schüchtern, erfolglos, aufreizend unfähig, wirr in allen Dingen außer denjenigen, auf die es ankam, in allem jedoch seinem eigenen kompromißlosen Charakter treu. Dies war erst der dritte Brief, den Dalgliesh jemals von ihm erhalten hatte. Er trug das Datum vom 11. September.

Mein lieber Adam,
    ich weiß, daß Du sehr viel zu tun haben mußt, dennoch würde ich einen Besuch von Dir sehr begrüßen, da eine Angelegenheit vorliegt, deretwegen ich gerne Deinen fachmännischen Rat in Anspruch nehmen würde. Es ist eigentlich nicht besonders dringend, nur scheint mein Herz früher aufzugeben als mein übriges Ich, so daß ich nicht zu vertrauensvoll an morgen denken sollte. Ich bin jeden Tag hier anzutreffen, aber vielleicht würde Dir ein Wochenende am besten passen. Damit

Du weißt, was Dich erwartet, sollte ich Dir noch mitteilen, daß ich Kaplan von »Gut Toynton«, einem Privatsanatorium für junge Invaliden, bin und dank der Freundlichkeit des Leiters Wilfred Anstey in »Haus Hoffnung« wohne, hier auf dem Gelände. Für gewöhnlich nehme ich meine Mittags- und Abendmahlzeiten im Gutshaus ein, vielleicht wäre Dir das aber nicht recht, und es würde natürlich auch unsere gemeinsame Zeit verkürzen. Daher werde ich meinen nächsten Besuch in Wareham dazu benutzen, einen Proviantvorrat anzulegen. Ich habe einen kleinen Nebenraum, in den ich umsiedeln kann, so daß Du hier ein eigenes Zimmer haben wirst.

Könntest Du mir eine Karte schicken, um mir mitzuteilen, wann Du eintreffen wirst? Ich habe kein Auto, aber für den Fall, daß Du mit der Eisenbahn kommst, ist William Deakins Autoverleih, etwa fünf Minuten vom Bahnhof entfernt (das Bahnhofspersonal wird Dir den Weg beschreiben), sehr verläßlich und auch nicht teuer. Die Busse von Wareham verkehren ziemlich selten und fahren nur bis zum Dorf Toynton. Anschließend muß man eineinhalb Meilen zu Fuß zurücklegen, was bei schönem Wetter ganz angenehm ist, was Du Dir aber möglicherweise am Ende einer langen Reise ersparen möchtest. Falls nicht, habe ich Dir auf der Rückseite dieses Briefes eine Karte aufgezeichnet.

Die Karte war zweifellos geeignet, jeden in Verwirrung zu stürzen, dem die Publikationen des Staatlichen Vermessungsamtes mehr zu sagen wußten als etwa eine Seekarte des frühen siebzehnten Jahrhunderts. Die Wellenlinien sollten vermutlich das Meer versinnbildlichen. Nach Dalglieshs Gefühl fehlte nur noch ein spritzender Wal. Die Bushaltestelle in Toynton war deutlich markiert, die von ihr wegführende zittrige Linie wand sich jedoch ziellos und kurvenreich vorbei an einer Vielfalt von Feldern, Schranken, Gasthäusern und Unterholz, gekennzeichnet durch dreieckige, gezackte Tannen, zog sich zuweilen in sich selbst zurück, da Pater Baddeley erkannt hatte, daß er, bildlich gesehen, vom Weg abgekommen war. Ein winziges, phallisches Symbol an der

Küste, anscheinend als Orientierungspunkt mit aufgenommen, da es weit abseits der markierten Strecke lag, trug die Beschriftung »Der schwarze Turm«. Die Karte berührte Dalgliesh auf ähnliche Weise, wie die erste Zeichnung eines Kindes einen nachsichtigen Vater anmuten mochte. Er fragte sich, in welche Abgründe der Schwäche und Abgestumpftheit er gesunken sein mußte, um von ihrem Reiz bisher nichts gespürt zu haben. Er tastete in der Schublade nach einer Postkarte und schrieb in kurzen Worten, daß er Montag, den 1. Oktober, am frühen Nachmittag mit dem Auto eintreffen werde. Das würde ihm genug Spielraum lassen für seine Entlassung aus dem Krankenhaus und die Rückkehr in seine Wohnung in Queenhythe, wo er die ersten paar Tage der Rekonvaleszenz zu verbringen gedachte. Er unterschrieb die Karte lediglich mit seinen Initialen, versah sie mit dem Stempel für Briefpost und lehnte sie an seinen Wasserkrug, um nicht zu vergessen, eine der Schwestern um den Gefallen zu bitten, sie aufzugeben.

Eine weitere kleine Verpflichtung wartete auf ihn, und zwar eine, der er sich weniger gewachsen fühlte. Sie hatte jedoch noch Zeit. Er mußte Cordelia Gray besuchen oder ihr schreiben und ihr für die Blumen danken. Er wußte nicht, wie sie von seiner Krankheit erfahren hatte, es sei denn durch Freunde bei der Polizei. Bernie Prydes Detektivagentur zu führen, falls diese nicht inzwischen ihren Geist aufgegeben hatte, wie es allen juristischen und finanziellen Gesetzen zufolge eigentlich der Fall sein müßte, bedeutete wahrscheinlich, daß sie mit einigen Polizisten in Verbindung stand. Er glaubte auch, daß eine Randnotiz über seine unzeitige Krankheit in den Londoner Abendzeitungen erschienen war, im Zusammenhang eines Berichts über die jüngsten Verluste in den höheren Rängen des Yards.

Es war ein kleines, mit Bedacht zusammengestelltes Bouquet gewesen, so individuell wie Cordelia selbst, ein bezaubernder Gegensatz zu seinen anderen Geschenken, die sich zusammensetzten aus Treibhausrosen, übergroßen Chrysanthemen, die zottig wie Staubwedel waren, unecht wirkenden Frühlingsblumen und künstlich aussehenden Gladiolen, starr auf ihren faserigen

Stengeln thronende rosa Plastblumen, die nach Anästhetika rochen. Sie mußte kürzlich in einem Garten irgendwo auf dem Land gewesen sein; er fragte sich, wo das wohl gewesen war. Unlogischerweise fragte er sich auch, ob sie genug zu essen bekam, verwarf diesen lächerlichen Gedanken jedoch sofort. Es waren, so erinnerte er sich deutlich, silberne Scheiben von Mondviolen gewesen, drei kleine Zweige Winterheidekraut, vier Rosenknospen, nicht die verkümmerten, fest geschlossenen Winterknospen, sondern Kaskaden von Gelb und Orange, zart wie die ersten Sommerknospen, außerdem liebliche Sprößlinge frei blühender Chrysanthemen, organgerote Beeren, in der Mitte eine strahlende Dahlie wie ein Juwel, das ganze Bouquet umgeben von den grauen, pelzigen Blättern, die er aus seiner Kindheit als Kaninchenohren in Erinnerung hatte. Es war eine rührende und sehr »junge« Geste gewesen, wie sie niemals von einer älteren oder mondäneren Frau ausgegangen wäre. Der Strauß war lediglich mit einer kurzen Notiz versehen gewesen, daß sie von seiner Krankheit gehört hätte und ihm die Blumen übersende, um ihm gute Besserung zu wünschen. Er mußte sie besuchen oder ihr schreiben und ihr persönlich danken. Das Telefongespräch, das eine der Schwestern auf seine Bitte hin mit der Agentur geführt hatte, genügte nicht.

Aber das und andere, grundlegendere Entscheidungen konnten warten. Zunächst mußte er Vater Baddeley aufsuchen. Seine Zusage entsprang nicht allein einem Gefühl der Verpflichtung oder Freundschaft. Er entdeckte vielmehr, daß er sich, trotz gewisser absehbarer Schwierigkeiten und Peinlichkeiten, auf ein Wiedersehen mit dem alten Priester freute. Er hatte nicht die Absicht, sich durch Pater Baddeley, so unbewußt dies von dessen Seite auch geschehen mochte, wieder zu seinem Beruf bekehren zu lassen. Wenn es sich – was er bezweifelte – tatsächlich um eine Sache handeln sollte, für die die Polizei zuständig war, so könnte die Polizei von Dorset den Fall übernehmen. Und wenn das freundliche sonnige Frühherbstwetter anhielt, würde Dorset ein ebenso angenehmer Ort für eine Rekonvaleszenz sein wie irgendein anderer.

Doch der makellos weiße, längliche Gegenstand, der an seinen Wasserkrug gelehnt stand, wirkte auf merkwürdige Weise eindringlich. Er fühlte seinen Blick magisch von ihm angezogen, als wäre er ein unwiderlegbares Symbol, die schriftliche Aufhebung seines Todesurteils. Er war froh, als die Stationsschwester, die gekommen war, ihm mitzuteilen, daß ihr Dienst zu Ende sei, den Brief zur Post mitnahm.

# 2. KAPITEL

# Der Tod eines Priesters

## 1

Elf Tage später, immer noch schwach und gezeichnet von Krankenhausblässe, jedoch auf Grund des trügerischen Wohlbefindens des Rekonvaleszenten in euphorischer Stimmung, verließ Dalgliesh kurz vor Tagesanbruch seine Wohnung hoch über der Themse in Queenhythe und fuhr in südwestlicher Richtung aus London hinaus. Zwei Monate vor Ausbruch seiner Krankheit hatte er sich zwar widerwillig, aber endgültig von seinem altersschwachen Cooper Bristol getrennt und fuhr jetzt einen Jensen Healey. Er war froh, daß der Wagen eingefahren war und daß er sich schon beinahe mit dem Wechsel abgefunden hatte. Ein neues Leben symbolisch mit einem völlig neuen Auto zu beginnen wäre zu banal gewesen. Er hatte lediglich einen Handkoffer und einige Picknickutensilien samt Korkenzieher im Kofferraum verstaut und einen Band Gedichte von Hardy, den *Return of the Native* und einen *Newman and Pevsner-Führer zu den Bauwerken von Dorset* in seine Tasche gesteckt. Er plante einen Erholungsurlaub mit vertrauten Büchern, einem kurzen Besuch bei einem alten Freund als Ziel seiner Reise, einer Reiseroute, die der jeweiligen Tageslaune entsprach und die sowohl vertraute als auch neue Landschaft bot, ja sogar mit dem zweckdienlichen Ärgernis eines persönlichen Problems als Rechtfertigung für Alleinsein und genußsüchtigen Müßiggang. Es irritierte ihn, als er bei einem letzten Blick über seine Wohnung feststellte, daß seine Hand unwillkürlich nach sei-

17

ner Spurensicherungsausrüstung griff. Er konnte sich nicht erinnern, wann er zum letztenmal ohne sie unterwegs gewesen war, selbst im Urlaub hatte er sie immer mitgenommen. Sie jetzt zurückzulassen war jedoch die erste Bestätigung eines Entschlusses, den er hin und wieder im Verlauf der nächsten vierzehn Tage pflichtschuldigst überdenken würde, von dem er jedoch in seinem Innersten wußte, daß er unumstößlich feststand.

Er erreichte Winchester noch rechtzeitig für ein spätes Frühstück in einem Hotel im Schatten der Kathedrale, verbrachte die nächsten zwei Stunden mit der Wiederentdeckung der Stadt, bevor er schließlich über Wimborne Minster nach Dorset fuhr. Er fühlte einen Widerwillen in sich aufsteigen bei dem Gedanken, jetzt schon ans Ende seiner Reise zu gelangen. Also fuhr er auf Umwegen, beinahe ziellos, in nordwestlicher Richtung nach Blandford Forum, kaufte dort eine Flasche Wein, gebutterte Brötchen, Käse und Obst für das Mittagessen sowie einige Flaschen Amontillado für Pater Baddeley und trödelte dann südostwärts durch die Winterbourne-Dörfer und Wareham nach Corfe Castle.

Die eindrucksvolle Ruine, Symbol des Mutes, der Grausamkeit und des Verrätertums, hielt Wacht in der Vertiefung auf dem Kamm der Purbeck-Hügel, wie schon seit tausend Jahren. Beim Verzehren seines einsamen Picknicks merkte Dalgliesh, wie sein Blick immer wieder zu den schroffen, mit Schießscharten bewehrten Mauerresten schweifte, die sich hoch gegen den sanften Himmel abzeichneten. Als hielte ihn etwas davon ab, sich aus ihrem Schatten zu entfernen und die Einsamkeit dieses friedlichen, anspruchslosen Tages zu beenden, verbrachte er einige Zeit in dem morastigen Buschland mit der erfolglosen Suche nach Sumpfenzianen, bevor er sich zu den letzten fünf Meilen seiner Reise aufraffte.

Dorf Toynton: ein langgestrecktes Band von terrassenförmig ansteigenden kleinen Häusern, deren Steindächer in der Nachmittagssonne glänzten; ein nicht allzu malerisch anmutendes Gasthaus am Dorfende; ein Durchblick auf einen uninteressanten Kirchturm. Nun stieg die von einer niedrigen Steinmauer gesäumte

Straße zwischen vereinzelten Tannenanpflanzungen
sanft an, und er begann die Orientierungspunkte von
Pater Baddeleys Karte zu erkennen. Bald würde die
Straße sich gabeln und ein schmaler Weg nach Westen
abbiegen, um die Landspitze zu umrunden, während der
andere durch ein Grenztor nach Gut Toynton und zum
Meer führte. Und hier – wie prophezeit – war es auch
schon, ein schweres Eisentor, eingelassen in eine Mauer
aus flachen, ohne Mörtel geschichteten Steinen. Die
Mauer war annähernd einen Meter dick, die Steine
kunstvoll und geschickt ineinandergefügt, überwachsen
von Flechten und Moos und gekrönt von wehenden
Gräsern, eine Barriere, so alt und beständig wie das
Stück Urland, aus dem sie scheinbar hervorgewachsen
war. Links und rechts des Tors befand sich je eine be-
schriftete Holztafel. Die linke war jüngeren Datums;
ihre Aufschrift lautete:

WENN IHNEN IHRE MITMENSCHEN NICHT GLEICHGÜLTIG SIND,
RESPEKTIEREN SIE BITTE UNSERE PRIVATSPHÄRE

Das Schild auf der rechten Seite hatte mehr Aufforde-
rungscharakter, die Bemalung war verblaßt, aber fach-
männischer ausgeführt.

ZUTRITT VERBOTEN
DIESES GRUNDSTÜCK IST PRIVATEIGENTUM
GEFÄHRLICHE STEILKÜSTE. KEIN ZUGANG
ZUM STRAND
GEPARKTE AUTOS UND WOHNWAGEN
WERDEN ABGESCHLEPPT

Unter der Tafel war ein mächtiger Briefkasten angebracht.

Dalgliesh dachte, daß wohl jeder Motorisierte, sollte er
von dieser raffiniert berechneten Mischung aus Bitten,
Warnungen und Drohungen tatsächlich unberührt bleiben, dennoch zögern würde, die Federung seines Autos
aufs Spiel zu setzen. Jenseits des Tors verschlechterte
sich der Weg zusehends, und der Unterschied zwischen

dem vergleichsweise ebenen Anfahrtsweg und dem von Felsbrocken gesäumten, steinigen Weg voraus hatte beinahe symbolische Abschreckungskraft. Auch das Tor war, obwohl unverschlossen, mit einem schweren Riegel komplizierter Machart bewehrt, der einem Eindringling während der Handhabung viel Zeit verschaffte, seine Unbesonnenheit zu bereuen. In seinem immer noch geschwächten Zustand schwang Dalgliesh das Tor mit einiger Mühe auf. Als er durchgefahren war und das Tor hinter sich wieder geschlossen hatte, konnte er sich des Gefühls nicht erwehren, sich auf ein undurchsichtiges und wahrscheinlich unkluges Unternehmen eingelassen zu haben. Vermutlich würden sich seine Kenntnisse und Fähigkeiten als unzulänglich erweisen in bezug auf ein Problem, von dem vorerst lediglich ein weltfremder alter Mann – der noch dazu möglicherweise senil war – zu glauben vermochte, ein Polizeibeamter könne es lösen. Doch zumindest hatte er ein unmittelbares Ziel vor sich. Er nahm wieder, wenn auch zurückhaltend, Kontakt auf mit der Welt, in der menschliche Wesen Probleme hatten, arbeiteten, liebten, haßten, um ihres Glückes willen intrigierten und – da der Beruf, den aufzugeben er entschlossen war, trotz seines Verrats weiter bestehen würde – auch töteten und getötet wurden.

Bevor er zu seinem Auto zurückkehrte, fiel ihm ein kleines Büschel ihm unbekannter Blumen ins Auge. Die blassen, rosaweißen Blütenköpfe erhoben sich aus einem Moospolster auf der Mauerbrüstung und bebten zart im leichten Wind. Dalgliesh ging hinüber und verharrte bewegungslos in stiller Betrachtung ihrer schlichten Schönheit. Er roch zum erstenmal den reinen, scharfen Salzgeruch des Meeres. Die Luft strömte warm und weich über die bloßen Stellen seiner Haut. Er war plötzlich wie trunken vor Glück und. wie stets in diesen seltenen, flüchtigen Momenten, verwirrt von der rein körperlichen Natur seiner Freude. Sie durchströmte in sanftem Aufwallen seine Adern. Er erkannte sie als das, was sie war – als den ersten deutlichen Hinweis seit seiner Krankheit, daß das Leben schön sein konnte.

Der Wagen holperte gemächlich über den ansteigenden Weg. Als er nach etwa zweihundert Metern den höchsten Punkt der Steigung erreichte, rechnete Dalgliesh damit, jetzt den Ärmelkanal zu erblicken, wie er sich blau und gekräuselt zum fernen Horizont erstreckte, und erlebte wieder in ihrem ganzen Ausmaß die unvergessene Enttäuschung seiner Kinderzeit, wenn in den Ferien nach so viel falschen Hoffnungen das sehnsüchtig erwartete Meer immer noch nicht zu sehen war. Vor ihm lag ein flaches, felsenübersätes Tal, von einem Flechtwerk kreuz und quer verlaufender holpriger Wege überzogen. Und das dort drüben zu seiner Rechten war offensichtlich das Gutshaus Toynton.

Es war ein massig gebauter, quadratischer Steinkasten, der nach Dalglieshs Schätzung aus der ersten Hälfte des achtzehnten Jahrhunderts stammen mochte. Der Bauherr hatte jedoch bei der Wahl seines Architekten keine glückliche Hand bewiesen. Das Haus war ein Anachronismus und der Bezeichnung »georgisch« unwürdig. Es zeigte mit seiner Vorderfront landeinwärts, nach Nordosten, wie er schätzte, und verstieß somit gegen irgendeinen obskuren Ehrenkodex architektonischen Geschmacks, der Dalglieshs Meinung nach besagte, daß ein Haus an der Küste mit seiner Vorderfront dem Meer zugewandt sein müsse. Von den zwei Reihen Fenstern über der Vorhalle waren die größeren mit gigantischen Schlußsteinen bewehrt, während die in der Reihe darüber schmucklos und eher mickrig ausgefallen waren, als habe man Mühe gehabt, sie unter dem bemerkenswertesten Charakteristikum des Hauses noch anzubringen, einem riesigen ionischen Ziergiebel, der mit einer Statue, einem auf diese Entfernung nicht identifizierbaren Steinklumpen, gekrönt war. Im Mittelpunkt des Giebelfelds befand sich ein rundes Fenster, ein düsteres, in der Sonne glimmendes Zyklopenauge. Der Giebel erdrückte gleichsam die unbedeutende Vorhalle und verlieh der gesamten Fassade ein verschrobenes, schwerfälliges Aussehen. Dalgliesh fand, daß dem Entwurf mehr Erfolg beschieden gewesen wäre, hätte man die Fassade durch zwei geräumige Erker ausgeglichen, aber entweder hatte es dafür an Geld oder an Inspiration gefehlt, so daß das Haus einen merkwürdig unfertigen Eindruck machte. Kein Lebenszeichen rührte sich hinter der einschüchternden Vorderfront. Vielleicht wohnten die Insassen – falls dieser Ausdruck auf sie zutraf – nach hinten hinaus. Außerdem war es gerade erst halb vier, der tote Teil des Tages, wie er sich von seiner Krankenhauszeit her erinnerte. Wahrscheinlich ruhten sie alle.

Er konnte drei kleinere Häuser erkennen, zwei davon etwa hundert Meter vom Haupthaus entfernt, ein drittes stand etwas höher allein auf der Landspitze. Er glaubte, ein viertes, gerade noch sichtbares Dach zum Meer hin erkennen zu können, war sich dessen aber nicht sicher. Es mochte sich auch nur um einen Felsvorsprung handeln. Da er nicht wußte, wo »Haus Hoffnung« lag, schien es sinnvoll, zunächst die nähergelegenen zwei Häuser in Augenschein zu nehmen. Er hatte den Motor seines Wagens abgestellt, während er seine nächsten Schritte überlegte, und hörte nun zum erstenmal das Meer, jenes endlose, dumpfe, rhythmische Branden, das zu den nostalgischsten und beschwörendsten aller Laute zählt. Noch immer ließ sich kein Anzeichen dafür entdecken, daß seine Ankunft bemerkt worden war; die Landschaft war still, kein Vogel war zu hören. Er fühlte sich merkwürdig, fast unheimlich berührt angesichts der Leere und Einsamkeit seiner Umgebung, ein Eindruck, den nicht einmal die heitere Nachmittagssonne vertreiben konnte.

Als er zu den Häusern kam, tauchte kein Gesicht am Fenster auf, keine mit einer Soutane gekleidete Gestalt zeichnete sich auf der vorderen Veranda ab. Es waren zwei alte, einstöckige Kalksteingebäude, deren Dächer aus schweren Steinplatten mit den für Dorset typischen Kissen von smaragdfarbenem Moos geschmückt waren. »Haus Hoffnung« lag rechter, »Haus Treue« linker Hand, die Namen waren erst vor verhältnismäßig kurzer Zeit aufgemalt worden. Bei dem dritten, etwas entfernter liegenden Haus handelte es sich vermutlich um »Karitas«, er hegte jedoch Zweifel, daß Pater Baddeley in irgendeiner Weise für diese pompöse Namensgebung verantwortlich war. Er brauchte nicht den Namen am Tor zu lesen, um zu wissen, welches Haus Pater Baddeley beherbergte.Es war unmöglich, sein fast völliges Desinteresse an seiner Umgebung, an das Dalgliesh sich noch gut erinnerte, in Zusammenhang zu bringen mit den Chintzvorhängen und dem Hängekorb voll Efeu und Fuchsien über der Tür von »Haus Treue« oder den beiden leuchtend gelb gestrichenen Behältern mit noch immer in voller Blütenpracht stehenden Sommerblumen, die kunstvoll auf beiden Seiten der Veranda plaziert worden waren. Zwei nach Massenproduktion aussehende Betonpilze rahmten das Tor und erweckten einen so vertrauten »vorstädtischen« Eindruck, daß Dalgliesh überrascht war, sie nicht von kauernden Gartenzwergen gekrönt zu sehen. »Haus Hoffnung« war im Gegensatz dazu ganz nüchtern. Eine solide Eichenbank vor der Tür diente als Platz zum Sonnen, außerdem lag über die Veranda verstreut ein Gewirr von Spazierstöcken sowie ein alter Regenschirm. Die schweren, mattroten Vorhänge waren zugezogen.

Niemand antwortete auf sein Klopfen. Er hatte auch nichts anderes erwartet. In beiden Häusern war offensichtlich niemand zu Hause. Ein einfacher Riegel ohne Schloß war an der Tür angebracht. Nach sekundenlangem Zögern hob er den Riegel und trat in das Dunkel im Innern des Hauses, wo ihm der warme, ein wenig muffige Geruch von Büchern entgegenschlug, der ihn unvermittelt dreißig Jahre zurückversetzte. Er zog die Vorhänge zurück und ließ Licht in das Haus strömen. Und nun nahm er auch vertraute Gegenstände wahr: in der Mitte des Raumes, matt vom Staub, den runden, auf einem Fuß ruhenden Rosenholztisch, das Rollpult an der Wand, den Ohrensessel, jetzt so alt, daß er bis aufs Holz durchgesessen war und die Polsterung aus dem fadenscheinigen Bezug quoll. Immer noch derselbe alte Sessel? Unmöglich. Bei dieser vermeintlichen Erinnerung mußte es sich um eine nostalgische Selbsttäuschung handeln. Aber da war noch ein anderer Gegenstand, gleichermaßen vertraut und ebenso alt. Hinter der Tür hing Pater Baddeleys schwarzer Umhang und darüber die abgenutzte weiche Baskenmütze. Es war der Anblick des Umhangs, der Dalgliesh dazu bewog, erstmals die Möglichkeit, etwas könne nicht in Ordnung sein, ins Auge zu fassen. Zwar war es seltsam, daß sein Gastgeber nicht hier war, um ihn zu begrüßen, doch konnte er sich dafür einige Erklärungen vorstellen. Seine Postkarte war möglicherweise verlorengegangen, ein dringender Ruf zum Haupthaus könnte der Grund sein; oder Pater Baddeley war zum Einkaufen nach Wareham gefahren und hatte den Bus zurück verpaßt. Es lag sogar im Bereich des Möglichen, daß er das Kommen seines Gastes völlig vergessen hatte. Doch wenn er ausgegangen war, warum trug er dann nicht seinen Umhang? Man konnte ihn sich sommers wie winters unmöglich in einem anderen Kleidungsstück vorstellen.

Jetzt erst bemerkte Dalgliesh, was sein Auge schon registriert haben mußte, ohne ihm jedoch Bedeutung beizumessen – nämlich den kleinen Stoß Papierbogen auf dem Schreibtisch, auf die ein schwarzes Kreuz gedruckt war. Er nahm den obersten Bogen mit hinüber zum Fenster, in der Hoffnung, besseres Licht könne ihm beweisen, daß er sich getäuscht habe. Aber natürlich hatte er sich nicht getäuscht. Er las:

Michael Francis Baddeley, Priester
Geboren am 29. Oktober 1896
Gestorben am 21. September 1974
R. I. P. Beigesetzt in
St. Michael & Gemeinschaft der Engel
Toynton, Dorset
26. September 1974

Er war seit elf Tagen tot und seit fünf Tagen beerdigt. Aber Dalgliesh hätte auch so gewußt, daß Pater Baddeley erst vor kurzem gestorben sein konnte. Wie sonst ließ sich jenes Gefühl erklären, daß das Haus immer noch von seiner Persönlichkeit erfüllt war, das Gefühl, er sei so nah, daß auf einen lauten Ruf hin seine Hand am Türgriff erscheinen würde? Beim Betrachten des vertrauten abgewetzten Umhangs mit der schweren Spange – hatte der alte Mann sie tatsächlich in dreißig Jahren nicht einmal erneuert? – fühlte er eine Anwandlung von Bedauern, ja Kummer, deren Intensität ihn überraschte. Ein alter Mann war tot. Er war wohl eines natürlichen Todes gestorben; man hatte ihn ja ziemlich schnell beerdigt. Sein Tod und seine Beisetzung hatten keinerlei öffentliches Aufsehen erregt. Doch etwas hatte ihm auf der Seele gelegen, und er war gestorben, ohne es jemand anvertraut zu haben. Es schien Dalgliesh plötzlich sehr wichtig, sich zu vergewissern, daß Pater Baddeley seine Postkarte erhalten hatte – daß er nicht in dem Glauben gestorben war, sein Hilferuf wäre unbeachtet geblieben.

Am besten sah er zuerst in dem frühviktorianischen Schreibtisch nach, der Pater Baddeleys Mutter gehört hatte. Pater Baddeley hatte ihn Dalglieshs Erinnerung nach verschlossen gehalten. Zwar war er der letzte gewesen, der Geheimnisse gehabt hätte, doch mußte jeder Priester zumindest ein Schubfach oder einen Schreibtisch ganz für sich haben, die sicher waren vor den Augen naseweiser Putzfrauen oder übereifriger Pfarrkinder. Dalgliesh erinnerte sich an Pater Baddeley, wie er in den Tiefen seiner Umhangtaschen nach dem kleinen antiken Schlüssel wühlte, der aus Gründen der leichteren Handhabung und Identifizierung mit einer Schnur an einer altmodischen Wäscheklammer befestigt war. Er steckte wahrscheinlich noch in einer der Umhangtaschen.

Mit dem ein wenig peinlichen Gefühl, einen Toten auszuplündern, griff er tief in beide Taschen. Der Schlüssel war nicht da. Er ging hinüber zum Schreibtisch und versuchte die Platte hochzuheben. Es gelang ohne Mühe. In gebückter Haltung untersuchte er das Schloß, dann holte er seine Taschenlampe aus dem Auto und sah noch einmal nach. Die Spuren waren unverkennbar: Das Schloß war aufgebrochen worden. Jemand hatte saubere Arbeit geleistet, die wenig Kraftaufwand erfordert hatte. Das Schloß war zwar dekorativ, aber nicht solide, zur Abschreckung müßiger Neugieriger, nicht aber eines entschlossenen Angreifers vorgesehen. Ein Meißel oder ein Messer, wahrscheinlich die Klinge eines Taschenmessers, waren zwischen Pult und Deckel getrieben worden. Der Schaden war erstaunlich gering, doch sprachen die Kratzspuren und das geborstene Schloß für sich selbst.

Allerdings konnte man daraus nicht schließen, wer für die Tat verantwortlich war. Es könnte auch Pater Baddeley selbst gewesen sein. Wenn er den Schlüssel verloren hätte, wäre es unmöglich gewesen, ihn zu ersetzen, und wie hätte er an diesem abgelegenen Ort einen Schlosser auftreiben sollen? Ein gewaltsamer Angriff auf den Pultdeckel war zwar ein unwahrscheinliches Vorgehen für den Mann, den er in Erinnerung hatte; auszuschließen war der Gedanke jedoch nicht. Oder es könnte nach Pater Baddeleys Tod geschehen sein. Wenn der Schlüssel nicht auffindbar war, hätte jemand von Gut Toynton das Schloß aufbrechen müssen. Möglicherweise hatte man Dokumente oder Papiere gebraucht; eine Versicherungskarte; Namen von Freunden, die benachrichtigt werden mußten; ein Testament. Er unterbrach sich gewaltsam in seinen Mutmaßungen, verärgert über die Entdeckung, daß er tatsächlich erwogen hatte, vor einer weiteren Untersuchung seine Handschuhe überzustreifen, und inspizierte kurz den Inhalt der Schreibtischschubladen.

Er fand nichts von Bedeutung. Pater Baddeleys Beziehung zu weltlichen Dingen war offenbar minimal gewesen. Doch etwas, was er sofort erkannte, fiel ihm ins Auge: eine Anzahl sauber gestapelter hellgrüner Schulhefte im Quartformat. Sie enthielten, wie er wußte, Pater Baddeleys Tagebuch. Diese Hefte gab es also immer noch zu kaufen – die allgegenwärtigen hellgrünen Schulhefte mit den Rechentabellen auf der Rückseite, bei deren Anblick man unweigerlich an die Grundschulzeit erinnert wurde, wie beim Anblick eines tintenbeklecksten Lineals oder eines Radiergummis. Pater Baddeley hatte diese Hefte stets als Tagebücher benutzt, eines für jedes Vierteljahr. Nun, angesichts des alten schwarzen Umhangs, der schlaff an der Tür hing, und des von ihm ausgehenden dumpfen Geruchs in der Nase, konnte sich Dalgliesh eine gewisse Unterhaltung so deutlich ins Gedächtnis zurückrufen, als sei er immer noch der zehnjährige Junge von damals und Pater Baddeley, in mittleren Jahren, jedoch schon alterslos wirkend, säße hier am Schreibtisch.

»Es ist also nur ein ganz gewöhnliches Tagebuch, Pater? Sie schreiben darin nicht über Ihr spirituelles Leben?«

»Das ist das spirituelle Leben – die alltäglichen Dinge, die man von Stunde zu Stunde verrichtet.«

Mit der Selbstgefälligkeit der Jugend hatte Adam gefragt: »Nur was Sie tun? Werde ich nicht erwähnt?«

»Nein. Nur das, was ich tue. Erinnerst du dich, um welche Zeit das Treffen des Müttervereins heute nachmittag anfing? Es wurde diese Woche im Wohnzimmer deiner Mutter abgehalten. Nur die Uhrzeit war, glaube ich, anders als sonst.«

»Es begann um 2 Uhr 45 anstatt um 3 Uhr. Der Archidiakonus wollte früh weg. Aber kommt es wirklich so genau darauf an?«

Pater Baddeley hatte diese Frage anscheinend kurz, aber ernsthaft erwogen, als sei sie für ihn neu und interessant. »O ja, ich glaube schon. Ich glaube schon. Sonst wäre die ganze Sache sinnlos.«

Der junge Dalgliesh, über dessen geistiges Fassungsvermögen der tiefere Sinn des Ganzen ohnehin schon hinausging, hatte sich getrollt, um interessanteren Angelegenheiten nachzugehen. Das spirituelle Leben. Diese Wendung hatte er schon oft aus dem Mund von weltverachtenden Gemeindemitgliedern seines Vaters vernommen, niemals jedoch von dem Kanonikus selbst. Gelegentlich hatte er versucht, sich ein Bild zu machen von jener mysteriösen, anderen Existenz. Erlebte man sie gleichzeitig mit dem alltäglichen geregelten Leben des Aufstehens, Essens, der Schule, der Ferien; oder dachte man dabei an eine Existenz auf einer anderen Ebene, zu der er und die Uneingeweihten keinen Zugang hatten, auf die sich Pater Baddeley jedoch nach Belieben zurückziehen konnte? Wie dem auch sei, bestimmt hatte es doch wenig zu tun mit diesem sorgsamen Aufzeichnen alltäglicher Trivialitäten.

Er nahm das letzte Heft und blätterte es durch. Pater Baddeley hatte sein System nicht geändert. Alles war hier festgehalten, jeweils zwei Tage auf einer Seite in sauberer Anordnung. Die Zeiten, zu denen er sein tägliches Morgen- und Abendgebet gesprochen hatte; wo er spazierengegangen war und wie lange; die monatliche Busfahrt nach Dorchester; der wöchentliche Ausflug nach Wareham; die Stunden, die er mit Hilfeleistungen im Gutshaus verbracht hatte; die nüchterne Aufzählung gelegentlicher kleiner Freuden; ein methodischer Rechenschaftsbericht, wie er jahrein, jahraus über jede einzelne Stunde seines Arbeitstages verfügt hatte, belegt mit der peinlichen Genauigkeit eines Buchhalters »Aber dies ist das spirituelle Leben – die einfachen Dinge, die man Tag für Tag verrichtet.« Sicherlich war es nicht ganz so simpel . . .

Wo aber war das laufende Tagebuch, das Heft für das dritte Quartal von 1974? Es war eine alte Gewohnheit Pater Baddeleys gewesen, die Hefte seines Tagebuchs jeweils für einen Zeitraum von drei Jahren aufzubewahren. Fünfzehn Hefte müßten dasein, es waren jedoch nur vierzehn. Das Tagebuch schloß mit dem Juni 1974. Dalgliesh ertappte sich, wie er beinahe fieberhaft die Schreibtischschubfächer durchsuchte. Das Tagebuch blieb verschwunden. Er stieß jedoch auf etwas anderes. Zwischen drei quittierten Rechnungen für Kohle, Heizöl und Strom lag ein Blatt billiges, dünnes Papier mit dem schräg und dilettantisch aufgedruckten Kopf »Gut Toynton«. Darunter hatte jemand getippt: »Warum verschwinden Sie nicht aus dem Cottage, Sie alberner alter Heuchler, und machen jemand Platz, der hier wirklich zu etwas nütze wäre? Glauben Sie ja nicht, wir wüßten nicht, was Sie und Grace Willison miteinander treiben, wenn Sie angeblich ihre Beichte hören. Sie wären ja froh, wenn Sie überhaupt noch könnten. Und was ist mit diesem Chorknaben? Glauben Sie nur nicht, wir wüßten nicht Bescheid.«

Dalgliesh erste Reaktion war eher Ärger über die Albernheit der Epistel als Zorn über ihre Gehässigkeit. Es war ein kindisches Beispiel grundloser Boshaftigkeit, das jedoch nicht einmal den zweifelhaften Vorzug der Wahrscheinlichkeit für sich hatte. Armer alter, siebenundsiebzigjähriger Pater Baddeley – im gleichen Atemzug der Unzucht, Sodomie und Impotenz angeklagt! Könnte tatsächlich ein vernünftiger Mann dieses unreife Gefasel ernst, ja es sich sogar zu Herzen genommen haben? Dalgliesh hatte in seiner beruflichen Laufbahn viele Schmähbriefe zu sehen bekommen. Bei diesem hier handelte es sich um ein vergleichsweise harmloses Produkt; fast durfte man annehmen, daß der Schreiber nur mit halbem Herzen bei der Sache gewesen war. »Sie würden ja froh sein, wenn Sie überhaupt noch könnten!« Die meisten Verfasser von Schmähbriefen wären in der Lage gewesen, eine drastischere Beschreibung jener unterstellten Aktivität zu liefern. Und die Anspielung auf den Chorknaben, kein Name, kein Datum. Das zeugte nicht von Tatsachenwissen. Konnte Pater Baddeley wirklich betroffen genug gewesen sein, einen Berufsdetektiv hinzuzuziehen – noch dazu einen, den er fast dreißig Jahre lang nicht mehr gesehen hatte –, um sich bei ihm Rat zu holen oder ihn diese unbedeutende Widerlichkeit untersuchen zu lassen? Es wäre denkbar. Dies mochte nicht der einzige Brief seiner Art gewesen sein. Falls diese Unannehmlichkeit auf Gut Toynton endemisch war, sah die Sache ernster aus. Ein Verfasser von Schmähbriefen, der seinem Handwerk in einer engen Menschengemeinschaft nachging, konnte echte Schwierigkeiten und Kummer bereiten, gelegentlich konnte er oder sie buchstäblich zum Mörder werden. Falls Pater Baddeley den Verdacht gehabt hätte, daß andere ähnliche Briefe erhalten hatten, wäre es durchaus möglich gewesen, daß er sich nach professioneller Hilfe umgesehen hatte. Oder, und das war ein noch interessanterer Gesichtspunkt, lag es etwa in jemandes Absicht, Dalgliesh genau dies glauben zu machen? War der Brief mit voller Absicht für ihn auf den Präsentierteller gelegt worden, damit er ihn finden sollte? Es war in der Tat seltsam, daß niemand ihn nach Pater Baddeleys Tod entdeckt und zerstört hatte. Irgendwer vom Gut mußte doch seine Papiere durchgesehen haben. Dieses Schriftstück hätte man wohl kaum zurückgelassen, damit andere es lesen konnten.

Er verstaute es in seiner Brieftasche und machte sich auf einen Rundgang durch das Haus. Pater Baddeleys Schlafzimmer entsprach ganz seinen Ewartungen. Ein winziges Fenster mit schäbigem Kretonnevorhang, das Bett noch bezogen, die Überdecke jedoch straff festgesteckt bis hinauf über das Kopfkissen, zwei Wände ganz mit Büchern bedeckt, ein kleiner Nachttisch mit einer ärmlichen Lampe, eine Bibel, ein wuchtiger bunter Porzellanaschenbecher mit einer Bierreklame. Pater Baddeleys Pfeife ruhte noch in ihrer Schale, und daneben bemerkte Dalgliesh ein zur Hälfte aufgebrauchtes Streichholzbriefchen aus Pappe, wie man es in Restaurants und Bars bekommt. Dieses hier machte Reklame für *Ye Olde Tudor Barn* in der Nähe von Wareham. Ein einziges gebrauchtes Streichholz lag im Aschenbecher; es war bis zu seinem ausgebrannten Kopf aufgeblättert worden. Dalgliesh konnte sich ein Lächeln nicht verkneifen. Diese kleine persönliche Eigenart hatte also auch dreißig Jahre überdauert. Er entsann sich Pater Baddeleys kleiner, mit der Behendigkeit eines Eichhörnchens arbeitender Finger, die behutsam den Streifen dünnen Kartonpapiers abschälten, als versuchten sie, einen früher aufgestellten persönlichen Rekord einzustellen. Dalgliesh nahm das Streichholz in die Hand und lächelte; sechs Teilstücke. Pater Baddeley hatte sich selbst übertroffen.

Er trat in die Küche. Sie war klein, dürftig eingerichtet, aufgeräumt, aber nicht übermäßig sauber. Der altmodische Gasofen sah aus, als sei er demnächst reif für das Volkskundemuseum. Das steinerne Spülbecken unter dem Fenster hatte ein rissiges, verfärbtes hölzernes Wasserablaufbrett, das nach altem Fett und scharfer Seife roch. Die verblichenen Kretonnevorhänge mit ihrem schwach erkennbaren Muster aus verblühten Rosen und Narzissen, unangebrachterweise miteinander verflochten, waren zurückgezogen und gaben den Blick auf die fernen Purbeck-Hügel frei. Wolken, so zart wie Rauchkringel, trieben über den blauen Himmel und lösten sich wieder auf, und auf einer fernen Weide lagen Schafe wie weiße Kugeln.

Dalgliesh erforschte die Speisekammer. Hier hatte er endlich den Beweis, daß er erwartet worden war. Pater Baddeley hatte in der Tat zusätzliche Lebensmittel besorgt, und die Dosen waren ein entmutigender Hinweis darauf, woraus sich seiner Meinung nach eine angemessene Kost zusammensetzte. Auf rührende Weise hatte er für zwei Personen eingekauft und dabei bei der einen zuversichtlich einen größeren Appetit vorausgesetzt. Von einer Vielzahl der geläufigen Konserven gab es jeweils eine große und eine kleine Dose: gebackene Bohnen, Thunfisch, Irish Stew, Spaghetti, Reispudding.

Dalgliesh kehrte ins Wohnzimmer zurück. Er spürte Müdigkeit; die Fahrt hatte ihn stärker als erwartet mitgenommen. Bei einem Blick auf die schwere Eichenuhr über dem Kamin, die noch nicht aufgehört hatte zu tikken, sah er, daß es noch nicht einmal vier Uhr war; dennoch meinte sein Körper, daß dies schon ein langer, harter Tag gewesen sei. Er sehnte sich nach Tee. In der Speisekammer hatte er eine Teebüchse, aber keine Milch vorgefunden. Er überlegte, ob das Gas noch an war.

In diesem Moment hörte er, wie sich Schritte der Tür näherten und die Klinke heruntergedrückt wurde. Die Gestalt einer Frau zeichnete sich gegen das Nachmittagslicht ab. Er vernahm eine tiefe, rauhe, jedoch sehr weibliche Stimme mit der Andeutung eines irischen Akzents.

»Um Himmels willen! Ein menschliches Wesen und noch dazu männlichen Geschlechts. Was machen Sie denn hier?«

Ohne die Tür hinter sich zu schließen, trat sie ins Zimmer, so daß er sie jetzt deutlich sehen konnte. Sie war seiner Schätzung nach um die Fünfunddreißig, kräftig und langbeinig, und die gelbe Haarmähne, die an den Wurzeln nachdunkelte, fiel ihr in einer schwungvollen Kaskade auf die Schultern. Die Augen standen eng zusammen in dem quadratischen Gesicht mit dem großzügig geschnittenen Mund und wurden von schweren Lidern beschattet. Sie trug braune, schlechtsitzende Sporthosen mit einem Gummiband unter den Sohlen, schmutzige, mit Grasflecken übersäte Turnschuhe und ein ärmelloses weißes Baumwolloberteil mit tiefem Ausschnitt, der ein braungesprenkeltes, sonnenverbranntes Dreieck frei ließ. Sie hatte keinen Büstenhalter an, und ihre vollen Brüste bewegten sich ungehindert unter der dünnen Baumwolle. Drei hölzerne Armreifen klimperten an ihrem linken Unterarm. Sie vermittelte einen Gesamteindruck aufdringlicher, doch durchaus nicht unattraktiver Sexualität, der so stark war, daß sie, obwohl ohne Parfüm, ihren eigenen, individuellen weiblichen Geruch mit in den Raum brachte.

Er sagte: »Ich heiße Adam Dalgliesh. Ich kam hierher, um Pater Baddeley zu besuchen. Anscheinend ist das jedoch jetzt nicht mehr möglich.«

»So kann man es auch ausdrücken. Sie kommen genau elf Tage zu spät für einen Besuch und fünf Tage zu spät für die Beerdigung. Was sind Sie, ein Busenfreund? Wir wußten nicht, daß er einen hatte. Es gab allerdings eine Menge, was wir nicht wußten über unseren ehrwürdigen Michael. Er war ein verschwiegenes Männchen. Jedenfalls ließ er nichts über Sie verlauten.«

»Bis auf einige kurze Begegnungen hatten wir uns seit meiner Kindheit nicht mehr gesehen, und ich schrieb ihm erst am Tag vor seinem Tod, daß ich ihn besuchen würde.«

»Adam. Der Name gefällt mir. Eine Menge Bälger werden heutzutage so genannt. Er kommt wieder in Mode. Aber in der Schule haben Sie ihn sicher als Klotz am Bein empfunden. Trotzdem, er paßt zu Ihnen. Mir ist nicht klar weshalb. Sie machen nicht gerade einen sehr erdverbundenen Eindruck, oder irre ich mich? Ich weiß jetzt, weshalb Sie hier sind. Sie wollen die Bücher abholen.«

»Tatsächlich?«

»Die Bücher, die Michael Ihnen in seinem Testament vermacht hat. Für Adam Dalgliesh, dem einzigen Sohn des verstorbenen Kanonikus Alexander Dalgliesh, meine gesamten Bücher, die er behalten oder über die er nach Belieben verfügen mag. Ich erinnere mich genau daran, weil ich die Namen so ungewöhnlich fand. Sie haben wahrhaftig nicht viel Zeit verloren. Ich bin überrascht, daß die Anwälte es sogar schon geschafft haben, Ihnen zu schreiben. Bob Loder ist für gewöhnlich nicht so tüchtig. Aber an Ihrer Stelle würde ich mir nicht zu viel Hoffnungen machen. In meinen Augen sind sie nicht besonders wertvoll. Eine Menge trockener alter theologischer Schinken. Haben Sie übrigens damit gerechnet, daß er Ihnen etwas von seinem Geld vermachen würde? Falls ja, habe ich Neuigkeiten für Sie.«

»Ich wußte gar nicht, daß Pater Baddeley überhaupt Geld hatte.«

»Wir auch nicht. Das war auch so eins von seinen kleinen Geheimnissen. Er hinterließ 19000 Pfund. Kein großes Vermögen, aber nützlich. Er vermachte alles Wilfred zum Nutzen von Gut Toynton, und soweit mir bekannt ist, kam es gerade zur rechten Zeit. Grace Willison ist die einzige andere Erbin. Sie hat den alten Schreibtisch bekommen, wenn Wilfred es der Mühe wert findet, ihn abtransportieren zu lassen.«

Sie hatte es sich in dem Sessel beim Kamin bequem gemacht, den Kopf zurückgelehnt und die Beine gespreizt.

Dalgliesh zog einen Stuhl heran und setzte sich ihr gegenüber.

»Kannten Sie Pater Baddeley gut?«

»Wir kennen uns alle gut hier, das ist ein Teil unseres Problems. Bleiben Sie länger?«

»Vielleicht noch einen oder zwei Tage in der Gegend. Aber anscheinend ist es jetzt nicht mehr möglich, direkt hier am Ort zu bleiben . . .«

»Warum eigentlich nicht, wenn Sie möchten? Das Haus steht frei, wenigs bis Wilfred ein neues Opfer – ich meine einen neuen Mieter gefunden hat. Ich glaube nicht, daß er irgendwelche Einwände hätte. Außerdem müssen Sie die Bücher aussortieren, nicht wahr? Wilfred wird sie aus dem Weg haben wollen, bevor der nächste Kaplan hier einzieht.«

»Das Haus gehört also Wilfred Anstey?«

»Ihm gehören das ganze Gut und alle Häuser hier, bis auf das von Julius Court. Es liegt weiter draußen, das einzige mit Blick aufs Meer. Der Rest des Anwesens und auch wir sind Eigentum von Wilfred.«

Sie blickt ihn abschätzend an. »Sie haben doch nicht etwa irgendwelche nützlichen Kenntnisse? Ich meine, Sie sind kein Heilgymnastiker, Krankenpfleger oder Arzt oder gar Buchhalter? Sie sehen jedenfalls nicht so aus. Wenn Sie aber doch etwas in dieser Richtung sind, gebe ich Ihnen den guten Rat zu verschwinden, bevor Wilfred beschließt, daß Sie zu nützlich sind, um Sie wieder ziehenzulassen.«

»Ich glaube nicht, daß er meine speziellen Fähigkeiten sehr nützlich finden würde.«

»Dann würde ich an Ihrer Stelle bleiben, wenn mir danach wäre. Aber ich sollte Sie mit den Gegebenheiten vertraut machen. Möglicherweise ändern Sie dann Ihre Absicht.«

Dalgliesh meinte: »Am besten fangen Sie bei sich selber an. Sie haben mir noch nicht gesagt, wer Sie sind.«

»Himmel, das stimmt! Tut mir leid. Ich bin Maggie Hewson. Mein Mann ist Arzt drüben im Gutshaus und als solcher geradezu unentbehrlich. Jedenfalls wohnt er mit mir in einem Cottage mit dem sinnigen Namen ›Karitas‹, verbringt aber die meiste Zeit im Haupthaus. Da es auf dem ganzen Gut nur noch fünf Patienten gibt, fragt man sich, was er dort so fesselnd findet. Was meinen Sie? Was glauben Sie, was ihn dort so fesselt, Adam Dalgliesh?«

»Betreute Ihr Mann Pater Baddeley?«

»Nennen Sie ihn Michael; außer Grace Willison nannten wir ihn alle so. Ja, Eric betreute ihn, solange er lebte, und stellte den Totenschein aus, als er starb. Vor sechs Monaten hätte er das noch nicht gekonnt, aber jetzt, wo man ihm gütigst wieder die Approbation zurückgegeben hat, darf er mit vollem Recht auch wieder seinen Namen unter ein Stück Papier setzen, das besagt, daß man ordnungsgemäß und legal tot ist. Gott, was für ein beschissenes Privileg.«

Sie lachte, brachte nach einigem Stöbern eine Packung Zigaretten aus ihrer Hosentasche zum Vorschein und zündete sich eine Zigarette an. Sie bot Dalgliesh die Packung an. Er schüttelte den Kopf. Achselzuckend blies sie eine Rauchwolke in seine Richtung.

Dalgliesh fragte: »Woran starb Pater Baddeley?«

»Sein Herz hörte auf zu schlagen. Nein, das war nicht scherzhaft gemeint. Er war alt, sein Herz war erschöpft, und am 21. September hörte es auf zu schlagen. Akuter myokardischer Infarkt, kompliziert durch eine leichte Diabetes, wenn Sie den medizinischen Jargon hören wollen.«

»War er allein?«

»Ich glaube, ja. Er starb nachts, wenigstens wurde er

zuletzt lebend von Grace Willison um drei Viertel acht Uhr abends gesehen, als er ihr die Beichte abnahm. Vermutlich starb er an Langeweile. Nein, das hätte ich besser nicht gesagt. Geschmacklos von dir, Maggie. Sie sagt, er kam ihr vor wie immer, etwas müde natürlich, aber er war ja erst am Morgen aus dem Krankenhaus entlassen worden. Ich kam um 9 Uhr am nächsten Tag hier rein, um zu sehen, ob er irgend etwas aus Wareham braucht – ich wollte den Elf-Uhr-Bus nehmen; Wilfred gestattet keine Privatautos – und da lag er, tot.«

»Im Bett?«

»Nein, in dem Stuhl, auf dem Sie jetzt sitzen, zurückgefallen, mit offenem Mund und geschlossenen Augen. Er hatte seine Soutane an und ein violettes Band um den Hals. Alles höchst korrekt. Nur war er ausgesprochen tot.«

»Sie fanden also die Leiche als erste?«

»Falls nicht Millicent von nebenan schon vorher auf leisen Sohlen hereinkam, den Anblick nicht mochte und wieder nach Hause schlich. Millicent ist Wilfreds verwitwete Schwester, falls es Sie interessiert. Es ist eigentlich ziemlich merkwürdig, daß sie nicht nach ihm sah, obwohl sie wußte, daß er krank und allein war.«

»Es muß ein ziemlicher Schock für Sie gewesen sein.«

»Nicht besonders. Ich war vor meiner Ehe Krankenschwester. Ich habe in meinem Leben mehr Tote gesehen, als ich denken kann. Außerdem war er sehr alt. Bei jüngeren Leuten – Kindern vor allem – nimmt es einen mit. Gott, bin ich froh, nichts mehr mit dem ganzen unappetitlichen Kram zu tun zu haben.«

»Ach? Arbeiten Sie nicht hier auf Gut Toynton?«

Bevor sie antwortete, erhob sie sich und trat an den Kamin, blies eine Rauchwolke auf den Spiegel über dem Sims und brachte ihr Gesicht ganz dicht an das Glas, als sei sie in die eingehende Betrachtung ihres Spiegelbildes versunken.

»Nein, nicht wenn ich es irgendwie vermeiden kann. Und, bei Gott, wie ich es vermeide! Sie können es ruhig wissen. Ich bin das schwarze Schaf in der Gemeinschaft, unsozial, unkommunikativ, ketzerisch. Ich säe nicht, ich ernte nicht. Der Charme unseres lieben Wilfred prallt an mir ab. Ich verschließe die Ohren vor den Schreien der Notleidenden. Ich beuge nicht das Knie vor dem Altar.«

Sie wandte sich ihm mit halb herausforderndem, halb prüfendem Blick zu. Dalgliesh fand, daß der Ausbruch nicht ganz spontan gewirkte hatte, daß diese Protestrede wohl schon öfter vorgetragen worden war. Es klang nach einer rituellen Rechtfertigung, und er hegte den Verdacht, daß jemand ihr beim Verfassen des Manuskriptes geholfen hatte. Er sagte: »Erzählen Sie mir etwas über Wilfred Anstey.«

»Hat Michael Sie nicht vorgewarnt? Nein, vermutlich hätte er das nicht getan. Nun, es ist eine merkwürdige Geschichte, aber ich werde versuchen, mich kurz zu fassen. Wilfreds Urgroßvater ließ das Gutshaus bauen. Sein Großvater hinterließ es unter Treuhandverwaltung zu gleichen Teilen Wilfred und seiner Schwester Millicent. Wilfred zahlte sie aus, als er das Heim eröffnete. Vor acht Jahren erkrankte Wilfred an multipler Sklerose. Die Krankheit nahm einen äußerst rapiden Verlauf; nach drei Monaten konnte er sich nur noch im Rollstuhl fortbewegen. Dann machte er eine Wallfahrt nach Lourdes und wurde geheilt. Offenbar hatte er einen Pakt mit dem lieben Gott geschlossen. Wenn Du mich heilst, dann weihe ich Gut Toynton und mein ganzes Geld dem Dienst an den Behinderten. Gott tat ihm den Gefallen, und nun ist Wilfred eifrig dabei, seinen Teil des Pakts zu erfüllen. Vermutlich hat er Angst, wenn er einen Rückzieher macht, könnte die Krankheit wieder auftreten. Ich kann es ihm nicht verdenken. Wahrscheinlich würde ich ähnlich empfinden. Wir sind alle im Grunde abergläubisch, besonders, wenn es um Krankheit geht.«

»Und ist er versucht, einen Rückzieher zu machen?«

»Oh, ich glaube nicht. Der Ort hier gibt ihm ein gewisses Machtgefühl. Er ist von dankbaren Patienten umgeben, wird von den Frauen beinahe abgöttisch verehrt und von Dot Moxon – die hier so eine Art Oberschwester ist – wie von einer alten Henne umgluckt. Wilfred ist bestimmt ganz zufrieden mit seiner Rolle.«

Dalgliesh erkundigte sich: »Wann genau geschah das Wunder?«

»Er behauptet, als sie ihn in den Brunnen tauchten.

Seinem Bericht nach erfolgte zunächst ein enormer Kälteschock, unmittelbar gefolgt von prickelnder Wärme, die seinen ganzen Körper durchströmte, außerdem fühlte er sich überaus glücklich und voll inneren Friedens. Genauso fühle ich mich nach meinem dritten Whisky. Wenn bei Wilfred dieses Gefühl durch Baden in eiskaltem, bakterienverseuchtem Wasser ausgelöst wird, kann ich nur sagen, er hat verdammt viel Glück. Zu Hause im Pilgerhospiz stand er zum erstenmal seit sechs Monaten wieder auf den Beinen. Drei Wochen später hüpfte er wie ein junger Springinsfeld. Er nahm sich nicht einmal mehr die Mühe, das Erlöserkrankenhaus in London, wo er behandelt worden war, aufzusuchen, um denen die Möglichkeit zu geben, seine wundersame Genesung auf seinem Krankenblatt festzuhalten. Es wäre ja auch ein Witz gewesen, wenn er hingegangen wäre.«

Sie hielt inne, als wollte sie noch etwas sagen, fügte dann aber lediglich hinzu: »Rührend, nicht?«

»Es ist interessant. Von woher hat er das Geld, um seinen Teil des Abkommens erfüllen zu können?«

»Die Patienten bezahlen ihn ihren Möglichkeiten entsprechend. Für einige von ihnen kommen ihre Heimatbehörden auf. Und außerdem hatte Wilfred natürlich noch sein eigenes Kapital. Dennoch ist die Lage allmählich alles andere als rosig, so behauptet er wenigstens. Pater Baddeleys Erbe kam gerade noch rechtzeitig. Außerdem spart Wilfred tüchtig beim Personal. Eric bekommt nicht gerade eine angemessene Bezahlung für seine Arbeit. Philby, so eine Art Hausknecht, ist ein ehemaliger Strafgefangener und würde wahrscheinlich nirgendwo sonst eine Stelle finden; und auch die Oberschwester Dot Moxon würde sich wohl schwertun, einen neuen Arbeitsplatz zu finden, nach jenem Ermittlungsverfahren wegen Grausamkeit an ihrem letzten Krankenhaus. Sie hat allen Grund, Wilfred dankbar zu sein, daß er sie eingestellt hat. Aber wir sind ja alle dem lieben Wilfred schrecklich, schrecklich dankbar.«

Dalgliesh sagte: »Ich glaube, ich sollte jetzt zum Gutshaus hinübergehen und guten Tag sagen. Es sind nur noch fünf Patienten da, sagen Sie?«

»Es ist verpönt, sie als Patienten zu bezeichnen, obwohl mir schleierhaft ist, wie man sie sonst nennen sollte. Insassen klingt zu sehr nach Gefängnis, obwohl es, weiß Gott, sehr zutreffend wäre. Aber es sind in der Tat nur noch fünf übrig. Er nimmt niemand mehr von der Warteliste auf, solange er sich bezüglich der Zukunft des Heims nicht schlüssig geworden ist. Der Ridgewell Trust streckt die Krallen nach ihm aus, und Wilfred erwägt, ihnen den ganzen Komplex mit Niet und Nagel für ein Butterbrot zu verkaufen. Eigentlich waren es vor etwa vierzehn Tagen noch sechs Patienten, aber das war, bevor Victor Holroyd sich vom Küstenrand stürzte und an den Felsen zerschmettert wurde.«

»Sie meinen, er beging Selbstmord?«

»Nun, er stand mit seinem Rollstuhl drei Meter von der Felskante entfernt, und entweder löste er selbst die Bremsen und ließ sich über die Kante rollen, oder Dennis Lerner, der Krankenpfleger, der bei ihm war, hat ihn hinuntergestoßen. Da Dennis nicht einmal Schneid genug hat, ein Huhn zu töten, geschweige denn einen Menschen, ist die allgemeine Ansicht, daß Victor es selbst getan hat. Weil aber diese Vorstellung für den guten Wilfred zu unerquicklich ist, sind wir alle emsig dabei, so zu tun, als sei es ein Unfall gewesen. Victor fehlt mir, ich mochte ihn. Er war so ziemlich die einzige Person hier, mit der ich mich unterhalten konnte. Alle anderen haßten ihn. Und jetzt haben natürlich alle ein schlechtes Gewissen und fragen sich, ob sie ihn falsch eingeschätzt haben. Sterben ist das beste Mittel, andere ins Unrecht zu setzen. Ich meine, wenn einer dauernd verkündet, das Leben sei nicht lebenswert, ist man der Meinung, daß er eben lediglich eine offensichtliche Tatsache feststellt. Wenn er seine Meinung allerdings durch entsprechende Aktionen unterstreicht, fragt man sich, ob nicht mehr hinter ihm steckte, als man angenommen hatte.«

Dalgliesh blieb die Mühe einer Antwort erspart durch das Geräusch eines näher kommenden Wagens. Maggie, deren Gehör offenbar ebenso scharf war wie das seine, sprang von ihrem Stuhl auf und rannte nach draußen. Eine große schwarze Luxuslimousine näherte sich der Wegkreuzung.

»Julius«, rief ihm Maggie als kurze Erklärung über die Schulter zu, während sie ungestüm winkte.

Das Auto stoppte und kam dann auf »Haus Hoffnung« zugefahren. Dalgliesh sah, daß es ein schwarzer Mercedes war. Sobald er langsamer wurde, rannte Maggie wie ein aufdringliches Schulmädchen neben ihm her und gab eine Flut von Erklärungen durch das offene Fenster ab. Der Wagen hielt an, und Julius Court stieg mit lässigem Schwung aus.

Er war ein großer, schlaksiger junger Mann, bekleidet mit einer bequemen Hose und einem grünen Pullover, der an Schultern und Ellbogen mit Lederflicken besetzt war. Sein hellbraunes, kurzgeschnittenes Haar umschloß seinen Kopf wie ein mattschimmernder Helm. Sein Gesicht hatte einen gebieterischen, selbstsicheren Ausdruck, wenngleich die ausgeprägten Tränensäcke unter den wachsamen Augen und der leicht verdrießliche Zug um den kleinen Mund über dem kräftigen Kinn auf eine gewisse Genußsucht hindeuteten. In mittleren Jahren würde er schwergewichtig, ja sogar fett werden. Jetzt dagegen vermittelte er den Eindruck von leicht arrogantem gutem Aussehen, der durch die helle, dreieckige Narbe über seiner rechten Augenbraue eher noch verstärkt als beeinträchtigt wurde.

Er streckte die Hand aus und sagte: »Tut mir leid, daß Sie das Begräbnis verpaßten.«

Aus seinem Mund klang es, als hätte Dalgliesh einen Zug verpaßt.

Maggie blökte: »Aber Liebling, verstehst du denn nicht! Er ist nicht wegen der Beerdigung gekommen. Mr. Dalgliesh wußte nicht einmal, daß der alte Mann . . .«

Court betrachtete Dalgliesh mit etwas mehr Interesse.

»Oh, Pardon. Vielleicht kommen Sie besser mit zum Gutshaus. Wilfred Anstey wird Ihnen mehr über Pater Baddeley erzählen können als ich. Ich war in meiner Londoner Wohnung, als der alte Mann starb, deshalb kann ich nicht einmal mit interessanten Enthüllungen vom Totenbett aufwarten. Steigen Sie ein. Du auch, Maggie. Ich habe hinten im Auto einige Bücher für Henry

Carwardine aus der Londoner Bibliothek. Ich kann sie ebensogut auch gleich abliefern.«

Maggie Hewson schien plötzlich aufzugehen, daß sie versäumt hatte, die beiden miteinander bekannt zu machen; sie sagte etwas verspätet:

»Julius Court. Adam Dalgliesh. Vermutlich haben sich Ihre Wege in London noch nicht gekreuzt. Julius war früher Diplomat.«

Als sie in das Auto einstiegen, sagte Court nebenhin: »Das wäre zuviel gesagt für den vergleichsweise niedrigen Rang, den ich im Dienst erreichte. Und London ist groß. Aber keine Sorge, Maggie, wie die schlaue Dame im Beruferatenquiz kann ich, glaube ich, erraten, womit Mr. Dalgliesh seinen Lebensunterhalt verdient.«

Er hielt die Wagentür mit ausgesuchter Höflichkeit auf. Der Mercedes fuhr langsam auf Toynton Grange zu.

# 2

In seinem schmalen, hohen Bett in der Krankenstation riß Georgie Allan die Augen auf. Sein Mund begann grotesk zu zucken. Die Muskeln an seinem Hals traten hart und straff angespannt hervor. Er versuchte den Kopf aus dem Kissen aufzurichten. »Ich werde doch mitkönnen zu der Wallfahrt nach Lourdes? Sie glauben nicht, daß man mich zurückläßt?«

Die Worte wurden als krächzender, mißtönender Klagelaut ausgestoßen. Helen Rainer hob ein Ende der Matratze an, stopfte in üblicher, altbewährter Krankenhausmanier das Laken darunter und sagte in munterem Tonfall: »Natürlich wird man dich nicht zurücklassen. Du wirst der wichtigste Patient auf der Wallfahrt sein. Nun hör auf, dir Gedanken zu machen, sei ein braver Junge und versuche noch ein bißchen zu ruhen, bevor der Tee kommt.«

Sie lächelte ihm zu, das unpersönlich-berufsmäßig-beruhigende Lächeln der gelernten Krankenschwester. Dann schaute sie Eric Hewson mit hochgezogenen Brauen an. Sie traten zusammen zum Fenster. Sie sagte ruhig: »Wie lange können wir ihn noch hinhalten?«

Hewson antwortete: »Noch einen oder zwei Monate. Es würde ihn jetzt schrecklich aufregen, von hier fortzumüssen. Wilfred ebenso. In ein paar Monaten werden sie beide bereit sein, das Unvermeidliche zu akzeptieren. Außerdem hat er sich die Reise nach Lourdes in den Kopf gesetzt. Das nächste Mal, wenn wir fahren, bezweifle ich, daß er noch am Leben sein wird. Hier wird er jedenfalls nicht mehr sein.«

»Aber er ist jetzt wirklich ein Fall fürs Krankenhaus. Wir sind keine anerkannte Privatklinik. Wir führen nur ein Heim für junge chronisch Kranke und Behinderte. Wir haben Vereinbarungen mit den Ortsbehörden und nicht mit dem Staatlichen Gesundheitsdienst. Wir geben nicht vor, daß wir einen umfassenden medizinischen Krankenpflegedienst haben. Es wäre nicht einmal erwünscht. Es ist an der Zeit, daß Wilfred entweder aufgibt oder sich darüber klar wird, was er hier machen will.«

»Das weiß ich.« Er wußte es, beide wußten es. Das Problem war auch nicht neu. Warum, fragte er sich, beschränkte sich ihre Konversation in letzter Zeit fast nur noch auf die monotone Wiederholung des Offensichtlichen, beherrscht von Helens hoher, belehrender Stimme.

Gemeinsam sahen sie hinunter in den kleinen, gepflasterten Innenhof zwischen den beiden einstöckigen Anbauten mit den Patientenzimmern und den Aufenthaltsräumen; dort unten hatte sich die kleine Gruppe der verbliebenen Patienten zum letzten Sonnenbad vor dem Tee versammelt. Die vier Rollstühle waren mit dem Rücken zum Haus in sorgfältig eingehaltenem Abstand voneinander aufgestellt worden. Die beiden Betrachter konnten lediglich die Hinterköpfe der Patienten wahrnehmen, die bewegungslos dasaßen, die Blicke starr in die Landschaft gerichtet. Grace Willisons graue, unordentliche Haare waren von der leichten Brise zerzaust; Jennie Pegrams Hals war tief zwischen die Schultern gesunken, und ihre Aureole von gelbem Haar strömte über die Lehne des Rollstuhls, als bleiche es in der Sonne; Ursula Hollis' kleiner runder Schädel saß hoch und reglos auf dem zerbrechlichen Hals wie ein abgehackter Kopf auf einem Pfahl; Henry Carwardines dunkler Haarschopf über dem verkrümmten Hals hing zur Seite wie bei einer zerbrochenen Marionette. Aber sie waren ja allesamt Marionetten. Dr. Hewson sah sich in einer plötzlichen wahnwitzigen Phantasievorstellung auf den Hof hinausstürzen und die vier Köpfe durch Ziehen an unsichtbaren Schnüren in nickende, pendelnde Bewegung versetzen, bis die Luft erfüllt war von ihrem lauten, mißtönenden Geschrei.

»Was ist nur los mit ihnen?« fragte er plötzlich. »Die wirken alle so sonderbar.«

»Sonderbarer als sonst?«

»Ja. Ist es dir nicht aufgefallen?«

»Vielleicht vermissen sie Michael. Gott weiß warum. Er hat wenig genug geleistet. Wenn Wilfred beschließt, hier weiterzumachen, kann er jetzt sicher eine bessere Verwendung für ›Haus Hoffnung‹ finden. Übrigens habe ich daran gedacht, ihm vorzuschlagen, mich dort wohnen zu lassen. Es wäre einfacher für uns.«

Der Gedanke erfüllte ihn mit Schrecken. Das also hatte sie geplant. Die wohlbekannte depressive Verstimmung überfiel ihn wieder, körperlich spürbar wie ein Bleigewicht. Zwei selbstbewußte unzufriedene Frauen, die beide etwas von ihm wollten, das zu geben er nicht in der Lage war. Er bemühte sich, die Panik in seiner Stimme zu unterdrücken. »Das würde nicht gehen. Du wirst hier gebraucht. Außerdem könnte ich dich in ›Haus Hoffnung‹ nicht besuchen, nicht mit Millicent nebenan.«

»Wenn sie einmal den Fernsehapparat eingeschaltet hat, hört sie nichts mehr. Das wissen wir. Und es gibt dort auch eine Hintertür, falls du schnell verschwinden mußt. Es ist besser als nichts.«

»Aber Maggie würde Verdacht schöpfen.«

»Das hat sie bereits. Und irgendwann muß sie es ja doch erfahren.«

»Wir wollen das später besprechen. Zur Zeit wäre es ungünstig, Wilfred auch noch damit zu belasten. Seit Victors Tod sind wir alle etwas nervös.«

Victors Tod. Er fragte sich, welche perverse Anwandlung von Masochismus ihn dazu gebracht hatte, Victor

zu erwähnen. Es erinnerte ihn an seine Zeit als Medizin-
student, als er eiternde Wunden mit einem Gefühl der
Erleichterung bloßzulegen pflegte, weil der Anblick von
Blut, entzündetem Gewebe und Eiter für ihn viel weniger furchteinflößend war als seine Vorstellung von dem,
was unter der weichen Gaze liegen mochte. Nun, inzwischen war er Blut gewohnt. Er hatte sich auch an den
Tod gewöhnt. Mit der Zeit würde er sich möglicherweise auch daran gewöhnen, daß er Arzt war.

Sie gingen zusammen in den kleinen Behandlungsraum im vorderen Teil des Gebäudes. Er trat ans Waschbecken und begann Hände und Unterarme methodisch
zu säubern, als habe es sich bei der kurzen Untersuchung des jungen Georgie um einen unappetitlichen chirurgischen Eingriff gehandelt, der gründliche Reinigung
erforderte. Hinter seinem Rücken hörte er das Geklirr
von Instrumenten. Helen hatte unnötigerweise angefangen, zum x-tenmal den Schrank mit den chirurgischen
Geräten aufzuräumen. Mit einem flauen Gefühl machte
er sich klar, daß er und sie um eine Aussprache nicht
herumkommen würden. Aber noch nicht jetzt sollte das
sein. Nicht jetzt. Er wußte auch schon, was sie sagen
würde. Er hatte sich das alles schon früher anhören
müssen, die alten, hartnäckig wiederholten Argumente,
vorgebracht in vertraulich-erzieherischem Tonfall. »Du
vergeudest dein Talent hier. Du bist ein Arzt und kein
Apotheker. Du mußt dich frei machen, mußt dich von
Maggie und Wilfred lösen. Du kannst deine Loyalität für
Wilfred nicht über deine Lebensaufgabe stellen.« Seine
Lebensaufgabe! Dieses Wort hatte seine Mutter auch immer gebraucht. Er verspürte dabei jedesmal den
Wunsch, in hysterisches Gelächter auszubrechen.

Er drehte den Hahn ganz auf, so daß das Wasser her-
ausgeschossen kam, durch das Waschbecken wirbelte
und seine Ohren mit einem Geräusch ähnlich der stei-
genden Flut erfüllte. Wie war er für Victor gewesen, jener Sturz ins Vergessen? War der plumpe Rollstuhl, von
der Schwerkraft gezogen, durch den Raum geschwebt
wie eines der lächerlichen technischen Kinkerlitzchen in
den James-Bond-Filmen, wo ein zwergenhaft wirkender
Mensch absolut sicher inmitten technischer Spielereien

sitzt, jederzeit bereit, einen Hebel zu betätigen und auf Flügeln davonzuschweben? Oder war er, sich überschlagend, durch die Luft gestürzt, an den Felsen abgeprallt und hatte einen hilflos mit den Armen rudernden Victor, dessen Schreie sich mit dem Gekrächze der Möwen vermischten, eingeschlossen wie ein Sarg aus Stoff und Metall? Hatte der schwere Körper während des Falls den Haltegurt durchbrochen, oder hatte das Gewebe gehalten bis zu jenem endgültigen vernichtenden Aufschlag auf der flachen, eisenharten Felsoberfläche, der ersten saugenden Welle des erbarmungslosen, seelenlosen Meeres. Und was war in Victor selbst vorgegangen? Verzückung oder Verzweiflung, Entsetzen oder gnädiges Nichts? Hatten die reine Luft und das Meer alles ausgelöscht, Schmerz, Bitterkeit, Groll, Boshaftigkeit?

Erst nach seinem Tode wurde das volle Ausmaß von Victors Boshaftigkeit bekannt, durch den Zusatz in seinem Testament. Er war peinlich darauf bedacht gewesen, die anderen Patienten wissen zu lassen, daß er Geld besaß, daß er, so bescheiden er auch war, den vollen Preis auf Gut Toynton bezahlte und nicht, wie alle anderen mit Ausnahme von Henry Carwardine, vom Wohlwollen irgendeiner Kommunalbehörde abhängig war. Die Quelle seines Reichtums hatte er niemals preisgegeben – schließlich war er nur Lehrer gewesen, und da konnte man kaum von guter Bezahlung sprechen – und sie kannten sie bis heute nicht. Natürlich war es möglich, daß er Maggie davon erzählt hatte. Es gab vieles, was er ihr möglicherweise erzählt hatte. Doch darüber bewahrte sie ein unergründliches Schweigen.

Eric Hewson glaubte nicht, daß sich Maggie nur seines Geldes wegen für Victor interessiert hatte. Sie hatten schließlich etwas gemeinsam gehabt. Beide hatten sie kein Hehl daraus gemacht, daß sie Gut Toynton haßten, sich dort notgedrungen und nicht aus freien Stücken aufhielten und ihre Mitbewohner verachteten. Wahrscheinlich war Victors abstoßende Boshaftigkeit nach Maggies Geschmack. Sie hatten zweifellos sehr viel Zeit miteinander verbracht. Wilfred beobachtete das anscheinend mit Wohlgefallen, fast als ob er der Meinung sei, Maggie könnte auf diese Weise doch noch in Toynton heimisch werden. Sie war mit von der Partie, wenn Victor in seinem schweren Stuhl regelmäßig an seinen Lieblingsplatz geschoben werden mußte. Der Anblick des Meeres brachte ihn irgendwie zur Ruhe. Maggie und Victor hatten viele Stunden gemeinsam am Rand der Steilküste, außer Sichtweite des Hauses, verbracht. Aber das hatte Eric Hewson nie gestört. Keiner wußte besser als er, daß Maggie nie einen Mann lieben könnte, der sie nicht auch körperlich zu befriedigen vermochte. Eric begrüßte diese Freundschaft. Wenigstens gab sie Maggie die Möglichkeit, ihre Zeit auszufüllen, und das hielt sie ruhig.

Er erinnerte sich nicht mehr genau, wann der Gedanke an das Geld angefangen hatte, sie zu erregen. Victor hatte offenbar etwas verlauten lassen. Fast über Nacht war Maggie anders – lebhafter, beinahe fröhlich – geworden. Eine Art fiebender, unterdrückter Erregung hatte sich ihrer bemächtigt. Und dann hatte Victor plötzlich verlangt, er wolle nach London gefahren werden zu einer Untersuchung ins Erlöserkrankenhaus und außerdem noch zu seinem Anwalt. Damals hatte Maggie angefangen, Eric gegenüber Andeutungen bezüglich des Testaments zu machen. Etwas von ihrer Begeisterung war auf ihn übergegangen. Er fragte sich jetzt, was jeder von ihnen sich damals eigentlich erhofft hatte. Wollte sie mit Hilfe des Geldes lediglich von Gut Toynton loskommen – oder auch von ihm? Wie dem auch sei, sicherlich hätte das Geld für sie beide die Lösung ihrer Probleme bedeutet. Und der Gedanke war auch keineswegs absurd. Es war bekannt, daß Victor außer einer Schwester in Neuseeland, der er niemals schrieb, keine Verwandten hatte. Nein, dachte Eric, während er nach dem Handtuch griff und seine Hände abzutrocknen begann, es war kein absurder Traum; weniger absurd als die Wirklichkeit.

Er vergegenwärtigte sich jene Rückfahrt von London: der warme, abgeschirmte Innenraum des Mercedes; Julius schweigend, mit nur leicht auf dem Lenkrad ruhenden Händen; die Straße ein silbernes, mit verstreuten Sternen besetztes Band, das endlos unter der Motorhaube wegglitt; die unvermittelt aus dem Dunkel auftauchenden Verkehrsschilder, die den blauschwarzen Himmel mit Mustern schmückten; kleine, vor Schreck erstarrte Tiere mit gesträubtem Fell, nur flüchtig angestrahlt vom grellen Licht der Scheinwerfer, das die Straßenmarkierungen zu einem blassen Gold entfärbte. Victor, eingehüllt in seinen karierten Mantel, hatte mit Maggie auf dem Rücksitz gesessen und gelächelt, immer nur gelächelt. Und die Atmosphäre war geschwängert mit – einsamen und gemeinsamen – Geheimnissen.

Victor hatte dann tatsächlich sein Testament geändert. Er versah es mit einem Zusatz, in dem er sein gesamtes Vermögen seiner Schwester vermachte – ein letztes Zeugnis seiner Boshaftigkeit. Des weiteren hinterließ er Grace Willison ein Stück Toilettenseife, Henry Carwardine ein Mundwasser, Ursula Hollis ein Deodorant und Jennie Pegram einen Zahnstocher.

Eric dachte, daß Maggie die ganze Sache sehr gut aufgenommen hatte. Wirklich ausgesprochen gut, wenn wildes, schallendes, unkontrolliertes Gelächter eine Sache gut aufnehmen heißt. Er sah sie wieder vor sich, wie sie hilflos vor Hysterie durch das kleine Wohnzimmer gewirbelt war, wie sie mit zurückgeworfenem Kopf ihr schallendes Lachen hatte ertönen lassen, so daß es als grelles Echo von den Wänden widerhallte und er befürchtete, man könne es bis hinüber nach Gut Toynton hören.

Helen stand am Fenster. Sie sagte in scharfem Ton: »Da steht ein Wagen vor dem ›Haus Hoffnung‹.«

Er ging hinüber zu ihr. Zusammen sahen sie nach draußen. Langsam trafen sich ihre Blicke. Sie nahm seine Hand, und ihre Stimme hatte plötzlich den weichen Klang von damals, als sie zum erstenmal miteinander geschlafen hatten.

»Du brauchst dir keine Sorgen zu machen, Liebling. Das weißt du doch. Gar keine Sorgen.«

# 3

Ursula Hollis klappte ihr Buch zu, schloß die Augen vor der Nachmittagssonne und gab sich ihrer privaten Tagträumerei hin. Sich dies jetzt, in der kurzen Viertelstunde vor dem Tee, zu gestatten, zeugte von Genußsucht, und da sie wegen eines so undisziplinierten Vergnügens stets zu Gewissensbissen neigte, fürchtete sie zunächst, der Zauber würde nicht wirken. Normalerweise hielt sie sich zur Geduld an, bis sie abends in ihrem Bett lag, wo sie sogar noch wartete, bis Grace Willisons rasselnder Atem, der durch die dünne Trennwand zu hören war, in ein sanftes Schlafgeräusch verebbte; erst dann gestattete sie sich, an Steve und die Wohnung in Bell Street zu denken. Dieses Ritual war eine Willensleistung geworden. Sie lag dann da und wagte kaum zu atmen, weil die Bilder, so deutlich sie auch vor ihrem geistigen Auge standen, empfindlich waren und sich leicht verflüchtigten. Heute jedoch spielte sich alles sehr schön ab. Sie konzentrierte sich auf die formlosen Gestalten und wechselnden Farbmuster, die deutlich wie ein Negativ im Entwickler zu einem Bild zusammenflossen, und ihr Ohr begann sich auf die heimatlichen Laute einzustimmen. Sie sah die Backsteinwand des alten Hauses gegenüber, dessen eintönige Fassade jetzt von der Morgensonne angestrahlt wurde, so daß jeder einzelne Ziegelstein ein individuelles Farbenspiel entfaltete. Die enge Zweizimmerwohnung über Mr. Polanskis Feinkostgeschäft, die Straße davor, das dichtgedrängte, buntgemischte Leben auf jener Quadratmeile von London zwischen Edgware Road und Marylebone Station – das hatte sie ausgefüllt und entzückt. Sie war jetzt wieder dort, bummelte am Samstagmorgen, dem glücklichsten Tag der Woche, wieder mit Steve durch den Markt in der Church Street. Sie sah die einheimischen Frauen in geblümten Kitteln und Hausschuhen, die schweren Eheringe tief eingesunken in die knolligen, abgearbeiteten Finger, mit leuchtenden Augen in den formlosen Gesichtern, wie sie tratschend neben ihren Kinderwagen voll abgetragenen Kleidungsstücken saßen; junge Leute in fröhlich-bunter Gewandung hockten auf dem Bürgersteig vor ihren Ständen mit Pseudoantiquitäten und Nippessachen; Touristen, mal fröhlich, impulsiv, mal vorsichtig abwägend, beratschlagten, wie sie ihre Dollars anlegen sollten oder präsentierten stolz ihre bizarren Erwerbungen. Überall in der Straße hing der Geruch von Obst, Blumen und Gewürzen, von schwitzenden Leibern, billigem Wein und alten Büchern. Sie sah die Negerinnen mit ihren ausgeprägten Hinterteilen und dem hohen, fremdländischen Geschnatter, hörte ihr kehliges Lachen, während sie sich um den Stand mit den riesigen unreifen Bananen und Mangofrüchten drängten.

Ihre Finger zärtlich in die von Steve verschränkt, ging sie in ihrem Traum weiter, wie ein Geist, der unsichtbar auf altvertrauten Pfaden wandelt.

Die achtzehn Monate ihrer Ehe waren eine Zeit intensiven, wenn auch unsicheren Glücks gewesen, unsicher deswegen, weil sie niemals das Gefühl hatte, daß dieser Zustand etwas mit der Realität zu tun habe. Es war, als sei sie ein anderer Mensch geworden. Früher hatte sie sich zur Bescheidenheit erzogen und das Ergebnis Glück genannt. Jetzt war ihr klargeworden, daß eine Welt von Erfahrungen, Empfindungen, ja sogar Gedanken existierte, auf die man sie weder in den ersten zwanzig Jahren ihres Lebens in dem Vorort von Middlesbrough noch in den zweieinhalb Jahren ihres Angestelltendaseins in der Pension des Christlichen Vereins junger Frauen in London auch nur im geringsten vorbereitet hatte. Nur ein Umstand beeinträchtigte ihr Glück, nämlich die nie ganz zu unterdrückende Angst, daß dies der falschen Person, einer Hochstaplerin, widerfuhr.

Sie konnte sich nicht vorstellen, was es war, das ihn bei ihrer ersten Begegnung so spontan an ihr fasziniert hatte – damals, als er ins Büro gekommen war, um sich nach seiner Rechnung zu erkundigen. War es jene Eigenheit, die sie immer beinahe als einen Makel betrachtet hatte: die Tatsache, daß sie ein blaues und ein braunes Auge hatte? Zweifellos hatte diese Laune der Natur ihm gefallen und sie, wie sie sehr wohl bemerkte, in seinen Augen interessanter gemacht. Er hatte ihr Aussehen verändert, sie dazu gebracht, ihr Haar auf Schulterlänge wachsen zu lassen, und ihr lange, buntverzierte Röcke aus indischer Baumwolle mit nach Hause gebracht, die er auf den Straßenmärkten oder in den Läden rund um die Edgware Road aufgestöbert hatte. Bisweilen, wenn ihr das eigene, auf so wundersame Weise veränderte Spiegelbild aus einem Schaufenster entgegenblickte, fragte sie sich wieder, welch merkwürdige Vorliebe ihn veranlaßt hatte, sie auszuwählen, welche Anlagen, von ihr und anderen ungeahnt, er in ihr gesehen hatte. Irgendeine charakteristische Eigenart an ihr hatte seinen exzentrischen Geschmack gereizt, gleich den seltsamen Antiquitäten und Nippessachen in den Buden der Bell Street. Irgendein von allen anderen unbeachteter Gegenstand pflegte unvermittelt seine Aufmerksamkeit zu fesseln, er drehte und wendete ihn voll plötzlichen Entzückens in der Hand. Gewöhnlich versuchte sie dann, einen zaghaften Protest anzubringen:

»Aber Liebling, ist das nicht ziemlich scheußlich?«

»O nein, es ist amüsant. Es gefällt mir. Und Mogg wird begeistert sein. Wir wollen es für Mogg kaufen.«

Mogg, sein bester und, wie sie manchmal dachte, einziger Freund, hieß eigentlich Morgan Evans, bevorzugte jedoch seinen Spitznamen, da er ihn passender fand für einen Barden, der den Volkskampf besang. Nicht daß Mogg selbst sehr viel zum Kampf beigetragen hätte: tatsächlich war Ursula nie zuvor einem Menschen begegnet, der so ausgiebig wie er auf Kosten anderer aß und trank. Er rezitierte seine eintönigen, verworrenen Schlachtrufe von Anarchie und Haß in den umliegenden Kneipen, wo seine haarigen und melancholisch blickenden Anhänger schweigend zuhörten oder in unregelmäßigen Abständen unter Beifallsgemurmel mit ihren Bierkrügen auf den Tisch trommelten. Moggs Prosastil dagegen war deutlicher. Sie hatte seinen Brief nur einmal gelesen, bevor sie ihn wieder in Steves Jeanstasche zurückgesteckt hatte, aber sie konnte sich an jedes Wort erinnern. Manchmal fragte sie sich, ob es seine Absicht gewesen war, daß sie ihn finden sollte, ob er wirklich nur zufällig ausgerechnet an dem Abend, wo sie die schmutzigen Sachen zur Wäscherei zu bringen pflegte, vergessen hatte, seine Jeanstaschen auszuräumen. Das war drei

Wochen nachdem ihr das Krankenhaus die unumstößliche Diagnose mitgeteilt hatte.

»Ich würde ja sagen, ich habe Dich gewarnt, wenn ich mir nicht gerade in dieser Woche geschworen hätte, keine Platitüden zu verbreiten. Ich habe Dir eine Katastrophe prophezeit, allerdings nicht in diesem Ausmaß. Mein armer, vom Pech verfolgter Steve! Gibt es denn keine Möglichkeit, eine Scheidung zu erhalten? Sie muß doch vor der Heirat irgendwelche Symptome gehabt haben. Du kannst heutzutage jederzeit eine Scheidung durchsetzen, wenn zum Zeitpunkt der Eheschließung eine Geschlechtskrankheit bestand – aber was ist schon ein bißchen Tripper im Vergleich *dazu?* Ich bin verblüfft angesichts dieser Verantwortungslosigkeit der etablierten Justiz. Man faselt von der Heiligkeit der Ehe und davon, daß sie geschützt werden muß als eine Hauptgrundlage der Gesellschaft, und dann richtet man es ein, daß du beim Kauf eines Gebrauchtwagens eine bessere Mängelhaftung hast, als wenn du dir eine Frau anschaffst. Auf alle Fälle siehst Du doch wohl ein, daß Du von ihr loskommen mußt, oder? Es wird Dein Untergang sein, wenn Du es nicht machst. Und flüchte Dich bloß nicht in eine feige Mitleidshaltung. Kannst Du Dir wirklich vorstellen, daß Du sie im Rollstuhl umherkarrst und ihr den Hintern abwischst? Ja, ich weiß, es gibt Männer, die das tun. Aber Du hattest noch nie besonders viel für Masochismus übrig, oder? Außerdem verstehen die Ehemänner, die so was tun, etwas von Liebe, und nicht einmal Du, mein geliebter Steve, wirst behaupten wollen, da mitreden zu können. Ist sie übrigens nicht römisch-katholisch? Da Ihr nur standesamtlich getraut seid, bezweifle ich, daß sie sich überhaupt als rechtmäßig verheiratet betrachtet. Hier würde sich ein Ausweg für Dich anbieten. Jedenfalls, bis Mittwoch abend, 8 Uhr, im *Paviours Arms.* Ich werde Dein Mißgeschick mit einem neuen Gedicht und einem Pint Bier würdigen.«

Sie hatte eigentlich nie damit gerechnet, daß er ihren Rollstuhl schieben würde. Sie hätte auch nicht gewollt, daß er ihr auch nur die einfachsten pflegerischen Dienste erwies, am wenigsten intime. Schon sehr früh in ihrer Ehe war ihr klargeworden, daß jede Krankheit, selbst eine vorübergehende Erkältung oder einfaches Unwohlsein, ihn abstieß und ängstigte. Sie hatte jedoch gehofft, daß sich die Krankheit nur sehr langsam ausbreiten würde, daß sie zumindest noch für ein paar kostbare Jahre würde allein für sich sorgen können. Sie hatte sich ausgemalt, wie sie das machen würde. Sie würde vor ihm aufstehen, damit er keine Gelegenheit hätte, sich über ihre Schwerfälligkeit und Ungeschicktheit zu ärgern. Sie konnte die Möbel ein wenig verrücken – was er wahrscheinlich nicht einmal bemerken würde –, um so unauffällige Stützen für sich zu schaffen, damit sie sich nicht allzubald mit Stöcken und Beinversteifungen würde behelfen müssen. Vielleicht könnten sie eine günstigere Erdgeschoßwohnung finden. Wenn vor der Haustür eine schräge Auffahrt wäre, könnte sie tagsüber ausgehen, um ihre Einkäufe zu erledigen. Und es würden ihnen immer noch die gemeinsamen Nächte bleiben. Das würde sich doch sicher nie ändern?

Doch hatte sich sehr baldgezeigt, daß die Krankheit, die unerbittlich wie ein Raubtier an ihren Nervenbahnen entlangkroch, sich mit unbeirrbarem Tempo ausbreitete und keine Rücksicht auf ihre Wünsche nahm. Die Pläne, die sie geschmiedet hatte, während sie steif neben ihm lag – in beträchtlichem Abstand von ihm in dem breiten Doppelbett, beseligt von dem Wunsch, kein Zucken eines Muskels solle ihn stören –, waren zunehmend unrealistisch geworden. Angesichts ihrer kläglichen Bemühungen hatte er versucht, rücksichtsvoll und freundlich zu sein. Er hatte sie nicht getadelt, außer durch die Tatsache seines Sich-Zurückziehens, hatte ihre wachsende Schwäche nicht mißbilligt außer indem er kein Hehl daraus machte, wie sehr es ihm selbst an Stärke mangelte. In ihren Alpträumen ertrank sie; in einem grenzenlos weiten Meer um sich schlagend und nach Luft schnappend, klammerte sie sich an einen treibenden Ast und fühlte ihn unter ihren Händen sinken, schwammigweich und morsch. Mit Schrecken machte sie sich bewußt, daß sie den typischen Ausdruck der Behinderten – ein liebedienerisches, jämmerlich blödes Lächeln –

zur Schau zu tragen begann. Es fiel ihr schwer, sich in seiner Gegenwart natürlich zu geben, noch schwerer, sich mit ihm zu unterhalten. Sie dachte an die Zeit zurück, als er noch lang ausgestreckt auf dem Sofa zu liegen und sie beim Lesen oder Nähen zu beobachten pflegte, sie, die Kreatur, die er sich auserkoren und für sich geschaffen hatte, gehüllt in die exzentrischen Kleider, die er für sie ausgesucht und in denen er sie angehimmelt hatte. Jetzt mied er ängstlich ihren Blick.

Sie erinnerte sich an den Tag, an dem er ihr eröffnete, daß er mit dem Sozialreferenten der Klinik gesprochen habe und daß möglicherweise bald ein Platz auf Gut Toynton für sie frei sei. »Es liegt am Meer, Liebes. Du mochtest doch das Meer schon immer. Es ist auch nur eine ganz kleine Gemeinschaft, keine dieser riesigen, unpersönlichen Anstalten. Der Leiter ist ein angesehener Mann, und außerdem ist es praktisch eine religiöse Stiftung. Anstey selbst ist nicht katholisch, sie gehen jedoch regelmäßig nach Lourdes. Das wird dir gefallen – ich meine, weil du dich doch schon immer für Religion interessiert hast. Das war ja eines der Themen, wo wir nicht immer gleicher Meinung waren. Wahrscheinlich habe ich deine Bedürfnisse nie ganz richtig verstanden.«

Er konnte es sich jetzt leisten, tolerant zu sein gegenüber jener speziellen Schwäche. Er hatte vergessen, daß er ihr beigebracht hatte, ohne Gott auszukommen. Ihre Religion war eines der Besitztümer gewesen, die er durch achtlose und verständnislose Haltung für sie entwertet hatte. Sie waren nicht wirklich wichtig für sie gewesen, nur tröstlicher Ersatz für Sex, für Liebe. Sie machte sich nicht vor, daß es sie große innere Überwindung gekostet habe, sich von den angenehmen Illusionen zu verabschieden, die man sie in der St.-Matthews-Grundschule gelehrt hatte – versinnbildlicht in den Heiligenbildern im vorderen Wohnzimmer ihrer Tante in Middlesbrough, in der Fotografie von Papst Johannes und dem gerahmten päpstlichen Segen zur Hochzeit von Onkel und Tante. Das alles war Teil ihrer ereignislosen, aber nicht unglücklichen Kindheit, und es schien ihr jetzt so entrückt wie eine ferne, nur einmal besuchte fremde Küste. Sie konnte nicht mehr zurück, weil sie den Weg nicht mehr wußte.

Am Ende hatte sie den Gedanken an Gut Toynton begrüßt. Sie hatte sich ausgemalt, wie sie unter einer Gruppe von Patienten auf ihrem Stuhl in der Sonne sitzen und das Meer betrachten würde; das sich beständig wandelnde und doch unwandelbare Meer, tröstlich und doch furchteinflößend, das ihr mit seinem endlosen Rhythmus einhämmerte, daß nichts wirklich zählte, daß menschliches Leid belanglos war, daß im Laufe der Zeit alles vorbeiging. Außerdem sollte Toynton nur eine vorübergehende Lösung sein. Steve plante, mit Unterstützung des Sozialamts eine neue und geeignetere Wohnung zu finden; es war also nur eine Trennung auf Zeit.

Immerhin dauerte sie schon acht Monate, in denen ihre Verkrüppelung rapide zugenommen hatte und in denen sie immer unglücklicher geworden war. Sie hatte versucht, es nicht zu zeigen, da Trübseligkeit auf Gut Toynton bedeutete, sich gegen den Heiligen Geist, gegen Wilfred, zu versündigen.

Und ihrer Meinung nach war es ihr auch die meiste Zeit gelungen. Es gab wenig Gemeinsamkeiten zwischen ihr und den anderen Patienten. Grace Willison – langweilig, in mittleren Jahren, fromm. Der achtzehnjährige Georgie Allan mit dem lauten, vulgären Wesen – es war eine Erleichterung gewesen, als er bettlägerig wurde. Henry Carwardine – distanziert, sarkastisch – behandelte sie, als wäre sie ein kleines Ladenmädchen. Jennie Pegram, die unablässig über ihre Haare quatschte und ständig dieses stupide halbe Lächeln zur Schau trug. Und Victor Holroyd, der schreckliche Victor, der sie genauso gehaßt hatte, wie er jeden auf Gut Toynton haßte. Victor, der keinen Sinn darin sah, aus dem Unglücklichsein ein Hehl zu machen, der häufig verkündete, wenn man es schon mit Leuten zu tun habe, die sich die Ausübung von Nächstenliebe zur Aufgabe gemacht hätten, dann solle man ihnen auch reichlich Gelegenheit geben, ihre Nächstenliebe unter Beweis zu stellen.

Sie hatte es immer als selbstverständlich angesehen, daß Victor den anonymen Schmähbrief getippt hatte. Der Brief war auf seine Art ebenso erschütternd wie der von Mogg, den sie damals gefunden hatte. Sie tastete in den Tiefen ihrer Rocktasche nach ihm. Er war noch da, das billige Papier war schon ganz lappig vom vielen Befingern. Sie brauchte ihn nicht zu lesen. Sie kannte ihn inzwischen auswendig, selbst den ersten Abschnitt. Ihn hatte sie nur einmal gelesen und dann das Papier oben umgebogen, so daß die Worte nicht mehr zu sehen waren. Schon der Gedanke daran trieb ihr das Blut in die Wangen. Wie konnte er – denn sicher konnte es sich nur um einen Mann handeln – wie konnte er wissen, wie sie und Steve Liebe gemacht, daß sie bestimmte Dinge auf bestimmte Weise praktiziert hatten? Wie konnte überhaupt irgend jemand davon wissen? Hatte sie vielleicht im Schlaf aufgeschrien und stöhnend ihr Verlangen preisgegeben? Doch in diesem Fall hätte nur Grace Willison im angrenzenden Zimmer sie hören können, und wie hätte sie begreifen sollen?

Sie entsann sich, irgendwo gelesen zu haben, daß obszöne Briefe gewöhnlich von Frauen geschrieben würden, besonders von alten Jungfern. Vielleicht war es am Ende doch nicht Victor Holroyd gewesen. Grace Willison, die fade, gehemmte, bigotte Grace? Doch wie könnte sie erraten haben, was Ursula selbst sich niemals eingestanden hatte?

»Sie müssen schon von Ihrer Krankheit gewußt haben, als Sie ihn heirateten. Waren da nicht diese Zukkungen, das Schwächegefühl in den Beinen, die morgendliche Unbeholfenheit? Sie wußten genau, daß Sie krank sind! Sie haben ihn reingelegt. Kein Wunder, daß er selten schreibt und nie zu Besuch kommt. Er lebt nämlich nicht allein. Sie haben doch nicht im Ernst erwartet, er würde Ihnen treu bleiben?«

Und hier brach der Brief ab. Irgendwie hatte sie das Gefühl, daß der Schreiber ihn nicht richtig zu Ende gebracht hatte, daß er einen dramatischeren Abschluß beabsichtigt hatte. Doch vielleicht war er oder sie gestört worden; jemand mochte unerwartet ins Büro gekommen sein. Der Brief war mit der alten Remington-Schreibmaschine auf das billige, löschpapierähnliche Toynton-Briefpapier getippt worden. So gut wie alle Patienten und Mitglieder des Personals benutzten sie gelegentlich. Sie glaubte sich zu erinnern, die meisten irgendwann schon einmal an der Remington gesehen zu haben. Natürlich war es eigentlich Graces Maschine; es war eine allgemein anerkannte Tatsache, daß sie in erster Linie ihr zur Verfügung stand; sie brauchte sie, um die Matrizen für das vierteljährliche Rundschreiben zu tippen. Oft arbeitete sie noch allein im Büro, wenn die übrigen Patienten ihren Arbeitstag schon abgeschlossen hatten. Und es war leicht, dafür zu sorgen, daß der Brief den vorgesehenen Empfänger erreichte.

Die sicherste Methode war, den Brief in ein Leihbuch aus der Bibliothek zu stecken. Jeder wußte, was die anderen gerade lasen, wie hätte sich das auch vermeiden lassen? Bücher wurden auf Tische, auf Stühle gelegt und waren für jedermann leicht zugänglich. Das gesamte Personal und alle Patienten mußten gewußt haben, daß Ursula das neueste Buch von Iris Murdoch las. Und seltsamerweise hatte sie den Schmähbrief genau an der Seite gefunden, bis zu der sie beim Lesen gekommen war.

Zuerst hatte sie fest geglaubt, daß es sich bei der Sache lediglich um einen erneuten Beweis von Victors Fähigkeit, andere zu verletzen und zu demütigen, handelte. Erst seit seinem Tod hatten sich bei ihr Zweifel geregt, hatte sie verstohlene Blicke auf ihre Mitbewohner im Heim geworfen und begonnen, sich Fragen zu stellen und sich zu ängstigen. Doch sicher war das alles nur Unsinn? Es konnte nur Victor gewesen sein, und wenn er es gewesen war, würde es auch keine Briefe mehr geben. Doch selbst er – wie konnte er von ihr und Steve gewußt haben? Andererseits war es eine Tatsache, daß Victor rätselhafterweise über alle möglichen Dinge Bescheid wußte. Sie entsann sich der Szene, als sie und Grace Willison mit ihm hier auf dem Innenhof gesessen hatten. Das Gesicht der Sonne zugewandt und ihr albernes, mildes Lächeln zur Schau tragend, hatte Grace davon gesprochen, wie glücklich sie über die nächste Pilgerfahrt nach Lourdes sei. Victor hatte sie barsch unterbrochen:

»Ihre Fröhlichkeit ist Euphorie. Das ist ein Merkmal Ihrer Krankheit. Muskelschwundfälle haben immer solche irrationalen Glücksgefühle und Hoffnungen. Sie sollten die Lehrbücher lesen. Es ist ein allgemein bekanntes Symptom. Für Sie ist es jedenfalls nichts, worauf Sie sich etwas zugute tun könnten, und uns anderen geht es verdammt auf die Nerven.«

Ursula erinnerte sich, daß Graces Stimme gebebt hatte, so gekränkt war sie. »Ich habe nicht behauptet, daß ich mir auf Glücklichsein etwas zugute tue. Selbst wenn es nur ein Symptom ist, darf man ja wohl noch dankbar dafür sein; es ist so etwas wie eine Gnade.«

»Solange Sie von uns nicht erwarten, daß wir in Ihren Lobgesang einstimmen, bedanken Sie sich meinetwegen. Danken Sie Gott für das Privileg, weder für sich selbst noch für irgendwen sonst auch nur von geringstem Nutzen zu sein. Und wenn Sie schon dabei sind, danken Sie ihm auch für einige andere segensreiche Wohltaten seiner Schöpfung; die Millionen, die sich abrackern, um auf unfruchtbaren, überfluteten oder von der Dürre ausgebrannten Feldern ihr Leben zu fristen, für verhungernde Kinder, gefolterte Gefangene – für den ganzen hoffnungslosen, verfluchten, sinnlosen Schlamassel.«

Grace Willison, die mit den Tränen kämpfte, hatte ihm ruhig entgegengehalten: »Aber Victor, wie können Sie nur so sprechen? Das Leben besteht nicht nur aus Leid; Sie können doch nicht wirklich glauben, daß Gott kein Interesse an uns hat. Sie kommen doch auch nach Lourdes mit uns.«

»Selbstverständlich komme ich mit. Es ist ja die einzige Chance, aus dieser öden, hirnverbrannten Besserungsanstalt rauszukommen. Ich mag die Abwechslung, ich reise gern, ich genieße die Sonne und die Farben in den Pyrenäen. Ich ziehe sogar eine gewisse Genugtuung aus der schwülstigen Vermarktung des Ganzen, aus der Bestätigung, daß Tausende meiner Mitmenschen sich größere Illusionen machen als ich.«

»Aber das ist doch Blasphemie!«

»Tatsächlich? Nun, auch das macht mir Spaß.«

Grace blieb hartnäckig: »Sie sollten sich mit Pater Baddeley aussprechen, Victor. Ich bin überzeugt, er würde Ihnen helfen. Oder vielleicht mit Wilfred. Warum sprechen Sie nicht mit Wilfred?«

Er brach in wüstes Gelächter aus, in dem – seltsam und erschreckend – bei allem Spott auch echte Belustigung mitschwang.

»Mit Wilfred sprechen! Großer Gott, ich könnte Ihnen etwas über unseren tugendhaften Wilfred erzählen, das Sie in große Heiterkeit versetzen würde, und eines Tages, wenn er mich genug geärgert hat, werde ich das wahrscheinlich auch tun. Mit Wilfred sprechen!«

Sie glaubte noch immer das ferne Echo dieses Gelächters zu hören. »Ich könnte Ihnen etwas über Wilfred erzählen.« Nur daß er ihnen nichts erzählt hatte und es jetzt auch nicht mehr tun würde. Sie dachte über Victors Tod nach. Welcher Impuls hatte ihn an jenem Nachmittag dazu getrieben, sich gegen sein Schicksal aufzubäumen? Es konnte nur aus einem Impuls heraus geschehen sein: Mittwoch war nicht sein üblicher Tag für eine Ausfahrt gewesen, und Dennis hatte ihn ja auch nicht fahren wollen. Sie erinnerte sich deutlich an die Szene im Hof. Victor, der aufsässig und hartnäckig auf jede erdenkliche Art seinen Willen durchzusetzen versuchte. Dennis, der mit rotem Kopf und schmollend wie ein widerspenstiges Kind schließlich widerwillig nachgab. Und so waren sie also beide zu jenem letzten Ausflug aufgebrochen, und sie hatte Victor nie wiedergesehen. Was hatte er gedacht, als er die Bremsen löste und sich mitsamt dem Stuhl ins Nichts stürzte? Sicherlich war es nur ein momentaner Impuls gewesen. Niemand wählt mit kühlem Kopf eine Todesart von solcher Abscheulichkeit, wenn sanftere Mittel zur Verfügung stehen. Und es gab doch wohl sanftere Methoden; sie machte sich ab und zu Gedanken über die beiden jüngsten Todesfälle, Victor und Pater Baddeley. Der milde, erfolglose Pater Baddeley war dahingegangen, als ob er nie existiert hätte; sein Name wurde kaum noch erwähnt. Es war Victor, der immer noch unter ihnen zu sein schien. Es war Victors verbitterter, ruheloser Geist, der über Gut Toynton schwebte. Manchmal, besonders in der Dämmerung, wagte sie nicht, den Blick auf den Rollstuhl neben ihr zu richten, aus Furcht, Victors massige Gestalt zu erblikken, gehüllt in den dicken Plaidumhang, darüber das dunkle, sardonische Gesicht mit dem starren Lächeln. Ungeachtet der warmen Nachmittagssonne begann Ursula plötzlich zu frösteln. Sie löste die Bremsen ihres Stuhls, wendete und steuerte auf das Haus zu.

# 4

Die Eingangstür zum Gutshaus stand offen, und Julius Court trat als erster in die quadratische hohe Halle mit der Eichentäfelung und dem im Schachbrettmuster ausgeführten Marmorboden. Von drinnen schlug einem sofort eine übermäßige Hitze entgegen. Es war, als durchschreite man einen unsichtbaren Heißluftvorhang. In der Halle roch es merkwürdig, nicht nach den anstaltsüblichen Körperausdünstungen, dem Essen, der Möbelpolitur, den Antiseptika, sondern süßlich und seltsam exotisch wie nach Weihrauch. Das Licht war dämmrig wie in einer Kirche. Dieser Eindruck wurde noch verstärkt durch die präraffaelitischen Buntglasfenster beiderseits des Haupteingangs; links war die Vertreibung aus dem Paradies dargestellt, rechts die Opferung des Isaak. Dalgliesh fragte sich, wessen ausschweifende Phantasie wohl den verweichlichten Engel mit seiner Flut gelber Haare unter dem federngeschmückten Helm ersonnen hatte oder das mit Rauten in Rubinrot, Hellblau und Orange üppig verzierte Schwert, mit dem der Engel den beiden Delinquenten in nicht sonderlich zweckdienlicher Weise den Zutritt zum Garten Eden verwehrte. Adam und Eva, deren rosafarbene Glieder taktvoll mit Lorbeerranken umwunden waren, trugen einen Gesichtsausdruck unechter Durchgeistigung beziehungsweise verdrießlicher Reue zur Schau. Rechter Hand schoß der gleiche Engel, jetzt in eine Art Batman verwandelt, über Isaaks gefesselten Körper hinweg und wurde dabei aus dem Dickicht von einem ungewöhnlich wolligen Schafbock beobachtet, dessen Gesicht – verständlicherweise – höchste Furcht verriet.

Drei Stühle standen in der Eingangshalle – Bastardschöpfungen aus bemaltem Holz und Plast, die selbst wie Krüppel wirkten, der eine ungewöhnlich hoch, die beiden anderen extrem niedrig. Ein zusammengeklappter Rollstuhl lehnte an der hinteren Wand, ein hölzerner Handlauf war in Taillenhöhe in die Täfelung geschraubt. Auf der rechten Seite gab eine offene Tür den Blick in einen Raum frei, der möglicherweise als Büro oder Garderobe diente. Dalgliesh konnte die Falten eines an der Wand hängenden Plaidumhangs, ein Schlüsselbrett und die Ecke eines großen Schreibtisches erkennen. Links von der Tür stand ein runder Ziertisch, der ein Messingtablett für die Briefpost trug, darüber prangte eine riesige Feuerglocke.

Julius ging durch eine Tür in der hinteren Wand voraus, in einen inneren Flur, von wo aus eine kunstvoll geschnitzte Treppe nach oben führte, deren Geländer zur Hälfte dem Metallkorb eines großen, modernen Fahrstuhls hatte Platz machen müssen. Sie gelangten zu einer dritten Tür. Julius stieß sie mit dramatischer Geste auf und verkündete: »Besuch für die Toten. Adam Dalgliesh.«

Die drei traten zusammen ein. Dalgliesh, den seine beiden Begleiter in die Mitte genommen hatten, hatte das ungewohnte Gefühl, unter Bewachung zu stehen. Nach dem Dämmer in der Eingangshalle und dem Zwischenflur brachte ihn die Helligkeit des Eßzimmers zum Blinzeln. Die hohen zweiflügeligen Fenster ließen kaum natürliches Licht ein, aber der Raum war grell beleuchtet von zwei Neonröhren, mit denen man die Stuckdecke verschandelt hatte. Bilder verschwammen vor seinen Augen und nahmen wieder Gestalt an, und dann sah er deutlich die Bewohner von Gut Toynton vor sich, wie auf einem Gruppenbild um den eichenen Refektoriumstisch zum Teetrinken versammelt.

Sein überraschendes Auftreten schien sie für einen Augenblick zum Schweigen gebracht zu haben. Vier der Anwesenden, drei Frauen und ein Mann, saßen in Rollstühlen. Die beiden anderen Frauen gehörten offensichtlich zum Personal; die eine trug Oberschwesterntracht, an der nur das herkömmliche Statussymbol, die Haube, fehlte, ohne die ihre Kleidung merkwürdig unvollständig wirkte. Die andere, eine jüngere Frau mit hellen Haaren, trug schwarze Hosen und einen weißen Arbeitskittel. Trotz dieser unorthodoxen Uniform vermittelte sie den Eindruck von ein wenig furchteinflößender Tüchtigkeit. Die anwesenden drei nichtinvaliden Männer trugen dunkelbraune Mönchskutten. Nach sekundenlanger Stille erhob sich eine Gestalt am oberen Tischende und schritt feierlich langsam mit ausgestreckten Armen auf sie zu. »Willkommen auf Gut Toynton, Adam Dalgliesh. Ich bin Wilfred Anstey.«

Dalglieshs erster Gedanke war, daß er einen Schmierenkomödianten vor sich hatte, der mit eingeschliffener Routine einen asketischen Bischof spielte. Die braune Mönchskutte paßte so gut zu ihm, daß man ihn sich unmöglich in anderer Tracht vorstellen konnte. Er war groß und sehr dünn, seine Handgelenke, die aus den weiten Ärmeln hervorragten, waren braun und vertrocknet wie Herbstreisig. Das Haar war grau, aber kräftig und so kurz geschoren, daß es die knabenhaft geschwungene Schädellinie erkennen ließ. Die Flecken in dem schmalen, länglichen Gesicht sahen aus wie ungleichmäßig verblassende Sonnenbräune; zwei hellglänzende Stellen an der linken Schläfe schienen von einer Hauterkrankung herzurühren. Sein Alter war schwer zu schätzen; er mochte etwa fünfzig sein. Die sanften, fragenden Augen, die die Bereitschaft erkennen ließen, die Leiden anderer demütig zu tragen, waren jung, die blaue Iris sehr klar, das Weiße milchig trübe. Ein unvergleichlich süßes, apartes Lächeln wurde durch lückenhafte und verfärbte Zähne um seine Wirkung gebracht. Dalgliesh fragte sich, woran es wohl lag, daß Philanthropen so häufig eine Abneigung gegen den Zahnarzt haben.

Er streckte die Hand aus und fühlte sie umschlossen von Wilfreds beiden Händen. Es kostete ihn Überwindung, vor dieser schweißigen Berührung nicht zurückzuweichen. Er sagte: »Ich hatte gehofft, ein paar Tage bei Pater Baddeley verbringen zu können. Ich bin ein alter Freund von ihm. Erst hier habe ich erfahren, daß er tot ist.«

»Tot und eingeäschert. Seine Asche wurde letzten Mittwoch auf dem Kirchhof von St. Michael's Toynton beigesetzt. Wir wußten, daß es sein Wunsch war, in geweihter Erde zu ruhen. Wir setzten keine Todesanzeige in die Zeitung, weil wir davon ausgingen, daß er weder Freunde noch Bekannte hatte.«

»Außer uns hier.« Die sanfte, aber nachdrückliche Berichtigung kam von einer grauhaarigen Patientin, die offenbar die älteste unter den Anwesenden war und steif wie eine Spielzeugpuppe in ihrem Stuhl saß. Sie sah Dalgliesh mit einem freundlich interessierten Blick an. Wilfred Anstey sagte: »Sehr richtig. Außer uns hier. Grace stand unserem Michael wohl am nächsten von uns allen, sie war auch bei ihm in der Nacht, als er starb.«

Dalgliesh sagte: »Mrs. Hewson sagte mir, er sei allein gestorben.«

»Ja, leider. Aber letzten Endes sterben wir alle allein. Sie trinken doch eine Tasse Tee mit uns? Julius und Maggie, ihr natürlich auch. Und sagten Sie nicht, Sie wollten bei Michael wohnen? Dann müssen Sie natürlich hier übernachten.«

Er wandte sich an die Oberschwester. »Victors Zimmer wäre vielleicht am besten, Dot. Würden Sie es nach dem Tee für unseren Gast herrichten?«

Dalgliesh erwiderte: »Das ist sehr freundlich von Ihnen, aber ich möchte Ihnen nicht mehr als nötig zur Last fallen. Würde es etwas ausmachen, wenn ich mich für ein paar Tage im Cottage einquartieren würde? Mrs. Hewson sagte mir, daß Pater Baddeley mir seine Bibliothek hinterlassen hat. Es wäre praktisch, wenn ich die Bücher gleich sortieren und verpacken könnte, solange ich hier bin.«

Spielte ihm seine Einbildung einen Streich, oder war sein Vorschlag tatsächlich nicht ganz willkommen? Anstey zögerte freilich nur eine kurze Sekunde, bevor er erwiderte: »Aber selbstverständlich – wenn Ihnen diese Lösung lieber ist . . . Aber ich darf Sie zuerst einmal mit unserer Familie bekannt machen.«

Ein förmliches Begrüßungszeremoniell schloß sich an. Nacheinander drückte Dalgliesh, was ihm an Händen gereicht wurde, ob trocken oder kalt und feucht, zögernd oder zupackend. Grace Willison: die unverheiratete Frau in den mittleren Jahren, eine Studie in Grau;

Haut und Haare, Kleid und Strümpfe – alles an ihr wirkte ein bißchen angestaubt, so daß sie Ähnlichkeit hatte mit einer altmodischen, steifen Puppe, die man zu lange in irgendeiner Schrankecke hatte herumliegen lassen. Ursula Hollis: hochaufgeschossene Gestalt, Hautunreinheiten im Gesicht, langer Rock aus indischem Kattun. Sie widmete ihm ein flüchtiges Lächeln und erwiderte seinen Händedruck nur kurz und lustlos. Ihre linke Hand ruhte schlaff im Schoß, wie niedergedrückt vom Gewicht des breiten Eheringes. Irgend etwas erschien ihm merkwürdig in ihrem Gesicht; erst als er schon weitergegangen war, wurde ihm bewußt, daß eines ihrer Augen blau und das andere braun war. Jennie Pegram: die jüngste Patientin, aber wahrscheinlich doch älter, als sie aussah, mit blassem, scharfgeschnittenem Gesicht und den milden Augen eines Äffchens. Ihr Hals war so kurz, daß es aussah, als habe sie sich in ihrem Rollstuhl zusammengeduckt. Goldblondes, in der Mitte gescheiteltes Haar hing wie ein Vorhang um den zwergenhaften Körper. Bei seiner Berührung kroch sie förmlich in sich zusammen, ließ ein kränkliches Lächeln sehen und hauchte »hallo«. Henry Carwardine: gutaussehend, herrisches Gesicht, das jedoch von tiefen Linien der Anspannung zerfurcht war, hochangesetzte, spitze Nase und schmallippiger Mund. Die Krankheit hatte ihm den Kopf zur Seite gebogen, was ihm das Aussehen eines hochmütigen Raubvogels verlieh. Er übersah Dalgliesh dargebotene Hand und stieß lediglich ein kurzes »Guten Tag« hervor, mit einem Desinteresse, das fast an Unhöflichkeit grenzte. Dorothy Moxon, die Oberschwester: düster, beleibt, mit traurigen Augen unter den schwarzen Ponyfransen. Helen Rainer: groß, mit etwas vorstehenden grünen Augen unter dünnhäutigen Lidern und einer wohlgeformten Figur, die selbst der locker sitzende Kittel nicht völlig verbergen konnte. Sie wäre attraktiv, dachte er, wenn da nicht dieser unzufriedene Zug um ihre Hamsterbäckchen wäre. Sie bedachte Dalgliesh mit einem festen Händedruck und warf ihm einen einschüchternden Blick zu, als begrüße sie einen neuen Patienten, den sie im Verdacht hatte, Ärger stiften zu wollen. Dr. Eric Hewson: ein blonder, gutaussehender Mann mit jungenhaftem, sensiblem Gesicht und dunklen, von auffallend langen Wimpern umsäumten Augen. Dennis Lerner: ein mageres, ziemlich verwaschenes Gesicht mit nervös blinzelnden Augen hinter der Nickelbrille, feuchter Händedruck. Anstey erläuterte, daß Dennis der Krankenpfleger war, so als sei in bezug auf Lerner eine erkärende Bemerkung angebracht.

»Die beiden übrigen Mitglieder unserer Familie, Albert Philby, unser ›Mädchen für alles‹, und meine Schwester Millicent Hammitt, werden Sie später noch kennenlernen. Aber ich darf auf keinen Fall Jeoffrey vergessen.« Als hätte sie den Namen aufgeschnappt, erhob und streckte sich auf einer Fensterbank, wo sie zusammengerollt gedöst hatte, eine Katze, ließ sich schwerfällig auf den Boden plumpsen und kam mit erhobenem Schweif heranstolziert. Es war ein faßförmiges, getigertes Tier mit einem Schwanz wie eine Fuchsrute, das den Eindruck machte, als widme es sein Dasein weniger dem Dienst an seinem Ernährer als vielmehr der Befriedigung eigener Gelüste. Kater Jeoffrey warf Anstey einen ungnädigen Blick zu, der von langem Leiden und Abscheu zeugte, und sprang leichtfüßig und mit exakter Berechnung auf Carwardines Schoß, wo er ungnädig empfangen wurde. Offenbar erwärmt durch Carwardines sichtlichen Widerwillen ließ er sich unter ausgiebigem Geschnurr nieder und schloß die Augen.

Julius Court und Maggie Hewson hatten am anderen Ende des langen Tisches Platz genommen. Julius verkündete: »Seid vorsichtig mit dem, was ihr zu Mr. Dalgliesh sagt, es wird möglicherweise notiert und als Beweismittel gegen euch verwendet. Er zieht es zwar vor, inkognito zu reisen, doch er ist in Wirklichkeit Kommissar Adam Dalgliesh vom New Scotland Yard. Und zwar vom Morddezernat.«

Henry Carwardines Tasse begann einen klirrenden Tanz auf ihrer Untertasse. Er bemühte sich erfolglos, sie mit der linken Hand zur Ruhe zu bringen. Keiner sah zu ihm hin. Jennie Pegram sog bedeutungsvoll die Luft durch die Zähne und blickte dann selbstgefällig in die Runde, als habe sie etwas besonders Kluges vollbracht.

Helen Rainer sagte unfreundlich: »Woher wissen Sie das?«

»Ich stehe eben mit beiden Beinen im Leben, meine Lieben, und lese gelegentlich die Zeitung. Letztes Jahr gab es einen Fall, bei dem der Kommissar eine gewisse öffentliche Berühmtheit erlangte.«

Er wandte sich zu Dalgliesh: »Nach dem Abendessen trinken Henry und ich zusammen ein Glas Wein und hören Musik. Vielleicht haben Sie Lust, uns Gesellschaft zu leisten. Sie könnten Henrys Rollstuhl zu mir herüber schieben. Wilfred wird Sie bestimmt entschuldigen.«

Die Einladung schien nicht sehr höflich, da Julius bis auf zwei alle Anwesenden überging und den Neuankömmling selbstherrlich für sich in Beschlag nahm, ohne dem Hausherrn mehr als symbolischen Respekt zu zollen. Aber offenbar nahm niemand Anstoß. Möglicherweise war es eine vertraute Gepflogenheit der beiden, abends ein Glas miteinander zu trinken, wenn Court sich in seinem Cottage aufhielt. Warum sollten die Patienten ihre Freunde mit allen anderen teilen. Warum sollten diese Freunde immer eine Einladung an alle aussprechen. Zudem war Dalgliesh offensichtlich eingeladen worden, um als Helfer zu fungieren. Er bedankte sich kurz und nahm zwischen Ursula Hollis und Henry Carwardine Platz.

Die Teemahlzeit war einfach wie in einer Internatsschule. Es gab kein Tischtuch. Auf dem verschrammten, mit Brandflecken übersäten Eichentisch standen zwei große braune Teekannen, aus denen Dorothy Moxon ausschenkte, zwei Teller mit dick geschnittenen Scheiben Schwarzbrot, die mit etwas bestrichen waren, von dem Dalgliesh argwöhnte, daß es Margarine war, je ein Topf Honig und Marmelade und eine Platte voll selbstgemachter süßer Brötchen, die rundherum mit Rosinen bestreut waren. Außerdem war eine Schale mit Äpfeln vorhanden, die nach Fallobst aussahen. Getrunken wurde aus irdenen braunen Bechern. Aus einem Geschirrschrank, der unterm Fenster stand, brachte Helen Rainer für die Besucher drei ähnliche Trinkgefäße samt den dazugehörigen Tellern zum Vorschein.

Es war eine seltsame Teegesellschaft. Carwardine

schob dem Gast eine Platte mit bestrichenen Broten hin und bemühte sich ansonsten, ihn zu ignorieren. Auch mit Ursula Hollis kam Dalgliesh zunächst nicht weiter; sie hielt ihm ihr blasses eindringliches Gesicht zugekehrt, und ihre ungleichen Augen suchten die seinen. Er registrierte mit Unbehagen, daß sie irgend etwas von ihm erwartete – ein Zeichen von Interesse, ja Zuneigung? –, was er nicht genau erraten konnte und wozu er sich nicht in der Lage fühlte. Durch einen glücklichen Zufall erwähnte er London. Ihr Gesicht hellte sich auf, sie fragte, ob er Marylebone kenne und den Markt in der Bell Street? Im Nu fand er sich in eine rege, beinahe besessene Unterhaltung über die Londoner Straßenmärkte verwickelt. Sie wurde lebhaft, beinahe hübsch, und seltsamerweise schien das Gespräch sie in gewisser Weise zu trösten.

Plötzlich beugte sich Jennie Pegram über den Tisch, zog einen Flunsch und sagte mit gespieltem Abscheu: »Ein komischer Beruf, Mörder zu fangen und sie aufhängen zu lassen. Ich verstehe nicht, wie einem diese Arbeit Spaß machen kann.«

»Sie macht uns auch keinen Spß, und im übrigen wird heute niemand mehr gehenkt.«

»Na, dann eben lebenslänglich eingesperrt. Das finde ich noch schlimmer. Und ich wette, daß einige von denen, die Sie in jüngeren Jahren geschnappt haben, noch aufgehängt wurden.«

Er entdeckte den ahnungsvollen, fast schon lasziven Glanz in ihren Augen – keine neue Erfahrung für ihn. Er bemerkte ruhig: »Alles in allem fünf. Interessant, daß die Leute immer gerade über die etwas hören wollen.«

Anstey lächelte sanft und sprach im Ton eines Menschen, der entschlossen ist, um jeden Preis gerecht zu sein: »Es geht doch nicht nur um Bestrafung, Jennie. Da ist zum Beispiel noch die Abschreckungstheorie. Da ist die Notwendigkeit, den allgemeinen Abscheu von Gewaltverbrechen öffentlich zum Ausdruck zu bringen. Da ist die Hoffnung, den Verbrecher zu bessern und ihn wieder in die Gesellschaft einzugliedern. Und dann ist es natürlich sehr wichtig, dafür zu sorgen, daß er es nicht wieder tut.«

Er erinnerte Dalgliesh an einen Lehrer aus seiner Schulzeit, der ihm sehr unsympathisch gewesen war; er pflegte stets pflichtgemäß freie Diskussionen anzuregen, gab jedoch durch sein gönnerhaftes Gebaren zu verstehen, daß er zwar bereit sei, ein begrenztes Maß an unorthodoxen Meinungen zuzulassen, aber nur unter der Voraussetzung, daß die Klasse innerhalb der anberaumten Zeit zu der einzig richtigen Überzeugung, nämlich seiner eigenen, komme. Heute freilich war Dalgliesh weder gezwungen noch geneigt, das Spiel mitzumachen. Er unterbrach Jennies einfältiges »Nun, sie können es ja schlecht wieder tun, wenn sie aufgehängt worden sind, oder?« mit der Bemerkung: »Ich weiß, daß das Thema interessant und wichtig ist. Sehen Sie es mir aber bitte nach, daß ich persönlich nicht fasziniert davon bin. Ich bin im Urlaub – richtiger auf Genesungsurlaub –, und ich versuche, meine Arbeit zu vergessen.«

»Sie waren krank?« Carwardine langte behutsam wie ein Kind, das seines Könnens noch nicht sicher ist, über den Tisch und bediente sich mit Honig.

»Ich hoffe, Sie sind nicht in eigener Sache hier – und sei es auch nur unterbewußt. Sie halten doch wohl nicht Ausschau nach einem zukünftigen freien Arbeitsplatz? Oder leiden Sie an einer progressiven unheilbaren Krankheit?«

Anstey sagte: »Wir leiden alle an einer progressiven unheilbaren Krankheit. Wir nennen sie Leben.«

Carwardine lächelte verkniffen in sich hinein, als habe er in einem privaten Spiel einen Punkt aufgeholt und beglückwünsche sich selbst dazu.

Dalgliesh, der immer mehr den Eindruck gewann, einer Teegesellschaft unter Irren beizuwohnen, war sich nicht sicher, ob die Bemerkung billiger Tiefsinn oder lediglich albern gewesen war. Sicher war er sich jedoch, daß Anstey sie schon früher zum besten gegeben hatte. Nach einer kurzen Pause verlegenen Schweigens sagte Anstey: »Michael hat uns von Ihrer bevorstehenden Ankunft nichts erzählt.« Es klang wie ein milder Tadel.

»Er hat möglicherweise meine Postkarte nicht bekommen. Sie müßte eigentlich am Morgen des Todestages eingetroffen sein. Ich konnte sie in seinem Schreibtisch nicht finden.«

Anstey war dabei, einen Apfel zu schälen, die gelbe Schale wand sich um seine dünnen Finger. Er sah nicht von seiner Beschäftigung auf, als er sagte: »Er wurde von einem Krankenwagen heimgebracht. Ich hatte an jenem Morgen keine Zeit, ihn zu holen. Soviel ich weiß, hielt der Krankenwagen – wahrscheinlich auf Michaels Bitte – kurz am Briefkasten. Michael überbrachte später sowohl mir als auch meiner Schwester einen Brief, deshalb ist anzunehmen, daß er Ihre Karte bekommen hat. Mir fiel jedenfalls keine Postkarte auf, als ich im Schreibtisch nach seinem Testament und nach anderen schriftlichen Instruktionen suchte, die er hinterlassen haben könnte. Das war frühmorgens am Tag nach seinem Tod. Natürlich wäre es auch möglich, daß ich sie übersehen habe.«

Dalgliesh sagte leichthin: »In diesem Fall wäre sie ja noch da. Vermutlich warf Vater Baddeley sie fort. Es ist schade, daß Sie den Schreibtisch aufbrechen mußten.«

»Aufbrechen?« Ansteys Stimme drückte nichts anderes als höfliche, unbekümmerte Neugier aus.

»Das Schloß wurde aufgebrochen.«

»Was Sie nicht sagen. Wahrscheinlich hatte Michael den Schlüssel verloren, und es blieb ihm nichts anderes übrig, als zu diesem extremen Mittel zu greifen. Ich fand den Schreibtisch offen, als ich nach seinen Papieren suchte. Leider versäumte ich es, das Schloß zu überprüfen. Ist es denn schlimm?«

»Möglicherweise für Miss Willison. Man sagte mir, der Schreibtisch sei jetzt ihr Eigentum.«

»Natürlich stellt ein beschädigtes Schloß eine Wertminderung dar. Sie werden jedoch feststellen, daß wir auf Gut Toynton materiellen Besitztümern wenig Bedeutung zumessen.«

Mit erneutem Lächeln gab er zu verstehen, daß diese Bagatelle für ihn erledigt war, und wandte sich an Dorothy Moxon. Miss Willison war in die Betrachtung ihres Tellers versunken. Sie sah nicht auf. Dalgliesh sagte: »Vielleicht ist es dumm von mir, aber ich hätte mir gern Klarheit darüber verschafft, ob Pater Baddeley mit meinem Besuch rechnete. Ich dachte, daß er möglicherweise meine Postkarte in sein Tagebuch gesteckt haben könnte. Aber das letzte Heft fehlt in seinem Schreibtisch.«

Diesmal sah Anstey auf. Der Ausdruck seiner blauen Augen blieb unschuldig, höflich, unbekümmert. »Ja, ich habe es auch bemerkt. Er hat anscheinend Ende Juni aufgehört, Tagebuch zu führen. Erstaunlich ist, daß er überhaupt eines führte, nicht, daß er die Angewohnheit aufgab. Zu guter Letzt wird man auch der Selbstgefälligkeit überdrüssig, Trivialitäten aufzuzeichnen, als seien sie von bleibendem Wert.«

»Es ist aber doch wohl ungewöhnlich, nach so vielen Jahren mitten im Jahr abzubrechen.«

»Er war gerade nach schwerer Krankheit aus dem Hospital zurückgekehrt und machte sich bestimmt keine großen Illusionen hinsichtlich der weiteren Zukunft. Da er wußte, daß sein Tod nicht mehr lange auf sich warten lassen konnte, entschloß er sich möglicherweise, die Tagebücher zu vernichten.«

»Indem er mit dem letzten Heft den Anfang machte?«

»Ein Tagebuch zu vernichten muß so sein, als ob man Erinnerungen auslöscht. Dabei beginnt man am besten mit den Jahren, deren Verlust sich am leichtesten verschmerzen läßt. Alte Erinnerungen haben ein zähes Leben. Er machte den ersten Schritt, indem er das letzte Heft verbrannte.«

Erneut brachte Grace Willison eine sanfte, aber feste Berichtigung vor: »Sicher hat er es nicht verbrannt, Wilfred. Pater Baddeley benutzte nach seiner Rückkehr aus dem Krankenhaus den elektrischen Kamin. In seinem Kaminloch steht ein Topf mit trockenen Gräsern.«

Dalgliesh rief sich das Bild des Wohnzimmers von »Haus Hoffnung« ins Gedächtnis. Sie hatte natürlich recht. Er entsann sich des altmodischen Marmeladetopfs aus Steingut, des Bündels vertrockneter Blätter und Gräser, das den engen Kamin ausfüllte und sich staub- und rußbedeckt durch den Gitterrost drängte. Es dürfte fast das ganze Jahr unberührt geblieben sein.

Das angeregte Geplauder am anderen Ende des Tisches verebbte zu erwartungsvollem Schweigen, wie es eintritt, wenn Leute plötzlich argwöhnen, daß etwas Interessantes erzählt wird, das sie sich auf keinen Fall entgehen lassen sollten.

Maggie Hewson hatte sich so dicht neben Julius Court gesetzt, daß Dalgliesh staunte, wie er überhaupt noch Platz fand, seinen Tee zu trinken. Während der ganzen Mahlzeit flirtete sie unverhohlen mit ihrem Nebenmann, wobei es nicht klar wurde, ob sie damit ihren Mann ärgern oder Court ein Vergnügen machen wollte. Bei jedem Blick, den Eric Hewson den beiden zuwarf, wirkte er wie ein verlegener Schuljunge. Court blieb völlig gelassen und verteilte seine Aufmerksamkeit gleichmäßig auf alle anwesenden Frauen mit Ausnahme von Grace. Jetzt blickte Maggie in die Runde und sagte scharf: »Was ist? Was hat sie gesagt?«

Niemand antwortete. Nach einigen Augenblicken beendete Julius die plötzliche, unerklärliche Spannung: »Oh, fast hätte ich es vergessen – unser Besucher bedeutet für uns eine zweifache Auszeichnung. Der Kommissar steckt seine Talente nicht nur in die Mörderjagd, er schreibt auch Gedichte. Wir haben die Ehre mit dem Dichter Adam Dalgliesh.«

Die Meldung löste ein wirres Beifallsgemurmel aus, von dem sich Jennies Bemerkung »wie nett« Dalgliesh als besonders dämlich einprägte. Wilfred lächelte aufmunternd und sagte: »O ja. Wir fühlen uns zweifellos geehrt. Überdies kommt Adam Dalgliesh im rechten Moment. Unser monatlicher Familienabend ist am Donnerstag wieder fällig. Dürfen wir wohl hoffen, daß unser Gast uns eine Auswahl seiner Gedichte vorlesen wird?«

Dalgliesh zögerte mit der Antwort: »Es tut mir leid, aber ich führe auf Reisen nicht meine Bücher mit mir.«

Anstey lächelte. »Das dürfte kein Problem sein. Henry besitzt Ihre letzten beiden Veröffentlichungen. Ich bin sicher, er wird sie uns gern zur Verfügung stellen.«

Ohne von seinem Teller aufzusehen, sagte Carwardine ruhig: »Angesichts des Mangels an Privatsphäre, mit dem man sich hier abzufinden hat, könntest du zweifellos mit einer mündlichen Katalogisierung meines gesamten Bücherbestandes aufwarten. Da du jedoch bis heute nicht das geringste Interesse für Dalglieshs Gedichte gezeigt hast, denke ich nicht daran, dir die Bücher auszuleihen, nur damit du deinen Gast erpressen kannst, wie ein gefangener Affe Kunststückchen für dich aufzuführen.«

Wilfred errötete und senkte den Kopf über seinen Teller.

Damit war das Thema erschöpft. Nach sekundenlangem Schweigen plätscherte die Unterhaltung harmlos weiter. Pater Baddeley und sein Tagebuch wurden nicht mehr erwähnt.

# 5

Anstey schien offensichtlich nicht beunruhigt über Dalglieshs Wunsch, nach dem Tee mit Miss Willison unter vier Augen zu sprechen. Wahrscheinlich schrieb er diese Bitte den Geboten der Höflichkeit zu. Er sagte, Grace Willison habe vor Einbruch der Dämmerung immer die Hühner zu füttern und die Eier einzusammeln. Ob Adam ihr dabei behilflich sein wolle?

An beiden Rädern des Rollstuhls war innen jeweils ein kleines Chromrad angebracht, mit dem der Stuhl vom Besitzer vorwärts bewegt werden konnte. Miss Willison griff zu und begann langsam den asphaltierten Weg entlangzufahren, wobei ihr schwächlicher Körper ruckte und zuckte wie eine Marionette. Dalgliesh bemerkte, daß ihre linke Hand verkrüppelt war und wenig Kraft besaß, so daß der Rollstuhl die Tendenz hatte, aus der Geraden abzuweichen und sich zu drehen; an ein stetiges Vorwärtskommen war so nicht zu denken. Er wechselte zur linken Seite hinüber, legte im Nebenhergehen eine Hand unauffällig auf den Rollstuhlrücken und schob sachte mit vorwärts. Er hoffte, daß diese Geste akzeptiert wurde. Aber möglicherweise lehnte Miss Willison sein taktvolles Verhalten ebenso ab wie das Mitleid, das darin zum Ausdruck kam. Er hatte das Gefühl, daß sie seine Verlegenheit spürte und beschlossen hatte, sie nicht etwa durch ein dankbares Lächeln noch zu verstärken.

Während sie sich nebeneinanderher vorwärts bewegten, war er sich ihrer körperlichen Gegenwart so intensiv bewußt, als wäre sie eine junge, begehrenswerte Frau und er auf dem Sprung, sich in sie zu verlieben. Er beobachtete die rhythmischen Bewegungen ihrer hervorstehenden Schulterknochen und der dünnen Baumwolle ihres Kleides, die blauroten Verästelungen der Adern auf ihrer linken Hand, die so klein und zerbrechlich im Gegensatz zur rechten wirkte. Auch diese andere Hand machte einen deformierten Eindruck durch ihre ausgleichende Kraft und enorme Größe. Die Beine in den zerknitterten Wollstrümpfen waren dünn wie Stecken; die Füße in den Sandalen – entschieden zu groß für diese schwachen Stützen – klebten an dem metallenen Fußbrett wie festgeleimt. Das schuppenübersäte graue Haar war zu einer mächtigen Rolle nach oben getürmt und mit einem weißen, nicht besonders sauberen Plastkamm festgesteckt. Der Nacken sah aus wie angeschmutzt, was ebensogut von verblassender Sonnenbräune wie von mangelnder Reinlichkeit herrühren mochte. Er sah, wie die Anstrengung, den Stuhl in Gang zu halten, Furchen in ihre Stirn eingrub. Die Augen hinter der dünnrandigen Brille blinzelten krampfhaft.

Das Hühnerhaus war ein großer, altersschwacher Drahtverschlag, ganz offensichtlich für Behinderte eingerichtet. Hinein ging es durch eine Art Schleuse; nachdem Miss Willison sich in den schmalen Durchlaß manövriert hatte, konnte sie die Tür hinter sich schließen, bevor sie die zweite Tür zum Hauptkäfig öffnete. Ein ebener Asphaltstreifen, gerade breit genug für einen Rollstuhl, lief innen am Drahtzaun entlang und an den Legenestern vorbei. Innerhalb der Schleuse war ein einfaches Holzbrett in Taillenhöhe an einem der Zaunpfosten angebracht. Es trug eine Schüssel mit vorbereitetem Futter, eine Wasserkanne aus Plast und einen langstieligen Holzlöffel, der offensichtlich zum Einsammeln der Eier diente. Miss Willison bugsierte diese Gegenstände mit einiger Mühe auf ihren Schoß und langte vor, um die innere Tür zu öffnen. Die Hühner, die sich aus unerfindlichen Gründen zunächst gleich scheuen Jungfrauen im äußersten Winkel des Käfigs zusammengedrängt hatten, kamen augenblicklich mit großem Gekreisch auf sie zugeschossen, als wollten sie ein Blutbad anrichten. Miss Willison zuckte kaum merklich zusammen und begann dann, ihnen mit vollen Händen Futter vorzustreuen. In das aufgeregte Picken und Schlucken der Hühner hinein sagte sie, mit der Hand über den Rand der Schüssel streichend: »Ich wünschte, ich könnte ihnen mit der Zeit mehr Sympathie entgegenbringen und sie mir. Beide Teile hätten dann mehr von dieser Beschäftigung. Ich lebte immer in dem Glauben, Tiere entwickelten eine gewisse Zuneigung für die Hand, die sie füttert, doch scheint das nicht auf Hühner zuzutreffen. Warum sollte es auch so sein? Wir beuten sie so gründlich aus, nehmen ihnen erst die Eier weg, und wenn sie keine mehr legen, drehen wir ihnen den Hals um und lassen sie in den Kochtopf wandern.«

»Ich hoffe, das Halsumdrehen zählt nicht zu Ihren Aufgaben.«

»O nein, diese unerfreuliche Arbeit besorgt Albert Philby, von dem ich annehme, daß er sie gar nicht so unerfreulich findet. Aber auch ich esse meinen Teil von dem gekochten Federvieh.«

Dalgliesh sagte: »Mir geht es ähnlich wie Ihnen. Ich bin in einem Pfarrhaus in Norfolk aufgewachsen, und meine Mutter hatte immer Hühner. Sie mochte sie, und diese Zuneigung schien von den Hühnern erwidert zu werden, während mein Vater und ich sie als Plage empfanden. Aber die frischen Eier ließen wir uns trotzdem schmecken.«

»Ich muß Ihnen zu meiner Beschämung gestehen, daß ich zwischen diesen Eiern und den Eiern aus dem Supermarkt keinen Unterschied bemerke. Wilfred legt Wert darauf, daß wir nur biologisch-natürlich hergestellte Nahrungsmittel zu uns nehmen. Er verabscheut die industrialisierte Landwirtschaft und hat sicher recht damit. Im Grunde wäre es ihm am liebsten, wenn Gut Toynton ganz vegetarisch sein könnte, allerdings würde dadurch die Verpflegung noch schwieriger, als sie es ohnehin schon ist. Julius hat nachgerechnet und ihm bewiesen, daß diese Eier uns zweieinhalbmal so teuer kommen als die gekauften aus dem Laden, meine Arbeit gar nicht mitgerechnet. Das war ziemlich deprimierend.«

Dalgliesh fragte: »Dann macht also Julius Court hier die Buchhaltung?«

»Nein, nein! Nicht die Bilanz für den Jahresbericht und so. Dafür hat Wilfred einen richtigen Steuerberater. Aber Julius kennt sich in Finanzdingen aus, und ich weiß, daß Wilfred ihn oft um Rat fragt. Gewöhnlich kommt dabei leider nur ziemlich Entmutigendes heraus, da wir wirklich mit sehr wenig Geld über die Runden kommen müssen. Vater Baddeleys Erbe war ein Geschenk des Himmels. Und außerdem ist Julius sehr hilfsbereit. Letztes Jahr hatte der Wagen, den wir für die Heimfahrt vom Hafen nach unserer Rückkehr aus Lourdes gemietet hatten, einen Unfall. Wir hatten alle einen ziemlichen Schock. Die Rollstühle hatten sich hinten im Wagen befunden, und zwei waren auseinandergebrochen. Die telefonische Nachricht, die hierher durchgegeben wurde, klang ziemlich alarmierend; ganz so schlimm, wie Wilfred zunächst dachte, war es nicht. Trotzdem fuhr Julius sofort zu dem Krankenhaus, in das man uns gebracht hatte, mietete einen anderen Wagen und kümmerte sich um alles. Später kaufte er den Spezialbus, den wir jetzt haben und mit dem wir völlig unabhängig sind. Auf der Fahrt nach Lourdes wechseln Dennis und Wilfred einander am Steuer ab. Julius kommt natürlich nie mit, er ist aber immer hier und veranstaltet eine Willkommensparty für uns, wenn wir heimkommen.«

Diese selbstlose Freundlichkeit paßte nicht zu dem Eindruck, den Dalgliesh schon nach relativ kurzer Bekanntschaft von Court gewonnen hatte. Ein wenig irritiert, erkundigte er sich vorsichtig: »Entschuldigen Sie, wenn meine Frage taktlos klingt, aber was hat Julius Court davon, wenn er sich so übermäßig für Gut Toynton engagiert?«

»Wissen Sie, dasselbe habe ich mich manchmal auch schon gefragt. Doch dann erscheint es mir wieder tölpelhaft, so zu fragen, wenn man bedenkt, was wir in Toynton ihm alles verdanken. Er kommt zu uns aus London hergeweht wie ein frischer Windstoß aus einer anderen

Welt. Er muntert uns alle auf. Aber ich weiß, daß Sie über Ihren Freund sprechen möchten. Wollen wir schnell die Eier einsammeln und dann ein ruhiges Plätzchen suchen, wo wir uns unterhalten können?«

Ihr Freund. Die einfachen Worte, einfach ausgesprochen, wirkten wie ein Vorwurf auf ihn. Sie füllten die Wasserbehälter und sammelten gemeinsam die Eier ein, wobei Miss Willison mit dem Holzlöffel ein aus langer Übung entstandenes Geschick bewies. Sie fanden nur acht. Die ganze Prozedur, für die ein gesunder Mensch höchstens zehn Minuten gebraucht hätte, war umständlich, zeitraubend und nicht besonders ertragreich gewesen. Dalgliesh, der dem Arbeiten um des Arbeitens willen nichts abzugewinnen vermochte, fragte sich, wie seine Begleiterin wohl wirklich über eine Beschäftigung dachte, die allen Gesetzen der Wirtschaftlichkeit zum Trotz offenbar nur dazu diente, ihr die Illusion zu vermitteln, sie würde gebraucht.

Sie machten sich wieder auf den Rückweg zu dem kleinen Hof hinter dem Haus. Dort saß nur Henry Carwardine mit einem Buch auf dem Schoß, den Blick jedoch auf das unsichtbare Meer hinaus gerichtet. Miss Willison warf ihm einen kurzen, besorgten Blick zu und schien etwas sagen zu wollen. Sie schwieg jedoch, bis sie sich etwa dreißig Meter von der schweigenden Gestalt entfernt auf einer der Holzbänke niedergelassen hatten. Dann sagte sie: »Ich kann mich nie daran gewöhnen, so nah am Meer zu sein und es doch nicht sehen zu können. Es ist manchmal so deutlich zu hören, so wie jetzt. Wir sind beinahe völlig umgeben vom Meer, wir können es riechen, es hören, trotzdem könnten wir ebensogut hundert Meilen weit davon entfernt sein.«

Aus ihrer Stimme sprach Bedauern, aber kein Groll. Sie saßen einen Moment schweigend da. Tatsächlich vernahm auch Dalgliesh jetzt deutlich das Geräusch des Meeres, das langgezogene Schaben des zurückflutenden Wassers auf dem Strandgeröll, das von der leichten Brise herübergetragen wurde. Für die Bewohner von Gut Toynton mußte dieses unablässige Murmeln das Bild einer quälend nahen und doch unerreichbaren Freiheit heraufbeschwören, das Bild blauer Horizonte, vom Wind gepeitschter Wolken und weißer Vögel im Sturzflug über den Wogen. Er konnte verstehen, daß die Sehnsucht nach diesem Anblick zur Besessenheit werden konnte. Er sagte ganz bewußt: »Mr. Holroyd hat es geschafft, daß er mit seinem Rollstuhl an eine Stelle gefahren wurde, von wo aus er das Meer gut beobachten konnte.«

Es war ihm wichtig gewesen, ihre Reaktion zu beobachten, und er erkannte sofort, daß die Bemerkung für sie mehr als eine Taktlosigkeit bedeutet hatte. Sie war tief erschüttert und betroffen. Ihre verkümmerte linke Hand, die gekrümmt in ihrem Schoß lag, zitterte vor Erregung. Die rechte Hand umklammerte krampfhaft die Lehne des Rollstuhls. Das Gesicht wurde erst von einer häßlichen Röte überzogen und dann leichenblaß. Einen Moment lang wäre es ihm fast lieber gewesen, er hätte den Mund gehalten. Doch sein Bedauern war nur vorübergehend. Er konnte einfach nichts dagegen machen, dachte er mit sardonischem Humor, daß er wieder von ihm Besitz ergriff, dieser professionelle Ehrgeiz, Fakten aufzudecken. Man kam ihnen freilich selten auf den Grund, ohne einen Preis dafür zu bezahlen, ob sie nun wichtig waren oder nicht, und für gewöhnlich war nicht er derjenige, der bezahlte. Er hörte sie sprechen, so leise, daß er den Kopf neigen mußte, um sie zu verstehen.

»Victor hatte ein spezielles Bedürfnis, mit sich allein zu sein. Wir hatten dafür Verständnis.«

»Aber es muß doch sehr schwierig gewesen sein, so einen leichten Rollstuhl über Wiesenboden bis an die Steilküste zu schieben.«

»Er hatte einen eigenen Stuhl, ähnlich wie dieser hier, aber größer und massiver. Außerdem war es nicht nötig, ihn den steilen Weg die Landspitze hinauf zu schieben. Es gibt ganz in der Nähe einen Trampelpfad, wenn ich nicht irre, der in einen Hohlweg mündet, auf dem man ebenfalls zum Küstenrand kommt. Trotzdem war es eine Anstrengung für Dennis Lerner. Er mußte auf dem Hin- und auf dem Rückweg jedesmal eine halbe Stunde lang angestrengt schieben. Doch Sie wollten über Pater Baddeley sprechen.«

»Wenn es keine zu große Belastung für Sie ist. Es

scheint, daß Sie ihn als letzte lebend gesehen haben. Er muß sehr bald nach Ihrem Weggang aus dem Cottage gestorben sein, da er noch immer die Stola trug, als Mrs. Hewson am Morgen seine Leiche fand. Normalerweise hätte er sie doch sicher bald nach dem Hören der Beichte abgelegt.«

Sie schwieg, als ob sie erst innerlich einen Entschluß fassen müsse. Dann sagte sie: »Er legte sie wie gewöhnlich ab, nachdem er mir die Absolution erteilt hatte. Er faltete sie zusammen und legte sie auf die Sessellehne.«

Das Gefühl, das Dalgliesh jetzt durchflutete, gehörte zu den Dingen, von denen er während seiner langen Zeit im Krankenhaus geglaubt hatte, daß er sie nie wieder erleben würde: ein Schauer der Erregung im Blut, wenn einem klar wird, daß eine wichtige Information übermittelt wurde. Er versuchte, die lästige, fast unerträgliche Spannung abzuschütteln, doch war sie so elementar und so unbeeinflußbar wie das Gefühl der Furcht. Er sagte: »Aber das bedeutet doch, daß Pater Baddeley seine Stola nochmals umlegte, als Sie schon gegangen waren. Warum sollte er das tun?«

Oder jemand anderer hatte sie ihm umgelegt. Doch dieser Gedanke blieb am besten unausgesprochen, und ebenso mußten die stillschweigenden Folgerungen, die sich daraus ergaben, noch warten.

Sie sagte ruhig: »Ich vermute, daß er noch jemand anderem die Beichte abnahm; das ist die wahrscheinlichste Erklärung.«

»Und daß er sie zum Brevierbeten nochmals anlegte, ist nicht möglich?«

Dalgliesh versuchte sich die Gepflogenheiten seines Vaters in den seltenen Fällen zu vergegenwärtigen, wo der Pfarrer sein Stundengebet nicht in der Kirche verrichtete; aber sein Gedächtnis lieferte ihm lediglich ein nicht sehr hilfreiches Bild aus seiner Knabenzeit, als sie beide während eines Schneesturmes in einer Hütte in den Cairngorms Zuflucht gesucht hatten. Er sah sich selbst, teils gelangweilt, teils fasziniert die Muster beobachten, die der wirbelnde Schnee auf die Fenster zeichnete, er sah seinen Vater in Gamaschen, Anorak und Wollstrümpfen vor sich, wie er gelassen in seinem kleinen schwarzen Gebetbuch las. Damals hatte er zweifellos keine Stola getragen.

Miss Willison sagte: »O nein! Er trug sie nur, wenn er ein Sakrament spendete. Außerdem hatte er gerade seine Vesper gebetet. Er war fast fertig, als ich kam, und ich sprach mit ihm zusammen noch das Schlußgebet.«

»Wenn tatsächlich noch jemand nach Ihnen bei ihm war, dann sind Sie nicht diejenige, die ihn zuletzt lebend gesehen hat. Haben Sie irgend jemand auf diese Tatsache aufmerksam gemacht, als Sie von seinem Tod hörten?«

»Hätte ich das tun sollen? Ich bin anderer Meinung. Wenn die betreffende Person – sie oder er – beschlossen hatte, nichts zu sagen, ist es nicht meine Aufgabe, Mutmaßungen heraufzubeschwören. Wenn noch jemand außer mir an jenem Abend zu Pater Baddeley ging, um zu beichten, geht das niemand etwas an als die betreffende Person selbst und Pater Baddeley.«

Dalgliesh sagte: »Aber Pater Baddeley trug die Stola noch am nächsten Morgen. Das läßt den Schluß zu, daß er möglicherweise im Beisein seines Besuchers starb. Falls es so war, wäre doch die nächstliegende Reaktion unter allen Umständen die gewesen, ärztliche Hilfe herbeizuholen.«

»Der Besucher war sich vielleicht sicher, daß Pater Baddeley tot und es für ärztliche Hilfe bereits zu spät war. In einem solchen Fall könnte man sehr wohl den Entschluß treffen, ihn friedlich in seinem Stuhl zurückzulassen und sich heimlich fortzustehlen. Ich glaube nicht, daß Pater Baddeley das als Sünde empfunden hätte, und ich glaube auch nicht, daß man es als Verbrechen ansehen kann. Ein solches Verhalten mag gefühllos erscheinen, aber muß es das unbedingt sein? Es könnte vielleicht auf eine gewisse Gleichgültigkeit in bezug auf Form und Schicklichkeit schließen lassen, aber das ist doch nicht ganz dasselbe, nicht wahr?«

Es würde auch darauf schließen lassen, daß es sich bei dem Besucher um einen Arzt oder eine Krankenschwester gehandelt hatte, dachte Dalgliesh. Wollte Miss Willison das andeuten? Zweifellos wäre doch die erste Reaktion eines medizinischen Laien die gewesen, Hilfe herbeizuholen oder doch zumindest die Bestätigung zu bekommen, daß der Tod eingetreten war. Das heißt, falls er selbst nicht schon allzu gut wußte, daß Baddeley tot war. Doch schien Miss Willison diese finstere Möglichkeit nicht in Betracht gezogen zu haben. Warum auch? Pater Baddeley war alt und krank gewesen, man hatte mit seinem Tod gerechnet, und der war eingetreten. Warum sollte man dem Natürlichen und Unvermeidlichen mißtrauen? Er machte eine Bemerkung über die Bestimmung der Todeszeit und hörte sie sanft und unerbittlich antworten.

»Vermutlich ist bei Ihrem Beruf die Todeszeit immer wichtig, und daher sind Sie daran gewöhnt, sich auf diese Tatsache zu konzentrieren. Doch spielt das im wirklichen Leben eine Rolle? Worauf es ankommt, ist, ob jemand bei seinem Tod in Gottes Gnade steht.«

Dalgliesh hatte eine momentane pietätlose Vorstellung von einem Kriminalsergeanten, der peinlich genau versuchte, diese wesentliche Information über sein Opfer in einem offiziellen Protokoll zu fixieren, und sinnierte, daß Miss Willisons hübsche Unterscheidung zwischen Polizeiarbeit und wirklichem Leben eine heilsame Mahnung war. Er freute sich darauf, seinem Vorgesetzten darüber zu berichten. Und dann fiel ihm ein, daß sie bei jenem letzten, leicht formellen und unvermeidlich enttäuschendem Gespräch, welches das Ende seiner Polizeilaufbahn besiegeln würde, wohl kaum diese Art beiläufiger Fachsimpelei austauschen würden.

In Miss Willison erkannte er den Typ des ehrlichen Zeugen wieder, mit dem er stets Probleme gehabt hatte. Paradoxerweise war es schwieriger, mit dieser altmodischen Redlichkeit, dieser Zartheit des Gewissens zurechtzukommen, als mit den Ausflüchten, Ausreden und phantasiereichen Lügenmärchen, die zu einem normalen Verhör gehörten. Er hätte sie gern gefragt, wer von Gut Toynton wohl Pater Baddeley aufgesucht haben könnte mit der Absicht, zu beichten, sah jedoch ein, daß diese Frage nur ihr gegenseitiges Vertrauensverhältnis belasten und er sowieso keine Antwort bekommen würde. Es mußte jedoch jemand von den Nicht-Behinderten gewesen sein. Kein anderer hätte unbemerkt kommen und gehen können, außer natürlich, er oder sie hätten einen Komplizen gehabt. Er tendierte dazu, die Möglichkeit eines Komplizen auszuschließen. Ein Rollstuhl und sein Benutzer wären doch wohl zweifellos an irgendeinem Punkt ihres Weges bemerkt worden, gleichgültig, ob sie von Gut Toynton her geschoben oder im Auto gebracht worden waren.

In der Hoffnung, nicht wie ein Detektiv beim Verhören zu erscheinen, erkundigte er sich: »Als Sie ihn verließen, was tat er da?«

»Er saß ganz ruhig in dem Sessel am Kamin. Ich wollte nicht, daß er noch einmal aufstand. Wilfred hatte mich in dem kleinen Lieferwagen zum Cottage gebracht. Er sagte, er würde seine Schwester in ›Haus Zuversicht‹ besuchen, solange ich bei Pater Baddeley sei, und nach etwa einer halben Stunde draußen auf mich warten, falls ich nicht vorher an die Wand klopfen würde.«

»Man kann also Geräusche hören zwischen den beiden Cottages? Ich frage, weil mir der Gedanke kam, daß Pater Baddeley an die Wand geklopft haben könnte, um Miss Hammitt auf sich aufmerksam zu machen, falls er sich nicht gut gefühlt hat, nachdem Sie fort waren.«

»Sie sagt, er hat nicht geklopft, aber sie hat es möglicherweise nicht gehört, wenn sie den Fernsehapparat laut eingestellt hatte. Die Cottages sind sehr stabil gebaut, trotzdem kann man Geräusche durch die Wand hindurch hören, besonders wenn mit erhobener Stimme gesprochen wird.«

»Wollen Sie damit sagen, daß Sie Mr. Anstey mit seiner Schwester sprechen hörten?«

Miss Willison schien zu bedauern, so weit gegangen zu sein, und entgegnete schnell: »Nur ab und zu. Ich erinnere mich, daß ich mich zusammennehmen mußte, um mich davon nicht stören zu lassen. Ich wünschte mir, sie würden leiser sprechen, und fühlte mich dann beschämt, daß ich mich so leicht ablenken ließ. Es war lieb von Wilfred, mich zum Cottage zu fahren. Natürlich hätte Pater Baddeley mich unter normalen Umständen im Haus besucht, und wir hätten den ›Ruheraum‹ neben dem Geschäftszimmer, gleich bei der Haustür, benutzt.

Aber Pater Baddeley war erst am Morgen aus der Klinik entlassen worden und sollte das Cottage nicht verlassen. Ich hätte meinen Besuch verschieben können, bis er sich wieder kräftiger fühlte, aber er schrieb mir aus dem Krankenhaus, er hoffe, ich würde kommen, und nannte mir auch eine genaue Zeit. Er wußte, wieviel es mir bedeutete.«

»Erlaubte denn sein Zustand, daß man ihn sich selbst überließ? Offensichtlich doch nicht.«

»Eric und Dot – Schwester Moxon – wollten, daß er hierherkam, um ihn wenigstens in der ersten Nacht richtig betreuen zu können, er bestand jedoch darauf, direkt nach Hause gebracht zu werden. Wilfred machte daraufhin den Vorschlag, jemand könne im Nebenzimmer schlafen, falls er in der Nacht Hilfe brauche. Er war jedoch auch damit nicht einverstanden. Er bestand wirklich eisern darauf, in jener Nacht allein gelassen zu werden; auf seine ruhige Art hatte er viel Autorität. Später machte sich Wilfred wohl Vorwürfe, nicht entschiedener aufgetreten zu sein. Doch was hätte er tun können? Er konnte Pater Baddeley nicht gewaltsam hierherbringen.«

Es wäre trotzdem einfacher für alle Beteiligten gewesen, wenn Pater Baddeley eingewilligt hätte, die erste Nacht nach seinem Krankenhausaufenthalt im Gutshaus zu verbringen. Es war jedenfalls ganz entgegen seiner sonstigen Art gewesen, sich dem Vorschlag so energisch zu widersetzen. Hatte er noch einen Besucher erwartet? War da jemand gewesen, den er dringend privat zu treffen gewünscht hatte? Falls dem so war, konnte diese Person nur allein und ohne fremde Hilfe gekommen sein. Er fragte Miss Willison, ob Wilfred und Pater Baddeley miteinander gesprochen hatten, bevor sie das Cottage verließ.

»Nein. Nach etwa dreißig Minuten klopfte Pater Baddeley mit dem Schürhaken an die Wand, und bald darauf gab Wilfred draußen ein Zeichen mit der Autohupe. Ich manövrierte gerade meinen Stuhl in Richtung Haustür, als Wilfred von draußen öffnete. Pater Baddeley saß in seinem Sessel. Wilfred rief ihm einen Gutenachtgruß zu, auf den er jedoch, glaube ich, nicht reagierte. Wilfred schien ziemlich in Eile zu sein. Millicent kam herab und half, meinen Stuhl im Lieferwagen zu verstauen.«

Folglich hatten weder Wilfred noch seine Schwester mit Michael gesprochen oder ihn aus der Nähe gesehen. Mit einem Blick auf Miss Willisons kräftige Rechte spielte Dalgliesh für kurze Zeit mit dem Gedanken, daß Michael bereits tot gewesen war. Doch diese Vorstellung war natürlich absurd – ganz abgesehen von ihrer psychologischen Unwahrscheinlichkeit. Sie hätte sich ja nicht darauf verlassen können, daß Wilfred nicht ins Haus kommen würde. Bei näherer Überlegung war es sogar merkwürdig, daß er nicht hereingekommen war. Michael war erst am Morgen aus der Klinik entlassen worden, da wäre es doch nur natürlich gewesen, hereinzukommen und sich nach seinem Befinden zu erkundigen und ihm wenigstens für ein paar Minuten Gesellschaft zu leisten. Es war interessant, daß Wilfred Anstey so überstürzt aufgebrochen war und daß niemand ausgesagt hatte, ihn nach 19 Uhr 45 besucht zu haben.

Dalgliesh erkundigte sich: »Wie war die Beleuchtung in dem Cottage, als Sie bei Pater Baddeley waren?« Falls die Frage sie überraschte, zeigte sie es jedenfalls nicht.

»Nur die kleine Tischlampe auf dem Schreibpult hinter seinem Stuhl brannte. Ich war erstaunt, daß er genug sah, um das Abendgebet ablesen zu können, doch waren ihm die Gebete natürlich vertraut.«

»Und am nächsten Morgen war die Lampe aus?«

»O ja. Maggie sagte, sie habe das Cottage dunkel vorgefunden.«

Dalgliesh sagte: »Ich finde es ziemlich seltsam, daß niemand im Laufe jenes Abends bei Pater Baddeley vorbeischaute, um sich nach seinem Befinden zu erkundigen oder ihm ins Bett zu helfen.«

Sie sagte schnell: »Eric Hewson war der Meinung, Millicent würde spätabends noch bei ihm vorbeischauen, und sie wiederum war irgendwie zu der Überzeugung gekommen, daß Eric und Helen – das heißt Schwester Rainer – das übernehmen würden. Am nächsten Tag machten sie sich alle Vorwürfe. Andererseits hätte es nach Erics Meinung nichts geändert. Pater Baddeley entschlief ganz friedlich, nachdem ich gegangen war.«

Sie verharrten eine Minute schweigend. Dalgliesh fragte sich, ob jetzt der richtige Zeitpunkt wäre, sie nach dem anonymen Schmähbrief zu fragen. Eingedenk ihrer Bestürzung beim Thema Victor Holroyd, zögerte er, sie der Peinlichkeit weiterer Fragen auszusetzen. Doch war es wichtig, darüber Bescheid zu wissen. Er betrachtete von der Seite ihr schmales Gesicht mit seinem Ausdruck entschlossener Gelassenheit und sagte: »Unmittelbar nach meiner Ankunft schaute ich in Pater Baddeleys Schreibtisch, um zu sehen, ob nicht eine Nachricht oder ein nicht aufgegebener Brief für mich da wären. Dabei fand ich unter ein paar alten Quittungen einen ziemlich unerfreulichen anonymen Schmähbrief. Ich fragte mich, ob er mit irgend jemandem darüber gesprochen hat und ob noch jemand auf Gut Toynton einen solchen Brief bekommen hat.«

Ihre Betroffenheit war noch größer, als er befürchtet hatte. Eine Zeitlang brachte sie kein Wort heraus. Er sah reglos vor sich hin, bis er ihre Stimme hörte. Sie hatte sich jetzt wieder gut in der Gewalt. »Ich erhielt einen etwa vier Tage vor Victors Tod. Er war . . . er war obszön. Ich zerriß ihn in kleine Schnipsel und spülte ihn die Toilette runter.«

Dalgliesh sagte mit gespielter Burschikosität: »Die einzig richtige Methode, mit so etwas umzugehen. Trotzdem finde ich es als Polizeibeamter immer schade, wenn ein Beweisstück vernichtet wird.«

»Beweisstück?«

»Nun, anonyme Schmähbriefe zu verschicken kann ein Delikt sein; und was noch wichtiger ist, es kann sehr viel Unheil anrichten. Wahrscheinlich ist es immer am besten, sich damit an die Polizei zu wenden und es ihr zu überlassen, den Verantwortlichen zu finden.«

»Die Polizei! O nein! Das wäre unmöglich gewesen. Bei so einer Sache kann die Polizei nichts ausrichten.«

»Wir sind nicht ganz so gefühllos, wie sich die Leute das manchmal vorstellen. Es kann durchaus vermieden werden, den Schuldigen gerichtlich zu belangen. Andererseits ist es wichtig, dieser Art Belästigung einen Riegel vorzuschieben, und die Polizei hat in dieser Hinsicht die besten Möglichkeiten. Sie kann den Brief zur Untersuchung ins gerichtswissenschaftliche Laboratorium schicken, um ihn von einem amtlichen Sachverständigen prüfen zu lassen.«

»Aber dazu benötigt man das Dokument. Ich hätte es niemals fertiggebracht, den Brief irgend jemand zu zeigen.«

Er war also schlimm gewesen. Dalgliesh erkundigte sich: »Würde es Ihnen etwas ausmachen, mir zu sagen, um was für eine Art Brief es sich gehandelt hat? War er von Hand geschrieben oder getippt, und auf was für Papier?«

»Der Brief war auf Toynton-Briefpapier getippt. Auf unserer alten Imperial, mit doppeltem Zeilenabstand. Die meisten von uns hier haben Maschineschreiben gelernt. In dem Brief waren keine Interpunktions- oder Rechtschreibfehler. Irgendwelche konkreten Anhaltspunkte habe ich nicht bemerkt. Ich weiß nicht, wer es gewesen sein könnte, glaube aber, daß der Verfasser sexuell ziemlich erfahren sein muß.«

Sie hatte sich also, trotz allem Kummer, den es ihr machte, mit der Sache in Gedanken beschäftigt. Er sagte: »Es hat doch nur eine begrenzte Zahl von Leuten Zugang zu dieser Maschine. Für die Polizei wäre das Problem nicht besonders schwierig gewesen.«

Ihre sanfte Stimme wurde störrisch. »Wir hatten die Polizei bei Victors Tod hier. Sie waren sehr freundlich, sehr rücksichtsvoll. Trotzdem war es furchtbar belastend. Es war entsetzlich für Wilfred – für uns alle. Ich glaube nicht, daß wir es noch einmal hätten durchstehen können. Ich bin sicher, Wilfred hätte es nicht gekonnt. Die Polizei kann noch so taktvoll sein, sie muß doch immer wieder Fragen stellen, bis der Fall gelöst ist, habe ich nicht recht? Es hat keinen Sinn, sie um Hilfe zu bitten und dann zu erwarten, daß sie aus Rücksicht auf das Zartgefühl der Leute ihre Arbeit nicht gründlich genug macht.«

Das entsprach unleugbar der Wahrheit, und Dalgliesh hatte dem wenig entgegenzusetzen. Er erkundigte sich, was sie wegen des obszönen Briefes noch unternommen hatte, außer ihn wegzuspülen.

»Ich sprach mit Dorothy Moxon darüber. Das schien mir das Vernünftigste. Ich hätte es nicht fertiggebracht, ihn gegenüber einem Mann zu erwähnen. Dorothy sagte, ich hätte ihn nicht vernichten sollen, ohne das Beweisstück wäre nichts zu machen. Allerdings war sie mit mir dafür, zum gegenwärtigen Zeitpunkt nichts darüber verlauten zu lassen. Wilfred hatte damals besonders große finanzielle Sorgen, und sie wollte nicht, daß er noch zusätzlich belastet würde. Sie wußte, wieviel Kummer es ihm bereiten würde. Außerdem hatte sie wohl eine Ahnung, wer es gewesen sein könnte. Falls sie recht hat, werden wir keine weiteren Briefe mehr bekommen.«

Also hatte Dorothy Moxon geglaubt, oder vorgegeben zu glauben, daß Victor Holroyd der Übeltäter war. Und falls der wahre Schuldige nun Vernunft und Selbstkontrolle genug besaß, sein Treiben einzustellen, war es eine tröstliche Theorie, die mangels Beweisen von niemand widerlegt werden konnte.

Er erkundigte sich, ob sonst noch jemand einen Brief bekommen hatte. Soweit sie wisse, niemand. Dorothy Moxon war von niemand anderem um Rat gefragt worden. Die Vorstellung schien sie zu erschüttern. Dalgliesh wurde klar, daß sie das Schreiben als einmaligen, ausschließlich gegen sie selbst gerichteten Akt mutwilliger Gehässigkeit angesehen hatte. Der Gedanke, daß Pater Baddeley auch so einen Brief erhalten hatte, erschütterte sie beinahe ebensosehr wie damals der Brief selbst. Da er sich an Hand seiner Erfahrung den Inhalt des Briefes nur zu gut vorstellen konnte, sagte er sanft: »Ich würde mir an Ihrer Stelle wegen Pater Baddeleys Brief nicht zu viele Gedanken machen. Ich glaube nicht, daß er ihn als sehr schlimm empfunden hat. Er war an sich harmlos, einfach ein gehässiger, unbedeutender Wisch, in dem nur drinstand, er sei kein großer Nutzen für Gut Toynton, und das Cottage könne anderweitig viel sinnvoller verwandt werden. Pater Baddeley besaß zuviel Demut und Vernunft, um von solchem Unsinn betroffen zu sein. Ich könnte mir vorstellen, daß er den Brief nur deshalb aufbewahrte, weil er mich um Rat fragen wollte für den Fall, daß der nicht das einzige Opfer war. Vernünftige Leute lassen solche Dinge im WC verschwinden. Wir können jedoch nicht immer vernünftig sein. Auf alle Fälle, falls Sie noch einen Brief bekommen sollten, wollten Sie mir versprechen, ihn mir zu zeigen?»

Sie schüttelte sacht den Kopf, sagte jedoch nichts. Dalgliesh bemerkte jedoch, daß sie wieder in besserer Verfassung war. Sie streckte ihre verkümmerte linke Hand aus, legte sie einen Moment über seine und drückte sie leicht. Das Gefühl war unangenehm, ihre Hand war trocken und kalt, und die Knochen fühlten sich an, als lägen sie lose unter der Haut. Dennoch war die Geste besänftigend und würdevoll zugleich.

Auf dem Hof wurde es dunkel. Henry Carwardine hatte sich schon ins Haus zurückgezogen. Es wurde Zeit für sie, seinem Beispiel zu folgen. Er überlegte einen Moment und sagte dann: »Es ist nicht wichtig, und glauben Sie bitte nicht, daß ich immer und überall auf meinen Beruf fixiert bin. Doch falls Ihnen im Lauf der nächsten Tage einfällt, wie Pater Baddeley die letzte Woche oder die letzten paar Tage, bevor er ins Krankenhaus kam, zubrachte, würde mir das sehr helfen. Fragen Sie bitte niemand anderen danach. Sagen Sie mir einfach, was er Ihrer Erinnerung nach tat, wie viele Male er ins Gutshaus kam und wo er sonst seine Zeit verbrachte. Ich würde mir gern ein Bild von seinen letzten Tagen machen.«

Sie antwortete: »Ich weiß nur so viel, daß er am Mittwoch, bevor er krank wurde, nach Wareham fuhr, um Einkäufe zu erledigen und jemand geschäftlich zu besuchen. Ich erinnere mich daran, weil er am Dienstag erklärt hatte, er werde am nächsten Morgen nicht seinen üblichen Besuch im Gutshaus machen.«

Das also, dachte Dalgliesh, war der Tag gewesen, an dem er im Vertrauen darauf, daß er seinen Brief nicht umsonst geschrieben hatte, den Proviantvorrat besorgt hatte. Und sein Vertrauen war ja auch gerechtfertigt gewesen.

Sie sprachen eine Minute lang beide nicht. Er fragte sich, was sie wohl von seiner so merkwürdigen Bitte gehalten haben mochte. Sie schien nicht überrascht zu sein. Vielleicht sah sie seinen Wunsch, eine Vorstellung von den letzten Erdentagen eines Freundes zu gewinnen, als vollkommen natürlich an. Unvermittelt überfielen ihn jedoch Furcht und ein Verlangen nach Vorsicht. Sollte er vielleicht lieber betonen, daß seine Bitte absolut vertraulich war? Bestimmt nicht. Er hatte ihr gesagt, sie solle niemand sonst fragen. Länger dabei zu verweilen würde sie nur mißtrauisch machen. Und was für eine Gefahr konnte schon drohen? Worauf stützte sich denn sein Verdacht? Ein geborstenes Schreibtischschloß, ein fehlendes Tagebuch, eine Stola, die wieder angelegt worden war, als ob noch eine Beichte gehört werden sollte. Es gab keinen wirklichen Beweis. Mit großer Willensanstrengung versuchte er sich selbst davon zu überzeugen, daß kein Grund vorlag für diese unerklärliche, einer Vorahnung gleichkommenden Furcht. Sie war eine unangenehme Erinnerung an jene langen Krankenhausnächte, als er in unruhigem Halbschlaf gegen irrationale Schrecken ankämpfte. Und auch dies hier war irrational und mußte mit Verstand und Vernunft bekämpft werden – diese lächerliche Überzeugung, daß eine einfache, fast beiläufige und nicht sehr hoffnungsvolle Bitte so deutlich nach einem Todesurteil geklungen hatte.

# 3. KAPITEL
# Ein Fremder über Nacht

**1**

Vor dem Abendessen schlug Anstey vor, Dennis Lerner
solle mit Dalgliesh einen Rundgang durchs Haus machen. Er entschuldigte sich, den Gast nicht selbst begleiten zu können, und gab als Grund einen Brief an, den er
dringend schreiben müsse. Die einlaufende Post werde
jeden Morgen kurz vor neun Uhr in den Briefkasten an
der Einfahrt zu dem Anwesen gelegt, und die ausge-
hende Post von dort mitgenommen. Falls Adam irgendwelche Briefe zu verschicken habe, solle er sie einfach
auf den Tisch in der Diele legen – Albert Philby würde
sie dann zusammen mit der allgemeinen Post zum Briefkasten bringen. Dalgliesh bedankte sich. Er hatte tatsächlich einen dringenden Brief an Bill Moriarty im
Yard zu schreiben, doch nahm er sich vor, ihn später am
Tag selber in Wareham aufzugeben. Er hatte beileibe
nicht die Absicht, ihn den neugierigen Spekulationen
Ansteys und seines Personals darzubieten.

Der Vorschlag, einen Rundgang durch das Gutshaus
zu machen, war einem Befehl gleichgekommen. Helen
Rainer war damit beschäftigt, den Patienten vor dem
Abendessen beim Waschen zu helfen, und Dot Moxon
war mit Anstey verschwunden, so daß Lerner und Julius
Court als einzige Begleiter für den Rundgang übrigblie-
ben. Dalgliesh wünschte sich, das ganze wäre schon vorüber oder, noch besser, hätte ohne Affront umgangen
werden können. Er erinnerte sich mit Unbehagen daran,
wie er als Junge einmal mit seinem Vater an Weihnach-

ten ein Altenpflegeheim besucht hatte, an die Höflichkeit, mit der die Bewohner jeden Eingriff in ihre Intimsphäre hingenommen hatten, an die Öffentlichkeit des Schmerzes, an den pathetischen Übereifer, mit dem das Personal seine kleinen Triumphe demonstriert hatte. Heute wie damals registrierte er bei sich eine fast krankhafte Furcht, auch nur den geringsten Anflug von Ekel in seiner Stimme anklingen zu lassen, und glaubte, etwas noch Anstößigeres heraushören zu können, nämlich eine gönnerhafte Herzlichkeit. Dennis Lerner schien es nicht zu bemerken, und Julius schritt munter neben ihnen her und betrachtete alles mit lebhafter Neugier, als habe er es noch nie gesehen. Dalgliesh fragte sich, ob er mitgekommen war, um ein Auge auf ihn selbst oder Lerner zu haben.

Beim Rundgang durch die Zimmer verlor Lerner seine anfängliche Schüchternheit und wurde zutraulich, ja beinahe redselig. Sein naiver Stolz auf das, was Anstey aufgebaut hatte, war irgendwie rührend. Anstey hatte sein Geld zweifellos mit einiger Phantasie angelegt. An und für sich war das Gutshaus mit seinen großen, hohen Räumen und kalten Marmorböden, seinen bedrückenden, dunkel getäfelten Eichenwänden und seinen Flügelfenstern ein denkbar ungeeignetes Haus für behinderte Menschen. Abgesehen vom Eßzimmer und dem rückwärtigen Wohnzimmer, das zum Fernseh- und allgemeinen Aufenthaltsraum bestimmt worden war, hatte Anstey das Haupthaus vorwiegend für sich selbst und die Unterbringung des Personals genutzt. Hinten war das Haus um einen einstöckigen Steinanbau erweitert, der im Erdgeschoß zehn Einzelzimmer für Patienten und einen Untersuchungsraum sowie in dem darüberliegenden Stockwerk weitere Patientenzimmer beherbergte. Dieser Anbau war mit den ehemaligen Stallungen verbunden, die im rechten Winkel zu ihm verliefen und so einen geschützten Innenhof für die Patienten schufen. Die Ställe selbst waren zu Garagen, einer Werkstatt und einem Arbeitsraum, in dem die Patienten Holzarbeiten anfertigen oder modellieren konnten, umgebaut worden. Hier wurden auch die Handcreme und der Körperpuder, mit deren Verkauf das Heim seine Finanzen aufbesserte, hergestellt und verpackt, und zwar auf einer Arbeitsbank hinter einer transparenten Trennwand aus Plast, die wahrscheinlich die Beachtung der höchsten wissenschaftlichen Anforderungen bezüglich Asepsis demonstrieren sollte. Dalgliesh konnte die Schatten weißer Schutz-Arbeitsanzüge sehen, die auf der anderen Seite der Trennwand hingen.

Lerner sagte: »Victor Holroyd war Chemielehrer und schenkte uns das Rezept für die Handcreme und den Puder. Die Creme besteht in Wirklichkeit nur aus Lanolin, Mandelöl und Glyzerin, aber sie ist sehr wirkungsvoll, und sie scheint bei den Leuten anzukommen. Wir machen ein sehr gutes Geschäft mit ihr. Und dieser Winkel des Arbeitsraumes ist zum Modellieren bestimmt.«

Dalglieshs Repertoire an anerkennenden Bemerkungen war nahezu erschöpft. Doch nun war er wirklich beeindruckt. In der Mitte der Werkbank, auf einem flachen Holzsockel, stand eine in Ton modellierte Büste von Wilfred Anstey. Der Hals, langgestreckt und sehnig, stieg schildkrötenartig aus den Falten der Kapuze. Der Kopf war vorgereckt und ein wenig nach rechts geneigt. Die Büste mutete fast wie eine Karikatur an und war doch von außergewöhnlicher Aussagekraft. Wie, so fragte sich Dalgliesh, war es dem Bildhauer gelungen, die Süßlichkeit und Zudringlichkeit jenes speziellen Lächelns zum Ausdruck zu bringen, wie hatte er es fertiggebracht, Mitgefühl abzubilden und es dennoch als Selbsttäuschung zu enthüllen, Demut in einer Mönchskutte darzustellen und doch einen überwältigenden Eindruck von Bosheit zu vermitteln. Die unordentlich verstreut auf der Werkbank herumliegenden plastverpackten Klumpen und Rollen Ton unterstrichen sogar noch Ausdruckskraft und technische Vollkommenheit dieses einen abgeschlossenen Werks.

Lerner sagte: »Der Kopf ist Henrys Werk. Der Mund ist ihm, glaube ich, etwas mißlungen. Wilfred scheint es nichts auszumachen, doch alle anderen sind der Meinung, daß die Büste ihm nicht gerecht wird.«

Julius legte den Kopf zur Seite und spitzte in einer Parodie kritischer Abschätzung die Lippen. »Oh, das würde ich nicht sagen. Nein, keineswegs. Was halten Sie davon, Dalgliesh?«

»Ich finde sie bemerkenswert. Hat Carwardine schon modelliert, bevor er hierherkam?«

Dennis Lerner antwortete: »Meines Wissens hat er früher überhaupt nicht modelliert. Vor seiner Krankheit war er ein höherer Staatsbeamter. Er hat das hier vor etwa zwei Monaten gemacht, ohne daß Wilfred Modell gesessen hätte. Für einen ersten Versuch ist es gar nicht so schlecht, finden Sie nicht?«

Zuletzt gingen sie in einen der kleinen Räume am Ende des Anbaus. Er war als Büro gedacht und mit zwei tintenbeklecksten Holzpulten ausgestattet, die aussahen, als seien sie von einer staatlichen Behörde verschmäht worden. An einem war Grace Willison gerade damit beschäftigt, Namen und Adressen auf ein Blatt mit perforierten Klebeetiketten zu tippen. Dalgliesh registrierte, daß Carwardine an dem anderen Schreibpult anscheinend einen privaten Brief tippte. Beide Schreibmaschinen waren sehr alt, die von Henry eine Imperial, die von Grace eine Remington. Dalgliesh sah ihr über die Schulter und überflog kurz die Liste der Namen und Adressen. Er sah, daß das Mitteilungsblatt weit verbreitet wurde. Außer an Pfarrhäuser und Stätten für chronisch Behinderte wurde es an zahlreiche Adressen in London und sogar an zwei in den Vereinigten Staaten und eine in der Nähe von Marseille geschickt. Durch seine Neugier irritiert, machte Grace eine ungeschickte Bewegung mit dem Ellbogen, was zur Folge hatte, daß das Notizbuch mit Namen und Adressen, aus dem sie abschrieb, zu Boden fiel. Doch Dalgliesh hatte genug gesehen. Das tanzende kleine e, das verwischte kleine o, das schwache, fast nicht zu entziffernde große W; zweifellos war dies die Maschine, auf der Pater Baddeleys Brief getippt worden war. Er hob das Buch auf und reichte es Miss Willison. Ohne ihn anzusehen, schüttelte sie den Kopf und sagte: »Vielen Dank, aber ich brauche es eigentlich gar nicht. Ich kann alle achtundsechzig Namen aus dem Gedächtnis tippen. Ich mache es ja schon so lange, wissen Sie. Ich kann mir allein aus ihren Namen und den Namen, die sie ihren Häusern geben, vorstellen, was es für Menschen sind. Ich konnte mir Namen und Adressen schon immer gut merken. Diese Fähigkeit kam mir sehr zugute, als ich für eine Wohltätigkeitsorganisation tätig war, die entlassene Strafgefangene betreute und bei der ich sehr viele Listen zu tippen hatte. Diese hier ist damit verglichen nur ganz kurz. Darf ich Ihren Namen dazusetzen, damit Sie unser vierteljährlich erscheinendes Mitteilungsblatt bekommen? Es kostet nur zehn Pence. Leider müssen wir wegen der hohen Portokosten mehr verlangen, als wir selber gerne möchten.«

Henry Carwardine sah auf und bemerkte: »Dieses Quartal haben wir, glaube ich, ein Gedicht von Jennie Pegram, das folgendermaßen beginnt:

> ›Der Herbst ist mir die liebste Zeit,
> Ich liebe seine warmen Farben.‹

Man sollte doch meinen, Dalgliesh, daß es Ihnen zehn Pence wert ist, zu erfahren, wie Sie dieses kleine Reimproblem in den Griff bekommen.«

Grace Willison lächelte glücklich. »Ich weiß, daß die Zeitschrift nur das Werk von Amateuren ist, doch trägt sie wirklich dazu bei, die ›Freunde von Gut Toynton‹ auf dem laufenden zu halten, und unsere persönlichen Freunde selbstverständlich auch.«

Henry meinte: »Meine nicht. Sie wissen zwar, daß ich den Gebrauch meiner Glieder eingebüßt habe, doch habe ich nicht den Wunsch, ihnen die Vorstellung zu vermitteln, auch meiner Sinne nicht mehr mächtig zu sein. Die Zeitschrift reicht bestenfalls an das literarische Niveau eines Gemeindeblättchens heran. Schlimmstenfalls – und das trifft für drei von vier Ausgaben zu – ist sie peinlich unreif.«

Grace Willison errötete, und ihre Lippen begannen zu zittern. Dalgliesh sagte schnell: »Bitte setzen Sie mich auch auf die Liste. Wäre es nicht am einfachsten, wenn ich für ein Jahr vorausbezahle?«

»Wie entgegenkommend von Ihnen! Aber vielleicht wären sechs Monate besser. Wenn Wilfred beschließt, Gut Toynton dem Ridgewell Trust zu überlassen, hat dieser möglicherweise andere Pläne für das Blatt. Ich fürchte, die Zukunft sieht zur Zeit für uns alle sehr unsicher aus. Würden Sie wohl Ihre Adresse hier notieren? Queenhythe? Das liegt am Fluß, nicht? Wie schön für Sie. Sie brauchen vermutlich keine Handcreme? Oder einen Körperpuder? Den verschicken wir auch an ein oder zwei männliche Kunden. Doch das ist an sich Dennis' Aufgabenbereich. Er besorgt den Versand und erledigt die Hauptpackarbeit. Leider sind unsere Hände zu zittrig, um viel helfen zu können. Ich bin aber sicher, er könnte Ihnen etwas von dem Körperpuder abgeben.«

Das Dröhnen des Gongs enthob Dalgliesh der Notwendigkeit, auf dieses gedankenvolle Verhör zu antworten. Julius sagte: »Die Vorwarnung. Noch ein Gongschlag, und das Abendessen steht auf dem Tisch. Ich werde mich auf den Heimweg machen und sehen, was meine unbezahlbare Mrs. Reynolds für mich hinterlassen hat. Haben Sie übrigens den Kommissar darauf vorbereitet, daß das Abendessen auf Gut Toynton wie bei den Trappisten schweigend eingenommen wird? Wir möchten doch nicht, daß er die Regel verletzt durch ungehörige Fragen über Michaels Testament oder das Thema, welchen Grund ein Patient in dieser Heimstatt der Liebe wohl haben mag, sich von der Felsküste ins Meer zu stürzen.«

Er machte sich ziemlich eilig davon, als befürchte er, zum Essen eingeladen zu werden.

Grace Willison war offensichtlich erleichtert, ihn gehen zu sehen, doch wahrte sie Dalgliesh gegenüber ihr geduldiges Lächeln. »Wir haben tatsächlich eine Regel, daß während des Abendessens nicht gesprochen wird. Hoffentlich macht Ihnen das nichts aus. Jeden Abend liest ein anderer aus irgendeinem Werk vor, das er selbst aussucht. Heute ist die Reihe an Wilfred, deshalb werden wir eine Predigt von Donne zu hören bekommen. Sie sind natürlich vortrefflich – ich weiß, daß Pater Baddeley sie sehr genoß –, doch finde ich persönlich sie ziemlich schwierig. Und meiner Meinung nach passen sie auch schlecht zu Irish Stew.«

# 2

Henry Carwardine rollte auf den Fahrstuhl zu, schob mit einiger Mühe das Stahlgitter zurück, ließ die Tür zuknallen und drückte auf den Knopf für den Oberstock. Er hatte darauf bestanden, ein Zimmer im Hauptgebäude zu bekommen und die dürftigen, knapp bemessenen Zellen des Anbaus entschieden zurückgewiesen, und Wilfred hatte widerstrebend zugestimmt, trotz seiner – in Henrys Augen beinahe paranoiden – Angst, er könne bei einem Brand eingeschlossen werden. Henry hatte seine Übersiedlung nach Gut Toynton durch das Mitbringen von ein paar ausgesuchten Möbelstücken aus seiner Wohnung in Westminster und praktisch all seiner Bücher als definitiv besiegelt. Sein Zimmer war groß, mit hoher Decke und günstigen Proportionen, und seine beiden Fenster boten in südwestlicher Richtung einen großzügigen Blick über die Landspitze. Nebenan lag ein Waschraum mit Dusche, den er lediglich mit dem jeweils im Krankenzimmer behandelten Patienten teilte. Ohne die geringsten Gewissensbisse war er sich bewußt, daß er das komfortabelste Quartier im Haus hatte. Er zog sich in zunehmendem Maß in seine ordentliche, private Welt zurück, schloß die schwere geschnitzte Tür vor seinen Mitbewohnern und bestach Philby, ihm gelegentlich in Dorchester spezielle Käsesorten, Weine, Pasteten und Obst zu besorgen, um Abwechslung in die Anstaltskost zu bringen. Wilfred hatte es offenbar für klüger gehalten, angesichts dieser Verstöße gegen den Gemeinschaftsgeist ein Auge zuzudrücken.

Er fragte sich, was ihn zu jenem bösartigen Ausbruch gegen die harmlose, bedauernswerte Grace Willison provoziert hatte. Nicht zum erstenmal seit Holroyds Tod ertappte er sich dabei, daß er in Holroyds Namen, in seinem Geiste sprach. Das Phänomen fesselte ihn. Es ließ ihn wieder an jenes Leben zurückdenken, dem er so früh und entschieden entsagt hatte. Damals, als er bei Komitees den Vorsitz zu führen pflegte, war ihm klargeworden, wie alle Mitglieder ihre Rollen so spielten, als wären sie schon im voraus für sie festgelegt worden. Der Falke. Die Taube. Der Kompromißler. Der seriöse ältere Staatsmann. Der unberechenbare Parteilose. Wie mühelos übernahm im Fall seiner Abwesenheit ein Kollege seine Ansichten, nahm auf subtile Weise sogar seine Stimme und sein Auftreten an, um die Lücke zu füllen. Und genauso war wohl auch er in Holroyds Rolle geschlüpft. Der Gedanke entbehrte nicht einer gewissen Ironie und erfüllte ihn dazu mit Befriedigung. Warum auch nicht? Wer sonst auf Gut Toynton war besser geeignet für diese unfreundliche, garstige Rolle?

Er war einer der jüngsten Ministerialräte der Geschichte gewesen. Man sah in ihm bereits den zukünftigen Ministerialdirektor. Das war das Bild, das er von sich gehabt hatte. Und dann untergrub die Krankheit die Wurzeln seines Selbstvertrauens, seine sorgfältig vorbereiteten Pläne. Diktatsitzungen mit seinem persönlichen Referenten wurden zu Peinlichkeiten für beide, denen er mit großer Angst entgegensah und die er so lange wie möglich hinausschob. Jedes Telefongespräch war eine Feuerprobe. Schon das erste beharrliche Klingeln genügte, seine Hand zum Zittern zu bringen. Konferenzen, die er stets genossen und mit ruhiger Strenge geleitet hatte, wurden zu unsicheren Wettkämpfen zwischen seinem Geist und seinem aufrührerischen Köper. Er war nicht der erste, den solches Mißgeschick befiel. Er hatte andere gesehen, einige sogar aus seinem eigenen Ministerium, denen man beim Umsteigen aus ihrem häßlichen Invalidenauto in ihren Rollstuhl behilflich war, er hatte mitbekommen, wie sie in der Rangskala nach unten gerutscht waren, leichtere Arbeit verrichteten und in Abteilungen versetzt wurden, die sich eine schwache Arbeitskraft leisten konnten. Das Ministerium hätte abgewogen zwischen selbstsüchtiger Kalkulation sowie dem allgemeinen Interesse einerseits und angemessener Rücksicht und Mitgefühl andererseits. Sie hätten ihn weiter beschäftigt, auch über den Zeitpunkt hinaus, da sein Bleiben noch durch Nützlichkeit gerechtfertigt war. Er hätte die Vergünstigung genossen, in Ausübung seines Dienstes zu sterben, eines zwar erleichterten Dienstes, der seinen schwachen Schultern angepaßt war, aber nichtsdestoweniger noch Dienst. Doch lehnte er dies für sich ab.

Eine gemeinsame Konferenz mit einem anderen Ministerium, bei der er den Vorsitz führte, hatte schließlich den Ausschlag gegeben. Er war noch immer nicht in der Lage, sich ohne Scham und Entsetzen an die grausige Szene zu erinnern. Er sah sich wieder mit ohnmächtig rudernden Füßen, sah seinen Stock einen Trommelwirbel auf dem Boden aufführen, während er sich abmühte, einen Schritt zu seinem Stuhl hin zu machen, und er erinnerte sich auch noch daran, wie bei seinen Begrüßungsworten Speichel aus seinem Mund schoß und die Papiere des neben ihm Sitzenden bespritzte. Der Kreis von Augenpaaren in der Tischrunde. Tieraugen, wachsam, raubvogelartig, peinlich berührt, ängstlich darauf bedacht, seinem Blick nicht zu begegnen. Die einzige Ausnahme war ein gutaussehender junger Mann, ein leitender Beamter des Finanzministeriums gewesen. Er hielt den Blick starr auf den Vorsitzenden gerichtet, nicht mitfühlend, sondern mit beinahe klinischem Interesse, etwa um zu gegebener Zeit ein weiteres Beispiel menschlichen Verhaltens unter Streßbedingungen parat zu haben. Irgendwie war es ihm gelungen, die Versammlung zu überstehen. In seinen Augen jedoch hatte es das Ende bedeutet.

Er hatte von Gut Toynton gehört, wie man üblicherweise von solchen Orten hört, durch einen Kollegen, dessen Frau das vierteljährlich erscheinende Mitteilungsblatt des Heims bezog. Hier schien sich ihm ein Weg aufzutun. Er war Junggeselle, ohne Anhang. Er konnte nicht darauf vertrauen, unbegrenzt für sich selbst sorgen zu können, noch konnte er sich von seiner Invalidenrente auf Dauer eine Krankenschwester leisten. Außerdem mußte er von London wegkommen. Wenn ihm nicht Erfolg beschieden war, so wollte er völlig von der Bildfläche verschwinden, sich in die Vergessenheit zurückziehen, fort von dem peinlichen Mitgefühl der Kollegen, von Lärm und schlechter Luft, von den Launen und Unannehmlichkeiten einer Welt, die in erdrückender Weise abgestimmt war auf die Gesunden und Unversehrten. Er würde das Buch über Entscheidungsfindung im Regierungsgeschäft schreiben, das er sich für den Ruhestand vorgenommen hatte, seine Griechischkenntnisse auffrischen und sämtliche Werke Hardys noch einmal lesen.

Und die ersten sechs Monate schien alles zu funktionieren. Es gab zwar Nachteile, die er, gegen seine Gewohnheit, nicht erwartet und einkalkuliert hatte: die faden, immer gleichen Mahlzeiten, die Zwänge des Zusammenlebens mit nicht zueinander passenden Menschen, die Verzögerung, mit der er Bücher und Wein geliefert bekam, der Mangel an sinnvollen Gesprächen, die Selbstversunkenheit der Kranken, ihre übertriebene Beschäftigung mit Symptomen und Körperfunktionen, die schrecklich kindische Atmosphäre und falsche Fröhlichkeit des Anstaltslebens. Doch all das war noch erträglich, und er war nicht bereit, sich einen Fehlschlag einzugestehen, da alle Alternativen noch schlimmer zu sein schienen. Doch dann war Peter in sein Leben getreten.

Peter war vor etwas über einem Jahr nach Gut Toynton gekommen. Der Siebzehnjährige, ein Opfer der Kinderlähmung, war das einzige Kind der Witwe eines Fuhrunternehmers aus den industriereichen Midlands. Henry argwöhnte, daß sie sich nach einem zweiten Ehemann umsah und zu der Erkenntnis gelangt war, daß ein siebzehnjähriger, an den Rollstuhl gefesselter Sohn ein Hindernis darstellte.

Und so war Peter nach Gut Toynton gekommen. Zunächst hatte der Junge nur wenig Eindruck auf ihn gemacht. Erst allmählich hatte er seine geistigen Fähigkeiten schätzengelernt. Peter war unter Mithilfe der Gemeindeschwester zu Hause gepflegt worden, und wenn sein Gesundheitszustand es erlaubte, hatte man ihn zur örtlichen Sonderschule gefahren. Dort hatte er kein Glück gehabt. Niemand, am wenigsten seine Mutter, hatte seine Intelligenz erkannt. Henry Carwardine bezweifelte, daß sie überhaupt dazu fähig gewesen wäre. Von Henry stammte die Idee, Peter die Erziehung zukommen zu lassen, die er versäumt hatte, um ihm die Möglichkeit zu verschaffen, zu gegebener Zeit eine Universität zu besuchen und sich selbst versorgen zu können.

Zu Henrys Überraschung hatte die Aufgabe, Peter auf das Abitur vorzubereiten, auf Gut Toynton jene Solidarität geschaffen, die mit keinem von Wilfreds Experimenten zu erreichen war. Sogar Victor Holroyd zeigte Interesse.

»Der Junge ist anscheinend nicht dumm. Natürlich ist er vollkommen ungebildet. Die Lehrer, die armen Teufel, waren wahrscheinlich zu sehr damit beschäftigt, Sexualkunde und andere moderne Bereicherungen des Lehrplans zu unterrichten, um Zeit für jemanden mit Begabung zu haben.«

»Er muß Mathematik und mindestens ein naturwissenschaftliches Fach nachholen, um das Abitur zu bestehen. Wenn du dabei helfen könntest, Victor . . .«

»Ohne Labor?«

»Wir haben doch das Behandlungszimmer, du könntest dort etwas aufbauen. Er würde Naturwissenschaft sowieso nicht als Hauptfach nehmen. Natürlich werde ich die Kosten tragen.«

»Einverstanden, ich könnte zwar auch die Kosten übernehmen, bin jedoch sehr dafür, daß die Leute für ihr eigenes Vergnügen auch selbst bezahlen sollten.«

»Jennie und Ursula wären auch interessiert.«

Henry war selbst überrascht, sich diesen Vorschlag machen zu hören. Zuneigung – er war noch nicht soweit, vor sich selbst das Wort Liebe zu gebrauchen – hatte ihn wohlwollend gemacht.

»Gottbewahre! Ich mache doch keinen Kindergarten auf. Aber ich werde dem Jungen Mathematik und allgemeine Naturwissenschaften beibringen.«

Holroyd hatte drei Stunden pro Woche gegeben und dabei peinlich genau auf die Einhaltung der Zeit geachtet, doch gab es hinsichtlich der Qualität seines Unterrichts keinen Zweifel.

Pater Baddeley war für den Lateinunterricht gewonnen worden. Henry selbst hatte englische Literatur und Geschichte übernommen, außerdem oblag ihm die allgemeine Organisation des Unterrichts. Er machte die Entdeckung, daß Grace Willison auf Gut Toynton die besten Französischkenntnisse hatte, und nach anfänglichem Widerstreben stimmte sie zu, zweimal wöchentlich französische Konversation zu unterrichten. Wilfred hatte die Sache mit Duldung verfolgt, zwar nicht aktiv teilgenommen, aber auch keine Einwände erhoben. Jeder hatte plötzlich etwas zu tun und war glücklich.

Peter selbst nahm das alles eher passiv hin, als daß er sich mit Hingabe beteiligt hätte, war möglicherweise ein wenig amüsiert über den kollektiven Enthusiasmus, doch aufmerksam und konzentrationsfähig. Sie fanden heraus, daß es so gut wie unmöglich war, ihn zu überfordern. Er war dankbar und willig, doch distanziert. Bisweilen befiel Henry beim Anblick des ruhigen, mädchenhaften Gesichts das beängstigende Gefühl, die Lehrer wären alle siebzehnjährige Kinder und der Junge allein belastet mit dem traurigen Zynismus der Reife.

Henry wußte, daß er nie den Moment vergessen würde, als er sich endlich voll Freude zu seiner Liebe bekannte. Es war ein warmer Vorfrühlingstag gewesen. Waren wirklich erst sechs Monate vergangen? Sie hatten in der frühen Nachmittagssonne zusammengesessen, an der Stelle, wo er jetzt saß, die Bücher auf dem Schoß, bereit, die auf zwei Uhr dreißig angesetzte Geschichtsstunde zu beginnen. Peter hatte ein kurzärmeliges Hemd getragen, und er hatte seine Hemdsärmel hochgerollt, um das Gefühl auszukosten, das Prickeln der ersten wärmenden Sonnenstrahlen auf den Haaren seiner Unterarme zu spüren. Sie hatten schweigend dagesessen, so wie er auch jetzt dasaß. Und dann hatte Peter, ohne ihn anzusehen, die weiche Innenseite seines Unterarms der ganzen Länge nach an Henrys Unterarm gelegt und bedachtsam, als wäre jede Bewegung Teil eines Rituals, die Finger in die seinen verschlungen, so daß auch ihre Handflächen, Haut auf Haut, verbunden waren. Henry erlebte einen Schock der Ekstase, die plötzliche Erkenntnis von Freude, reines, ungetrübtes Glück, das trotz seiner überwältigenden Erregung paradoxerweise in Erfüllung und Frieden begründet war. In diesem Moment kam es ihm vor, als habe sein gesamtes bisheriges Leben, sein Beruf, seine Krankheit, sein Kommen nach Gut Toynton, schicksalhaft zu diesem Moment, dieser Liebe geführt. Alles – Erfolg, Mißerfolg, Schmerz, Frustration, war Teil des Weges hierher und dadurch gerechtfertigt. Niemals zuvor war er sich eines anderen Körpers so bewußt gewesen wie jetzt des Pulsschlags in dem dünnen Handgelenk des Labyrinths blauer Venen, die an seine geschmiegt lagen, des Blutes, das in Einklang mit dem seinen dahinströmte, der zarten, unglaublich weichen Haut des Unterarms, der kindlichen Finger, die sich vertrauensvoll an seine schmiegten. Vor der Intimität dieser ersten Berührung waren alle früheren Abenteuer seines Fleisches verblaßt. Und so hatten sie schweigend dagesessen, endlos lange, bevor sie sich umgewandt hatten, um einander, erst ernst, dann lächelnd in die Augen zu sehen.

Er fragte sich jetzt, wie es hatte geschehen können, daß er Wilfred so unterschätzte. Glücklich und sicher im Vertrauen auf eingestandene und erwiderte Liebe, hatte er Wilfreds Anzüglichkeiten – sofern sie überhaupt in sein Bewußtsein vordrangen – mit mitleidiger Verachtung behandelt und ihnen nicht mehr Bedeutung beigemessen als dem Blöken eines verklemmten, hilflosen Schullehrers, der aus seiner Verklemmtheit heraus seine Jungen vor unnatürlichen Lastern warnt.

»Es ist sehr lobenswert von dir, Peter so viel Zeit zu widmen, doch sollten wir uns daran erinnern, daß wir auf Gut Toynton eine große Familie sind. Andere Leute würden es gern sehen, wenn du auch ihnen etwas mehr Interesse entgegenbringen würdest. Es ist nicht sehr freundlich oder klug, eine allzu ausgeprägte Vorliebe für eine bestimmte Person an den Tag zu legen. Ich glaube, daß sich Ursula und Jennie und vielleicht sogar der arme Georgie manchmal vernachlässigt fühlen.«

Henry hatte kaum zugehört und es nicht der Mühe wert befunden zu antworten.

»Henry, ich höre von Dot, daß du dazu übergegangen bist, während Peters Unterrichtsstunden deine Tür abzuschließen. Mir wäre es lieber, du würdest das nicht tun. Es ist eine unserer Regeln, niemals die Tür abzuschließen. Wenn einer von euch beiden plötzlich ärztliche Hilfe nötig hätte, könnte das sehr ärgerlich werden.«

Henry hatte weiterhin seine Tür abgeschlossen und den Schlüssel stets bei sich getragen. Ihm war, als wären er und Peter die einzigen Menschen auf Gut Toynton.

Nachts im Bett begann er Pläne zu schmieden und zu träumen, zunächst noch zögernd und dann im Hochgefühl der Hoffnung. Er hatte zu früh und zu leichtfertig die Waffen gestreckt. Es gab noch immer eine Zukunft für ihn. Die Mutter des Jungen kam so gut wie nie zu Besuch und schrieb selten. Was sprach dagegen, daß sie beide Gut Toynton den Rücken kehrten und zusammen lebten? Er hatte seine Pension und einiges Kapital. Er konnte ein kleines Haus kaufen, vielleicht in Oxford oder Cambridge, und es rollstuhlgerecht umbauen lassen. Wenn Peter die Universität besuchte, würde er ein Zuhause brauchen. Henry stellte Kalkulationen an, schrieb an seine Bank, schmiedete Pläne, wie das alles am besten zu organisieren wäre, damit er Peter den Plan in höchster Vollendung und Schönheit präsentieren konnte. Er kannte die Gefahrenpunkte. Sein eigener Zustand würde sich verschlechtern. Mit etwas Glück konnte bei Peter eine leichte Besserung eintreten. Er durfte nie zulassen, daß er dem Jungen zur Last wurde. Pater Baddeley hatte ihn nur einmal auf Peter angesprochen, wie immer ohne Umschweife: »Deine Krankheit ist progressiv, Peters Krankheit nicht. Eines Tages wird er ohne dich auskommen müssen. Beherzige das, mein Sohn.« Ja, er würde es beherzigen.

Anfang August holte Mrs. Bonnington, Peters Mutter, ihren Sohn vierzehn Tage zu sich nach Hause. Sie meinte, er solle auch einmal Ferien haben. Henry sagte: »Schreib mir nicht. Ich erwarte nie etwas Gutes von einem Brief. Ich sehe dich in zwei Wochen wieder.«

Doch Peter war nicht zurückgekommen.

Am Abend, bevor er wiederkommen sollte, hatte Wilfred beim Abendessen die Neuigkeit verkündet, wobei er sorgfältig vermieden hatte, Henry anzusehen. »Um Peters willen werdet ihr euch freuen zu hören, daß Mrs. Bonnington einen Platz für ihn ausfindig gemacht hat, der näher bei seinem Zuhause liegt, so daß er nicht zu uns zurückkommen wird. Sie hofft, sich in Bälde wieder zu verheiraten, und sie und ihr zukünftiger Mann haben den Wunsch, Peter häufiger zu besuchen und ihn gelegentlich am Wochenende zu Hause zu haben. Das neue Heim wird Peters schulische Ausbildung fortsetzen. Ihr habt alle so fleißig mit ihm gearbeitet. Ich weiß, daß ihr euch freut zu hören, daß es nicht umsonst war.«

Der Plan war schlau ausgeklügelt, das mußte er Wilfred lassen. Diskrete Telefongespräche und ein Briefwechsel mit der Mutter und Verhandlungen mit dem neuen Heim mußten vorausgegangen sein. Peter mußte seit Wochen oder sogar Monaten auf der Warteliste gestanden haben.

Kaum jemand auf Gut Toynton hatte hinterher mit ihm über Peters Wegzug gesprochen. Sie schraken zurück vor seinem tiefen Leid. Nur Grace Willison hatte gesagt, während sie zugleich vor seinem zornerfüllten Blick zurückschreckte: »Wir werden ihn alle vermissen, doch seine eigene Mutter . . . Es ist nur natürlich, daß sie ihn in ihrer Nähe haben möchte.«

Nach einer Woche hatten sie Peter anscheinend vergessen und waren wieder zu ihren alten Beschäftigungen zurückgekehrt mit der Leichtigkeit von Kindern, die unerwünschte Weihnachtsspielzeuge von sich schleudern.

Holroyd hatte seine Apparaturen wieder abgebaut und weggepackt. »Laß dir das eine Lehre sein, mein lieber Henry. Setz dein Vertrauen nicht in hübsche Jungen. Es ist wohl kaum anzunehmen, daß er gewaltsam in das neue Heim gezerrt wurde.«

»Vielleicht doch.«

»Oh, mach dich doch nicht lächerlich. Der Junge ist so gut wie volljährig. Er ist des Denkens und der Sprache mächtig. Er kann auch mit einem Füller umgehen. Wir müssen der Tatsache ins Gesicht sehen, daß er unsere Gesellschaft hier weniger faszinierend fand, als wir vermutet haben. Er erhob keine Einwände, als man ihn hier unterbrachte, und ich zweifle nicht daran, daß er auch keine erhob, als man ihn von hier wegbrachte.«

Aus einem Impuls heraus hatte Henry den gerade vorübergehenden Pater Baddeley am Arm gepackt und ihn gefragt: »Waren Sie auch beteiligt an diesem Triumph von Mutterliebe und Moral?«

Pater Baddeley hatte nur schwach, fast unmerklich den Kopf geschüttelt. Er hatte anscheinend etwas sagen wollen, drückte dann aber nur kurz Henrys Schulter und ging weiter, zum erstenmal unfähig, Worte des Trostes zu finden. Doch Henry hatte Zorn und Empörung gegen Michael in sich aufflammen gespürt, so stark wie gegen sonst niemanden auf Gut Toynton.

Es war kein Brief gekommen. Henry hatte sich so weit gedemütigt, Philby zu bestechen, der die Post holte. Sein Verfolgungswahn hatte ein Stadium erreicht, in dem er sich einbildete, Wilfred könnte Briefe abfangen. Er selbst schrieb nicht. Die Frage, ob er schreiben solle oder nicht, verfolgte ihn unablässig bis in seine schlaflosen Nächte. Und nicht einmal sechs Wochen später schrieb Mrs. Bonnington an Wilfred, daß Peter an Lungenentzündung gestorben war. Henry zweifelte nicht, daß dies überall und jederzeit hätte geschehen können. Es mußte nicht heißen, daß die medizinische Versorgung in dem neuen Heim schlechter als auf Gut Toynton war. Peter war stets gefährdet gewesen. Aber tief in seinem Innern wußte Henry, daß es ihm selbst gelungen wäre, Peter zu retten. Indem Wilfred mittels Intrigen Peter von Gut Toynton entfernte, hatte er ihn zugleich zum Tode verurteilt.

Und Peters Mörder lebte weiter wie zuvor, lächelte weiter sein huldvolles, schiefes Lächeln, hüllte sich pompös in seinen Umhang, um sich vor der Berührung mit menschlichen Gefühlen zu schützen, und blickte selbstgefällig auf die kaputten Objekte seiner Mildtätigkeit. Bildete Henry es sich nur ein, daß Wilfred sich in letzter Zeit vor ihm fürchtete? Sie sprachen jetzt nur noch selten miteinander. Von Natur aus Einzelgänger, war Henry seit Peters Tod vollends zum Griesgram geworden. Mit Ausnahme der Mahlzeiten verbrachte er den größten Teil des Tages auf seinem Zimmer, blickte über das öde Land, las nicht, arbeitete nicht und war erfüllt von tödlicher Langeweile. Er wußte, daß sein Haß mehr eine Prinzipiensache denn ein echtes Gefühl war. Liebe, Freude, Zorn, ja selbst Kummer waren zu heftige Emotionen für seine geschwächte Persönlichkeit. Er konnte nur noch schwache Schatten dieser Gemütsbewegungen empfinden. Doch der Haß war wie ein latentes, im Blut lauerndes Fieber. Manchmal konnte er zu einem erschreckenden Delirium emporlodern.

Es war während einer dieser Stimmungen gewesen, daß Holroyd seinen Stuhl über den Hof gerollt und ihn neben den seinen manövriert und ihm etwas zugeraunt hatte. Holroyds Mund, rosa und präzise wie der eines Mädchens, eine hübsche, schwärende Wunde in dem blauen Kiefer, zog sich zusammen, um sein Gift auszuspeien. Holroyds saurer Atem stieg in Henrys Nase. »Ich habe etwas Interessantes über unseren lieben Wilfred erfahren. Zu gegebener Zeit werde ich dich einweihen, doch vorläufig mußt du mir verzeihen, wenn ich das Geheimnis noch ein wenig für mich allein auskosten möchte. Der richtige Moment wird kommen, die Sache zu enthüllen. Man bemüht sich ja immer um den größten dramatischen Effekt.«

Henry blickte aus dem hohen Bogenfenster nach Westen über das ansteigende Gelände. Die Dunkelheit brach herein. Irgendwo dort draußen überspülten die unermüdlichen Gezeiten die Felsen, die sie bereits für immer reingewaschen hatten von Holroyds Blut. Nicht einmal ein Stoffetzen war übriggeblieben. Holroyds tote Hände, dahintreibendem Tang gleich, bewegten sich träge im Rhythmus der Gezeiten, die mit Sand gefüllten Augenhöhlen waren emporgerichtet zu den herabstoßenden Möwen.

Und nun war aus Baddeleys Vergangenheit dieser Polizeibeamte aufgetaucht. Warum, in welcher Absicht? Henry konnte vielleicht etwas in Erfahrung bringen, wenn sie drei zusammen nach dem Abendessen bei Julius etwas trinken würden. Und Dalgliesh seinerseits natürlich auch. »Kein Wissen gibt's, der Seele Bildung im Gesicht zu lesen.« Shakespeares Duncan irrte. Es gab dieses Wissen sehr wohl, und ein Kommissar der Londoner Polizei verstand sich bestimmt weit besser darauf als andere. Nun, falls er wirklich zu diesem Zweck gekommen war, würde er vielleicht nach dem Abendessen den Anfang machen. Er, Henry, würde heute abend in seinem Zimmer essen. Philby würde auf sein Klingeln hin ein Tablett nach oben bringen und es ihm unhöflich und mißgelaunt vor die Nase knallen. Es war nicht möglich, Höflichkeit von Philby zu erkaufen, doch sonst war für Geld fast alles zu haben, dachte Henry mit grimmigem Triumph.

# 3

»Mein Körper ist mein Kerker. Und ich werde dem Gesetz nie so untreu werden, aus dem Kerker auszubrechen. Ich werde meinen Tod nicht zu beschleunigen suchen, indem ich diesen Körper kasteie oder hungern lasse. Doch würde dieser Kerker verbrennen in unauslöschlichem Fieber oder zerrissen von unstillbaren Wunden, gäbe es dann wohl irgendwen, der so innig an jenem Kerker hinge, daß er wünschte, lieber weiter auszuharren als heimzugehen?«

Es war nicht so, daß Donne nicht zu dem Irish Stew paßte, dachte Dalgliesh, als vielmehr so, daß das Stew nicht mit dem selbstgemachten Wein zusammenging. Keines von beiden war für sich betrachtet unschmackhaft. Das Hammel-Stew, mit Zwiebeln, Kartoffeln und Karotten zubereitet und mit frischen Kräutern gewürzt, war gut, wenn auch etwas fett. Der Holunderwein rief nostalgische Erinnerungen an Pflichtbesuche wach, die er mit seinem Vater bei bettlägerigen, gastfreundlichen Gemeindemitgliedern gemacht hatte. Beides zusammen war jedoch kaum genießbar. Er griff nach der Wasserkaraffe.

Ihm gegenüber saß Millicent Hammitt, deren vierschrötiges, plattes Gesicht im Kerzenlicht weichere Züge gewann und deren Abwesenheit am Nachmittag jetzt ihre Erklärung in dem beißenden Geruch von Dauerwellenfestiger fand, der aus ihren frischgekräuselten grauen Haaren zu ihm herüberwehte. Mit Ausnahme von Hewsons, die wahrscheinlich zu Hause in ihrem Cottage aßen, und Henry Carwardines waren alle anwesend. Am äußersten Tischende, etwas abseits, saß Albert Philby, ein mönchischer Caliban in brauner Kutte, halb kauernd über sein Essen gebeugt. Er aß geräuschvoll und riß sein Brot in kleine Stücke, mit denen er den Teller auswischte. Allen Patienten wurde beim Essen geholfen. Seine Empfindlichkeit niederkämpfend, bemühte sich Dalgliesh, die Ohren zu verschließen vor dem gedämpften Gesabber, dem Klappern der Bestecke, den unauffällig kontrollierten Schluckgeräuschen.

»Wenn du dich in Frieden von dieser Tafel erhebst,

kannst du auch diese Welt in Frieden verlassen. Und der Frieden dieser Tafel soll uns zuteil werden in pace desiderii, mit zufriedenem Gemüte . . .«

Wilfred stand an einem von zwei Kerzen flankierten Lesepult am Kopfende des Tisches. Jeoffrey, von seinem Fressen aufgedunsen, lag behäbig zusammengerollt zu seinen Füßen. Wilfred hatte eine gute Stimme und wußte sie zu gebrauchen. Ein verhinderter Schauspieler? Oder ein Schauspieler, der seine Theaterbühne gefunden hatte und immer weiterspielte, trunken vor Glück, ungeachtet seines schwindenden Publikums? Ein Neurotiker mit einer fixen Idee? Oder ein Mann im Einklang mit sich selbst, sicher zentriert in der Mitte seines Wesens?

Plötzlich flackerten und zischten die vier Tischkerzen. Dalgliesh vernahm das schwache Quietschen von Rädern, das schabende Geräusch von Metall gegen Holz. Die Tür schwang auf, Wilfreds Stimme geriet ins Stokken und verstummte dann ganz. Ein Löffel klapperte gegen einen Teller. Aus dem Schatten kam ein Rollstuhl, dessen Benutzer den Kopf gesenkt hielt, der in einen dicken karierten Plaid gehüllt war. Miss Willison stöhnte gramvoll und befingerte das Kreuz, das sie über ihrem grauen Kleid trug. Ein keuchender Laut war von Ursula Hollis zu hören. Niemand sprach. Plötzlich schrie Jennie Pegram auf – ein dünner, durchdringender Ton wie aus einer blechernen Pfeife kommend, so unwirklich, daß Dot Moxon ruckartig den Kopf herumwarf, als sei sie nicht sicher, woher der Laut gekommen war. Der Schrei ging in ein Kichern über. Die Frau schlug die Hand vor den Mund. Dann sagte sie: »Ich dachte, es sei Victor! Das ist Victors Plaid.«

Niemand rührte sich oder sprach. Dalglieshs Blick schweifte über den Tisch und verweilte prüfend auf Dennis Lerner. Sein Gesicht hatte sich zu einer Maske des Grauens verzogen, die sich langsam auflöste und dem Ausdruck der Erleichterung Platz machte. Carwardine manövrierte seinen Rollstuhl an den Tisch. Er konnte sich nur mühsam verständlich machen. Ein Tröpfchen Speichel schimmerte wie ein gelbes Juwel im Kerzenlicht und rann ihm dann übers Kinn. Schließlich stieß er in seinem hohen Diskant hervor: »Ich dachte, ich könnte euch wenigstens beim Kaffee Gesellschaft leisten. Ich fand es unhöflich, am ersten Abend unseres Gastes durch Abwesenheit zu glänzen.«

Dot Moxon sagte in scharfem Ton: »War es unbedingt nötig, diesen Mantel anzuziehen?«

Er wandte sich ihr zu. »Er hing im Geschäftszimmer, und mir war kalt. Außerdem haben wir doch viele Dinge miteinander geteilt. Müssen wir denn die Toten immer verdrängen?«

Wilfred sagte: »Darf ich an die Regel erinnern?«

Sie wandten ihm das Gesicht zu wie gehorsame Kinder. Er wartete, bis sie wieder zu essen begonnen hatten. Die Hände, die links und rechts die Platte des Lesepults gefaßt hielten, waren ruhig, die klangvolle Stimme vollkommen beherrscht. »Wenn du so vor Anker liegst, in dieser Ruhe – ob Gott nun deine Reise verlängert, das heißt, dein Leben verlängert, oder dich durch den Atem, die Atemlosigkeit des Todes, in den Hafen holt – du kannst, ob im Osten oder Westen, in Frieden gehen . . .«

# 4

Kurz nach halb neun brach Dalgliesh auf, um Henry Carwardine in seinem Rollstuhl zu Julius Courts Cottage zu schieben. Es war keine einfache Aufgabe für jemanden, der selber erst seit kurzem Rekonvaleszent war. Trotz seiner Magerkeit war Carwardine überraschend schwer, und der steinige Weg führte bergauf. Dalgliesh hatte den Vorschlag unterdrückt, sein Auto zu benutzen, da es für seinen Begleiter wohl anstrengender und demütigend gewesen wäre, mühsam durch die enge Wagentür gehievt zu werden, als den vertrauten Rollstuhl zu benutzen. Bevor sie das Haus verließen, hatte Anstey in der Halle ihren Weg gekreuzt. Er hatte die Tür aufgehalten und war dabei behilflich gewesen, den Rollstuhl die Rampe hinab zu dirigieren, hatte jedoch ansonsten keine Anstalten gemacht zu helfen, noch hatte er ihnen den Patienten-Bus angeboten. Dalgliesh fragte sich, ob

es nur seine Einbildung war, die ihn eine Spur von Miß-
billigung aus Ansteys Gutenachtgruß heraushören ließ.

Keiner der beiden Männer sprach auf dem ersten Teil
der Strecke. Carwardine hielt eine schwere Taschenlampe zwischen den Knien und versuchte ihren Strahl
stetig auf den Weg vor ihnen zu richten. Der Lichtkreis,
der bei jedem Schlingern des Stuhls in tanzende und
drehende Bewegung versetzt wurde, enthüllte mit blen-
dender Schärfe eine geheime nächtliche Welt von Grün
und eilig trippelndem Leben. Dalgliesh, der vor Müdigkeit schon leicht benommen war, fühlte sich wie losgelöst von seiner Umgebung. Die beiden dicken Gummi-
handgriffe, die sich glitschig-feucht anfühlten, saßen
nicht fest, sondern bewegten sich unter seinen Händen
irritierend hin und her und schienen keine Verbindung
zum übrigen Teil des Rollstuhls zu haben. Der Weg vor
ihnen schien nur deswegen real, weil Steine und Spalten
die Räder erschütterten. Die Nacht war ruhig und für
die herbstliche Jahreszeit noch warm, die Luft schwer
vom Duft des Grases und der Erinnerung an die Blumen
des Sommers. Tiefhängende Wolken hatten die Sterne
verdunkelt und trieben in fast vollständiger Finsternis
aufs Meer hinaus, über die vier erleuchteten Rechtecke
hinweg, die Haus Toynton bezeichneten. Als sie nahe genug waren, das größte davon als die Hintertür ausmachen zu können, sagte Dalgliesh aus einem plötzlichen
Impuls heraus: »Ich fand einen ziemlich bösen anonymen Brief in Pater Baddeleys Schreibtisch und habe
mich gefragt, ob jemand einen Groll gegen ihn persönlich hegte oder ob es noch andere Empfänger solcher
Briefe gibt.«

Carwardine legte den Kopf zurück. Dalgliesh sah sein
Gesicht aus verkürztem Blickwinkel, die scharfe Nase
glich einem hervorsprießenden Knochenstück, der Kiefer hing lose wie bei einer Marionette unter der formlosen Höhle des Mundes. Er sagte: »Ich erhielt einen vor
etwa zehn Monaten, er lag in einem Buch, das ich aus
der Bibliothek ausgeliehen habe. Seitdem habe ich keinen mehr bekommen, und ich weiß auch von niemand
anderem, der einen erhalten haben könnte. Zwar pfle-
gen die Leute über dergleichen Dinge nicht zu sprechen,

doch glaube ich, daß es sich herumgesprochen hätte, wenn die Belästigung endemisch geworden wäre. Bei meinem Brief handelte es sich um den wohl üblichen Schund. Man wies mich darauf hin, welche Methoden einigermaßen akrobatischer Art zur sexuellen Selbstbefriedigung mir offenstünden, vorausgesetzt, ich wäre körperlich noch beweglich genug, sie anwenden zu können. Der Wunsch, mich in der genannten Weise zu betätigen, wurde vorausgesetzt.«

»Der Brief war also mehr obszön als aggressiv?«

»Wenn obszön bedeutet, daß er mehr darauf abzielte, Ekel zu erzeugen, als meine Moral zu korrumpieren oder zu untergraben – ja.«

»Haben Sie eine Ahnung, wer es gewesen sein könnte?«

»Der Brief war auf Toynton-Briefpapier getippt, mit der alten Remington-Schreibmaschine, die hauptsächlich von Grace Willison benutzt wird. Sie scheint also die wahrscheinlichste Kandidatin zu sein. Ursula Hollis war es nicht, sie kam erst zwei Monate später hierher. Außerdem stammen solche Machwerke doch gewöhnlich von respektablen alten Jungfern in mittleren Jahren.«

»In diesem Fall bezweifle ich es.«

»Na, meinetwegen – ich beuge mich Ihrer größeren Erfahrung in diesen Dingen.«

»Haben Sie mit irgend jemandem darüber gesprochen?«

»Nur mit Julius. Er riet mir ab, die Sache weiter zu verbreiten, und schlug mir vor, den Brief zu zerreißen und im WC hinunterzuspülen. Da dieser Rat meinem eigenen Wunsch entsprach, befolgte ich ihn. Wie ich schon sagte, habe ich seither keinen Brief mehr bekommen. Ich könnte mir vorstellen, daß der Sport seinen Reiz verliert, wenn das Opfer sich sichtlich nichts daraus macht.«

»Könnte es Holroyd gewesen sein?«

»Es hätte eigentlich nicht zu ihm gepaßt. Victor war aggressiv, aber nicht auf diese Art. Seine Waffe war das gesprochene, nicht das geschriebene Wort. Ich persönlich hatte nicht soviel gegen ihn wie einige andere. Die

Schläge, die er austeilte, wirkten eher wie die eines unglücklichen Kindes. Es war mehr persönliche Verbitterung in ihm als wirkliche Bösartigkeit. Zugegeben, in der Woche, bevor er starb, ergänzte er sein Testament um ein ziemlich kindisches Kodizill. Philby und Julius' Haushälterin, Mrs. Reynolds, fungierten dabei als Zeugen. Doch das geschah wahrscheinlich deshalb, weil er beschlossen hatte zu sterben und uns alle der Verpflichtung entheben wollte, ihn in ehrendem Andenken zu behalten.«

»Sie glauben also, daß er Selbstmord beging?«

»Natürlich. Jeder glaubt das. Wie hätte es sich sonst abspielen sollen? Es ist die glaubwürdigste Hypothese. Wenn es nicht Selbstmord war, war es Mord.«

Es war das erste Mal, daß ein Bewohner von Gut Toynton dieses unheilschwangere Wort benutzte. Aus Carwardines Mund, mit dieser pedantischen, hohen Stimme ausgesprochen, klang es so unpassend wie ein Fluch auf den Lippen einer Nonne.

Dalgliesh sagte: »Die Bremsen am Rollstuhl könnten defekt gewesen sein.«

»Unter den gegebenen Umständen würde ich das ebenfalls als Mord rechnen.«

Einen Moment lang herrschte Schweigen. Der Stuhl rumpelte über einen kleinen Felsbrocken, und der Strahl der Taschenlampe beschrieb einen weiten Bogen nach oben. Carwardine richtete sie wieder gerade und sagte dann: »Philby ölte und überprüfte die Bremsen des Rollstuhls um acht Uhr fünfzig an dem Abend, bevor Holroyd starb. Ich war gerade im Werkraum mit meinem Modellierton zugange und habe ihn gesehen. Er verließ den Werkraum kurze Zeit später, und ich blieb noch bis ungefähr zehn Uhr.«

»Haben Sie das der Polizei gesagt?«

»Da man mich danach fragte, ja. Sie erkundigten sich mit plumpem Taktgefühl, wie ich im einzelnen den Abend verbracht hätte und ob ich Holroyds Stuhl angerührt hätte, nachdem Philby gegangen war. Da ich, wenn das der Fall gewesen wäre, diese Tatsache wohl kaum gestanden hätte, hielt ich die Frage für naiv. Sie befragten auch Philby, wenngleich nicht in meiner Gegenwart, und ich bezweifle nicht, daß er meine Geschichte bestätigte. Ich habe der Polizei gegenüber eine ambivalente Einstellung. Ich beschränke mich strikt darauf, die gestellten Fragen zu beantworten, jedoch ausgehend von der Prämisse, daß sie im allgemeinen ein Recht auf wahrheitsgemäße Auskünfte hat.«

Sie waren am Ziel. Licht strömte aus der Hintertür des Cottage, und Julius Court trat als dunkle Silhouette heraus, um sie zu begrüßen. Er übernahm den Rollstuhl und schob ihn in den kurzen gepflasterten Zugang hinauf, der zum Wohnzimmer führte. Unterwegs hatte Dalgliesh Gelegenheit, durch eine offene Tür einen kurzen Blick auf die Kiefernholzeinrichtung, den roten Fliesenboden und das schimmernde Chrom in Julius' Küche zu werfen. Das Wohnzimmer nahm die gesamte Vorderfront des Erdgeschosses ein. Ein Feuer aus Treibholz knisterte in dem offenen Kamin, doch standen beide Fenstertüren offen, um die Nachtluft hereinzulassen. Die Mauern vibrierten von dem dumpfen Dröhnen des Meeres. Es war irritierend, sich so nah am Rand des Steilhangs zu wissen, ohne die genaue Entfernung zu kennen. Als könne er Gedanken lesen, sagte Julius: »Wir sind genau sechs Meter von dem vierzehn Meter hohen Felsabsturz entfernt. Draußen ist eine Terrasse mit einer kleinen Brüstung. Wir können uns später hinaussetzen, falls es warm genug ist. Was möchten Sie trinken, Schnaps oder Wein? Ich weiß, daß Henry gern einen Bordeaux trinkt.«

»Mir auch ein Glas, bitte.«

Dalgliesh hatte keinen Grund, seine Wahl zu bereuen, als er die Etiketten der Flaschen sah, die auf dem niedrigen Tisch in der Nähe des Kamins standen und von denen zwei bereits entkorkt waren. Er war überrascht, Wein von so hoher Qualität für zwei Zufallsgäste aufgetischt zu sehen. Während Julius mit den Gläsern hantierte, schlenderte Dalgliesh durch den Raum. Er enthielt beneidenswerte Dinge. Dalglieshs Augen leuchteten auf beim Anblick eines prachtvollen alten Sunderland-Kruges, dreier früher Staffordshire-Figurinen auf dem marmornen Kaminsims und einiger recht hübscher Seestücke in Öl an der längsseitigen Wand. Über der

Tür, die zur Terrasse über dem Felsabsturz hinausführte, war eine prachtvolle eichengeschnitzte Galionsfigur angebracht. Auf einem Sockel an der gegenüberliegenden Wand, umhüllt von einem Schimmer, als ob es von innen leuchtete, stand das Marmorstandbild eines geflügelten Knaben, der in seiner dicken Grübchenhand einen Strauß von Rosen und Maiglöckchen hielt. Die Lippen waren in geheimnisvollem Lächeln halb geöffnet. Dalgliesh strich mit dem Finger leicht über eine Wange; ihm war, als erwärmte sie sich unter der Berührung.

Julius gesellte sich mit zwei Gläsern in den Händen zu ihm. »Gefällt Ihnen meine Marmorstatue? Es ist natürlich nur eine Nachbildung, siebzehntes oder frühes achtzehntes Jahrhundert, nach einem Original von Bernini. Henry würde das Ganze noch besser gefallen, wenn es ein echter Bernini wäre, nehme ich an.«

Henry rief zu ihnen herüber: »Sie würde mir nicht besser gefallen. Ich habe nur gesagt, dann würde ich mehr dafür bezahlen.«

Dalgliesh und Court gingen zum Kamin und machten es sich bequem. Dalgliesh ließ unwillkürlich seine Blicke im Zimmer umherschweifen. Auf alles war sehr viel Sorgfalt verwendet, jedem Gegenstand der ihm gebührende Platz zugeteilt worden. Die Dinge waren offensichtlich gekauft, weil sie gefielen. Sie waren weder Teil eines ausgeklügelten Systems, das Geschmack demonstrieren sollte, noch waren sie erworben, um dem Zwang zu genügen, eine Sammlung komplettieren zu müssen. Dalgliesh bezweifelte, daß irgend etwas ein Zufalls- oder ein Gelegenheitskauf war. Auch die Möbel zeugten von Wohlhabenheit. Das Ledersofa und die beiden Ohrensessel waren vielleicht eine Spur zu luxuriös für die Größe und den im Grunde einfachen Charakter des Zimmers, doch hatte Julius sie offensichtlich aus Gründen der Bequemlichkeit gewählt. Dalgliesh machte sich Vorwürfe wegen des puritanischen Zugs, den er an sich entdeckte, als er den Raum mit der Schäbigkeit von Pater Baddeleys Wohnzimmer verglich und dem letzteren den Vorzug gab. Carwardine, der in seinem Rollstuhl saß und über den Rand seines Glases hinweg ins

Feuer starrte, fragte plötzlich: »Hat Baddeley Ihnen eigentlich vorher von den grotesken Auswüchsen von Wilfreds Philanthropie erzählt, oder kamen Sie ganz unvorbereitet hierher?«

Dalgliesh hatte mit dieser Frage gerechnet. Er spürte, daß beide Männer an seiner Antwort mehr als nur beiläufig interessiert waren.

»Pater Baddeley schrieb mir, daß er sich über einen Besuch von mir freuen würde. Ich war ziemlich lange im Krankenhaus gewesen, und es schien mir eine gute Idee, mich hier für ein paar Tage zu erholen.«

Carwardine meinte: »Ich kann mir bessere Orte zum Erholen vorstellen als ›Haus Hoffnung‹, wenn es innen auch nur entfernt so aussieht wie von außen. Kannten Sie Pater Baddeley schon lang?«

»Seit meiner Kindheit. Er war Kaplan bei meinem Vater. Doch sahen wir uns das letztemal, und auch das nur kurz, als ich noch auf der Universität war.«

»Und obwohl Sie beide ganz gut damit zurechtkamen, daß Sie zehn Jahre lang nichts mehr voneinander gehört hatten, sind Sie jetzt natürlich über seinen Tod untröstlich.«

Ohne auf die Provokation einzugehen, antwortete Dalgliesh ruhig: »Er macht mich betroffener, als ich erwartet hatte. Wir schrieben uns selten, meist nur Weihnachtskarten, aber in meinen Gedanken spielte er eine größere Rolle als einige Leute, die ich fast täglich sah. Ich weiß nicht, warum ich nicht Verbindung mit ihm hielt. Es war wohl der übliche Grund – Arbeitsüberlastung. Doch nach dem Bild, das ich von Pater Baddeley habe, kann ich mir nicht vorstellen, wie er zu dem ganzen hier paßte.«

Julius lachte. »Er paßte auch nicht. Er wurde eingestellt, als Wilfred gerade eine Phase der Gläubigkeit hatte – vermutlich wollte er Gut Toynton eine gewisse religiöse Respektabilität verschaffen. Ich glaubte jedoch in den letzten Monaten feststellen zu können, daß sich ihre Beziehung etwas abgekühlt hatte, findest du nicht auch, Henry? Pater Baddeley war sich wahrscheinlich nicht mehr sicher, ob Wilfred einen Priester oder einen Guru haben wollte. Wilfred stürzt sich auf jeden Fetzen

Philosophie, Metaphysik und Religion, der seine Technicolor-Traumwelt noch perfekter macht. Der Erfolg – und das werden Sie höchstwahrscheinlich noch selbst feststellen, falls Sie lange genug bleiben – der Erfolg ist der, daß es hier an einem einheitlichen Konzept fehlt. Nehmen Sie beispielsweise nur meinen Londoner Club, der es als seine ausschließliche Aufgabe ansieht, den Genuß von gutem Essen und gutem Wein zu ermöglichen und Langweiler und Triebverbrecher fernzuhalten. Selbstverständlich ist das nirgends schriftlich festgehalten, doch wissen wir alle, woran wir sind. Die Ziele sind einfach und leicht verständlich und daher realisierbar. Hier wissen die armen Leutchen nicht, ob sie sich in einer Privatklinik, einer Kommune, einem Hotel, einem Mönchskloster oder in einem besonders irren Irrenhaus befinden. Von Zeit zu Zeit werden ihnen sogar Meditationskurse geboten. Ich fürchte, im Moment ist Wilfred im Begriff, sich in die Zen-Idee zu verrennen.«

Carwardine warf ein: »Es stimmt zwar, er ist etwas konfus, aber wer von uns ist das nicht? Im Grunde ist er ein gütiger, wohlmeinender Mensch, zumindest hat er sein ganzes Vermögen in Gut Toynton hineingesteckt. In der heutigen Zeit, in der nur noch Lärm und Genußsucht etwas gelten, spricht das zu seinen Gunsten.«

»Sie mögen ihn also?« fragte Dalgliesh.

Henry Carwardine antwortete überraschend schroff: »Da er mich vor dem schlimmsten Schicksal, nämlich vor der Einkerkerung in ein Krankenhaus, bewahrt hat und mir für einen erschwinglichen Preis ein Privatzimmer zur Verfügung stellt, kann ich ihn nur reizend finden.«

Ein kurzes, peinliches Schweigen folgte seinen Worten. Carwardine spürte es und setzte hinzu: »Das Schlimmste an Toynton ist das Essen, doch dem kann abgeholfen werden, selbst wenn ich mir manchmal wie ein genäschiger Schuljunge vorkomme, wenn ich allein in meinem Zimmer schlemme. Und es fällt mir verhältnismäßig leicht, mein Essen allein einzunehmen, wenn mir dafür der Hochgenuß erspart bleibt, meinen Mit-Heimbewohnern beim Vorlesen zuhören zu müssen.«

Dalgliesh sagte: »Das Personal zu beschaffen muß

schwierig sein. Laut Mrs. Hewson arbeitet Anstey mit einem ehemaligen Sträfling und einer Oberschwester, die anderswo kaum eine Stelle finden würde.«

Julius griff zur Flasche und füllte die Gläser nach. Er sagte: »Die liebe Maggie, diskret wie eh und je. Ja, es stimmt, daß Philby, der die grobe Arbeit macht, ein gewisses Vorstrafenregister hat. Er ist nicht gerade ein Aushängeschild für das Heim, doch irgend jemand muß nun einmal die Wäsche waschen, die Hühner schlachten, verstopfte Toiletten in Ordnung bringen und die ganze andere Arbeit machen, vor der Wilfreds sensible Seele zurückschreckt. Und dann ist Wilfred Dot Moxon hündisch ergeben, und ich bezweifle nicht, daß das dazu beiträgt, sie bei guter Laune zu halten. Da Maggie schon so viel aus der Schule geplaudert hat, können Sie auch ruhig die Wahrheit über Dot erfahren. Vielleicht erinnern Sie sich an den Fall – sie ist jene berüchtigte Krankenschwester aus der Altenklinik Nettingfield. Vor vier Jahren hat sie eine Patientin geschlagen. Es war nur ein leichter Schlag, doch die Frau fiel hin, schlug mit dem Kopf gegen den Nachttisch und kam beinahe zu Tode dabei. Nach dem, was im Untersuchungsbericht zwischen den Zeilen stand, war die Alte eine selbstsüchtige, tyrannische Vettel mit Haaren auf den Zähnen, die sogar eine Heilige in Wut gebracht hätte. Ihre Angehörigen wollten nichts von ihr wissen und besuchten sie nicht einmal – bis sie entdeckten, daß sich mit rechtschaffener Entrüstung sehr viel unterhaltsame Publicity erreichen ließ. Zweifellos hatten sie völlig recht. Patienten, wie unangenehm auch immer, sind unantastbar, und es ist in unser aller Interesse, dieses Gebot zu unterstützen. Der Vorfall gab den Anstoß zu einer Flut von Beschwerden über die Klinik. Es folgte eine penible Untersuchung, die sich auf die Verwaltung, die ärztliche Versorgung, das Essen, die Krankenpflege – auf absolut alles erstreckte. Es dürfte kaum überraschen, daß man eine Menge Untersuchenswertes fand. Im Anschluß an die Untersuchung wurden zwei Krankenpfleger entlassen, und Dot ging aus freien Stücken. Obschon man ihren Mangel an Selbstbeherrschung rügte, sprach die Untersuchungskommission sie gleichwohl von jedem

Verdacht der vorsätzlichen Grausamkeit frei. Doch das Kind lag im Brunnen. Kein anderes Krankenhaus wollte sie jetzt noch einstellen. Abgesehen von dem Verdacht, daß sie unter Streßbedingungen nicht hundertprozentig zuverlässig sei, traf sie die Schuld an einer Untersuchung, die im Endeffekt niemand genützt, aber zwei Männer um den Arbeitsplatz gebracht hatte. Als der Staub sich gelegt hatte, versuchte Wilfred Kontakt mit ihr aufzunehmen. Er war nach den Untersuchungsberichten der Meinung, daß sie genug durchgemacht habe. Es dauerte einige Zeit, bis er sie ausfindig gemacht hatte, doch gelang es ihm schließlich, und er bot ihr hier eine Stelle als eine Art Oberschwester an. Faktisch macht sie wie das übrige Personal alles, was anfällt, vom Pflegedienst bis hin zum Kochen. Wilfreds Motive waren nicht ganz uneigennützig. Es ist nie einfach, Pflegepersonal für eine abgelegene Spezialeinrichtung wie diese hier zu bekommen, ganz zu schweigen von Wilfreds unorthodoxen Methoden. Wenn er Dorothy Moxon verliert, wird er nicht so leicht wieder Ersatz finden.«

Dalgliesh sagte: »Ich kann mich zwar an den Fall erinnern, aber nicht an das Gesicht. Dagegen kommt mir das junge blonde Mädchen – Jennie Pegram, glaube ich – bekannt vor.«

Carwardine lächelte nachsichtig und etwas verächtlich. »Ich dachte mir, daß Sie sich nach ihr erkundigen würden. Wilfred sollte sich eine Methode ausdenken, sie als Kassenmagnet einzusetzen, das wäre ganz nach ihrem Geschmack. Ich kenne niemand, der besser diesen Ausdruck sehnsüchtiger, nicht begreifender, von langem Leiden zeugender Seelenstärke zu produzieren weiß als sie. Sie würde dem Heim ein Vermögen einbringen, wenn ihre Möglichkeiten voll ausgeschöpft würden.«

Julius lachte. »Wie Sie sicher bemerkt haben, kann Henry sie nicht leiden. Wenn sie Ihnen bekannt vorkommt, so möglicherweise deshalb, weil sie vor etwa achtzehn Monaten im Fernsehen zu sehen war. Das war zu der Zeit, als die Medien gerade einen Frontalangriff auf das britische Gewissen bezüglich junger chronisch Kranker durchführten und jeder Produzent seine Handlanger aussandte, die Gegend nach einem geeigneten Opfer abzugrasen. Ein Ergebnis war Jennie. Sie befand sich zu dem Zeitpunkt schon seit zwölf Jahren zur Pflege in einer geriatrischen Abteilung. Soviel ich weiß, weil man keinen besseren Platz für sie ausfindig machen konnte, andererseits aber auch, weil sie eigentlich nichts dagegen hatte, der verhätschelte Liebling der Patienten und Besucher zu sein, und weil das Krankenhaus Gruppen-Physiotherapie und Beschäftigungstherapie bot, wovon unsere Jennie profitierte. Doch wie Sie sich vorstellen können, schlachtete das Fernsehen die Situation weidlich aus – ›Unglückliche Fünfundzwanzigjährige eingekerkert unter Alten und Sterbenden, von der Außenwelt abgeschnitten, ohne Hilfe, ohne Hoffnung‹. Vor der Kamera waren ausgesucht senile Patienten um sie geschart worden, und Jennie spielte ihre Rolle hervorragend. Schrille Anklagen gegen die Unmenschlichkeit des Gesundheitsministeriums, der regionalen Ärztekammer und der Krankenhausverwaltung wurden laut. Wie vorauszusehen, erfolgte am nächsten Tag ein öffentlicher Aufschrei der Entrüstung, der wahrscheinlich bis zum nächsten derartigen Programm anhielt. Die mitfühlende britische Öffentlichkeit forderte einen passenderen Pflegeplatz für Jennie. Wilfred schrieb ihr und bot ihr einen Freiplatz an, Jennie akzeptierte, und vor vierzehn Monaten kam sie dann her. Keiner weiß genau, was sie von uns hält. Ich würde viel darum geben, einen Blick in Jennies sogenannte Seele werfen zu können.«

Dalgliesh war überrascht, wie detailliert Julius über die Patienten Bescheid wußte, stellte jedoch keine weiteren Fragen. Er zog sich unauffällig aus der Konversation zurück, trank seinen Wein und hörte nur mit halbem Ohr den plaudernden Stimmen seines Gastgebers und des zweiten Besuchers zu. Sie unterhielten sich in der ruhigen, nüchternen Art von Männern, die gemeinsame Interessen und Bekannte haben und denen gerade genug voneinander bekannt und aneinander gelegen ist, um die Illusion einer Kameradschaft aufrechtzuerhalten. Ihm war nicht daran gelegen, in diese Kameradschaft aufgenommen zu werden. Der Wein war es wert, daß man ihn schweigend genoß. Dalgliesh fiel auf, daß dies der erste Wein war, den er seit seiner Krankheit trank. Ein beruhigender Gedanke, daß es noch solch trostreiche Annehmlichkeiten im Leben gab.

Es dauerte eine Weile, bis er bemerkte, daß Julius mit ihm sprach. »Es tut mir leid, daß ich gegen meinen Willen den Anstoß für Ihre Dichterlesung gegeben habe. Doch hat die Sache auch ihr Gutes. Sie demonstriert wieder einmal etwas, das typisch für Toynton ist und das Sie auch noch durchschauen werden. Hier herrscht Ausbeutung. Man tut es nicht absichtlich, aber man kann einfach nicht anders. Jeder verlangt, wie ein normaler Mensch behandelt zu werden, und stellt dann Ansprüche, die einem normalen Menschen nicht im Traum einfallen würden, und natürlich kann dann niemand ablehnen. Jetzt werden Sie vielleicht keine allzu schlechte Meinung von denjenigen unter uns haben, die weniger begeistert von Toynton sind.«

»Uns?«

»Die kleine Gruppe der Normalen, jedenfalls physisch Normalen, die an den Ort gefesselt sind.«

»Gefesselt?«

»O ja! Ich selbst kann mich nach London oder ins Ausland absetzen. Aber denken Sie nur an Millicent, die an dieses Cottage gebunden ist, weil Wilfred sie mietfrei wohnen läßt. Am liebsten möchte sie wieder zu den Bridgetischen und Cremetorten von Bad Cheltenham zurück. Warum tut sie es nicht? Und Maggie. Maggie würde sagen, alles, was sie will, ist ein bißchen was vom Leben haben. Nun, das möchten wir alle, ein bißchen was vom Leben haben. Wilfred versuchte sie zum Beobachten von Vögeln zu animieren. Ich entsinne mich noch ihrer Antwort. ›Wenn ich auch nur noch eine einzige verdammte Möwe dabei beobachten muß, wie sie auf die Felsen von Toynton kackt, springe ich schreiend ins Meer.‹ Die liebe Maggie, ich mag sie eigentlich sehr gern, wenn sie nüchtern ist. Und Eric? Nun, er könnte sich frei machen, wenn er den Mut dazu hätte. Fünf Patienten zu betreuen und die Herstellung von Handcreme und Körperpuder zu überwachen kann kaum als redliche Arbeit für einen approbierten Mediziner gelten, selbst nicht für einen mit einer unglücklichen Vorliebe für kleine Mädchen. Und dann ist da noch Helen Rainer. Bei ihr stelle ich mir vor, daß der Grund, weshalb unsere rätselhafte Helen bleibt, ein elementarer und begreiflicher ist. Und sie langweilen sich alle furchtbar. Und nun langweile ich Sie. Würden Sie gern Musik hören? Wir hören gewöhnlich Platten, wenn Henry hier ist.«

Der Bordeaux hätte Dalgliesh schon genügt, ohne begleitendes Gespräch oder Musik. Doch er sah, daß Henry erpicht darauf war, die Spitzenqualität seiner Stereoanlage zu demonstrieren. Dalgliesh, der aufgefordert wurde, etwas auszusuchen, bat um Vivaldi. Während die Platte lief, trat er ins Dunkel hinaus. Julius folgte ihm, und gemeinsam standen sie schweigend an der niedrigen Steinbrüstung direkt über dem Felsabsturz. Das Meer lag unter ihnen, schwach leuchtend, geisterhaft beschienen von vereinzelten, weit entfernten und undeutlich zu erkennenden Sternen. Dalgliesh vermutete, daß gerade Ebbe war, doch klang es immer noch sehr nah, das Dröhnen gegen den felsigen Strand in großen, gewaltigen Akkorden, die den Generalbaß zu dem hohen, süßen Kontrapunkt der fernen Violinen darstellten. Dalgliesh glaubte, den Gischt auf seiner Stirn zu spüren, doch als er prüfend die Hand hob, entdeckte er, daß es nur eine Täuschung war, verursacht durch die frische Brise.

Es mußte sich also um zwei anonyme Briefschreiber handeln, von denen nur einer voll und ganz in seinem obszönen Handwerk aufging. Aus Grace Willisons Verstörtheit und Carwardines lakonischem Abscheu konnte gefolgert werden, daß die beiden Briefe erhalten hatten, die sich deutlich von dem unterschieden, den er in ›Haus Hoffnung‹ gefunden hatte. Es wäre ein merkwürdiger Zufall, wenn in einer so kleinen Gemeinschaft zwei anonyme Briefschreiber zur selben Zeit am Werk wären. Der Gedanke lag nahe, daß Pater Baddeleys Brief nach seinem Tod genau zu dem Zweck in den Schreibtisch gelegt worden war, daß Dalgliesh ihn finden sollte. Falls dies zutraf, mußte er von jemand dort deponiert worden sein, der von wenigstens einem der anderen Briefe wußte. Der wußte, daß dieser Brief auf einer

Toynton-Maschine auf Toynton-Papier getippt worden war, der ihn jedoch nicht selbst gesehen hatte. Grace Willisons Brief war auf der Imperial getippt worden, und sie hatte sich nur Dot Moxon anvertraut. Carwardines Brief war wie der Pater Baddeleys auf der Remington getippt, und er hatte Julius Court davon erzählt. Die Schlußfolgerung lag auf der Hand. Aber wie konnte ein so intelligenter Mann wie Court erwarten, daß eine so kindische List einen professionellen Detektiv – oder auch nur einen gewitzten Amateur – hinters Licht führen könnte? Aber war das wirklich beabsichtigt gewesen? Dalgliesh hatte seine Postkarte an Pater Baddeley lediglich mit seinen Initialen unterzeichnet. Falls sie von jemand, der ein schlechtes Gewissen gehabt hatte, bei der fieberhaften Durchsuchung des Schreibtisches entdeckt worden war, hatte er ihr nicht mehr entnehmen können als die Nachricht, daß Pater Baddeley am Nachmittag des 1. Oktober einen Besucher erwartete, einen Besucher, bei dem es sich aller Wahrscheinlichkeit nach um jemand Harmlosen, wie einen anderen Priester oder ein altes Pfarrkind, handelte. Doch angenommen, Pater Baddeley hatte jemand anvertraut, daß er etwas auf dem Herzen hatte, so hatte dieser Jemand sich möglicherweise die Mühe gemacht, Spuren zu konstruieren und als Köder auszulegen. So gut wie sicher war der Brief erst kurz vor seiner Ankunft in den Schreibtisch gelegt worden. Falls Anstey hinsichtlich der Durchsicht von Pater Baddeleys Schreibtisch am Morgen nach seinem Tod die Wahrheit sagte, konnte er das anonyme Schreiben unmöglich übersehen haben.

Doch selbst wenn das alles ein ausgeklügeltes, äußerst verdrehtes, auf reinen Mutmaßungen beruhendes Hirngespinst war und Pater Baddeley den anonymen Brief tatsächlich bekommen hatte, war das nicht der Grund, weswegen er Dalgliesh eingeladen hatte. Pater Baddeley wäre zweifellos allein in der Lage gewesen, den Absender ausfindig zu machen und mit ihm fertig zu werden. Er war zwar der Welt entrückt, doch nicht weltfremd oder hilflos gewesen. Nein, wenn Pater Baddeley schrieb, er wünsche seinen fachmännischen Rat, dann meinte er auch genau das. Rat, den er nur von einem

Polizeibeamten bekommen konnte, in einer Sache, bei der er sich außerstande sah, selbst damit fertig zu werden. Und daß damit nichts weiter als die Entlarvung eines zwar gehässigen, jedoch nicht besonders brutalen anonymen Briefschreibers gemeint war, der sein Unwesen in einer kleinen Gemeinschaft trieb, aus der ihm jedes Mitglied vertraut gewesen war, war unwahrscheinlich.

Die Aussicht, sich als Ermittler zu betätigen, deprimierte Dalgliesh zutiefst. Doch Pater Baddeley hatte ihn gerufen. Er hatte etwas auf dem Herzen gehabt. Falls es möglich war, in den nächsten acht oder zehn Tagen herauszufinden, was es war, ohne sich allzusehr in Verwicklungen einzulassen – falls dies möglich war, würde Dalgliesh es tun. Das zumindest war er dem alten Mann schuldig. Doch damit wäre die Sache dann erledigt. Morgen würde er der Polizei und Pater Baddeleys Testamentvollstrecker einen Pflichtbesuch abstatten. Falls er irgend etwas herausbekommen sollte, konnte die Polizei die Sache übernehmen. Was ihn selbst betraf, war das Kapitel Polizeiarbeit abgeschlossen, und es würde mehr dazugehören, ihn umzustimmen, als der Tod eines alten Priesters.

# 5

Als sie kurz nach Mitternacht zum Gutshaus zurückkehrten, sagte Henry Carwardine barsch: »Ich fürchte, man verläßt sich darauf, daß Sie mir beim Zubettgehen helfen. Normalerweise schiebt mich Dennis Lerner nach Haus Toynton und holt mich um Mitternacht wieder ab, aber jetzt, wo Sie hier sind . . . Wie Julius schon sagte, wir sind alle Ausbeuter auf Gut Toynton. Ich müßte auch noch duschen. Dennis hat morgen seinen freien Tag, und Philby kann ich nicht ausstehen. Mein Zimmer liegt im ersten Stock. Wir nehmen den Fahrstuhl.«

Dalgliesh sagte ruhig: »Noch eine halbe Flasche, und wir hätten vermutlich beide Hilfe gebraucht. Ich werde mein Bestes tun. Schreiben Sie meine Schwerfälligkeit gegebenenfalls auf das Konto meiner unerfahrenen Hand und des Bordeaux.«

Er zeigte sich jedoch überraschend geschickt, half Henry aus den Kleidern, begleitete ihn zur Toilette und beförderte ihn schließlich mit dem Rollstuhl unter die Dusche. Er brauchte einige Zeit, um die Aufzugvorrichtung zu studieren, bevor er sie richtig gebrauchte. Wenn er nicht weiter wußte, fragte er. Abgesehen von diesem jeweils kurzen unumgänglichen Informationsaustausch sprach keiner von beiden. Henry dachte, daß er selten mit so viel behutsamer Verständigkeit zu Bett gebracht worden war. Doch als sein Blick im Badezimmerspiegel zufällig auf das geistesabwesende, vor Müdigkeit hohle Gesicht seines Begleiters fiel, wünschte er plötzlich, er hätte nicht um Hilfe gebeten, hätte sich ohne zu duschen und voll angekleidet ins Bett fallen lassen, ohne die demütigenden Berührungen dieser geschickten Hände ertragen zu müssen. Er fühlte, daß ihnen – trotz der disziplinierten Ruhe – jeder Kontakt mit seinem nackten Körper eine unangenehme Pflicht bedeutete. Und für Henry selbst war die Berührung von Dalglieshs kühlen Händen paradoxerweise so, als werde er von einer bestimmten Furcht angerührt. Am liebsten hätte er laut ausgerufen: »Was tun Sie hier? Gehen Sie weg, mischen Sie sich nicht in fremde Angelegenheiten! Lassen Sie uns in Frieden!«

Der Drang dazu war so stark, daß er fast glaubte, er hätte die Worte wirklich ausgesprochen. Und als er schließlich von seinem kommissarischen Pfleger bequem gebettet worden war und Dalgliesh ihm dann abrupt eine gute Nacht wünschte und ihn sofort, ohne ein weiteres Wort, verließ, wußte Henry, daß er das tat, weil er es nicht hätte ertragen können, auch nur das flüchtigste Wort des Dankes zu hören.

# 4. KAPITEL

# Das unheilvolle Gestade

## 1

Dalgliesh erwachte benommen kurz vor sieben Uhr unter dem Klang von unangenehm vertrauten Geräuschen, dem aufdringlichen Gurgeln in der Rohrleitung, dem Geklapper der verschiedenartigen technischen Apparaturen, dem Quietschen von Rollstuhlrädern, hastig vorbeieilenden Schritten, gewollt fröhlichen Stimmen. Er sagte sich, daß die Badezimmer jetzt von den Patienten belegt seien, schloß die Augen und zwang sich, wieder einzuschlafen. Als er eine Stunde später aus unruhigem Schlaf erwachte, war es still im Anbau, wo er untergebracht war. Irgendwer – er erinnerte sich undeutlich an eine Gestalt in einer braunen Kutte – hatte einen Becher Tee auf seinen Nachttisch gestellt. Die Flüssigkeit war kalt und die Milch darin geronnen. Er streifte seinen Morgenmantel über und machte sich auf die Suche nach dem Badezimmer.

Zum Frühstück war, wie er erwartet hatte, im allgemeinen Eßzimmer gedeckt. Doch halb neun Uhr war für die Mehrzahl der Heimbewohner entweder zu früh oder zu spät. Er traf nur Ursula Hollis an, als er das Zimmer betrat. Sie wünschte ihm befangen einen guten Morgen und vertiefte sich dann wieder in ihr Buch, das sie gegen den Honigtopf gelehnt hatte. Dalgliesh registrierte, daß das Frühstück einfach, aber ausreichend war. Es gab eine Schale Apfelmus, selbstgemachtes Müsli, das zum größten Teil aus Haferflocken, Cornflakes und geriebenen Äpfeln bestand, Schwarzbrot, Magarine und gekochte Eier, jedes in einem Becher, der mit einem Namensschild gekennzeichnet war. Zwei waren noch übriggeblieben, sie waren kalt. Vermutlich wurden sie alle schon frühmorgens gekocht, und wer seine Eier warm essen wollte, machte sich eben die Mühe, pünktlich zu erscheinen. Dalgliesh nahm sich den Becher, der seinen Namen trug. Das Ei war oben zu weich und unten zu hart, ein Ergebnis, das seiner Meinung nach eine perverse Könnerschaft auf seiten des Kochs voraussetzte.

Nach dem Frühstück machte er sich auf die Suche nach Anstey, um ihm für die Schlafgelegenheit zu danken und sich zu erkundigen, ob er irgend etwas aus Wareham brauche. Er hielt es für sinnvoll, einen Teil des Nachmittags für Einkäufe zu opfern, wenn er es in Michaels Cottage einigermaßen bequem haben wollte. Nach kurzer Suche entdeckte er Anstey und Dorothy Moxon im Geschäftszimmer. Sie saßen zusammen am Tisch, über eine aufgeschlagene Kladde gebeugt. Als er klopfte und eintrat, blickten sie gleichzeitig auf und wirkten ein wenig wie ertappte Verschwörer. Es schien einige Sekunden zu dauern, bis ihnen wieder einfiel, wer er war. Ansteys Lächeln war, als es dann endlich zum Vorschein kam, so süß wie immer, doch blickten seine Augen geistesabwesend, und seine Erkundigung nach dem Wohlbefinden seines Gastes erfolgte mechanisch. Dalgliesh spürte, daß es ihm nicht leid täte, ihn Abschied nehmen zu sehen. Anstey mochte sich selbst zwar als gastfreundlichen mittelalterlichen Abt sehen, immer bereit, Brot und Bier zu teilen, doch sein Wunsch ging dahin, sich als Gastgeber fühlen zu können, ohne die Unannehmlichkeiten eines Gastes in Kauf nehmen zu müssen. Er sagte, er brauche nichts aus Wareham, und fragte Dalgliesh, wie lange er in dem Cottage zu bleiben gedenke. Selbstverständlich bestehe kein Grund zur Eile. Der Gast solle sich beileibe nicht im Wege fühlen. Als Dalgliesh erwiderte, daß er nur so lange bleiben würde, bis Pater Baddeleys Bücher geordnet und verpackt wären, hatte er Mühe, seine Erleichterung zu verbergen. Er bot an, Philby mit einigen Kisten nach »Haus Hoffnung« zu schicken. Dorothy Moxon schwieg. Sie starrte Dalgliesh beharrlich an, als wolle sie mit keiner Regung ihrer düsteren Augen ihren Ärger über seine Anwesenheit und ihren Wunsch, sich wieder in die Kladde zu vertiefen, verraten.

In »Haus Hoffnung« fühlte sich Dalgliesh wieder wohler. Er freute sich darauf, einen langen Erkundungsspaziergang entlang der Steilküste zu machen, bevor er nach Wareham aufbrach. Er hatte kaum Zeit gehabt, seine Koffer auszupacken und festes Schuhwerk anzuziehen, als er hörte, wie draußen der Kleinbus vorfuhr. Durch das Fenster sah er Philby die ersten der versprochenen Kisten ausladen. Er schwang eine auf die Schulter, marschierte den kurzen Gartenweg herauf, stieß mit dem Fuß die Tür auf und brachte einen durchdringenden Schweißgeruch mit sich ins Zimmer. Er ließ die Last vor Dalgliesh auf den Boden fallen mit einem brüsken: »Es sind noch ein paar hinten drin.«

Das war eine unüberhörbare Aufforderung, beim Ausladen zu helfen, und Dalgliesh gehorchte diesem Wink mit dem Zaunpfahl. Es war das erste Mal, daß er den Hausknecht bei Tageslicht sah, und der Anblick war nicht angenehm. Tatsächlich hatte er noch selten einen Mann getroffen, dessen physische Erscheinung ihn so stark abstieß. Philby war nur wenig mehr als einen Meter fünfzig groß, untersetzt, mit kurzen, plumpen Gliedmaßen, die bleich und formlos wie abgeschälte Baumstämme wirkten. Sein Kopf war kugelrund, und die Haut glänzte rosa und prall wie ein Luftballon. Die Augen hätten zu einem attraktiveren Gesicht gepaßt. Sie standen ein wenig schräg und hatten eine große, blauschwarze Iris. Das spärliche schwarze Haar war gerade zurückgekämmt und stand im Nacken in fettigen, steifen Fransen ab. Er trug Sandalen – die rechte wurde von einer Schnur zusammengehalten –, schmutzigweiße Shorts, die so kurz waren, daß sie schon fast unanständig wirkten, und eine graue Weste voller Schweißflekken. Darüber trug er lose, nur mit einer Schnur um die Taille zusammengehalten, die braune Mönchskutte. Ohne diese sonderbare Tracht hätte er einen unappetitlichen und wenig vertrauenerweckenden Eindruck gemacht. Mit ihr wirkte er ausgesprochen unheimlich.

Da er keine Anstalten zum Gehen machte, als die Kisten ausgeladen waren, schloß Dalgliesh, daß er ein Trinkgeld erwartete. Die dargereichten Münzen wurden mit fachmännischem Geschick, jedoch ohne ein Wort des Dankes, in eine Tasche der Mönchskutte gesteckt. Dalgliesh stellte interessiert fest, daß ungeachtet des kostspieligen Experiments mit dem eigenen Hühnerstall wohl doch nicht alle Gesetze der Wirtschaftlichkeit mißachtet wurden in dieser Stätte uneigennütziger brüderlicher Nächstenliebe. Philby versetzte den drei Kisten zum Abschied einen boshaften Stoß mit dem Fuß, als wolle er sich sein Trinkgeld dadurch verdienen, daß er deren stabilen Zustand demonstrierte. Als sie zu seiner Enttäuschung heil blieben, schenkte er ihnen einen letzten Blick sauren Mißvergnügens und machte sich davon. Dalgliesh fragte sich, wo Anstey diesen Angestellten wohl her hatte. In seinen Augen wirkte der Mann wie ein Notzuchtverbrecher auf Bewährung, doch wäre das vermutlich selbst für Wilfred Anstey zuviel gewesen.

Sein zweiter Versuch, sich auf den Weg zu machen, wurde durch einen anderen Besucher vereitelt. Helen Rainer hatte die kurze Entfernung vom Gutshaus auf einem Fahrrad zurückgelegt, auf dem sie einen reichlich mit Bettwäsche gefüllten Korb beförderte. Sie erklärte, Wilfred habe Bedenken, ob die Bettücher in »Haus Hoffnung« auch ausreichend gelüftet seien. Dalgliesh wunderte sich, daß sie nicht die Gelegenheit genutzt hatte, mit Philby im Bus zu kommen. Vielleicht war ihr seine Nähe zuwider. Sie kam ruhig und doch munter herein, und ohne Dalgliesh allzu deutlich fühlen zu lassen, daß er eine Plage sei, vermittelte sie unmißverständlich den Eindruck, daß ihr Besuch nicht gesellschaftlicher Natur war, daß sie nicht gekommen war, um zu plaudern und daß wichtigere Aufgaben ihrer harrten. Sie bezogen gemeinsam das Bett, Schwester Rainer mit geübtem Schwung, so daß Dalgliesh sich langsam und ungeschickt vorkam. Er überlegte, ob der Zeitpunkt günstig sei, sie taktvoll zu fragen, wie es zu dem Mißverständnis kommen konnte, daß niemand sich um Pater Baddeley in der letzten Nacht seines Lebens gekümmert hatte. Nach einiger Überwindung sagte er:

»Wahrscheinlich mache ich mir zu viele Gedanken, trotzdem wäre es, glaube ich, besser gewesen, jemand hätte damals bei Pater Baddeley nach 'dem rechten gesehen, an dem Abend, als er starb.«

»Ja, das war ein Fehler. Aus medizinischer Sicht hätte es zwar nichts geändert, trotzdem hätte so ein Mißverständnis nicht vorkommen dürfen, es hätte jemand nach ihm sehen müssen. Möchten Sie diese dritte Decke auch noch? Falls nicht, nehme ich sie wieder mit, es ist eine aus dem Gutshaus.«

»Zwei genügen. Wie war das denn damals genau?«

»Mit Pater Baddeley? Er starb an Herzversagen.«

»Ich meine, wie konnte es zu dem Mißverständnis kommen?«

»Als er vom Krankenhaus hier ankam, brachte ich ihm ein kaltes Mittagessen und machte es ihm bequem für den Mittagsschlaf. Er hatte ihn nötig. Dot brachte ihm den Nachmittagstee und war ihm beim Waschen behilflich. Sie steckte ihn in seinen Schlafanzug, und er bestand darauf, die Soutane darüberzuziehen. Kurz nach halb sieben machte ich ihm hier in der Küche Rühreier. Er bestand strikt darauf, den Rest des Abends ungestört zu verbringen, abgesehen von Grace Willisons Besuch natürlich, aber ich sagte ihm, gegen zehn Uhr würde noch mal jemand vorbeischauen. Er schien darüber sehr zufrieden zu sein. Er sagte, er würde mit dem Schürhaken an die Wand klopfen, wenn es ihm nicht gut ginge. Dann ging ich nach nebenan, um Millicent zu sagen, daß sie auf das Klopfen achten solle, und sie erbot sich, später noch einmal nach ihm zu sehen. Wenigstens habe ich es so aufgefaßt. Aber anscheinend war sie der Meinung, Eric oder ich würden noch einmal kommen. Wie ich schon sagte, es hätte nicht passieren dürfen. Ich mache mir Vorwürfe. Eric kann nichts dafür. Als Pater Baddeleys Krankenschwester hätte ich die Pflicht gehabt, mich um ihn zu kümmern.«

Dalgliesh fragte: »Dieses Bestehen darauf, nicht gestört zu werden – hatten Sie den Eindruck, daß er Besuch erwartete?«

»Was für einen Besuch hätte es denn noch geben können außer dem der armen Grace? Ich glaube, er hatte im

Krankenhaus genug Leute um sich herum gehabt und wollte jetzt einfach seinen Frieden haben.«

»Und Sie waren in dieser Nacht alle hier auf Toynton?«

»Alle außer Henry, der noch nicht aus London zurück war. Wo hätten wir auch sonst sein können?«

»Wer packte seinen Koffer für ihn aus?«

»Ich. Er war als Notfall ins Krankenhaus eingeliefert worden und hatte nur das Nötigste dabei, weil es damals schnell gehen mußte mit dem Packen.«

»Seine Bibel, sein Brevier und sein Tagebuch?«

Sie sah mit ausdruckslosem Gesicht kurz zu ihm auf, bevor sie sich wieder hinunterbeugte, um eine Ecke festzustopfen. »Ja.«

»Was machten Sie mit den Sachen?«

»Ich legte sie auf den kleinen Tisch neben seinem Sessel. Möglicherweise hat er sie später weggeräumt.«

Pater Baddeley hatte also das Tagebuch mit im Krankenhaus gehabt. Das bedeutete, die Aufzeichnungen waren auf dem neuesten Stand gewesen. Und falls Anstey die Wahrheit sagte, daß es am nächsten Morgen gefehlt hatte, war es irgendwann im Lauf jener zwölf Stunden entfernt worden.

Er überlegte, wie er seine nächste Frage formulieren könnte, ohne sie mißtrauisch zu machen. »Sie mögen ihn vernachlässigt haben, als er noch lebte, nach seinem Tod sorgten Sie jedenfalls sehr gründlich für ihn. Zuerst Einäscherung und danach Begräbnis. Hieß das nicht die Gründlichkeit etwas zu weit treiben?«

Zu seiner Überraschung explodierte sie, als habe er sie aufgefordert, eine berechtigte Erbitterung zu teilen: »Sie haben völlig recht! Es war einfach lächerlich! Doch das war Millicents Schuld. Sie erzählte Wilfred, Michael habe häufig den ausdrücklichen Wunsch geäußert, eingeäschert zu werden. Ich kann mir nicht vorstellen, wann oder warum. Obwohl sie Nachbarn waren, waren sie und Michael nicht gerade die engsten Vertrauten. Doch auf jeden Fall stellte sie diese Behauptung auf. Wilfred war seinerseits sicher, Michael hätte sich ein christliches Begräbnis gewünscht. Und so bekam der arme Mann beides. Es bedeutete eine Menge zusätzlicher Kosten und Mühe, und sowohl Dr. Keith aus Wareham als auch Eric mußten eine medizinische Bescheinigung ausstellen. Dieses ganze Getue, nur weil Wilfred ein schlechtes Gewissen hatte!«

»Hatte er das? Weswegen?«

»Oh, wegen nichts Besonderem. Ich hatte nur den Eindruck, er war der Meinung, Michael sei auf die eine oder andere Weise etwas vernachlässigt worden – die üblichen Gewissensbisse der Hinterbliebenen. Ob Sie dieses Kissen wirklich bequem finden werden? Es fühlt sich sehr hart an, und Sie sehen aus, als könnte es Ihnen nicht schaden, eine Nacht gut durchzuschlafen. Vergessen Sie nicht, zum Gutshaus zu kommen, falls Sie etwas brauchen. Die Milch wird ans Grenztor geliefert. Ich habe einen halben Liter täglich für Sie bestellt. Falls das zuviel ist, haben wir immer Verwendung dafür. Nun, haben Sie alles, was Sie brauchen?«

Mit dem Gefühl, unter fester Schirmherrschaft zu stehen, bestätigte Dalgliesh demütig, er habe alles. Schwester Rainers Munterkeit, ihre Selbstsicherheit und Konzentration auf die Sache, selbst ihr beruhigendes Abschiedslächeln – alles versetzte ihn in den Status eines Patienten. Während sie ihr Fahrrad den Gartenpfad hinunterschob und wieder aufstieg, beschlich ihn das Gefühl, von der Gemeindeschwester aufgesucht worden zu sein. Doch hatte er Achtung vor ihr bekommen. Sie hatte offenbar nichts gegen seine Fragen einzuwenden gehabt und war zweifellos bemerkenswert entgegenkommend gewesen. Er fragte sich warum.

## 2

Der Morgen war warm und wenig dunstig, der Himmel von tiefhängenden Wolken verdeckt. Als er das Tal hinter sich ließ und sich an den mühsamen Aufstieg zur Felskante hinauf machte, begann es in großen, schweren Tropfen langsam zu regnen. Das Meer war milchigblau und trübe, die Wellen mit ihren Schaumkronen wurden von Regentropfen gesprenkelt. Ein Geruch nach Herbst hing in der Luft, als verbrenne jemand in weiter Ferne

Blätter und verrate nicht einmal durch ein Rauchwölkchen seinen Standort. Der schmale Pfad stieg auch,
nachdem er die Felskante erreicht hatte, weiter an und
kam manchmal dem Absturz nahe genug, um Dalgliesh
die kurze, schwindelerregende Illusion von Gefahr zu
vermitteln, dann wieder schlängelte er sich landeinwärts durch Büschel braunen, vom Wind zerflederten
Farnkrauts und niedrige Brombeersträucher, deren rote
und schwarze Beeren hart und dürftig waren, verglichen
mit den saftigen Früchten der Hecken im Landesinnern.
Die ganze Landspitze war durch niedrige, verfallene
Steinwälle in Felder unterteilt, die übersät waren von
kleinen Kalksteinbrocken. Einige halb im Boden versun-
kene größere Steine ragten wackelig aus der Erde hervor
wie die Reste eines verwahrlosten Friedhofs.

Dalgliesh schritt mit gespannten Sinnen aus. Es war
sein erster Spaziergang in freier Natur nach seinem
Krankenlager. Sein Beruf brachte es mit sich, daß zu
Fuß unterwegs zu sein für ihn ein seltenes und besonderes Vergnügen war. Nun bewegte er sich unsicher, mit
den zögernden Schritten des Rekonvaleszenten, seine
Muskeln und Sinne entdeckten ein altvertrautes Vergnügen neu, nicht mit hellem Entzücken, sondern mit stiller
Bejahung. Das kurze metallische Schmettern und erbo-
ste Zetern der Schwarzkehlchen, die sich eifrig zwischen
den Brombeersträuchern zu schaffen machten. Eine einsame Möwe, unbeweglich wie eine Galionsfigur auf
einem Felsvorsprung sitzend, Büschel von Meerfenchel
auf den Felsen, die Dolden purpurrot gesprenkelt. Gelber Löwenzahn, leuchtende Spitzen im verblaßten
herbstlichen Gras.

Nach zehn Minuten Wegstrecke senkte sich der Pfad
sanft abwärts und kreuzte schließlich einen Weg, der
vom Küstenrand landeinwärts führte. Ungefähr sechs
Meter hinter der Felskante weitete sich dieser Weg zu
einem leicht abschüssigen gras- und moosbedeckten Plateau. Dalgliesh blieb wie angewurzelt stehen. Das mußte
die Stelle sein, wo Victor Holroyd so gerne saß, die
Stelle, von der aus er in den Tod gestürzt war. Einen
Moment lang wünschte er, sie hätte nicht so störend auf
seinem Weg gelegen. Die Vorstellung eines gewaltsamen

Todes setzte seiner euphorischen Stimmung einen Dämpfer auf. Er konnte allerdings die Faszination, die von dem Platz ausging, verstehen. Er lag einsam und windgeschützt, man konnte sich hier ungestört fühlen – allerdings eine gefahrvolle Einsamkeit für einen Mann, der an seinen Rollstuhl gefesselt war, so daß hier nur die Kraft der Bremsen das Gleichgewicht zwischen Leben und Tod aufrecht hielt. Doch mochte das zum Teil die Anziehungskraft dieses Ortes ausgemacht haben. Vielleicht konnte sich der frustrierte Holroyd nur hier oben, hoch über dem Meer, auf diesem abgeschiedenen, mit hellem Moos bedeckten Stück Land der Illusion hingeben, frei und Herr seines Schicksals zu sein. Er hatte möglicherweise schon lange geplant, hier seine endgültige Befreiung zu suchen, hatte sich monatelang immer wieder an dieselbe Stelle schieben lassen und seine Zeit geduldig abgewartet, damit im Gutshaus niemand Verdacht schöpfte. Instinktiv untersuchte Dalgliesh den Boden. Über drei Wochen lag Holroyds Tod jetzt schon zurück, doch vermeinte er immer noch die schwachen Eindrücke der Räder im weichen Untergrund erkennen zu können und, weniger deutlich, sogar die Spuren der Polizistenfüße in dem kurzen Gras.

Er ging zur Felskante und blickte hinunter. Die Aussicht war so imposant und furchteinflößend, daß ihm der Atem stockte. Die Küstenwand war hier anders, der Kalkstein einer beinahe senkrechten Wand von schwärzlichem Ton, durchsetzt mit kalkhaltigem Gestein, gewichen. Knapp fünfzig Meter tiefer ging der Absturz in einen breiten Damm aus Blöcken, Platten und ungestalten Brocken von blauschwarzem Felsgestein über, die aussahen, als habe eine Riesenhand sie in wildem Ungestüm hier aufgehäuft. Es war Ebbe, und die unregelmäßige Schaumlinie schwappte um den äußersten Saum der Felsen. Während er auf diese wilde und beklemmende Fels- und Meerwüste hinabblickte und sich Holroyds Sturz vorzustellen versuchte, kam die Sonne hinter den Wolken hervor, legte sich warm wie eine Hand auf seinen Nacken, tauchte das Farnkraut in goldenes Licht und verwandelte die verstreuten Felsbrocken ringsum in Marmor. Der Uferstreifen drunten blieb im Schatten, finster und unfreundlich. Einen Augenblick lang glaubte Dalgliesh, auf ein fluchbeladenes, unheilvolles Gestade hinabzublicken, auf das die Sonne niemals scheinen konnte.

Dalglieshs Ziel war der auf Pater Baddeleys Karte verzeichnete schwarze Turm. Immer noch in Gedanken über Victor Holroyds Tod versunken, erreichte er ihn jetzt beinahe unerwartet. Es war eine massige bedrückende architektonische Spielerei, etwa bis zu zwei Drittel der Höhe rund und gekrönt von einer achteckigen Kuppel, die wie ein Pfefferstreuer aussah und von acht schießschartenartigen Fenstern durchbrochen war, in deren Glasscheiben sich das Sommerlicht spiegelte, so daß man an einen Leuchtturm erinnert wurde. Der Turm weckte Dalglieshs Interesse, er ging um ihn herum und betastete die schwarze Mauer. Er sah, daß sie aus Kalksteinblöcken bestand, die mit schwarzen Schieferplatten überkleidet waren. An einigen Stellen war der Schiefer abgeblättert, schwarzglänzende Schuppen lagen am Fuß der Mauer verstreut. Auf der dem Meer abgewandten wettergeschützten Nordseite fand sich ein Pflanzengewirr, als habe jemand irgendwann einmal versucht, hier einen kleinen Garten anzulegen. Inzwischen war jedenfalls nichts mehr davon übrig außer zerzausten Büscheln von Gänseblümchen, Löwenmaul, Ringelblumen und Brunnenkresse und ein einzelner Rosenstock mit zwei verkümmerten weißen Blüten, dessen Stengel zurückgeklappt gegen die Turmwand lehnte wie in ängstlicher Erwartung des ersten Frostes.

Auf der Ostseite gab es ein gemeißeltes Vordach und darunter eine eisenbeschlagene Eichentür. Dalgliesh drehte mühsam den schweren Türgriff. Die Tür war verschlossen. Er blickte nach oben und sah, daß neben dem Vordach eine Gedenktafel in die Mauer eingelassen war:

In diesem Turm starb Wilfred Mancroft Anstey
am 27. Oktober 1887 im Alter von 69 Jahren
Conceptio culpa Nasci pena Labor vita Necessi
mori
Adam von St. Victor AD 1129

Eine merkwürdige Grabschrift für einen viktorianischen Landedelmann und ein bizarrer Ort zum Sterben. Der gegenwärtige Besitzer von Gut Toynton mochte ein gewisses Maß dieser Verschrobenheit geerbt haben. CONCEPTIO CULPA: Die theologische Lehre von der Erbsünde war vom modernen Menschen zusammen mit anderen unbequemen Dogmen abgeschafft worden; sogar schon 1887 mußte sie überholt gewesen sein. NASCI-PENA: Narkosemittel hatten erfreulicherweise dazu beigetragen, jene dogmatische Behauptung zu entwerten. LABOR VITA: nicht, wenn der Mensch des zwanzigsten Jahrhunderts dies mit Hilfe der Technologie zu verhindern wußte. NECESSI MORI: Ja, da liegt's noch immer beim Tod. Man konnte ihn ignorieren, fürchten, ihn sogar begrüßen, doch niemals überwinden. Er blieb stets genauso geschmacklos wie solche Gedenksteine, wenn er auch dauerhafter war. Der Tod: ewig gleich, gestern, heute und immerdar.

Dalgliesh wanderte weiter am Küstenrand entlang. Der Weg führte längs einer kleinen, mit Geröll bedeckten Bucht. Nach ungefähr zwanzig Metern zweigte ein holperiger Pfad zum Strand hinunter ab, steil und bei feuchtem Wetter wahrscheinlich tückisch. Davon abgesehen bestand die Küste an dieser Stelle aus einer fast senkrecht abfallenden Kalksteinwand. Erstaunt stellte er fest, daß bereits zu dieser frühen Stunde zwei mit einem Seil ausgerüstete Bergsteiger dabei waren, den Felsen zu erklimmen. Die obere barhäuptige Gestalt war sofort als Julius Court zu erkennen. Als die zweite einmal nach oben blickte, konnte Dalgliesh das Gesicht unter dem roten Bergsteigerhelm sehen und erkannte Dennis Lerner.

Sie kletterten langsam, aber gekonnt, so gekonnt, daß Dalgliesh es nicht für nötig hielt, zurückzutreten, um nicht durch den unerwarteten Anblick eines Zuschauers ihre Konzentration zu stören. Offensichtlich hatten sie diesen Aufstieg schon früher gemacht. Beim Beobachten von Courts geschickten Bewegungen, dessen gestreckte Glieder gleich einem Blutegel an der Felsoberfläche hafteten, ertappte Dalgliesh sich dabei, daß er Klettertouren seiner Jugendzeit im Geiste nacherlebte und jetzt den Aufstieg der beiden so gespannt mit verfolgte, daß er innerlich jedes Stadium registrierte. Mit Hilfe der Pflöcke etwa fünf Meter nach rechts. Ein mühsamer Schritt nach oben. Weiter auf einen kleinen Felsvorsprung. Versuchen, die nächste Felsspalte über eine Art Plattform zu erreichen. Dann mit Hilfe von zwei Pflökken und der Eisenkrampen in einer Felsspalte hochklettern. Weiter die Felsspalte hinauf bis zu einem schmalen Eckvorsprung. Schließlich mit Hilfe von zwei Pflöcken vor zum oberen Rand der Wand.

Nach zehn Minuten des Zuschauens schlenderte Dalgliesh langsam zu der Stelle, wo Julius sich mit Händen und Schultern über den Rand der Felswand stemmte. Er richtete sich auf und stand dann leicht keuchend neben Dalgliesh. Wortlos schlug er einen Pflock in einen Spalt neben einem der großen Felsblöcke, zog eine Schlinge durch den Pflock, schlang sich das Seil um die Taille und begann es einzuholen. Ein Ruf erscholl vom oberen Teil der Wand her. Julius, das Seil um die Taille, stemmte sich zurück gegen den Felsblock, rief: »Komm hoch, wenn du soweit bist«, und begann das Seil vorsichtig mit beiden Händen, Zentimeter für Zentimeter aufzuziehen. Knapp fünfzehn Minuten später stand Dennis Lerner neben ihm. Er blinzelte einige Male rasch hintereinander, nahm dann seine Stahlbrille ab, wischte Gischt oder Regentropfen von seinem Gesicht und setzte die Brille mit zitternden Händen wieder auf.

Julius sah auf die Uhr: »Eine Stunde zwölf Minuten, unsere beste Zeit.«

Er wandte sich zu Dalgliesh: »Es gibt an diesem Teil der Küste nicht viele Möglichkeiten zu klettern, deshalb trainieren wir hier auf Zeit. Klettern Sie auch? Ich könnte Ihnen die Ausrüstung leihen.«

»Seit ich aus der Schule bin, habe ich nicht mehr viel in der Richtung unternommen. Und nach dem, was ich gerade gesehen habe, klettere ich bei weitem nicht so gut wie Sie.«

Er machte sich nicht die Mühe zu erklären, daß er immer noch zu sehr mit den Folgen seiner Krankheit zu tun hatte, um unbesorgt klettern zu können. Es hatte Zeiten gegeben, wo er es für notwendig erachtet hätte, seine Ablehnung zu rechtfertigen, doch war es schon einige Jahre her, daß er sich noch Gedanken gemacht hatte, wie andere Menschen über seinen physischen Mut urteilen mochten.

Julius sagte: »Wilfred war früher auch mit dabei, aber vor etwa drei Monaten entdeckten wir, daß jemand sein Seil angekerbt hatte. Wir wollten gerade die Tour hier angehen. Er lehnte es ab, Anzeige zu erstatten, um dem Täter auf die Spur zu kommen. Vermutlich war es jemand von Gut Toynton, der auf diese Weise einem persönlichen Groll Luft machte. Wilfred muß mit solchen Unannehmlichkeiten rechnen. Das gehört zum Berufsrisiko, wenn man den lieben Gott spielt. Er war allerdings zu keinem Zeitpunkt in echter Gefahr. Ich habe es mir zur Regel gemacht, die Ausrüstung vor jedem Aufstieg zu überprüfen. Aber die Sache hat ihn ganz schön aus der Fassung gebracht, vielleicht verschaffte sie ihm auch die Ausrede, nach der er gesucht hatte, um das Klettern aufzugeben. Er war nie sehr gut. Jetzt bin ich auf Dennis und seine freien Tage angewiesen.«

Lerner lächelte Dalgliesh an. Das Lächeln verwandelte sein Gesicht, der angespannte Zug verschwand daraus. Er sah plötzlich jungenhaft und vertrauensvoll aus. »Die meiste Zeit habe ich genausoviel Angst wie Wilfred, aber ich lerne allmählich dazu. Es ist faszinierend und gefällt mir immer besser. Ungefähr einen Kilometer von hier ist eine einfache Steigung, dort hat Julius mit mir angefangen, da ist es wirklich ganz harmlos. Wir könnten es dort versuchen, wenn Sie gerne möchten.«

Sein naiver Eifer, Kontakt anzuknüpfen und sein Vergnügen mit jemand zu teilen, wirkte sympathisch.

Dalgliesh sagte: »Ich glaube kaum, daß ich mich lange genug in Toynton aufhalten werde, daß es sich überhaupt lohnen würde.«

Er bemerkte, wie die beiden einen schnellen, beinahe unmerklichen Blick austauschten. Was hatte er zu bedeuten? Erleichterung? Warnung? Genugtuung?

Die drei Männer schwiegen, solange Dennis das Seil vollends aufrollte. Dann deutete Julius mit einer Kopfbewegung auf den schwarzen Turm. »Häßlich, nicht? Wilfreds Urgroßvater errichtete ihn, kurz nachdem er das Gutshaus neugebaut hatte. Das Gutshaus war ursprünglich ein kleines elisabethanisches Herrenhaus, das 1843 abbrannte. Schade. Es muß viel schöner gewesen sein als der heutige Bau. Urgroßväterchen hatte keinen Sinn für Schönheit. Weder das Haus noch dieses lächerliche Gebilde sind ganz geglückt, finden Sie nicht?«

Dalgliesh fragte: »Wie kam es, daß er hier starb? Entsprach das irgendeiner Absicht?«

»So könnte man es ausdrücken. Er war einer jener unliebenswürdigen, halsstarrigen Exzentriker, wie sie das viktorianische Zeitalter mit Vorliebe hervorzubringen schien. Er erfand seine eigene Religion, die sich, soweit ich weiß, auf die Offenbarung Johannis gründete. Im Frühherbst 1887 mauerte er sich hier im Turm ein und hungerte sich zu Tode. Laut dem etwas wirren Testament, das er hinterließ, wartete er auf die Wiederkunft des Herrn. Ich hoffe für ihn, er hat sie erlebt.«

»Und hat niemand ihn gehindert?«

»Keiner wußte, daß er hier war. Der alte Mann war zwar verrückt, aber schlau. Er traf hier seine geheimen Vorbereitungen, Steine und Mörtel und so weiter, und gab dann vor, er reise nach Neapel, um den Winter dort zu verbringen. Man fand ihn erst nach über drei Monaten. Seine Finger waren bis auf die Knochen aufgeschürft, weil er noch versucht hatte, sich mit den Händen einen Weg ins Freie zu kratzen. Aber er hatte seine Arbeit mit den Steinen und dem Mörtel zu gut gemacht, der arme Teufel.«

»Wie entsetzlich!«

»Ja. Früher, bevor Wilfred den Küstenstrich hier einzäunen ließ, machte die ortsansässige Bevölkerung einen Bogen um diesen Platz, und um ehrlich zu sein, ich bin auch lieber anderswo. Pater Baddeley kam gelegentlich hierher. Laut Grace Willison sprach er hier einige Gebete für Urgroßväterchens Seele, spritzte mit Weihwasser um sich, und damit war dann, was ihn betraf, der Ort entgiftet. Wilfred kommt hierher, um zu meditieren, wie er sagt. Ich persönlich glaube, daß er sich manchmal hier aufhält, um vom Gut wegzukommen. Die unheimliche Familiengeschichte scheint ihm nichts auszumachen. Andererseits berührt sie ihn ja auch nicht persönlich. Er ist ja ein Adoptivkind. Doch vermutlich hat Ihnen Millicent Hammitt schon alles darüber erzählt.«

»Nein, nicht. Ich habe noch kaum mit ihr gesprochen.«

»Das kommt noch, ganz bestimmt.«

Dennis Lerner warf zu Dalglieshs Erstaunen ein: »Mir gefällt der Turm, besonders im Sommer, wenn die Sonne auf der schwarzen Mauer glänzt. Er ist wie ein Symbol, nicht? Märchenhaft, unwirklich, ein Phantasiegebilde. Und es bedeutet in Wirklichkeit Entsetzen, Schmerz, Irrsinn und Tod. Das sagte ich einmal zu Pater Baddeley.«

»Und was meinte er dazu?« fragte Julius.

»Er sagte: ›O nein, mein Sohn. Es bedeutet die göttliche Liebe.‹«

Julius sagte barsch: »Ich brauche kein von einem viktorianischen Exzentriker errichtetes Phallussymbol, um an den Knochenschädel unter der Haut erinnert zu werden. Dafür habe ich, wie jeder vernünftige Mensch, meine eigenen Abwehrmechanismen.«

Dalgliesh fragte: »Und die wären?«

Die ruhige Frage hörte sich sogar in seinen eigenen Ohren herausfordernd wie ein Befehl an.

Julius lächelte: »Geld und der Komfort, den man damit kaufen kann. Muße, Freunde, Schönheit, Reisen. Und wenn auch sie versagen – und irgendwann werden sie es unweigerlich tun, wie mich Ihr Freund Pater Baddeley ermahnt hätte – wenn Dennis' vier Apokalyptische Reiter das Regiment übernehmen, dann habe ich noch drei Kugeln aus meiner Luger.« Er schaute noch einmal zum Turm hinauf. »Bis dahin komme ich auch ohne Mahnmale aus. Mein halbirisches Blut macht mich abergläubisch. Gehen wir lieber zum Strand hinunter.«

Sie rutschten und kletterten vorsichtig den Saumpfad hinunter. Am Fuß der Felswand lag, ordentlich zusammengelegt und mit einem Stein beschwert, Dennis Lerners braune Mönchstracht. Er schlüpfte hinein, vertauschte seine Kletterstiefel mit Sandalen, die er aus der Tasche des Umhangs zog, und schloß sich, so verwandelt, den Bergsteigerhelm unter den Arm geklemmt, seinen Begleitern an, die durch das Strandgeröll stapften.

Sie schienen alle drei erschöpft, und keiner sprach, bis die Felswand ihr Aussehen veränderte und sie im Schatten schwarzen Schiefers dahinwanderten. Der Strand war bei Nähe besehen sogar noch bemerkenswerter, ein weitflächiges, glänzendes, mit Felsbrocken übersätes Plateau, von Rissen und Spalten durchzogen wie nach einem Erdbeben, ein ödes, hartes Gestade. Die Wassertümpel waren blauschwarze Abgründe, durchsetzt von schleimigem Seetang; sicherlich gab es nirgendwo sonst in einem Meer des Nordens solch einen exotischen Grünwuchs. Selbst der allgegenwärtige Abfall – teerverklebtes Holz, Pappkartons, in denen der Schaum blasig brodelte, die ausgebleichten Knochen eines Seevogels – alles wirkte wie die Überbleibsel einer Katastrophe.

Wie in stillschweigendem Einverständnis rückten die drei Männer näher zusammen, während sie behutsam einen Weg über die rutschigen Felsen zum Wasser suchten, bis zu einer Stelle, wo die Flut die flacheren Steine überspülte und Dennis Lerner seine Kutte hochziehen mußte. Plötzlich hielt Julius inne und drehte sich zur Felswand um. Dalgliesh folgte seinem Blick, Dennis starrte weiter unverwandt aufs Meer hinaus.

»Die Flut stieg rasch. Sie hatte etwa diesen Punkt erreicht. Ich lief auf dem Weg, den wir eben benutzt haben, zum Strand hinunter. Ich sah weder ihn noch den Stuhl, solange ich mich durch das Geröll kämpfte. Als ich bei den schwarzen Felsen ankam, mußte ich mich überwinden, ihn anzusehen. Zuerst konnte ich nichts entdecken, nur die tosende See zwischen den Felsen. Dann sah ich ein Rad von seinem Rollstuhl. Es lag genau in der Mitte eines flachen Felsstücks, und die Sonne glänzte auf der Chromfelge und den Speichen. Vermutlich war es beim Aufprall abgesprungen und auf den Stein gerollt. Ich erinnere mich, daß ich es aufhob und laut lachend ans Ufer hinunterschleuderte. Es war der Schock vermutlich. Von der Felswand kam ein lautes Echo zurück.«

Lerner sagte mit gepreßter Stimme, ohne sich umzudrehen: »Ich erinnere mich daran, ich habe dich gehört.

Ich dachte, es wäre Victor, der lachte, es klang, als sei es Victor.«

Dalgliesh fragte: »Sie waren Zeuge des Unfalls?«

»Ich befand mich etwa fünfzig Meter entfernt. Ich war aus London zurückgekommen und hatte mich entschlossen, noch kurz schwimmen zu gehen. Es war ein außergewöhnlich warmer Tag für September. In dem Moment, als ich über die Kuppe kam, sah ich den Rollstuhl losrollen. Ich konnte nichts tun – niemand hätte etwas tun können. Dennis lag zehn Meter von Holroyd entfernt im Gras. Er rappelte sich hoch und rannte heulend und schreiend wie ein Klageweib hinter dem Stuhl her. Dann rannte er mit wilden Armbewegungen am Felsrand hin und her wie eine große braune übergeschnappte Krähe.«

Lerner sagte mit verkniffenem Gesicht: »Ich weiß, daß ich mich wie ein Feigling benommen habe.«

»Es war auch nicht gerade die beste Gelegenheit, den Helden zu spielen, mein Junge. Keiner konnte von dir erwarten, daß du dich ihm hinterher über den Felsrand stürzt, obwohl ich eine Sekunde lang glaubte, du würdest es tun.«

Er wandte sich an Dalgliesh: »Ich lief an Dennis vorbei, der lang hingestreckt im Gras lag, vermutlich in einer Art Schockzustand, hinunter zum Saumpfad. Dennis schrie ich gerade noch zu, er solle Hilfe vom Gut holen. Er brauchte etwa zehn Minuten, bis er sich so weit gefaßt hatte, daß er loslaufen konnte. Es wäre wahrscheinlich vernünftiger gewesen, wenn ich mich erst um ihn gekümmert und ihn dann mit hier herunter genommen hätte, damit er mir die Leiche suchen hilft. Ich hätte sie beinahe nicht gefunden.«

Dalgliesh sagte: »Der Rollstuhl muß mit beträchtlichem Tempo über die Kante gerast sein, wenn er bis hierher geschleudert wurde.«

»Ja. Seltsam, nicht? Ich suchte ihn zuerst näher zum Felsabsturz hin. Dann entdeckte ich fünf, sechs Meter rechts von hier ein Schrotthäufchen direkt an der Wassergrenze. Und schließlich fand ich auch Holroyd. Er sah aus wie ein großer gestrandeter Fisch, wie er da im Wasser trieb. Sein Gesicht war schon bleich und aufgedunsen, als er noch lebte, der arme Teufel. Das hing mit den Hormonen zusammen, die Eric ihm verschrieb. Jetzt sah er geradezu grotesk aus. Er muß vor dem Aufprall aus dem Stuhl herausgeschleudert worden sein; jedenfalls lag er in einiger Entfernung vom Wrack des Rollstuhls. Er hatte nur eine leichte Hose und ein Baumwollhemd angehabt, und das Hemd war beim Aufprall wohl zerrissen und vom Meer weggespült worden, so daß ich nur diesen großen, weißen Torso sah, der sich jedesmal, wenn er vom Wasser überspült wurde, hob und drehte. Die Leiche hatte eine klaffende Wunde am Kopf, und außerdem war die Halsarterie durchtrennt worden. Es mußte ungeheuer geblutet haben, und das Meer hat den Rest besorgt. Als ich hinkam, war der Gischt immer noch rosa gefleckt, hübsch wie ein Schaumbad. Er sah so ausgeblutet aus, als treibe er schon monatelang im Meer. Eine blutleere, halbnackte Leiche, die sich im Wasser wälzte.«

Eine blutleere Leiche. Ein unblutiger Mord.

Die Sätze schossen Dalgliesh ganz ungewollt durch den Sinn. Er erkundigte sich gewollt beiläufig: »Wie brachten Sie ihn an Land?«

»Das war nicht einfach. Wie ich schon sagte, stieg die Flut schnell. Es gelang mir, mein Badehandtuch durch seinen Gürtel zu ziehen, und dann versuchte ich ihn auf einen der größeren Felsbrocken zu wuchten, eine würdelose, unbeholfene Angelegenheit für uns beide. Er war erheblich schwerer als ich, und seine vom Wasser durchweichten Hosen sorgten noch für zusätzliches Gewicht. Ich nutzte jede Welle, um ihn weiter aufs Trockene zu ziehen, und es gelang mir, ihn bis auf diesen Felsen hier zu befördern, soweit ich mich erinnere. Ich war selber durchnäßt und fröstelte trotz der Hitze.«

Dalgliesh hatte während dieses Berichts einen Blick auf Lerners Profil geworfen. An dem dünnen, von der Sonne geröteten Hals sah man eine Ader pochen. Jetzt sagte Dennis kühl: »Ich kann nur hoffen, daß Holroyds Tod für ihn selber nicht so unangenehm war wie für dich.«

Julius Court lachte: »Du mußt bedenken, daß nicht jeder deine professionelle Vorliebe für derartigen Zeitvertreib hat. Als ich ihn so weit hatte, hielt ich ihn einfach wild entschlossen fest, wie ein Fischer seinen Fang, und wartete, bis der Trupp aus dem Gutshaus mit einer Tragbahre eintraf. Sie kamen über den Strand gestolpert, wo es schneller geht, überaus aufgeregt, ständig über Steine fallend und mit Sachen bepackt wie eine aufgescheuchte Picknick-Gesellschaft.«

»Was geschah mit dem Rollstuhl?«

»Er fiel mir erst wieder ein, als wir schon wieder im Gutshaus waren. Den konnten wir abschreiben, das war uns allen klar. Aber ich dachte mir, daß die Polizei vielleicht kontrollieren wollte, ob die Bremsen versagt hatten. Ein kluger Einfall, nicht wahr? Von den andern war keiner auf diese Idee kommen. Ein Suchtrupp fand jedoch nur noch die beiden Räder und einen Teil des Mittelstücks. Die Seitenteile samt den Handbremsen blieben verschwunden. Die Polizei suchte am nächsten Morgen alles noch gründlicher ab, aber genauso erfolglos.«

Dalgliesh hätte gern gefragt, wer vom Gut an der Suche teilgenommen hatte. Doch er war entschlossen, keine allzu deutliche Neugier zu zeigen. Er sagte sich, daß das alles gar nicht mehr seine Sache war. Gewaltsamer Tod ging ihn sowieso nichts mehr an, und offiziell würde er sich mit diesem spieziellen Todesfall erst recht nie zu befassen haben. Trotzdem – seltsam, daß man die beiden wichtigsten Stücke des Rollstuhls nicht gefunden hatte. Und dieser felsige Strand mit seinen tiefen Spalten, Wasserlachen und zahlreichen Schlupfwinkeln wäre ein idealer Ort gewesen, sie zu verstecken. Aber daran hatte die Ortspolizei sicher auch gedacht. Das war eine der Fragen, die er möglichst taktvoll würde stellen müssen. Pater Baddeley hatte sich einen Tag vor Holroyds Tod an ihn gewandt, doch mußte das nicht bedeuten, daß die beiden Ereignisse in gar keinem Zusammenhang miteinander standen. Er fragte: »War Pater Baddeley sehr erschüttert über Holroyds Tod? Ich könnte es mir bei ihm vorstellen.«

»Es traf ihn sehr hart, als er davon erfuhr. Aber das war erst eine Woche später. Die gerichtliche Voruntersuchung war zu dem Zeitpunkt schon abgeschlossen und Holroyd bereits beerdigt. Ich dachte, Grace Willison hätte es Ihnen erzählt. Die beiden, Michael und Victor, hielten uns an dem Tag ganz schön in Trab. Als Dennis damals mit der Nachricht im Gutshaus eintraf, zog der Hilfstrupp los, ohne die Patienten zu informieren, was vorgefallen war. Das war verständlich, aber ungeschickt. Als wir alle etwa vierzig Minuten später mit den sterblichen Überresten von Victor Holroyd auf der Tragbahre durch die Haustür taumelten, rollte gerade Grace Willison durch die Halle. Als hätten wir noch nicht genug der Aufregung, erlitt sie einen Schock, Wilfred kam auf den Gedanken, jetzt könne Michael mal etwas tun für sein Geld, und schickte Eric zu ›Haus Hoffnung‹. Eric fand Pater Baddeley mitten in seinem Herzanfall. Also forderten wir noch einen zweiten Krankenwagen an – wir dachten, es würde Michael vielleicht den Rest geben, wenn er die Fahrt ins Krankenhaus gemeinsam mit Victors sterblichen Überresten machen müßte –, und so fuhr der alte Mann in glücklicher Unwissenheit davon. Die Stationsschwester eröffnete ihm die Sache mit Victor, sobald die Ärzte der Ansicht waren, daß er sie verkraften würde. Wie man hört, nahm er es gefaßt auf, doch war er offensichtlich tief betroffen. Er schrieb wohl einen Kondolenzbrief an Wilfred. Pater Baddeley war an sich durch seinen Beruf daran gewöhnt, anderer Leute Tod gelassen hinzunehmen, außerdem standen er und Holroyd sich nicht besonders nahe. Ich glaube, es war die Vorstellung, daß jemand Selbstmord begangen hatte, die ihn so aufwühlte.«

Plötzlich sagte Lerner leise: »Ich fühle mich schuldig in dieser Sache.«

Dalgliesh sagte: »Entweder haben Sie Holroyd vom Felsen hinuntergestoßen oder nicht. Wenn nein, ist Ihr Schuldgefühl eine Schwäche, der Sie frönen.«

»Und wenn ja?«

»Dann ist es eine gefährliche Schwäche.«

Julius lachte: »Es war Selbstmord. Sie wissen es, ich weiß es, und jeder, der Victor kannte, weiß es. Wenn Sie vorhaben, irgendwelche Hirngespinste über seinen Tod zu entwickeln, ist es ein Glück für Sie, daß ich an jenem

Nachmittag noch schwimmen gehen wollte und im richtigen Moment über die Kuppe kam.«

Wie auf Kommando begannen alle drei gemeinsam, den Geröllhang hinaufzuklettern. Ein Blick auf Lerners bleiches Gesicht, den zuckenden Mund und die kummervoll blinzelnden Augen belehrte Dalgliesh, daß nun genug über Holroyd gesprochen worden war. Er begann sich nach den geologischen Eigentümlichkeiten der Felsküste zu erkundigen, und Lerner antwortete mit ausführlichen und kenntnisreichen Schilderungen.

Julius stapfte ein Stück vor ihnen mit knirschenden Schritten durch das Geröll. Er rief über die Schulter zurück: »Langweile ihn nicht mit deiner Begeisterung für alles Felsgestein, Dennis. Denke daran, was er gesagt hat. Er wird nicht so lange auf Gut Toynton bleiben, daß es sich überhaupt lohnt.« Er lächelte Dalgliesh zu. Es hatte sich wie eine gewollte Provokation angehört.

# 3

Bevor er sich auf den Weg nach Wareham machte, schrieb Dalgliesh an Bill Moriarty in den Yard. Er referierte, was er über das Personal und die Patienten auf Gut Toynton erfahren hatte, und fragte an, ob irgend etwas über sie vorläge.

In Dorf Toynton machte er halt, um seinen Brief aufzugeben, und benutzte die Gelegenheit, im Polizei-Bezirksposten Wareham telefonisch seinen Besuch anzukündigen. So war man dort auf sein Kommen vorbereitet. Der Bezirkschef, der unerwartet zu einem Termin beim Polizeidirektor bestellt worden war, ließ sich entschuldigen, hatte seinen Beamten jedoch genaue Instruktionen für den Empfang und die Bewirtung des Besuchers hinterlassen. Und so sah sich Dalgliesh nach den üblichen Höflichkeitsfloskeln zum Mittagessen in das *Duke's Arms* eingeladen.

Kriminalinspektor Daniel und Polizeisergeant Varney wurden von dem stämmigen, hemdsärmeligen Wirt zwar nicht gerade überschwenglich, aber doch mit offensichtlicher Genugtuung begrüßt: offensichtlich konnte er es sich leisten, die Ortspolizei bei sich willkommen zu heißen, ohne seinen Ruf zu ramponieren. Der Speiseraum war überfüllt. Daniel ging voraus durch einen engen Gang, in dem sich Bier- und Uringeruch mischten. Er führte zu einem sonnenbeschienenen, mit Kieselsteinen gepflasterten und vor allen Dingen menschenleeren Innenhof, wo ein halbes Dutzend derber Tische stand. Die Kunden des *Duke's Arms* verbrachten wohl einen zu großen Teil ihres Berufslebens an der frischen Luft, um den Hof als erstrebenswerte Alternative zu der geselligen Atmosphäre der rauchgeschwängerten Innenräume zu empfinden.

Der Wirt brachte unaufgefordert zwei Pint Bier, eine große Platte Käsebrote, eine Schale hausgemachter Chutneysauce und eine Schüssel Tomaten. Dalgliesh bestellte das gleiche. In einträchtigem Schweigen begannen die drei ihr Mahl zu verzehren.

Kriminalinspektor Daniel war ein vierschrötiger Geselle, einsachtzig groß, mit störrischen Haaren und einem offenen sonnengebräunten Gesicht. Er schien nicht mehr allzu weit entfernt vom Pensionsalter. Seine dunklen Augen waren immer in Bewegung, wanderten unablässig von einem seiner Begleiter zum anderen, dabei zeigte er einen amüsierten, nachsichtigen, ein wenig selbstzufriedenen Gesichtsausdruck, als fühle er sich persönlich verantwortlich für den Lauf der Welt und sonne sich im großen und ganzen in der Genugtuung, seine Sache nicht allzu schlecht zu machen. Der Kontrast zwischen seinen funkelnden, unsteten Augen und seinen gemächlichen Bewegungen und der noch bedächtigeren Stimme des Landbewohners war einigermaßen verwirrend.

Polizeisergeant Varney war rund fünf Zentimeter kleiner und hatte ein rundes, sanftes, jungenhaftes Gesicht, das noch nicht von Erfahrungen gezeichnet war. Sein Verhalten dem Vorgesetzten gegenüber war ungezwungen, zwar respektvoll, doch keineswegs subaltern oder gar kriecherisch. Dalgliesh fand, daß er sich eines immensen Selbstvertrauens erfreute, das er nur mit Mühe verheimlichen konnte. Als er von seinen Ermittlungen im Fall Holroyd berichtete, verstand Dalgliesh auch, warum. Der junge Beamte verfügte über Intelligenz und Können, er wußte genau, was er wollte und wie er es erreichen konnte.

Dalgliesh bemühte sich, sein Anliegen herunterzuspielen. »Als Pater Baddeley mir schrieb, war ich krank, und als ich hier ankam, war er tot. Ich glaube nicht, daß es etwas Wichtiges war, weswegen er mich um Rat fragen wollte, aber irgendwie mache ich mir Vorwürfe, ihn im Stich gelassen zu haben. Es erschien mir zweckmäßig, mich bei Ihnen zu erkundigen, ob irgendwelche Vorfälle auf Gut Toynton ihn beunruhigt haben könnten. Ich muß gleich dazu sagen, daß ich das für höchst unwahrscheinlich halte. Natürlich hat man mir von Victor Holroyds Tod erzählt, aber das passierte einen Tag nachdem Pater Baddeley mir geschrieben hatte. Ich frage mich allerdings, ob vielleicht etwas, das mit Holroyds Tod in Zusammenhang stand, der Grund seiner Sorge war.«

Sergeant Varney sagte: »Es gibt keinerlei Indiz dafür, daß Holroyds Tod nicht ganz allein seine eigene Sache gewesen wäre. Vermutlich wissen Sie, daß der Spruch bei der gerichtlichen Voruntersuchung auf Tod durch Unfall lautete. Dr. Maskell saß in der Jury, und wenn Sie mich fragen, war er über das Urteil sehr erleichtert. Mr. Anstey genießt am Ort einen sehr guten Ruf, auch wenn die Bewohner von Gut Toynton kaum Beziehungen zu ihrer Umwelt unterhalten, und niemand wollte ihm noch zusätzlichen Kummer bereiten. Meiner Meinung nach, Sir, war es ein einwandfreier Fall von Selbstmord. Es sieht so aus, als habe Holroyd ziemlich impulsiv gehandelt. Es war beispielsweise keiner von den üblichen Tagen für seinen Ausflug zum oberen Felsplateau, und er schien seinen Entschluß ganz plötzlich gefaßt zu haben. Wir haben die Aussagen von Miss Grace Willison und Mrs. Ursula Hollis, die gemeinsam mit Holroyd im Innenhof saßen, als er Dennis Lerner zu sich gerufen und ihn mehr oder weniger schikaniert hat, mit ihm auszufahren. Lerner gab zu Protokoll, daß Holroyd unterwegs besonders schlechter Laune gewesen sei und daß er, als sie ihren üblichen Platz auf dem Hochplateau erreicht hatten, dermaßen unausstehlich wurde, daß Lerner sich mit seinem Buch in einiger Entfernung vom

Rollstuhl hinlegte. Dort sah ihn Mr. Julius Court, der genau zum kritischen Zeitpunkt über die Hügelkuppe kam und Zeuge wurde, wie der Rollstuhl den Abhang hinunter und über die Felskante raste. Als ich am nächsten Morgen den Boden untersuchte, konnte ich an den zerdrückten Blumen und dem Gras genau erkennen, wo Lerner gelegen hatte; das Buch, das er sich aus der Bibliothek geliehen hatte, eine geologische Beschreibung der Küste von Dorset, lag noch im Gras, an der Stelle, wo er es fallen gelassen hatte. Ich habe den Eindruck, Sir, daß Holroyd ihn absichtlich dazu bringen wollte, sich ein Stück von ihm zu entfernen, damit er ihn nicht mehr anhalten konnte, wenn er erst einmal die Bremsen gelöst hatte.«

»Hat Lerner vor Gericht ausgeführt, was genau Holroyd zu ihm gesagt hatte?«

»Er ging nicht ins Detail, Sir, doch gab er mir gegenüber mehr oder weniger zu verstehen, Holroyd habe ihn beschuldigt, homosexuell zu sein, auf Gut Toynton eine ruhige Kugel zu schieben, möglichst angenehm leben zu wollen und zu allem anderen noch ein grober, unfähiger Krankenpfleger zu sein.«

»Na, noch detaillierter hätte er kaum sein können. Wieviel ist wahr an dem ganzen?«

»Schwer zu sagen, Sir. Diese Dinge mögen alle auf ihn zutreffen, einschließlich des ersterwähnten; das muß aber nicht heißen, daß er besonders erbaut gewesen wäre, sie von Holroyd vorgehalten zu bekommen.«

Inspektor Daniel warf ein: »Er ist auf jeden Fall kein grober Krankenpfleger, das steht fest. Meine Schwester Ella ist Krankenschwester in der Privatklinik Meadowlands bei Swanage. Die alte Mrs. Lerner – über achtzig ist sie jetzt – ist dort Patientin. Ihr Sohn besucht sie regelmäßig und ist sich auch nicht zu fein, mal mit Hand anzulegen, wenn gerade viel zu tun ist. Es ist an sich nicht zu verstehen, warum er nicht überhaupt in Meadowlands arbeitet, aber andererseits ist es vielleicht gar nicht so schlecht, Berufs- und Privatleben auseinanderzuhalten. Vielleicht haben sie dort sowieso keine Stelle für einen männlichen Pfleger. Außerdem fühlt er sich wahrscheinlich irgendwie in Wilfred Ansteys Schuld.

Ella hält große Stücke auf Dennis Lerner. Ein guter Sohn, sagt sie. Der Aufenthalt seiner Mutter in Meadowlands dürfte einen ansehnlichen Teil seines Einkommens verschlingen. Nein, ich würde sagen, Holroyd war ein ziemlich unmöglicher Kerl. Den Leuten auf dem Gut wird es ohne ihn wesentlich besser gehen.«

Dalgliesh sagte: »Meiner Meinung nach war es eine unsichere Art, Selbstmord zu begehen. Ich bin überrascht, daß es ihm überhaupt gelang, den Stuhl in Bewegung zu setzen.«

Sergeant Varney nahm einen tiefen Schluck aus seinem Bierkrug. »Ich auch, Sir. Es ist uns aber leider nicht gelungen, den Stuhl wieder zu rekonstruieren, deshalb konnte ich keine Experimente mit ihm anstellen. Andererseits war Holroyd ein schwerer Brocken, er wog ein paar Kilo mehr als ich. Ich habe mit einem älteren Rollstuhl vom Gut experimentiert, der Holroyds Modell am ähnlichsten war. Unter der Voraussetzung, daß sich der Stuhl auf festem Boden befand und die Steigung mehr als ein Drittel betrug, war es möglich, ihn mit einem heftigen Ruck in Bewegung zu setzen. Julius Court sagte aus, er habe Holroyds Körper vorwärtsschnellen sehen, obwohl er auf die Entfernung nicht beschwören konnte, ob es daran lag, daß der Stuhl gestoßen wurde, oder ob es sich um eine spontane Bewegung Holroyds handelte, nachdem dieser gemerkt hatte, daß sich der Rollstuhl in Bewegung setzte. Man muß außerdem noch bedenken, Sir, daß ihm keine andere Methode zur Verfügung stand, sich umzubringen. Er war ja fast gänzlich hilflos. Tabletten wären der einfachste Ausweg gewesen, aber die werden im Behandlungsraum im ersten Stock unter Verschluß gehalten. Es bestand keine Hoffnung für ihn, ohne fremde Hilfe irgend etwas wirklich Gefährliches in die Hand zu bekommen. Er hätte auch versuchen können, sich mit einem Handtuch im Badezimmer zu erhängen, aber an den Badezimmer- und Toilettentüren gibt es keine Schlösser. Natürlich ist das eine Vorsichtsmaßnahme für den Fall, daß die Patienten einen Schwächeanfall haben, doch bedeutet es auch, daß man in dem Heim kaum von Privatsphäre sprechen kann.«

»Wie steht es mit der Möglichkeit eines Defekts an dem Rollstuhl?«

»Daran habe ich auch schon gedacht, Sir, und selbstverständlich wurde die Frage auch bei der gerichtlichen Untersuchung erörtert. Aber wir fanden von dem Rollstuhl lediglich den Sitz und die Rückenlehne und die beiden Räder wieder. Die beiden Seitenteile mit den Handbremsen und der Sicherheitsverriegelung sind nie wieder aufgetaucht.«

»Also genau die Teile des Rollstuhls, an denen sich ein Bremsversagen – egal, ob materialbedingt oder von fremder Hand herbeigeführt – hätte nachweisen lassen.«

»Wenn es uns gelungen wäre, die Teile rechtzeitig zu finden und sie noch nicht allzusehr unter der Einwirkung des Salzwassers gelitten hätten. Wir haben sie jedoch nie gefunden. Der Sitz und der Rahmen hatten sich in der Luft oder beim Aufprall voneinander gelöst, und Court konzentrierte sich verständlicherweise darauf, die Leiche zu bergen. Sie wurde von der Brandung hin- und hergeworfen, die Hosen waren vom Wasser durchweicht, und sie war für ihn zu schwer, um sie weit transportieren zu können. Er befestigte jedoch sein Badehandtuch an Holroyds Gürtel und brachte es fertig, ihn festzuhalten, bis Mr. Anstey, Dr. Hewson, Schwester Moxon und der Hausknecht Albert Philby mit einer Tragbahre eintrafen. Gemeinsam gelang es ihnen, die Leiche auf die Bahre zu verfrachten und den Strand entlang zum Gutshaus zu transportieren. Erst dann riefen sie uns an. Sobald sie im Gutshaus angekommen waren, kam Mr. Court der Gedanke, der Rollstuhl müsse für eine Untersuchung geborgen werden, und er schickte Philby wieder zurück. Schwester Moxon erklärte sich freiwillig bereit, ihn zu begleiten. Bis dahin war die Flut um etwa zwanzig Meter zurückgegangen, und sie entdeckten den Sitz, das heißt den Sitz und die Rückenlehne sowie die beiden Räder.«

»Es überrascht mich, daß Dorothy Moxon mit suchen ging. Ich hätte erwartet, daß sie bei den Patienten bleibt.«

»Ich auch, Sir. Aber Anstey wollte das Gutshaus nicht

verlassen, und Dr. Hewson war offenbar der Meinung, sein Platz sei bei der Leiche. Schwester Rainer hatte ihren freien Nachmittag, und es gab sonst niemanden, den man hätte losschicken können, es sei denn, Mrs. Millicent Hammitt, und ich glaube nicht, daß irgendwer auf die Idee gekommen wäre, Mrs. Hammitt mit der Aufgabe zu betrauen. Man hielt es wohl auch für wichtig, daß zwei Paar Augen nach dem Stuhl Ausschau hielten, bevor es dunkel wurde.«

»Und was war mit Julius Court?«

»Mr. Court und Mr. Lerner hielten es für richtig, bei unserem Eintreffen auf Gut Toynton anwesend zu sein und sich zur Verfügung zu halten, Sir.«

»Eine sehr pflichtbewußte Einstellung. Und als Sie schließlich eintrafen, war es zweifellos zu dunkel, um weiter zu suchen.«

»Ja, Sir, es war sieben Uhr vierzehn, als wir im Gutshaus eintrafen. Ein Protokoll aufzunehmen und die Überführung der Leiche zu veranlassen war alles, was wir an diesem Tag noch tun konnten. Am nächsten Morgen suchten wir ein weiteres Gebiet ziemlich gründlich ab, aber wenn die Metallteile in irgendwelche Felsspalten gefallen sind, würde man mindestens einen Metalldetektor benötigen, sie zu finden – und selbst dann wäre es Glückssache. Ich glaube, daß sie irgendwo zwischen den Felsbrocken oder unter dem Geröll verschwunden sind. Bei Flut geht es dort ja hoch her.«

Dalgliesh sagte: »Gab es irgendeinen Grund zu der Annahme, Holroyd habe sich neuerdings mit Suizidgedanken getragen, ich meine – warum wählte er ausgerechnet diesen Moment?«

»Ich erkundigte mich auch danach, Sir. Eine Woche zuvor, und zwar am 5. September, waren Mr. Court, Doktor Hewson und Mrs. Hewson mit ihm zusammen in Courts Wagen nach London gefahren, wo er seine Anwälte und einen Arzt im Erlöserkrankenhaus aufsuchen wollte. Das ist das Krankenhaus, in dem Dr. Hewson ausgebildet wurde. Nach allem, was ich gehört habe, hat man Holroyd keine großen Hoffnungen hinsichtlich der Verbesserung seines Zustands gemacht. Dr. Hewson meinte, er sei nicht übermäßig deprimiert gewesen

durch die Nachricht, denn er habe gar nichts anderes erwartet. Dr. Hewson ließ durchblicken, daß Holroyd nur
wegen des Ausflugs nach London auf der ärztlichen
Konsultation bestanden habe. Er war ein unruhiger
Geist und benutzte jeden Vorwand, von Gut Toynton
wegzukommen. Mr. Court fuhr sowieso hin und bot ihm
einen Platz in seinem Wagen an. Diese Oberschwester –
Mrs. Moxon – und Mr. Anstey beharren beide steif und
fest darauf, Holroyd sei bei seiner Rückkehr nicht sonderlich deprimiert gewesen; doch haben sie andererseits
ja ein ziemlich wohlbegründetes Interesse, die Selbst-
mordtheorie zu entkräften. Von den Patienten bekam
ich etwas ganz anderes zu hören. Sie bemerkten an Holroyd nach seiner Rückkehr eine Veränderung. Zwar fanden sie ihn nicht deprimiert, doch soll auch nicht gerade
leichter mit ihm auszukommen gewesen sein. Sie fanden ihn ziemlich aufgedreht. Miss Willison gebrauchte
den Ausdruck ›in Hochstimmung‹. Sie sagte, er habe
den Eindruck gemacht, als bereite er irgendeine definitive Entscheidung vor. Ich glaube nicht, daß sie wirklich
daran zweifelt, daß Holroyd sich umbrachte. Als ich sie
befragte, war sie über die Vorstellung offensichtlich ge-
schockt und um Mr. Ansteys willen betrübt. Sie wollte
es nicht glauben. Trotzdem ist sie meiner Meinung nach
überzeugt davon.«

»Wie verlief Holroyds Besuch bei seinem Anwalt? Ich
frage mich, ob er dort irgend etwas erfuhr, was ihm zu
schaffen machte.«

»Es handelt sich um eine Firma mit alter Familienver-
bindung, Holroyd und Martinson in der Bedfort Street.
Holroyds älterer Bruder ist jetzt der Seniorchef. Ich rief
ihn an, kam jedoch nicht weit. Seiner Auskunft nach
war der Besuch rein privat und Victor nicht deprimier-
ter als üblich gewesen. Sie standen sich zwar nie besonders nahe, doch kam es schon vor, daß Mr. Martin Holroyd seinen Bruder besuchte, besonders wenn er ohnehin auf Gut Toynton war, um mit Mr. Anstey über
dessen Angelegenheiten zu sprechen.«

»Wollen Sie damit sagen, daß Holroyd und Martinson
Ansteys Anwälte sind?«

»Soviel ich weiß, berät die Firma die Familie seit

mehr als hundertfünfzig Jahren in Rechtsangelegenheiten. So erfuhr Victor Holroyd überhaupt von Gut Toynton. Er war Ansteys erster Patient.«

»Was ist mit Holroyds Rollstuhl? Könnte irgendwer auf Gut Toynton ihn vorsätzlich beschädigt haben, entweder an Holroyds Todestag oder am Abend vorher?«

»Philby käme da als erster in Frage. Er hatte die beste Gelegenheit gehabt. In Frage kommt natürlich noch eine ganze Reihe von anderen Leuten. Holroyds ziemlich schwerer Rollstuhl – derjenige, den er bei diesen Ausfahrten zu benutzen pflegte – stand im Werkraum ganz hinten im Anbau. Ich weiß nicht, ob Sie es schon bemerkt haben, Sir, aber der Zugang ist sogar für Rollstühle völlig unproblematisch. Eigentlich ist es Philbys Werkstatt. Doch die Patienten können den Raum mitbenutzen und sollen es auch. Sie können Philby helfen oder eigenen Hobbies nachgehen. Holroyd pflegte einfache Tischlerarbeiten auszuführen, bevor seine Krankheit ihn zwang, auch das aufzugeben, und Mr. Carwardine modelliert gelegentlich in Ton. Die weiblichen Patienten benutzen den Raum gewöhnlich nicht, aber es würde bestimmt nicht auffallen, wenn sich einer der Männer dort aufhielte.«

Dalgliesh sagte: »Carwardine sagte mir, er sei um Viertel vor neun im Werkraum gewesen, und da habe Philby die Bremsen nachgesehen und geölt.«

»Das ist mehr, als er mir erzählt hat. Er versuchte mir gegenüber den Eindruck zu erwecken, er habe nicht richtig auf das geachtet, was Philby gemacht hat. Philby selbst wollte sich nicht so recht erinnern können, als es um die Frage ging, ob er tatsächlich die Bremsen nachgesehen hat. Das überrascht mich nicht. Es lag auf der Hand, daß alle bestrebt waren, die Sache als einen Unfall hinzustellen, falls sich das machen ließ, ohne daß der Untersuchungsrichter den Vorwurf der Fahrlässigkeit erhob. Ich verbuchte jedoch einen kleinen Erfolg, als ich sie über die Vorgänge am Morgen von Holroyds Todestag befragte. Nach dem Frühstück begab sich Philby kurz nach acht Uhr fünfundvierzig in den Werkraum. Er blieb knapp eine Stunde dort, und als er ging, schloß er die Tür ab. Er hatte einige reparaturbedürftige

Gegenstände geleimt und wollte nicht, daß irgend jemand nachlässig damit umging. Ich habe den Eindruck, daß Philby den Werkraum als sein geheiligtes Reich betrachtet und der Idee, den Patienten die Mitbenutzung zu gestatten, nicht gerade freudig gegenübersteht. Auf jeden Fall steckte er den Schlüssel in seine Tasche und schloß erst wieder auf, als Lerner kurz vor vier Uhr um den Schlüssel bat, weil er Holroyds Rollstuhl holen wollte. Angenommen, Philby sagte die Wahrheit, dann sind die einzigen Leute auf Gut Toynton, die kein Alibi haben für die Zeit, in der der Arbeitsraum am frühen Morgen des 12. September unbenutzt offenstand, Mr. Anstey, Holroyd selbst, Mr. Carwardine, Schwester Moxon und Mrs. Hewson. Mr. Court war in London und kam erst kurz bevor Lerner und Holroyd aufbrachen, zu seinem Cottage zurück. Lerner scheidet auch aus. Er war zu allen in Frage kommenden Zeiten mit Patienten beschäftigt.«

Das war alles schön und gut, dachte Dalgliesh, doch bewies es herzlich wenig. Der Werkraum hatte am Abend zuvor offengestanden, nachdem Carwardine und Philby gegangen waren, und vermutlich auch nachts. Er sagte: »Sie haben gründliche Arbeit geleistet, Sergeant. Konnten Sie all das herausbekommen, ohne die Leute zu sehr in Alarmstimmung zu versetzen?«

»Ich denke doch, Sir. Ich glaube nicht, daß einer von ihnen auch nur eine Sekunde lang an die Möglichkeit glaubte, Holroyd könnte durch fremde Hand zu Tode gekommen sein. Sie gingen davon aus, daß ich lediglich überprüfte, wann Holroyd Gelegenheit gehabt hatte, sich selbst an dem Stuhl zu schaffen zu machen. Und wenn er vorsätzlich beschädigt wurde, dann könnte ich wetten, daß Holroyd selbst es war. Nach allem, was ich gehört habe, war er ein boshafter Mensch. Wahrscheinlich amüsierte es ihn, sich auszumalen, daß alle auf Gut Toynton unter Verdacht geraten würden, wenn man seinen Stuhl aus dem Meer ziehen und einen Sabotageakt feststellen würde. Das wäre ganz typisch für ihn gewesen.«

Dalgliesh sagte: »Ich kann mir einfach nicht vorstellen, daß rein zufällig beide Bremsen gleichzeitig versagt haben. Ich habe mir die Rollstühle im Gutshaus genau angesehen. Das Bremssystem ist zwar sehr einfach, aber andererseits effektiv und sicher. Genauso schwierig ist es, sich vorzustellen, daß sorgfältig geplante Sabotage im Spiel war. Wie um alles in der Welt hätte sich der Mörder darauf verlassen können, daß die Bremsen genau zum geplanten Zeitpunkt versagen würden? Es wäre leicht möglich gewesen, daß Lerner oder Holroyd sie getestet hätten, bevor sie sich auf den Weg machten. Der Defekt hätte auch unterwegs auffallen können oder als oben auf dem Plateau die Sicherheitsverriegelung eingestellt wurde. Außerdem wußte doch niemand vorher, daß Holroyd an jenem Nachmittag ausgefahren werden wollte. Wie war das übrigens oben auf dem Plateau? Wer hat die Sicherheitsverriegelung eingestellt?«

»Lerners Aussage nach war es Holroyd. Lerner gibt zu, daß er sich nie um die Bremsen gekümmert hat. Alles, was er dazu sagen kann, ist, daß ihm an dem Rollstuhl nichts Ungewöhnliches auffiel. Die Bremsen wurden erst betätigt, als sie bei ihrem üblichen Rastplatz angekommen waren.«

Einen Moment lang herrschte Schweigen. Sie waren fertig mit Essen, und Inspektor Daniel tastete in der Tasche seiner Tweedjacke nach seiner Pfeife und brachte sie schließlich zum Vorschein. Während er mit dem Daumen über den noch leeren Pfeifenkopf strich, bemerkte er ruhig: »Sie machen sich doch nicht etwa über den Tod Ihres alten Freundes Gedanken, Sir?«

»Für die Ärzte war er ein Todgeweihter, aber für mich kam sein Tod zu einem unpassenden Zeitpunkt. Ich mache mir Vorwürfe, daß ich nicht rechtzeitig kam, um zu erfahren, was er auf dem Herzen hatte, aber das ist eine Privatangelegenheit. Als Polizist wüßte ich gern, wer ihn vor seinem Tod zuletzt besucht hat. Nach offizieller Version war es Grace Willison, aber irgendwie habe ich das Gefühl, daß er nach ihr noch einen anderen Besucher hatte, jemand, der seinen geistlichen Rat in Anspruch nahm. Als man ihn am nächsten Morgen tot auffand, trug er seine Stola. Sein Tagebuch fehlt, und sein Schreibtisch war aufgebrochen. Da ich Pater Baddeley seit über zwanzig Jahren nicht gesehen habe, ist es vielleicht ungerechtfertigt von mir, wenn ich jetzt so sicher bin, daß er das nicht selbst getan hat.«

Sergeant Varney wandte sich an den Inspektor. »Wie wäre das vom theologischen Standpunkt, Sir, wenn jemand bei einem Priester die Beichte ablegt, die Absolution erhält und ihn dann umbringt, damit er nicht mehr den Mund aufmachen kann? Würde die Beichte das sozusagen auch mit abgelten?«

Es war unmöglich, in Varneys Gesicht zu lesen, ob die Frage ernst gemeint war, ob es sich um einen privaten Scherz mit dem Inspektor handelte oder ob ein noch wenig greifbares Motiv dahintersteckte. Daniel nahm die Pfeife aus dem Mund: »O Gott, ihr jungen Leute von heute seid doch eine ignorante Bagage von Heiden! Als Kind in der Sonntagsschule spendete ich Pennies für schwarze Bambinos in den Sammelteller, die nicht halb so ignorant waren wie ihr unnützes Gesindel. Du kannst mir glauben, mein Junge, es würde dir nichts nützen, weder in theologischer noch sonst einer Hinsicht.«

Er wandte sich an Dalgliesh: »Er trug tatsächlich seine Stola? Das ist ja interessant.«

»Finde ich auch.«

»Und doch, ist es wirklich so unnatürlich? Er war allein und wußte vielleicht, daß er sterben würde. Möglicherweise fühlte er sich wohler mit der Stola um den Hals. Könnte das nicht sein, Sir?«

»Ich weiß nicht, was er gewöhnlich tat oder wie er dachte. Seit zwanzig Jahren habe ich mich nicht darum gekümmert und mir nichts gedacht dabei.«

»Und der aufgebrochene Schreibtisch – vielleicht wollte er schon mal anfangen, Papiere zu vernichten, und konnte sich nicht erinnern, wo er den Schlüssel hingelegt hatte.«

»Durchaus möglich.«

»Und er wurde eingeäschert?«

»Ja, und zwar weil Mrs. Hammitt darauf bestand, und dann wurde die Asche noch kirchlich beigesetzt.«

Inspektor Daniel schwieg. Es gab auch, wie Dalgliesh während des Aufbrechens bitter dachte, nichts mehr zu sagen.

# 4

Pater Baddeleys Anwälte, die Kanzlei Loder und Wainwright, hatten ihren Sitz in einem einfachen Backsteinhaus in der South Street. In der weißgetünchten Diele hingen Stiche mit Ansichten von Dorchester im achtzehnten Jahrhundert. Es roch durchdringend nach Möbelpolitur. Linker Hand gelangte man durch eine offenstehende Tür in ein geräumiges Wartezimmer mit einem gewaltigen runden Tisch, einem halben Dutzend gedrechselter Mahagonistühle. An der Wand hing ein viktorianischer Herr in Öl, vermutlich der Gründer der Firma; mit Schnauzbart und Orden geschmückt, stellte er die Gravur seiner Uhrkette elegant zwischen Daumen und Zeigefinger zur Schau. Dem Warteraum gegenüber hinter einer halbhohen Trennwand tippte eine junge Frau, die unterhalb der Taille mit langem Rock und schwarzen Stiefeln und oberhalb wie eine schwangere Kuhmagd angetan war, auf der Schreibmaschine. Auf Dalglieshs Gruß sah sie durch einen Vorhang von langen Haaren zu ihm auf und sagte, Mr. Robert sei im Moment außer Haus, werde jedoch in zehn Minuten zurückerwartet. Sicher läßt er sich beim Mittagessen Zeit, dachte Dalgliesh, und wappnete sich innerlich auf eine halbstündige Wartezeit.

Loder erschien nach etwa zwanzig Minuten. Dalgliesh hörte ihn bester Laune ins Empfangsbüro traben. Man hörte Stimmengemurmel, und eine Sekunde später erschien er im Wartezimmer, um seinen Besucher nach hinten in sein Büro zu bitten. Weder der Raum – eng, muffig und unordentlich – noch sein Besitzer entsprachen Dalglieshs Erwartungen. Bob Loder war ein vierschrötiger Mann mit quadratischem Gesicht, fleckiger Haut von ungesunder Blässe und kleinen, resigniert blickenden Augen. Sein glattes Haar war ganz schwarz – zu schwarz, als daß die Farbe hätte völlig natürlich sein können – bis auf die Silberstreifen an den Brauen und den Schläfen. Der Schnurrbart war schmuck und adrett, die Lippen so rot, als würden sie Blut ausschwitzen. Dalgliesh registrierte die Falten in den Augenwinkeln und den schlaffen Hals und faßte den Verdacht, daß sein Gegenüber weder so jung noch so dynamisch war, wie er vorzugeben bestrebt war.

Er begrüßte Dalgliesh mit einer Herzlichkeit und Bonhomie, die weder seinem Charakter noch dem Anlaß entsprachen. Dalgliesh nannte kurz den vorgeschobenen Grund seines Besuches. »Ich erfuhr erst, als ich in Toynton ankam, daß Pater Baddeley gestorben war, und dann zufällig von Mrs. Hewson, daß er mich testamentarisch bedacht hat. Aber das macht nichts. Sie hatten wahrscheinlich noch keine Zeit, mich zu verständigen. Aber Mr. Anstey möchte das Cottage gerne für einen neuen Benutzer geräumt haben, und ich hielt es für angebracht, die Sache erst mit Ihnen abzuklären, bevor ich die Bücher mitnehme.«

Loder steckte seinen Kopf durch die Tür und forderte lautstark die Akte an. Sie wurde ihm in erstaunlich kurzer Zeit gebracht. Nachdem er sie überflogen hatte, sagte er: »Alles in Ordnung. Vollkommen. Tut mir leid, daß Sie keine Benachrichtigung erhielten. Es lag weniger daran, daß wir keine Zeit, als daß wir keine Adresse hatten, müssen Sie wissen. Der gute alte Michael hatte einfach nicht daran gedacht. Natürlich hat Ihr Name irgendwie einen vertrauten Klang. Kennt man Sie von irgendwoher?«

»Ich glaube nicht. Vielleicht erwähnte Pater Baddeley meinen Namen Ihnen gegenüber. Soviel ich weiß, kam er einen oder zwei Tage vor Ausbruch seiner letzten Krankheit bei Ihnen vorbei.«

»Das stimmt, am Mittwoch, dem 11., nachmittags. Wenn ich es mir recht überlege, war das erst unser zweites Zusammentreffen. Das erstemal konsultierte er mich vor ungefähr drei Jahren, kurz nachdem er nach Toynton gezogen war. Er wollte damals sein Testament machen. Zwar hatte er nicht viel, doch andererseits gab er auch nicht viel aus, und so hatte sich ein ganz hübsches Sümmchen angesammelt.«

»Wie kam er auf Sie?«

»Tja, der gute Alte wollte sein Testament machen und wußte, daß er dazu einen Notar braucht. Da nahm er einfach den Bus nach Wareham und spazierte in die erstbeste Anwaltskanzlei, die auf seinem Weg lag. Ich war zu der Zeit zufällig hier und bekam ihn deshalb als Klienten. Auf seinen Wunsch setzte ich auf der Stelle das Testament auf und ließ es von zwei meiner Angestellten unterzeichnen. Eines muß man dem guten Alten lassen, er war der unkomplizierteste Klient, den ich je hatte.«

»Könnte es sein, daß sein Besuch am 11. damit zusammenhing, daß er Sie in irgendeiner Angelegenheit um Rat fragen wollte, die ihm Sorgen machte? Seinem letzten Brief an mich entnahm ich, daß er irgend etwas auf dem Herzen hatte. Möglicherweise müßte ich da aktiv werden . . .«

Er ließ seine Stimme in einer Frage ausklingen.

Loder sagte gut gelaunt: »Der liebe alte Kerl kam in ziemlicher Gemütsverwirrung. Er spielte mit dem Gedanken, sein Testament zu ändern, hatte sich jedoch noch nicht ganz durchgerungen. Er schien auf die Idee verfallen zu sein, ich könnte sein Geld irgendwie für ihn auf Eis legen, während er sich seinen Entschluß überlegt. Ich sagte: ›Mein lieber Herr, wenn Sie heute abend sterben, geht das Geld an Wilfred Anstey und Gut Toynton. Wenn Sie nicht wünschen, daß das geschieht, werden Sie sich entscheiden müssen, was genau Sie wollen, und ich werde dann ein neues Testament aufsetzen. Aber das Geld existiert. Es verschwindet nicht einfach. Und wenn Sie das alte Testament nicht für ungültig erklären oder es ändern, dann ist nicht daran zu rütteln.‹«

»War er Ihrer Meinung nach bei vollem Verstand?«

»O ja, etwas verwirrt vielleicht, aber mehr in der Phantasie als im Verstand, wenn Sie verstehen, was ich meine. Sobald ich ihm die Fakten auseinandersetzte, kapierte er sie auch. Aber eigentlich waren sie ihm schon immer klargewesen. Er hat sich einfach nur vorübergehend zum Wunschdenken verführen lassen, so sehr wünschte er, das Problem wäre nicht vorhanden. Kennen wir dieses Gefühl nicht alle?«

»Und einen Tag danach kam er ins Krankenhaus, und nicht ganz vierzehn Tage später war das Problem für ihn ausgestanden.«

»Ja, der arme Kerl. Vermutlich hätte er gesagt, die Vorsehung hat für ihn entschieden. Die Vorsehung äußerte ihre Meinung allerdings auf recht drastische Weise.«

»Haben Sie eine Ahnung, was ihn umgetrieben haben könnte? Machte er Ihnen gegenüber irgendeine Andeutung? Ich möchte keineswegs Ihre berufliche Schweigepflicht durchlöchern, doch hatte ich stark den Eindruck, daß er mich in irgendeiner Angelegenheit um Rat fragen wollte. Falls er wirklich einen Auftrag für mich hatte, würde ich gerne versuchen, ihn auszuführen. Vermutlich steckt in mir auch die Neugier des Polizeibeamten.«

»Sie sind Polizeibeamter?«

War das Aufleuchten der Überraschung in den müden Augen allzu unübersehbar, um echt zu sein?

Loder sagte: »Hat er Sie als Ihr Freund oder in Ihrer beruflichen Eigenschaft eingeladen?«

»Wahrscheinlich war ein wenig von beidem im Spiel.«

»Nun, ich kann mir nicht vorstellen, was Sie jetzt noch in der Sache tun könnten. Selbst wenn er mich in seine Absichten bezüglich des Testaments eingeweiht hätte und ich wüßte, wem er das Geld zukommen lassen wollte, wäre es jetzt zu spät, noch etwas daran zu ändern.«

Dalgliesh fragte sich, ob Loder ernsthaft in Erwägung zog, er, Dalgliesh selbst, spekuliere auf das Geld und wolle sich jetzt nach einer Möglichkeit erkundigen, Pater Baddeleys Testament anzufechten. Er sagte: »Das ist mir klar. Ich bezweifle, daß seine Einladung irgend etwas mit seinem Testament zu tun hatte. Trotzdem ist es seltsam, daß er mich über das Legat, das er mir zugedacht hatte, niemals informierte, und offenbar unterrichtete er den Haupterben auch nicht von seinem Glück.«

Es war ein Schuß ins Ungewisse, doch verfehlte er sein Ziel nicht. Loder wählte seine Worte vorsichtig, ein wenig zu vorsichtig. »Wirklich? Ich hätte eher gedacht, daß gerade diese besonders peinliche Situation der Hauptteil des Dilemmas war, in dem der gute Alte steckte – das Widerstreben, jemanden zu täuschen, dem er bereits etwas versprochen hatte.«

Er zögerte, schien der Meinung zu sein, er habe entweder zuviel oder zuwenig gesagt, und fügte hinzu: »Doch könnte Wilfred Anstey das bestätigen.«

Er hielt erneut inne, als habe irgendein tieferer Sinn seiner Worte ihn aus der Fassung gebracht, und fuhr dann mit offensichtlicher Gereiztheit über die abwegigen Pfade, auf die das Gespräch ihn führte, mit festerer Stimme fort: »Ich wollte sagen, wenn Wilfred Anstey sagt, er habe nicht gewußt, daß er der Haupterbe sei, dann stimmt das auch, und ich habe unrecht. Bleiben Sie lange in Dorset?«

»Voraussichtlich nicht ganz eine Woche. Gerade lange genug, um die Bücher zu sortieren und zu verpacken.«

»O ja, natürlich, die Bücher; vielleicht ist es das, weswegen Pater Baddeley Sie um Rat fragen wollte. Er war vielleicht der Meinung, daß eine Büchersammlung von theologischen Werken eher eine Belastung als ein begrüßenswertes Vermächtnis wäre.«

»Möglich.« Die Konversation schien sich erschöpft zu haben. Eine kurze, ein wenig peinliche Schweigepause trat ein, die dadurch beendet wurde, daß Dalgliesh sich von seinem Stuhl erhob und sagte: »Ihres Wissens bedrückte ihn also nichts außer diesem einen Problem, wie er über sein Geld verfügen sollte? Er konsultierte Sie in keiner anderen Angelegenheit?«

»Ja, so ist es. Falls er es doch getan hätte, hätte es sich möglicherweise um eine Frage gehandelt, über die ich gar nicht hätte sprechen können, ohne gegen die Standesregeln zu verstoßen. Aber da er es nicht getan hat, ist meiner Meinung nach nichts dagegen einzuwenden, Sie wenigstens das wissen zu lassen. Und in welcher Angelegenheit hätte er mich auch konsultieren sollen, der arme Alte? Keine Frau, keine Kinder, keine Verwandten, soviel ich weiß, keine Familienprobleme, kein Auto, ein untadeliger Lebenswandel. Wofür, außer sein Testament aufzusetzen, hätte er einen Anwalt gebraucht?«

Es war ein wenig spät, dachte Dalgliesh, von beruflicher Diskretion zu sprechen. Es wäre von Loders Seite wirklich nicht notwendig gewesen, ihm anzuvertrauen, daß Pater Baddeley daran gedacht hatte, sein Testament zu ändern. Zog man die Tatsache in Betracht, daß es dann doch nicht geschehen war, so war dies eine Art von Information, die ein umsichtiger Anwalt schon rein instinktiv lieber für sich behielt. Während Loder ihn zur Tür begleitete, bemerkte Dalgliesh beiläufig: »Pater Baddeleys Testament löste wahrscheinlich nur Zufriedenheit aus. Doch kann man wohl kaum dasselbe von Victor Holroyds Testament sagen.«

Die schläfrigen Augen bekamen plötzlich einen gespannten, fast verschwörerischen Ausdruck. Loder sagte: »Sie haben also davon gehört?«

»Ja. Aber ich bin überrascht, daß Sie auch davon wissen.«

»Ach, wissen Sie, Neuigkeiten sprechen sich herum auf dem Land. Um ehrlich zu sein – ich habe Freunde auf Gut Toynton. Die Hewsons. Na ja, eigentlich Maggie. Wir lernten uns letzten Winter auf dem Tanzabend der Konservativen kennen. Es ist ein ziemlich tristes Dasein für eine lebenslustige Frau, auf der Heide dort festzusitzen.«

»Ja. Das muß es wohl sein.«

»Sie hat es faustdick hinter den Ohren, unsere Maggie. Sie erzählte mir von Holroyds Testament. Wie ich hörte, fuhr er nach London, um seinen Bruder aufzusuchen, und man nahm an, daß er sein Testament mit ihm besprechen wollte. Doch sieht es so aus, als sei der große Bruder nicht ganz einverstanden gewesen mit Victors Vorschlägen und habe ihm geraten, die Sache noch einmal zu überdenken. Das Ende vom Lied war, daß Holroyd das Kodizill selbst aufsetzte. Das machte ihm wohl auch weiter keine Mühe. Die ganze Familie besteht aus Juristen, und Holroyd strebte anfangs auch den Richter- oder Anwaltsberuf an, bevor er sich entschloß, Lehrer zu werden.«

»Wie ich hörte, vertreten Holroyd und Martinson die Familie Anstey.«

»Das stimmt, seit vier Generationen. Es ist schade, daß Großvater Anstey sie nicht konsultierte, bevor er sein Testament verfaßte. Dieser Fall ist ein Paradebeispiel dafür, wie unklug es ist, den Anwalt sparen zu wollen. Also auf Wiedersehen, Herr Kommissar. Tut mir leid, daß ich Ihnen nicht weiterhelfen konnte.«

Als Dalgliesh, bevor er aus der South Street abbog, zurücksah, konnte er erkennen, daß Loder ihm nachsah. Er fand einiges an dem Anwalt interessant, nicht zuletzt, wie Loder wohl seinen Rang erfahren hatte.

Eine Aufgabe war jedoch noch zu erledigen, bevor er sich auf seine Einkäufe konzentrieren konnte: Ein Besuch im Christmas-Close-Krankenhaus. Aber er hatte kein Glück. Man kannte hier keinen Pater Baddeley; hier nahm man nur chronische Fälle auf. Wenn sein Bekannter einen Herzanfall gehabt hatte, war er trotz seines Alters höchstwahrscheinlich in die Intensivstation eines regionalen Allgemein-Krankenhauses aufgenommen worden. Der liebenswürdige Pförtner schlug vor, er solle es mit dem General Hospital in Poole oder dem Stanford und dem Victoria Hospital in Wimborne versuchen, und wies ihm hilfsbereit den Weg zur nächsten Telefonzelle.

Dalgliesh versuchte sein Glück zuerst mit Poole. Und war erfolgreicher, als er zu hoffen gewagt hatte. Der Angestellte, der seinen Anruf entgegennahm, war tüchtig. Kaum wußte er das Entlassungsdatum von Pater Baddeley, war er in der Lage zu bestätigen, daß der Reverend Baddeley bei ihm Patient gewesen war, und er konnte Dalgliesh auch mit der Station verbinden. Die Stationsschwester gab bereitwillig Auskunft, sie erinnerte sich an Pater Baddeley. Nein, sie hatten hier nicht davon erfahren, daß er gestorben war. Sie äußerte die üblichen Floskeln des Bedauerns und vermittelte sogar den Eindruck, daß sie aufrichtig gemeint waren. Dann holte sie Schwester Breagan ans Telefon. Schwester Breagan plegte die Briefe der Patienten auf die Post zu tragen. Vielleicht konnte sie Kommissar Dalgliesh weiterhelfen.

Er wußte, daß sein Rang etwas mit ihrer Hilfsbereitschaft zu tun hatte, doch das war nicht der ausschlaggebende Grund. Sie waren einfach liebenswürdige Frauen, bereit, sich Mühe zu geben, selbst für einen Unbekannten. Er setzte sein Problem Schwester Breagan auseinander.

»Sehen Sie, deshalb wußte ich nicht, daß mein Freund gestorben war, bis ich gestern auf Gut Toynton eintraf. Er hatte versprochen, mir die Schriftstücke, an denen wir arbeiteten, wieder zurückzugeben, doch sie sind nicht unter seinen Sachen. Deshalb kam ich auf die Idee, daß er sie mir vielleicht vom Krankenhaus aus entweder an meine Londoner Adresse oder zum Yard geschickt hat.«

»Wissen Sie, Herr Kommissar, der Reverend war kein großer Briefeschreiber. Lesen, ja, aber nicht schreiben. Trotzdem habe ich zwei Briefe für ihn aufgegeben, beide an Adressen hier in der Gegend, soweit ich mich erinnere. Ich muß nämlich auf die Adressen achten, damit ich die Briefe ins richtige Fach werfe. Das Datum? Also daran kann ich mich beim besten Willen nicht mehr erinnern. Aber ich weiß noch, daß er mir beide zusammen am selben Tag übergab.«

»Könnten es die beiden Briefe gewesen sein, die er nach Gut Toynton geschrieben hat, einer an Mr. Anstey und einer an Miss Willison?«

»Wenn ich es mir überlege, Kommissar, könnten es diese Namen gewesen sein. Aber Sie werden verstehen, daß ich heute nicht mehr hundertprozentig sicher bin.«

»Es ist schon sehr bemerkenswert von Ihnen, daß Sie überhaupt noch so viel behalten haben. Und Sie sind ganz sicher, daß Sie nur diese zwei Briefe aufgegeben haben?«

»O ja, absolut sicher. Es könnte natürlich auch eine andere Schwester einen Brief für ihn aufgegeben haben. Es wäre nicht einfach, das für Sie herauszufinden. Ein paar Schwestern haben inzwischen die Station verlassen. Aber ich glaube nicht, daß das vorgekommen ist. In aller Regel bringe ich die Briefe zur Post. Und er war kein Mensch, der gern Briefe schrieb. Deshalb erinnere ich mich so gut an diese beiden.«

Die Information mochte etwas zu bedeuten haben oder auch nicht. Jedenfalls war es der Mühe wert gewesen, nachzufragen. Eine Verabredung für den Abend seiner Heimkehr konnte Pater Baddeley nur vom Krankenhaus aus getroffen haben, als es ihm wieder besser ging, und zwar entweder telefonisch oder durch einen Brief. Und nur das Haupthaus, die Hewsons und Julius Court waren auf Toynton telefonisch erreichbar. Es mochte bequemer gewesen sein, zu schreiben. Bei dem Brief an Grace Willison mußte es sich um den gehandelt haben, der den Termin für die Beichte enthielt. Der Brief an Anstey enthielt möglicherweise die Beileidsbezeigung anläßlich Holroyds Tod. Oder etwas anderes . . .

Bevor er auflegte, fragte er noch, ob Pater Baddeley vom Krankenhaus irgendwelche Telefongespräche geführt habe.

»Nun, ich weiß nur von einem, als er wieder auf war und umhergehen konnte. Er ging nach unten, um vom Wartezimmer in der Ambulanz aus zu telefonieren, und fragte mich, ob dort ein Telefonbuch von London sei. Deshalb erinnere ich mich daran.«

»Um welche Tageszeit war das?«

»Vormittags, gegen zwölf, kurz bevor ich Dienstschluß hatte.«

Pater Baddeley hatte also eine Nummer in London angerufen, die er nachschlagen mußte. Und er hatte den Anruf nicht abends getätigt, sondern während der Bürostunden. Damit lag es für Dalgliesh nahe, eine ganz bestimmte Nachforschung anzustellen. Aber noch nicht jetzt. Er sagte sich, daß er bis jetzt noch nichts erfahren hatte, was ihm erlauben würde, sich – und sei's auch nur inoffiziell – in die Sache einzuschalten. Und selbst wenn – wo würden alle Verdachtsmomente, alle Anhaltspunkte letztendlich enden? Bei ein paar Handvoll Knochenresten auf dem Kirchhof von Toynton.

# 5

Nach einem zeitigen Abendessen in der Nähe von Corfe Castle fuhr Dalgliesh nach »Haus Hoffnung« zurück, um in Pater Baddeleys Bibliothek Ordnung zu schaffen und den Bestand aufzunehmen. Doch zuvor mußten einige kleine, aber unumgängliche häusliche Aufgaben in Angriff genommen werden. Er tauschte die Glühbirne in der Tischlampe gegen eine stärkere aus, reinigte den Brenner des Gasboilers über dem Spülbecken und stellte die Flamme wieder richtig ein, schuf im Vorratsschrank Platz für seine Lebensmittel und den Wein und entdeckte mit Hilfe seiner Taschenlampe im Schuppen draußen einen Stoß Treibholz zum Entfachen eines Feuers sowie eine Zinkbadewanne. In »Haus Hoffnung« gab es kein Badezimmer. Wahrscheinlich hatte Pater Baddeley im Gutshaus gebadet. Aber Dalgliesh war fest entschlossen, sich in der Küche zu waschen. Eine Zeitlang spartanisch einfach zu leben war nicht zuviel bezahlt, wenn man dadurch vermeiden konnte, das Badezimmer im Haupthaus mit seinem Krankenhausgeruch nach scharfen Desinfektionsmitteln, wo noch dazu alles unübersehbar auf Krankheit und Deformität hinwies, in Anspruch zu nehmen. Er hielt ein Streichholz an die vertrockneten Gräser im Kamin und sah zu, wie sie in einer süßlich duftenden Flamme aufloderten und sich blitzschnell in schwarze Nadeln verwandelten. Dann entfachte er probeweise ein kleines Feuer und stellte mit Erleichterung fest, daß der Kamin nicht verstopft war. Ausgerüstet mit Kaminfeuer, ausreichendem Licht, Büchern, Essen und einem Weinvorrat, sah er keine Veranlassung, sich irgendwo anders hinzuwünschen.

Seiner Schätzung nach befanden sich auf den Regalen im Wohnzimmer zwei- bis dreihundert Bücher und noch dreimal so viele im Schlafzimmer. Die Erzeugnisse der Druckerkunst hatten in der Tat so von dem Raum Besitz ergriffen, daß es beinahe unmöglich war, zum Bett zu gelangen. Die Bücher selbst hatten wenig Überraschungen zu bieten. An den vielen theologischen Bänden könnte vielleicht eine der Londoner Bibliotheken theologischer Literatur interessiert sein. Einige, dachte er, würde wohl seine Tante gern haben, andere wieder paßten auf seine eigenen Bücherregale. Es war eine repräsentative Sammlung von bedeutenden englischen Romanschriftstellern und Lyrikern vorhanden, und da Pater Baddeley sich den Luxus gegönnt hatte, hin und wieder einen Roman zu erstehen, auch eine kleine, aber interessante Kollektion von Erstausgaben.

Um Viertel vor zehn hörte er näher kommende Schritte und das Quietschen von Rädern, gleich darauf wurde an die Tür geklopft, und Millicent Hammitt trat ein. Sie brachte den angenehmen Duft von frischem Kaffee mit sich ins Zimmer und zog einen Servierwagen hinter sich her, der beladen war mit einer rustikalen blauweiß gestreiften Kaffeekanne, dem dazugehörigen

Krug voll heißer Milch, einer Schale mit braunem Zukker, zwei Trinkbechern und einem Teller köstlicher Kekse.

Dalgliesh war nicht in der Lage, Einwände zu erheben, als Mrs. Hammitt einen beifälligen Blick auf das Kaminfeuer warf, zwei Becher Kaffee einschenkte und deutlich zu erkennen gab, daß sie nicht die Absicht hatte, bald wieder aufzubrechen.

Am Abend vorher war sie Dalgliesh nur kurz vorgestellt worden, die Zeit hatte nur für ein etwa halbminütiges Gespräch ausgereicht, bis Wilfred sich am Lesepult in Positur warf und das obligatorische Schweigen einsetzte. Sie hatte bei dieser Gelegenheit mit sehr direkten, ungezierten Fragen in Erfahrung gebracht, daß Dalgliesh allein reiste, weil seine Frau zusammen mit ihrem ersten Kind bei der Niederkunft gestorben war. Ihre Antwort darauf lautete: »Sehr tragisch. Und wohl auch ungewöhnlich für heutige Verhältnisse.« Das hatte sie mit einem anklagenden Blick in die Tischrunde vorgebracht, in einem Ton, der andeutete, daß irgend jemand unverzeihlich nachlässig war.

Mrs. Hammitt trug Hausschuhe und einen dicken Tweedrock, darüber – unpassenderweise – eine durchbrochene Jacke aus rosa Wolle, die großzügig mit Perlen besetzt war. Dalgliesh argwöhnte, daß ihr Cottage ein ähnlich unglücklicher Kompromiß zwischen nützlichen Dingen und überflüssigem Kram war, hatte jedoch absolut nicht den Wunsch, sich persönlich davon zu überzeugen. Zu seiner Erleichterung machte sie keinen Versuch, ihm bei der Inventur der Bücher zu helfen, sondern saß breitbeinig auf dem Rand ihres Sessels, den Becher mit Kaffee auf dem Schoß balancierend. Dalgliesh fuhr in seiner Tätigkeit fort, den Becher mit Kaffee hatte er neben sich auf dem Boden abgestellt. Er schüttelte jeden Band, bevor er ihn einem Stoß zuordnete, ob er vielleicht irgendwelche Zettel enthielt.

Mrs. Hammitt trank in kleinen Schlucken ihren Kaffee und ergoß einen nicht abreißenden Redestrom über ihn.

»Ich brauche Sie gar nicht erst zu fragen, ob Sie eine angenehme Nacht hatten. Wilfreds Betten sind berüchtigt. Eine gewisse Härte soll angeblich gut sein für invalide Patienten, aber ich persönlich ziehe eine bequeme Matratze vor. Es wundert mich, daß Julius Ihnen nicht angeboten hat, in seinem Cottage zu übernachten, aber er hat ja nie Gäste. Möchte wahrscheinlich Mrs. Reynolds nicht ausquartieren. Sie ist die Witwe des Dorfpolizisten von Toynton und besorgt das Haus für ihn, wenn er hier ist. Sie ist natürlich enorm überbezahlt. Na, er kann es sich leisten. Und Sie wollen also heute hier übernachten. Ich sah Helen Rainer mit der Bettwäsche. Vermutlich macht es Ihnen nichts aus, in Michaels Bett zu schlafen. Natürlich nicht – als Polizeibeamter ist man in dieser Hinsicht sicher nicht empfindlich oder abergläubisch. Und Sie haben auch völlig recht; unser Tod ist ja nur Schlaf und Vergessen. Oder heißt es unser Leben? Ist jedenfalls von Wordsworth. Früher, als junges Mädchen, mochte ich Poesie sehr, aber diese modernen Dichter heute sind mir fremd. Dennoch hätte ich mich sehr gefreut, Sie vorlesen zu hören.«

Ihr Tonfall besagte, daß sie sich davon ein einzigartiges, exzentrisches Vergnügen versprochen hatte. Dalgliesh gab es vorübergehend auf, ihr zuzuhören. Er hatte eine Erstausgabe von *Tagebuch eines Niemands* entdeckt mit einer in kindlicher Handschrift geschriebenen Widmung auf der Titelseite.

Für Pater Baddeley zum Geburtstag in Liebe von Adam. Ich habe dies bei Mr. Snelling in Norwich gekauft, und er überließ es mir billig wegen des roten Flecks auf Seite 20. Doch ich habe ihn getestet, und es ist kein Blut.

Dalgliesh lächelte. Er hatte ihn also getestet, der arrogante kleine Bursche. Welches geheimnisvolle Gebräu von Säuren und Kristallen aus dem Chemiebaukasten, an den er sich noch erinnerte, hatte schließlich zu diesem selbstsicheren wissenschaftlichen Urteilsspruch geführt? Die Widmung minderte den Wert des Buches viel mehr als der Fleck, doch Pater Baddeley hatte wahrscheinlich weder an dem einen noch an dem anderen Anstoß genommen. Er legte es zu den übrigen, die er für seine eigenen Regale bestimmt hatte, und ließ

Mrs. Hammitts Stimme wieder in sein Bewußtsein dringen.

»Und wenn ein Dichter sich nicht die Mühe macht, sich dem gebildeten Leser verständlich zu machen, dann sollte sich der gebildete Leser eben nicht mit ihm befassen, sage ich immer.«

»Sie haben recht, wenn Sie das tun, Mrs. Hammitt.«

»Nennen Sie mich Millicent. Wir sind doch angeblich alle eine glückliche Familie hier. Wenn ich mich schon damit abfinden muß, daß Dennis Lerner und Maggie Hewson und sogar dieser widerwärtige Albert Philby mich bei meinem Vornamen nennen – nicht, daß ich Philby viel Gelegenheit dazu geben würde, das kann ich Ihnen versichern –, dann sehe ich auch nicht ein, warum Sie es nicht tun sollten. Ich werde mich auch bemühen, Sie Adam zu nennen, obwohl ich glaube, daß es mir nicht leicht über die Lippen gehen wird. Sie sind nicht der Typ, den man gleich beim Vornamen nennt.«

Dalgliesh staubte vorsichtig die Bände von Muskells *Monumenta Ritualica Ecclesiae Anglicanae* ab und sagte, daß, soweit er es mitbekommen habe, Victor Holroyd nicht viel dazu beigetragen habe, die Vorstellung einer einigen, glücklichen Familie zu fördern.

»Oh, Sie haben also von Victor gehört? Da hat wohl Maggie geklatscht. Er war wirklich ein äußerst schwieriger Mann, rücksichtslos im Leben wie im Tod. Was mich betrifft, ich bin ganz gut mit ihm ausgekommen. Ich glaube, er respektierte mich. Er war ein kluger Mann mit sehr viel nützlichem Bildungswissen. Aber keiner auf Toynton konnte ihn ausstehen. Selbst Wilfred streckte schließlich mehr oder weniger die Waffen und mied ihn. Maggie Hewson war die Ausnahme. Seltsame Frau. Immer muß sie eine Extrawurst braten. Ich glaube, sie dachte, Victor würde ihr sein Geld hinterlassen. Natürlich wußten wir alle, daß er Geld hatte. Er rieb es uns kräftig unter die Nase, daß er nicht zu den Patienten gehörte, für die das Sozialamt zahlt. Und wahrscheinlich dachte sie, wenn sie ihre Karten richtig ausspielt, kann sie sich eine Scheibe davon abschneiden. Das ließ sie mir gegenüber einmal mehr oder weniger deutlich durchblicken. Allerdings war sie damals halb betrunken. Armer Eric! Ich gebe dieser Ehe höchstens noch ein Jahr. Es mag ja Männer geben, die sie äußerlich attraktiv finden – wenn einer diesen wasserstoffsuperoxydblonden schlampigen Betthasentyp mag. Natürlich war ihr Verhältnis mit Victor, wenn man so etwas überhaupt als Verhältnis bezeichnen kann, ein glatter Skandal. Sex ist etwas für Gesunde. Ich weiß, daß Krüppel angeblich genauso fühlen wie andere Menschen auch, doch sollte man meinen, daß sie derlei Dinge hinter sich haben, wenn sie das Rollstuhl-Stadium erreicht haben. Dieses Buch hier sieht interessant aus. Der Einband ist auf jeden Fall gut. Sie können gut und gerne ein paar Shilling dafür bekommen.«

Dalgliesh brachte eine Erstausgabe von *Tracts for the Times* außer Reichweite von Millicents Fuß, der ständig daran tippte, und legte sie zu den Büchern, die er für sich selbst ausgewählt hatte. Er fragte: »Und was wurde schließlich aus Holroyds Geld?«

»Es ging samt und sonders an seine Schwester in Neuseeland, die ganzen 65000. Und das war auch richtig so. Geld muß in der Familie bleiben. Aber ich glaube schon, daß Maggie sich Hoffnungen machte. Wahrscheinlich hat Victor ihr mehr oder weniger indirekt Versprechungen gemacht. Das würde zu ihm passen. Er konnte schon ziemlich hinterhältig sein. Aber sein Vermögen hinterließ er wenigstens den Leuten, denen es zustand. Ich wäre außer mir bei dem Gedanken, Wilfred könnte Gut Toynton jemand anderem als mir vererben wollen.«

»Aber würden Sie es denn auch haben wollen?«

»Oh, die Patienten müßten natürlich gehen. Ich kann mir nicht vorstellen, Gut Toynton in seiner jetzigen Form weiterzuführen. Ich respektiere das, was Wilfred aufzubauen versucht, andererseits hat er aber auch seine besonderen Gründe dafür. Sicher haben Sie von seiner Reise nach Lourdes und dem Wunder gehört. Nun, mir soll's recht sein. Doch mir ist, Gott sei Dank, kein Wunder widerfahren, und ich bin auch nicht erpicht darauf. Außerdem habe ich schon genug für die Kranken getan. Mein Vater vermachte mir die Häfte des Hauses, und ich verkaufte meinen Teil an Wilfred, damit er das Heim eröffnen konnte. Selbstverständlich hatten wir damals eine amtliche Schätzung des Hauses, das Ergebnis war nicht sehr hoch. Damals verkauften sich solche Anwesen schlecht. Heute ist das Gut ein Vermögen wert. Das Haus ist doch schön, nicht wahr?«

»Es ist zweifellos von architektonischem Interesse.«

»Genau. Regence-Stil-Häuser mit Charakter erzielen phantastische Preise. Nicht daß ich darauf aus wäre zu verkaufen. Schließlich war es unser Zuhause, als wir Kinder waren, und ich hänge daran. Aber es wäre für mich wahrscheinlich das Beste, das Grundstück abzustoßen. Tatsächlich kannte Victor Holroyd jemand hier am Ort, der am Kauf interessiert wäre, jemand, der hier noch ein Wohnwagen-Ferienlager aufmachen möchte.«

Dalgliesh entfuhr es unwillkürlich: »Was für ein entsetzlicher Gedanke!«

Mrs. Hammitt ließ sich nicht beeindrucken. Sie fuhr selbstgefällig fort: »Nicht die Spur. Das ist eine sehr egoistische Einstellung Ihrerseits, wenn Sie mir die Bemerkung erlauben. Die Armen brauchen genauso Urlaub wie die Reichen. Julius würde die Sache auch nicht gefallen, andererseits bin ich nicht verpflichtet, Rücksicht auf Julius zu nehmen. Er würde vermutlich sein Cottage verkaufen und fortziehen. Zwar gehören ihm diese anderthalb Morgen Land, aber ich kann mir nicht vorstellen, daß er Lust hat, jedesmal, wenn er von London hierherkommt, durch einen Wohnwagenpark zu fahren. Außerdem müßten die Leute genau vor seinen Fenstern vorbeispazieren, wenn sie zum Strand hinunter wollen. Da ist nämlich die einzige Stelle, wo bei Flut ein Streifen Land ist. Nein, ich kann mir wirklich nicht vorstellen, daß Julius hierbleiben würde.«

»Weiß hier jeder, daß Sie das Gut erben werden?«

»Selbstverständlich, das ist kein Geheimnis. Wer sollte es denn sonst bekommen? Tatsächlich sollte das ganze Grundstück rechtmäßig ja eigentlich mir gehören. Wußten Sie, daß Wilfred gar kein echter Anstey ist, sondern ein Adoptivkind?«

Dalgliesh sagte vorsichtig, er glaube, jemand habe so etwas erwähnt.

»Dann können Sie auch ruhig die ganze Geschichte

hören. Sie ist ganz interessant, wenn Sie sich für juristische Fragen interessieren.«

Mrs. Hammitt füllte erneut ihren Becher und setzte sich noch breitbeiniger auf ihrem Sessel zurecht, als rüste sie sich innerlich für einen komplizierten Vortrag.

»Mein Vater sehnte sich brennend nach einem Sohn. Es gibt solche Männer – Töchter zählen für sie nicht. Und ich kann auch durchaus verstehen, daß ich eine Enttäuschung für ihn war. Wenn ein Mann sich von ganzem Herzen einen Sohn wünscht, ist das einzige, was ihn dazu bewegen kann, sich mit einer Tochter zufriedenzugeben, ihre Schönheit. Und schön war ich nie. Glücklicherweise schien das meinen Mann nicht zu stören. Wir paßten sehr gut zueinander.«

Da die einzig mögliche Antwort auf diese Aussage ein unklar gemurmelter Glückwunsch war, gab Dalgliesh das Entsprechende von sich.

»Danke«, sagte Mrs. Hammitt, als handle es sich um ein Kompliment. Sie fuhr strahlend fort: »Auf jeden Fall entschloß sich Vater, als die Ärzte ihm erzählten, Mutter könne keine Kinder mehr bekommen, einen Jungen zu adoptieren. Ich glaube, er holte Wilfred aus einem Kinderheim, aber ich war damals erst sechs Jahre alt, und man sagte mir nie genau, wie und wo sie ihn gefunden hatten. Er war natürlich ein uneheliches Kind. 1920 nahmen die Leute noch mehr Anstoß an solchen Dingen, und man hatte eine reiche Auswahl an unerwünschten Säuglingen. Ich erinnere mich noch, wie aufgeregt ich damals war, daß ich einen Bruder bekommen hatte. Ich war ein einsames Kind und unverhältnismäßig liebevoll. Ich sah Wilfred damals nicht als Rivalen an. Ich mochte ihn sehr gern, als wir klein waren. Ich mag ihn immer noch. Die Leute vergessen das manchmal.«

Dalgliesh erkundigte sich, was denn vorgefallen sei.

»Es ging um das Testament meines Großvaters. Der alte Mann hatte kein Vertrauen zu Anwälten, nicht einmal zu Holroyd und Martinson, den Familienanwälten, und er setzte sein Testament allein auf. Er hinterließ meinen Eltern die Nutznießung des Grundstücks auf Lebenszeit und das Besitzrecht zu gleichen Teilen seinen Enkelkindern. Die Frage war nur: War Wilfred dabei miteingeschlossen? Zu guter Letzt mußten wir das vor Gericht klären lassen. Der Fall erregte damals ganz schönes Aufsehen und rückte die ganze Frage der Rechtsstellung von Adoptivkindern ins Rampenlicht. Vielleicht erinnern Sie sich noch daran?«

Dalgliesh hatte tatsächlich eine unbestimmte Erinnerung.

Er fragte: »Wann wurde das Testament Ihres Großvaters aufgesetzt, ich meine, vor oder nach der Adoption?«

»Das war der entscheidende Teil der Beweisführung. Wilfred wurde rechtswirksam am 3. Mai 1921 adoptiert, und Großvater unterzeichnete sein Testament genau zehn Tage später, am 13. Mai. Zwei Hausangestellte waren die Zeugen, die waren aber schon tot, als es zu dem Streit kam. Das Testament war vollkommen eindeutig und ordnungsgemäß, außer daß keine Namen genannt wurden. Wilfreds Rechtsanwälte konnten nachweisen, daß Großvater von der Adoption gewußt und sie begrüßt hatte. Außerdem war im Testament auch die Rede von Kindern, in der Mehrzahl.«

»Vielleicht hatte er an den Fall gedacht, daß Ihre Mutter zuerst sterben und Ihr Vater wieder heiraten könnte?«

»Wie intelligent von Ihnen! Ich sehe schon, daß Sie ebenso spitzfindig denken wie ein Jurist. Genauso argumentierte auch mein Anwalt. Es half jedoch nichts. Wilfred gewann. Aber Sie können sicher meine Gefühle in bezug auf das Gut verstehen. Wenn Großvater dieses Testament nur vor dem 3. Mai unterzeichnet hätte, würden die Dinge ganz anders liegen, kann ich Ihnen versichern.«

»Aber Sie bekamen doch den halben Wert des Grundstücks ausbezahlt?«

»Das hielt leider nicht lange. Meinem lieben Mann zerrann das Geld zwischen den Fingern. Der Grund waren glücklicherweise nicht die Frauen, wie ich mich freue sagen zu können, sondern die Pferde. Sie sind genauso kostspielig und noch unberechenbarer, jedoch als Rivalen für eine Frau weniger demütigend. Und anders als bei einer Nebenbuhlerin kann man wenigstens froh sein, wenn sie gewinnen. Wilfred sagte immer, Herbert sei nach seinem Abschied aus der Army senil geworden, aber ich habe mich nie beklagt. Mir war es fast lieber so. Allerdings – das Geld brachte er durch.«

Sie ließ ihren Blick durch das Zimmer schweifen, beugte sich dann unvermittelt vor und sah Dalgliesh mit Verschwörermiene an. «»Ich werde Ihnen etwas erzählen, was sonst niemand auf Gut Toynton weiß, außer Wilfred. Falls er verkauft, bekomme ich die Hälfte des Verkaufspreises. Nicht die Hälfte des überschüssigen Profits, sondern fünfzig Prozent von allem, was er bekommt. Ich habe es schriftlich – eine bindende Abmachung mit Wilfred, ordnungsgemäß unterzeichnet und bezeugt von Victor. Tatsächlich war es auch Victors Vorschlag. Er war der Meinung, daß es in dieser Form rechtsgültig ist. Und es ist auch an einem sicheren Ort verwahrt, wo Wilfred nicht herankommt. Es liegt bei Robert Loder, einem Anwalt in Wareham. Ich vermute, Wilfred war sich so sicher, daß er niemals verkaufen würde, daß es ihm gleichgültig war, was er unterzeichnete. Vielleicht wollte er damit auch der Versuchung vorbeugen. Ich glaube nicht, daß er jemals verkaufen wird. Dafür liegt ihm viel zuviel an dem Heim. Sollte er jedoch seine Meinung ändern, mache ich einen ganz guten Schnitt dabei.«

Wagemutig sagte Dalgliesh: »Als ich ankam, sagte Mrs. Hewson etwas über den Ridgewell Trust. Beabsichtigt Mr. Anstey nicht, das Heim in andere Hände zu geben?«

Mrs. Hammitt nahm die Bemerkung gelassener auf, als er erwartet hatte. Sie entgegnete unerschüttert: »Unsinn! Ich weiß, daß Wilfred ab und zu davon spricht, doch würde er Gut Toynton nie einfach wegschenken. Warum auch? Natürlich ist das Geld knapp, doch pflegt das mit Geld immer so zu sein. Er muß eben die Gebühren erhöhen oder die Sozialämter dazu bringen, daß sie mehr für die Patienten bezahlen, die sie ihm schicken. Es besteht kein Grund, den Sozialämtern etwas zu schenken. Und falls er es dann immer noch nicht schafft, das Heim rentabel zu machen, ist verkaufen immer noch das beste, Wunder hin, Wunder her.«

Dalgliesh meinte, daß es unter den gegebenen Umständen doch eigentlich erstaunlich sei, daß Anstey nicht zum römisch-katholischen Glauben übergetreten war. Millicent griff den Gedanken ungestüm auf.

»Es war damals ein gewaltiger spiritueller Kampf für ihn.« Ihre Stimme wurde tiefer und bebte von dem Widerhall kosmischer Kräfte, die in tödlichem Kampf miteinander verwoben waren. »Doch ich war froh, daß er sich entschied, in unserer Kirche zu bleiben. Unser Vater« – ihre Stimme schwoll an in einer so plötzlichen Aufwallung mahnender Inbrunst, daß der bestürzte Dalgliesh fast damit rechnete, sie jeden Moment das Vaterunser aufsagen zu hören – »wäre ja außer sich gewesen. Er war ein überzeugter Anhänger der anglikanischen Kirche, Herr Kommissar. Nein, ich war froh, daß Wilfred nicht übertrat.«

Dalgliesh hatte bereits Julius Court nach Ansteys religiösen Überzeugungen befragt und dabei eine andere und, wie er argwöhnte, zutreffendere Erklärung bekommen. Er entsann sich ihrer Unterhaltung auf der Terrasse, bevor sie wieder zu Henry hineingegangen waren. Julius hatte amüsiert bemerkt: »Pater O'Malley, der Wilfred in die Glaubenslehre einführen sollte, machte unmißverständlich klar, daß seine Kirche in Zukunft in Angelegenheiten mitbestimmen würde, für die sich Wilfred immer noch allein zuständig fühlte. Dem lieben Wilfred dämmerte es, daß er dabei war, einer sehr großen Organisation beizutreten und darüber hinaus einer, in der man der Meinung war, daß er als Konvertit eher der nehmende als der gebende Teil war. Zu guter Letzt entschloß er sich, nach einem zweifellos sehr heilsamen inneren Kampf, in seiner weniger anstrengenden Glaubensgemeinschaft zu verbleiben.«

»Trotz des Wunders?« hatte Dalgliesh gefragt.

»Trotz des Wunders. Pater O'Malley ist Rationalist. Er erkennt an, daß es Wunder gibt, hält es jedoch für richtig, die einschlägigen Vorkommnisse erst einmal bei den zuständigen Gremien eingehend analysieren zu lassen. Nach geziemender Frist wird die Kirche in ihrer Weisheit dann ihr Urteil sprechen. In alle Welt hinauszutrompeten, man sei der Empfänger besonderer göttlicher Gnade, hält er für Anmaßung. Schlimmer noch, er hält es wahrscheinlich für ein Zeugnis von schlechtem Geschmack. Er ist ein sehr strenger Mann, unser Pater O'Malley. Er und Wilfred können einander im Grunde nicht riechen. Ich fürchte, Pater O'Malley ist schuld, daß seine Kirche jetzt einen Konvertiten weniger hat.«

»Die Wallfahrten nach Lourdes finden aber doch weiterhin statt?« hatte Dalgliesh gefragt.

»O ja. Regelmäßig zweimal im Jahr. Ich fahre nicht mit. Ich nahm anfangs an den Fahrten teil, als ich hierherzog, aber das ist nicht gerade meine ›Szene‹, um eine zeitgemäße Redewendung zu gebrauchen. Aber wenn sie alle wieder heimkommen, ist es für mich schon Ehrensache, eine kleine Willkommensfeier mit Tee und so weiter zu schmeißen.«

Dalgliesh, dessen Gedanken sich wieder der Gegenwart zuwandten, spürte Schmerzen im Rücken. Er richtete sich auf, während die Uhr auf dem Kaminsims die Dreiviertelstunde schlug. Ein verkohltes Holzscheit fiel vom Kaminrost und produzierte einen letzten Funkenregen. Mrs. Hammitt faßte es als Signal zum Gehen auf, Dalgliesh bestand darauf, zuerst die Kaffeebecher auszuwaschen, und sie folgte ihm in die kleine Küche.

»Das war ein angenehmes Plauderstündchen, Herr Kommissar, doch ich bezweifle, daß wir es wiederholen werden. Ich gehöre nicht zu denen, die den Nachbarn ständig auf die Bude rücken. Gott sei Dank wird es mir allein nie langweilig. Im Gegensatz zu der armen Maggie weiß ich mir ausgezeichnet die Zeit zu vertreiben. Und das eine mußte man Michael Baddeley lassen, er steckte seine Nase nie in anderer Leute Angelegenheiten.«

»Schwester Rainer sagte mir, Sie hätten ihn von den Vorteilen einer Kremation überzeugt.«

»Sagte sie das? Nun, dann hat sie wohl recht. Kann sein, daß ich mit Michael darüber gesprochen habe. Ich bin strikt dagegen, guten Boden zu vergeuden, um verwesende Körper darin zu begraben. Soweit ich mich erinnere, war es dem alten Mann gleichgültig, was mit ihm geschah, wenn er nur in geweihter Erde lag und die entsprechenden Worte über ihm gesprochen wurden.

Sehr vernünftig. Genau meine Ansicht. Und Wilfred hatte auch keinerlei Einwände gegen die Kremation. Er und Dot Moxon stimmten vollkommen mit mir überein. Helen protestierte wegen der zusätzlichen Umstände, aber es ging ihr einzig darum, daß dazu die Bescheinigung eines zweiten Arztes erforderlich war. Sie dachte wohl, das könnte ein schlechtes Licht auf die medizinischen Fähigkeiten ihres lieben Eric werfen.«

»Es hat aber doch sicher niemand laut gesagt, daß Dr. Hewsons Diagnose falsch sein könnte?«

»Natürlich nicht! Michael starb an einem Herzanfall, und ich hoffe doch, daß sogar Eric das zu erkennen vermochte. Nein, bemühen Sie sich nicht, mich hinauszubringen, ich habe meine Taschenlampe. Und falls Sie irgendwann etwas brauchen, klopfen Sie einfach an die Wand.«

»Aber würden Sie das denn auch hören? Pater Baddeley haben Sie nicht gehört.«

»Natürlich nicht – weil er nämlich nicht geklopft hat. Und nach halb zehn habe ich auch einfach nicht mehr aufgepaßt. Verstehen Sie, ich dachte, jemand hätte ihn bereits besucht und für die Nacht versorgt.«

Die Dunkelheit draußen war kühl und bewegt – ein schwarzes feuchtes Gespinst, süßlich im Mund und erfüllt vom Geruch der See, nicht einfach die Abwesenheit des Lichts, sondern ein geheimnisvolles Etwas. Dalgliesh manövrierte den Teewagen über die Schwelle. Er begleitete Millicent den Gartenpfad hinunter, steuerte dabei den Teewagen mit einer Hand und fragte mit wohlberechneter Beiläufigkeit: »Demnach haben Sie jemand gehört?«

»Gesehen, nicht gehört. So kam es mir wenigstens vor. Ich wollte mir gerade was Warmes zum Trinken machen und dachte, vielleicht kann ich für Michael auch gleich eine Tasse machen. Und als ich meine Haustür aufmachte, um rüberzugehen und zu fragen, bildete ich mir ein, eine Gestalt in einer Kutte in der Dunkelheit verschwinden zu sehen. Da bei Michael kein Licht brannte, wollte ich dann selbstverständlich nicht mehr stören. Inzwischen weiß ich, daß ich mich getäuscht habe. Entweder das – oder ich werde verrückt. Was ja auch kein Wunder wäre an diesem Ort hier. Wie es aussieht, hat keiner ihn besucht, und jetzt haben alle ein schlechtes Gewissen deswegen. Mir ist klar, wodurch ich getäuscht wurde. Es war eine Nacht wie heute. Nur eine leichte Brise, aber die Dunkelheit schien sich zu bewegen und Formen anzunehmen. Gehört habe ich nichts, nicht einmal einen Schritt. Bloß für einen kurzen Moment habe ich eine Gestalt in einer Kutte mit hochgeschlagener Kapuze in der Dunkelheit verschwinden sehen.«

»Und das war gegen halb zehn?«

»Oder etwas später. Möglicherweise war es um die Zeit, als Michael starb. Würde ich zur Überspanntheit neigen, so würde ich mich jetzt mit der Vorstellung quälen, ich hätte seinen Geist gesehen. Und Jennie meinte, das sei es auch gewesen, als ich es im Gutshaus erzählte. Die spinnt!«

Sie waren beinahe an der Haustür von »Haus Zuversicht« angelangt. Sie zögerte und sagte dann, wie er fand, ein wenig verlegen: »Ich hörte, Sie machen sich Gedanken wegen des aufgebrochenen Schreibtischs. Also, in der Nacht, bevor Michael aus der Klinik zurückkam, war das Schloß noch heil. Ich hatte nämlich keine Briefumschläge mehr, mußte aber dringend einen Brief schreiben. Da dachte ich, Michael wird wohl nichts dagegen haben, wenn ich mir einen aus seinem Schreibtisch hole. Aber der war abgeschlossen.«

Dalgliesh sagte: »Und aufgebrochen, als Ihr Bruder kurz nach der Entdeckung der Leiche nach dem Testament suchte.«

»Das behauptet er jedenfalls, Herr Kommissar.«

»Sie haben aber keinen Anhaltspunkt dafür, daß er ihn aufgebrochen hat?«

»Ich habe keinen Anhaltspunkt, daß überhaupt irgendwer ihn aufgebrochen hat. Das Cottage war voller Leute, die rein und raus rannten. Wilfred, die Hewsons, Helen, Dot, Philby, selbst Julius, mit dem er aus London zurückgekommen war, es ging zu wie auf einem Jahrmarkt. Alles, was ich weiß, ist, daß der Schreibtisch abends um neun am Tag vor Michaels Tod abgeschlossen war. Aber ich habe auch nicht den geringsten Zweifel, daß Wilfred sehr darauf erpicht war, das Testament in die Finger zu bekommen, um zu sehen, ob Michael wirklich alles, was er besaß, dem Heim vermacht hatte. Außerdem weiß ich ganz sicher, daß Michael das Schloß nicht selbst aufgebrochen hat.«

»Und woher wissen Sie das, Mrs. Hammitt?«

»Weil ich den Schlüssel gefunden habe, kurz nach dem Mittagessen an dem Tag, als die Leiche gefunden wurde. Und zwar da, wo Michael ihn wahrscheinlich immer aufbewahrt hat – in der alten Teebüchse auf dem zweiten Bord des Vorratsschranks. Ich dachte mir, er hätte sicher nichts dagegen, wenn ich die paar Lebensmittel, die er zurückgelassen hatte, an mich nehmen würde. Den Schlüssel steckte ich ein, damit er nicht verlorenging, wenn Dot das Cottage ausräumte. Schließlich ist dieser alte Schreibtisch ein wertvolles Stück, man muß nur das Schloß reparieren lassen. Ich hätte ihn zu mir hereingenommen, wenn Michael ihn nicht Grace vermacht hätte.«

»Demnach haben Sie den Schlüssel immer noch?«

»Natürlich. Niemand außer Ihnen hat je nach ihm gefragt. Doch da Sie sich so sehr für ihn zu interessieren scheinen, können Sie ihn ebensogut an sich nehmen.«

Sie steckte die Hand in die Rocktasche, und Dalgliesh fühlte, wie das kalte Metall in seine Hand gedrückt wurde. Sie hatte die Tür zu ihrem Cottage aufgemacht und nach dem Lichtschalter getastet. Er blinzelte in dem unverhofften Lichtschein und konnte ihn dann deutlich erkennen, einen kleinen silbernen Schlüssel, fein wie Filigranarbeit, doch jetzt mit einer dünnen Schnur an einer Plastklammer befestigt – einer Wäscheklammer von solch leuchtendem Rot, daß es eine Schrecksekunde lang so aussah, als sei seine Handfläche blutbefleckt.

# 5. KAPITEL
# Ein Akt der Gehässigkeit

## 1

Wenn Dalgliesh auf sein erstes Wochenende in Dorset zurückblickte, so zeigte ihm die Erinnerung eine Szenenfolge, die so verschieden war von den späteren Bildern des Todes und der Gewalt, daß er beinahe versucht war zu glauben, sein Aufenthalt auf Toynton habe sich auf zwei verschiedenen Ebenen und zu verschiedenen Zeiten abgespielt. Diese frühen, sanften Bilder waren – im Gegensatz zu den späteren krassen schwarzweißen Momentaufnahmen wie aus einem geschmacklosen Horrorfilm – voll Farbe, Atmosphäre und Duft. Er sah sich wieder durch das vom Meer überspülte Strandgeröll der Chesil-Bank waten und vernahm die lauten Schreie der Vögel und das Donnern der Brandung von dorther, wo Portlands dunkle Felsen in den Himmel ragten. In Gedanken erklomm er wieder die gewaltigen Wälle von Maiden Castle und stand – eine einsame, windgebeutelte Gestalt – in Gedanken versunken an dem Ort, wo rätselhafte Erdformen von viertausend Jahren menschlicher Geschichte erzählten. Er erinnerte sich an die Teemahlzeit in Judge Jeffreys Herberge in Dorchester und wie der heitere Herbstnachmittag dabei in die Dämmerung überging. An die nächtlichen Fahrten zwischen herabhängenden Farngewächsen und hohen unbeschnittenen Hecken hindurch bis zu irgendeiner fernen Dorfwiese, wo einen die hellerleuchteten Fenster eines Pub schon von weitem begrüßten.

Und spätabends dann, wenn er nicht mehr befürchten mußte, durch einen Besucher aus dem Gutshaus gestört zu werden, fuhr er zurück nach »Haus Hoffnung«, zu dem vertrauten, einladenden Geruch der Bücher und des Kaminfeuers. Einigermaßen überrascht stellte er fest, daß Millicent Hammitt ihrem Versprechen treu blieb, ihn nach jenem ersten Besuch nicht mehr zu stören. Er kam auch bald auf den Grund ihrer Zurückhaltung: sie war fernsehsüchtig. Wenn er auf dem Boden saß, seinen Wein trank und Pater Baddeleys Bücher ordnete, vernahm er durch den Kamin schwach die Begleitgeräusche ihres nächtlichen Zeitvertreibs – einen halb vertrauten musikalischen Reklameslogan, wechselndes Stimmengemurmel, peitschende Gewehrschüsse, Schreie, die schmetternde Fanfare, die den Spielfilm im Spätprogamm einleitete.

Er fühlte sich in einem Niemandsland zwischen altem und neuem Leben, so als sei er als Rekonvaleszent aller unangenehmen Pflichten und Entschuldigungen enthoben. Und den Gedanken an Gut Toynton und seine Bewohner fand er unangenehm. Was in seiner Macht stand, hatte er getan. Jetzt wartete er ab, was geschehen würde. Einmal fiel ihm beim Anblick von Pater Baddeleys Sessel die Entschuldigung des berühmten atheistischen Philosophen ein, von dem die Legende berichtet, daß er nach seinem Tod zu seiner eigenen Überraschung vor den Thron Gottes gerufen wird.

»Aber Herr, Du hast es versäumt, ausreichende Beweise Deiner Existenz zu liefern.«

Wenn Pater Baddeley wünschte, daß Dalgliesh etwas unternahm, würde er ihm stichhaltigere Anhaltspunkte liefern müssen als ein verschwundenes Tagebuch und einen aufgebrochenen Schreibtisch.

Er erwartete keine Briefe außer Bill Moriartys Antwort, da er die Anweisung hinterlassen hatte, die Post nicht nachzuschicken. Und er hatte sich vorgenommen, Bills Brief persönlich vom Briefkasten abzuholen. Aber er traf schon am Montag ein, einen Tag früher, als Dalgliesh überhaupt für möglich gehalten hatte. Er hatte den Vormittag im Cottage zugebracht und war erst nach dem Mittagessen gegen halb drei zum Briefkasten spaziert, um die Milchflaschen zum Abholen bereitzustellen.

Im Briefkasten befand sich ein einzelner Brief, ein einfacher Umschlag mit dem Stempel des Londoner Postbezirks West Central. Die getippte Adresse verschwieg Dalglieshs Rang. Moriarty war vorsichtig gewesen. Aber als Dalgliesh mit dem Daumen unter die Lasche fuhr, fragte er sich, ob er selbst vorsichtig genug gewesen war. Es gab keine sichtbaren Anzeichen dafür, daß der Brief erbrochen worden war. Die Lasche war intakt. Doch die Gummierung war verdächtig schwach und gab unter dem Druck seines Daumens ein wenig zu leicht nach. Außerdem war der Kasten leer gewesen bis auf diesen einen Brief. Irgend jemand, wahrscheinlich Philby, mußte die Gutspost schon abgeholt haben. Merkwürdig war nur, daß er diesen Brief nicht in »Haus Hoffnung« abgeliefert hatte. Vielleicht hätte ihn sich Dalgliesh lieber postlagernd nach Dorf Toynton oder nach Wareham schicken lassen sollen. Der Gedanke, daß er möglicherweise eine Unvorsichtigkeit begangen hatte, ärgerte ihn. Die Wahrheit ist, dachte er, daß ich nicht weiß, wonach ich eigentlich suche und mich überhaupt nur sehr wechselhaft für die ganze Sache interessiere. Ich habe keine Lust, den Job richtig in Angriff zu nehmen, und auch nicht den Willen oder den Mut, ihn völlig zu ignorieren. In seiner augenblicklichen Verfassung fand er Bills Briefstil noch aufreizender als gewöhnlich.

»Nett, wieder einmal Deine elegante Handschrift zu sehen. Es herrscht hier allgemeine Erleichterung, daß die Berichte über Dein drohendes Dahinscheiden übertrieben waren. Wir legen die Kranzspenden beiseite für eine Party zur Feier Deiner Genesung. Doch in welcher geheimen Mission bist Du eigentlich in Dorset unter einer so fragwürdigen Gruppe von schrägen Vögeln? Wenn Du dich nach Arbeit sehnst, so darf ich Dir sagen, daß wir hier genug davon anzubieten haben.

Doch jetzt zu den Informationen. Zwei Exemplare aus Deiner Kollektion sind vorbestraft. Anscheinend weißt Du schon etwas über Philby. Zwei Haftstrafen wegen schweren Einbruchdiebstahls 1967 und 1969, vier weitere wegen einfachen Diebstahls 1970, dazu eine Reihe kleinerer Delikte. Das einzig Außergewöhnliche an Philbys krimineller Laufbahn ist die Nachsicht, mit der die Richter ihn behandelten. In Anbetracht seiner Polizeiakte bin ich aber nicht besonders überrascht. Sie hielten es wahrscheinlich für ungerecht, einen Mann allzu hart zu bestrafen, der lediglich die einzige Laufbahn eingeschlagen hatte, die seine Physiognomie und seine Talente ihm offenließen. Es gelang mir sogar, mich kurz mit der Organisation ›Offene Tür‹ über ihn in Verbindung zu setzen. Sie streiten nicht ab, daß er ein schwieriger Kunde ist, meinen jedoch, wenn man ihm ein bißchen Zuneigung entgegenbringt, kann er treu ergeben sein. Paß nur gut auf, daß er keine Vorliebe für Dich entwickelt.

Millicent Hammitt mußte 1966 und 1968 wegen Ladendiebstahls vor dem Friedensrichter in Cheltenham erscheinen. Im ersten Fall bediente man sich der üblichen Verteidigung – klimakterische Beschwerden – mit dem Erfolg, daß sie lediglich zu einer Geldstrafe verurteilt wurde. Sie hatte Glück, daß sie auch beim zweitenmal glimpflich davonkam. Damals war ihr Mann, ein Major i.R., gestorben, und das Gericht zeigte Mitleid. Wahrscheinlich spielten auch Wilfreds Versicherungen eine Rolle, sie werde künftig bei ihm auf Gut Toynton wohnen, wo er sie im Auge behalten könne. Seither ist nichts Einschlägiges mehr bekannt geworden, deshalb nehme ich an, daß entweder Ansteys Überwachungssystem funktioniert oder daß die Ladenbesitzer in Purbeck leichter mal ein Auge zudrücken oder daß Mrs. Hammitt mittlerweile mehr Geschicklichkeit im Entwenden der Waren entwickelt hat.

Das ist alles, was offiziell bekannt ist. Die übrigen sind unbeschriebene Blätter, zumindest was die Polizeiakten betrifft. Falls Du jedoch auf der Suche nach einem interessanten Gauner bist – und ich glaube kaum, daß Adam Dalgliesh seine Talente an einen Albert Philby vergeudet –, dann kann ich Dir Julius Court ans Herz legen. Ein Bekannter von mir im Auswärtigen Amt hat mich über ihn informiert. Court ist ein kluger Kopf. Er stammt aus Southsea, besuchte dort das Gymnasium und ging nach der Universität in den Diplomatischen Dienst, ausgestattet mit all dem üblichen eleganten Zubehör, doch ziemlich knapp bei Kasse. Er war an der Pariser Botschaft, als er 1970 als Zeuge in dem berüchtigten Mordprozeß auftrat, in dem Alain Michonnet angeklagt war, den Rennfahrer Poitaud ermordet zu haben. Vielleicht erinnerst Du dich an den Fall. Er wurde in der englischen Presse ziemlich breitgetreten. Die Sache schien ziemlich klarzusein, und die französische Polizei leckte sich schon die Lippen bei dem Gedanken, Michonnet festnageln zu können. Er ist der Sohn von Theo d'Estier Michonnet, dem Besitzer einer chemischen Fabrik in der Nähe von Marseille, und sie hatten *père* und *fils* schon seit längerer Zeit im Auge. Doch Court verschaffte seinem Kumpel ein Alibi. Das Komische daran ist, daß sie noch nicht einmal so sehr befreundet waren – Michonnet ist entschieden heterosexuell, wie die Medien des langen und breiten veranschaulichen konnten – und das abscheuliche Wort ›Erpressung‹ machte in der Botschaft die Runde. Es gab keinen, der Courts Aussage geglaubt hätte, aber auch keinen, der sie erschüttern konnte. Mein Informant glaubt, daß hinter Courts Verhalten nichts weiter steckt als der Wunsch, sich einen Spaß zu machen und seinen Vorgesetzten Rätsel aufzugeben. Falls er das wirklich beabsichtigt hatte, ist es ihm voll und ganz gelungen. Acht Monate darauf starb passenderweise sein Patenonkel und hinterließ ihm 30 000 Pfund, woraufhin er den Dienst quittierte. Man sagt, er habe sein Geld klug angelegt. Es ist, wie man so sagt, nichts Nachteiliges über ihn bekannt, außer seiner Neigung, seinen Freunden gegenüber etwas zu gefällig zu sein. Doch überlasse ich es Dir, welchen Wert Du der Geschichte beimessen willst.«

Dalgliesh faltete den Brief zusammen und steckte ihn in die Jackentasche. Er fragte sich, wieviel von seinem Inhalt auf Gut Toynton bekannt war. Daß Julius Court sich deswegen graue Haare wachsen ließ, war unwahrscheinlich. Seine Vergangenheit war seine eigene Angelegenheit; er war nicht abhängig von Wilfreds erdrückender Zuneigung. Millicent Hammitt jedoch war Anstey zweifach zu Dank verpflichtet. Er fragte sich, wer außer Wilfred noch von ihrem zweimaligen Straucheln wissen mochte? Wieviel würde es ihr ausmachen, wenn die Geschichte auf Gut Toynton allgemein bekannt würde? Er dachte erneut, wieviel besser es gewesen wäre, sich den Brief postlagernd schicken zu lassen.

Ein Auto näherte sich ihm. Er sah auf. Es war ein Mercedes, der in hohem Tempo die Küstenstraße entlanggeschossen kam. Der Fahrer trat auf die Bremse, und der Wagen kam schleudernd zum Stehen, die vordere Stoßstange nur wenige Zentimeter vom Tor entfernt. Julius schälte sich aus dem Wagen, riß am Tor und rief Dalgliesh zu: »Der schwarze Turm brennt: Ich habe von der Küstenstraße aus den Rauch gesehen. Haben Sie eine Hacke in ›Haus Hoffnung‹?« Dalgliesh stemmte sich mit der Schulter gegen das Tor. »Ich glaube nicht. Es gibt ja keinen Garten dort. Aber im Schuppen habe ich einen Besen entdeckt.«

»Besser als gar nichts. Macht es Ihnen etwas aus mitzukommen? Zwei sind besser als einer.«

Dalgliesh stieg in den Wagen. Sie ließen das Tor offen. Julius fuhr zu »Haus Hoffnung«, ohne Rücksicht auf die Federung seines Wagens oder die Nerven seines Beifahrers zu nehmen. Er öffnete den Kofferraum, während Dalgliesh zu dem Schuppen im Hof rannte. Dort stand inmitten der Hinterlassenschaften früherer Bewohner der Besen, an den er sich erinnert hatte, außerdem lagen da noch zwei alte Säcke und überraschenderweise ein alter Schäferstab. Er warf alles in den geräumigen Kofferraum. Julius hatte schon gewendet. Der Wagen stand mit laufendem Motor zur Weiterfahrt bereit. Dalgliesh stieg ein, und der Mercedes schoß nach vorn.

Als sie auf die Küstenstraße einbogen, fragte Dalgliesh: »Wissen Sie, ob jemand im Turm ist? Anstey vielleicht?«

»Es könnte sein. Deshalb mache ich mir ja solche Sorgen. Er ist der einzige, der noch hingeht. Und ich kann mir nicht vorstellen, wie das Feuer sonst entstanden sein könnte. Wir kommen auf diesem Weg dem Turm am nächsten, allerdings müssen wir noch ein Stück zu Fuß durchs Gelände. Ich habe es vorhin, als ich das

Feuer bemerkte, gar nicht erst versucht. Es hat keinen Wert, ohne irgendwelche Hilfsmittel löschen zu wollen.«

Seine Stimme war nervös, an seinen Händen auf dem Lenkrad traten weiß die Knöchel hervor. Im Rückspiegel sah Dalgliesh, daß seine Pupillen groß und glänzend geworden waren. Die dreieckige, normalerweise fast unsichtbare Narbe über dem rechten Auge zeichnete sich deutlicher ab und hatte eine dunkle Färbung angenommen. Darüber konnte er den heftig klopfenden Schläfenpuls erkennen. Er sah auf das Tachometer. Sie fuhren mit einer Geschwindigkeit von über hundert, aber der Mercedes lag dank der Gewandtheit seines Fahrers sicher auf der schmalen Straße. Jetzt beschrieb der Weg eine Kurve, stieg an, und für einen kurzen Moment konnten sie den Turm sehen. Aus den zerbrochenen Scheiben der schießschartigen Fenster unter dem Kuppeldach drangen Rauchwölkchen, als würden aus Miniatur-Kanonen Breitseiten abgefeuert. Sie wirbelten fröhlich durch die Luft, bis der Wind sie vollends zerfetzte. Das Ganze wirkte malerisch und so harmlos wie eine kindliche Spielerei. Dann fiel die Straße wieder ab, und der Turm war nicht mehr zu sehen.

Die Küstenstraße, die lediglich Platz für ein einzelnes Auto bot, war zur See hin von einer verfallenen Steinmauer begrenzt. Julius kannte den Weg offenbar sehr gut. Er hatte den Wagen nach links gezogen, bevor Dalgliesh überhaupt die schmale Öffnung bemerkt hatte. Der Wagen kam mit heftigem Stoß in einem tiefen Schlagloch hinter dem Durchlaß zum Stehen. Dalgliesh ergriff den Stab und die Säcke, Julius den Besen, und mit dieser lächerlichen Last rannten sie so schnell es ging querfeldein. Der Boden war uneben. Jetzt schien der Turm hinter endlosen Geröllfeldern fast ganz aus ihrem Gesichtsfeld zu verschwinden. Dann standen sie plötzlich vor ihm.

Beißender Rauch wälzte sich in Schwaden aus der halb offenen Tür. Dalgliesh stieß sie weit auf und sprang zur Seite, als die gestaute Masse herausquoll. Unter plötzlichem Getöse begannen Flammen nach ihm zu lecken. Er riß mit dem Schäferstab das brennende Zeug aus dem Turm heraus; einiges war noch zu erkennen – langstieliges vertrocknetes Gras, Heu, Tauenden, die Überreste eines alten Polstersessels – der Müll aus all den Jahren, als das Gebiet noch allgemein zugänglich gewesen war und der schwarze Turm, damals noch unverschlossen, als Unterstand für Schäfer oder als Nachtquartier für durchziehende Landstreicher gedient hatte. Während Dalgliesh die riechenden Klumpen herauszerrte, hörte er hinter sich Julius sie mit wütenden Schlägen ersticken. Kleine Brände loderten ab und zu wieder auf und krochen wie rote Zungen durch das Gras.

Sobald der Eingang freigeräumt war, stürzte Julius hinein ud brachte mit Hilfe der beiden Säcke die schwelenden Gras- und Heureste zum Erlöschen. Dalgliesh sah die rauchumflossene Gestalt hustend und keuchend hin und her taumeln. Er kriegte Julius zu fassen, zog ihn ohne viel Federlesens wieder heraus und sagte: »Bleiben Sie hier, bis ich alles freigeräumt habe. Ich möchte mich nicht mit zweien abplacken müssen.«

»Aber er ist da drin! Ich weiß es genau. Er muß da drin sein. O Gott! Der verdammte Narr!«

Das letzte glimmende Grasbüschel war jetzt beiseite geräumt. Julius stieß Dalgliesh beiseite und stürzte die steinerne Wendeltreppe hinauf, die längs der Außenmauer nach oben führte. Dalgliesh folgte ihm. Eine Holztür zu einer nach der Turmmitte zu gelegenen Kammer stand offen. Der Raum hatte kein Fenster, doch trotz Rauch und Finsternis konnte man die zusammengesunkene Gestalt erkennen, die an der hinteren Wand kauerte. Sie hatte sich die Kapuze der Mönchskutte über den Kopf gezogen und sich tief in die Falten des Gewandes eingemummt wie ein Pennbruder gegen die nächtliche Kälte. Julius' fieberhaft suchende Hände versanken haltlos in den Falten. Dalgliesh hörte ihn fluchen. Es dauerte einige Sekunden, bis Ansteys Arme freigelegt waren; gemeinsam zogen sie den regiosen Körper zur Tür und manövrierten ihn die enge Treppe hinunter und hinaus an die frische Luft.

Sie legten ihn bäuchlings ins Gras. Dalgliesh hatte sich neben ihn gekniet und wollte ihn gerade umdrehen, um mit der künstlichen Beatmung zu beginnen, als Anstey langsam beide Arme ausstreckte, um danach in einer Stellung liegen zu bleiben, die sowohl theatralisch als auch ein wenig blasphemisch wirkte. Erleichtert, seinen Mund jetzt nicht mehr auf den Ansteys pressen zu müssen, stand Dalgliesh auf. Anstey zog die Knie an und verfiel in einen krampfhaften, keuchenden Husten. Er drehte den Kopf zur Seite und blieb mit der Wange auf dem Boden liegen. Der feuchte Mund, der Speichel und Magensaft aushustete, schien am Gras zu saugen, als giere er nach Nahrung. Dalgliesh und Court knieten nieder und richteten Wilfred gemeinsam auf. Er sagte schwach: »Es geht mir gut. Es geht mir gut.«

Dalgliesh fragte: »Der Wagen steht auf der Küstenstraße. Können Sie gehen?«

»Ja. Ich sage doch, es geht mir gut. Es geht mir gut.«

»Wir haben Zeit. Ruhen Sie sich lieber noch etwas aus, bevor wir aufbrechen.«

Sie lehnten ihn gegen einen der großen Felsbrocken, und dort, nur ein Stück weit von ihnen entfernt, blieb er sitzen, noch immer konvulsivisch hustend, den Blick aufs Meer hinausgerichtet. Julius ging dicht am Felsabsturz ruhelos auf und ab, als ärgere er sich über die vertane Zeit. Der Wind zerstreute langsam den Brandgeruch.

Nach fünf Minuten rief Dalgliesh: »Sollen wir jetzt los?«

Ohne ein weiteres Wort richteten beide zusammen Anstey auf und stützten ihn auf dem Weg zum Wagen.

# 2

Keiner sprach auf der Fahrt zurück zum Gut. Wie gewöhnlich hatte man beim Eintreten den Eindruck, als sei das Haus unbewohnt, die Halle war leer und unnatürlich still. Doch Dorothy Moxons scharfes Gehör mußte den Wagen registriert haben, vielleicht vom Behandlungszimmer aus, das nach vorn hinaus lag. Sie erschien fast augenblicklich oben auf der Treppe.

»Was ist los? Was ist passiert?«

Julius wartete, bis sie heruntergekommen war und sagte dann ruhig: »Es ist alles in Ordnung. Wilfred brachte es fertig, den schwarzen Turm in Brand zu stekken, während er selbst noch drin war. Er ist nicht verletzt, steht nur noch unter Schock. Außerdem war der Rauch nicht gerade gut für seine Lungen.«

Sie blickte anklagend von Dalgliesh zu Julius, als seien sie schuld an dem Vorfall, legte in einer glühend mütterlichen Geste beide Arme um Anstey und begann ihn sanft die Treppe hinaufzubugsieren, indem sie ihm in monotonem Singsang ermutigende und beschwörende Worte ins Ohr sprach, die Dalgliesh wie Koseworte anmuteten. Ihm fiel auf, daß Anstey jetzt weniger in der Lage zu sein schien, sich aufrecht zu halten als draußen, die beiden kamen nur langsam vorwärts. Aber als Julius seine Hilfe anbieten wollte, wies ihn ein Blick von Dorothy Moxon zurück. Mit Mühe manövrierte sie Anstey in sein kleines, weißgetünchtes Schlafzimmer im hinteren Teil des Hauses und half ihm auf das schmale Bett. Dalgliesh machte rasch eine heimliche Bestandsaufnahme des Zimmers. Es entsprach weitgehend seinen Erwartungen. Ein kleiner Tisch und ein Sessel unter dem Fenster zum Patientenhof hinaus. Ein gut bestückter Bücherschrank. Eine Teppichbrücke vor dem Bett, ein Kruzifix darüber. Ein Nachttisch mit schlichter Lampe und eine Wasserkaraffe. Die dicke Matratze gab jedoch sanft nach, als Wilfred sich auf sie fallen ließ. Das Handtuch, das neben dem Waschbecken hing, vermittelte den Eindruck von luxuriöser Weichheit. Der einfach gemusterte Bettvorleger wirkte nicht gerade billig oder fadenscheinig. Der mit einer Kapuze besetzte Morgenrock aus weißem Handtuchstoff, der hinter der Tür hing, sah einfach, ja beinahe streng aus. Dalgliesh zweifelte jedoch nicht daran, daß er sich auf der Haut angenehm weich anfühlte. Dies hier mochte zwar eine Mönchszelle sein, es fehlte jedoch keine der wesentlichen Annehmlichkeiten.

Wilfred schlug die Augen auf und heftete seinen durchdringenden Blick auf Dorothy Moxon. Dalgliesh fand es interessant, wie er es fertigbrachte, Demut und Autorität in einem Ausdruck zu vereinen. Er streckte bittend die Hand aus. »Ich möchte mit Julius und Adam allein sprechen, Dot, Liebes. Nur einen Moment. Würde es dir etwas ausmachen?«

Sie machte den Mund auf, schloß ihn wieder, stampfte dann wortlos hinaus und zog hart die Tür hinter sich zu. Wilfred schloß wieder die Augen und schien sich innerlich vom Geschehen zurückzuziehen. Julius besah sich seine Hände. Seine rechte Handfläche war rot und geschwollen, und in der Höhlung zwischen Daumen und Zeigefinger hatte sich eine Blase gebildet. Er sagte erstaunt: »Komisch! Ich habe mir die Hand verbrannt. Vorhin habe ich nichts davon gemerkt. Und jetzt fängt es an, höllisch weh zu tun.«

Dalgliesh sagte: »Sie sollten sich von Miss Moxon verbinden lassen. Und es wäre auch bestimmt nicht schlecht, wenn Hewson sich die Sache mal ansieht.«

Julius nahm ein Taschentuch aus der Hosentasche, benetzte es mit kaltem Wasser und band es ungeschickt um die Hand. Er sagte: »Das kann warten.«

Die Schmerzen schienen seine Laune verdüstert zu haben. Er stand über Wilfred gebeugt und sagte unwirsch: »Jetzt, wo tatsächlich ein Anschlag auf dein Leben verübt worden ist und du verdammt knapp davongekommen bist, nehme ich an, daß du endlich wenigstens dieses eine Mal vernünftig handeln und die Polizei holen wirst.«

Wilfred öffnete nicht die Augen, sondern sagte nur mit schwacher Stimme: »Wir haben doch einen Polizisten hier.«

Dalgliesh sagte: »Mich dürfen Sie nicht zählen. Ich kann keine offizielle Ermittlung für Sie durchführen. Court hat recht, das ist eine Sache für die hiesige Polizei.«

Wilfred schüttelte den Kopf. »Es gibt nichts, was ich ihnen erzählen könnte. Ich ging zum schwarzen Turm, weil ich über bestimmte Dinge in Ruhe nachdenken wollte. Es ist der einzige Ort, wo ich völlig allein sein kann. Ich rauchte. Du weißt, wie ihr euch alle über meine übelriechende alte Pfeife beklagt. Ich erinnere mich, daß ich sie an der Wand ausklopfte, als ich hinaufstieg. Sie muß noch nicht ganz aus gewesen sein. Das trockene Gras und das ganze andere Zeug müssen natürlich wie Zunder gebrannt haben.«

Julius sagte grimmig: »Sehr richtig. Und die Tür nach draußen? Vermutlich hast du vergessen, sie hinter dir zuzumachen trotz deines ständigen Theaters, niemals den schwarzen Turm offenstehen zu lassen. Ihr seid wirklich eine ziemlich nachlässige Bande auf Toynton. Lerner vergißt, die Bremsen eines Rollstuhls nachzuschaun, Ergebnis – Holroyd stürzt ab. Du klopfst deine Pfeife direkt über einem Haufen von strohtrockenem alten Zeug aus und läßt zu allem Überfluß noch die Tür offen, um auch ja für Zugluft zu sorgen – es fehlte verdammt wenig, und du hättest dich selbst auf einem Brandaltar geopfert.«

Anstey sagte: »Ich ziehe vor zu glauben, daß es sich so abgespielt hat.«

Dalgliesh warf ein: »Vermutlich gibt es noch einen zweiten Schlüssel für den Turm. Wo wird er aufbewahrt?«

Wilfred schlug die Augen auf und starrte ins Leere, als distanziere er sich von diesem doppelten Verhör. »Er hängt an dem Schlüsselbrett im Geschäftszimmer. Es war Michaels Schlüssel, den ich nach seinem Tod hierher zurückbrachte.«

»Und jeder weiß, wo er hängt?«

»Ich glaube schon. Alle Schlüssel werden dort aufbewahrt, und der zum Turm hat eine ziemlich auffällige Form.«

»Wie viele Leute auf dem Gut wußten, daß Sie die Absicht hatten, sich heute nachmittag im Turm aufzuhalten?«

»Alle wußten es. Nach dem Essen sagte ich ihnen, was ich vorhatte. Das tue ich immer. Die Leute müssen wissen, wo sie mich in einem Notfall erreichen können. Alle waren da außer Maggie und Millicent. Doch was Sie da andeuten ist lächerlich.«

»Ist es das wirklich?« fragte Dalgliesh.

Bevor er reagieren konnte, war Julius, der näher an der Tür stand, hinausgeschlüpft. Sie warteten schweigend. Knapp zwei Minuten später kam er zurück. Er sagte mit grimmiger Genugtuung: »Das Geschäftszimmer ist leer, und der Schlüssel fehlt. Das bedeutet, daß, wer auch immer ihn genommen hat, er noch keine Gelegenheit hatte, ihn wieder hinzuhängen. Nebenbei gesagt, schaute ich auf dem Rückweg bei Dot rein. Sie lauert in ihrer chirurgischen Hexenküche und sterilisiert Instrumente wie für eine größere Operation. Sie behauptet, ununterbrochen von zwei Uhr bis etwa fünf Minuten, bevor wir zurückkamen, im Geschäftszimmer gewesen zu sein. Sie kann sich nicht erinnern, ob der Schlüssel zum Turm am Schlüsselbrett hing. Sie habe nicht darauf geachtet. Ich fürchte, ich habe sie mißtrauisch gemacht, Wilfred, doch es erschien mir wichtig, einige Tatsachen zu klären.«

Dalgliesh dachte, daß die Tatsachen auch ohne direkte Befragung hätten geklärt werden können. Doch jetzt war es zu spät, diskretere Untersuchungsmethoden anzuregen, und überhaupt würden weder sein Herz noch sein Magen mitmachen, wollte er versuchen, eine solche Ermittlung durchzuführen. Er hatte ganz bestimmt nicht den Wunsch, seine Kenntnisse der herkömmlichen Detektivarbeit gegen Julius' enthusiastischen Dilettantismus auszuspielen. Trotzdem erkundigte er sich: »Erwähnte Miss Moxon, ob irgend jemand in das Geschäftszimmer kam, während sie dort war? Möglicherweise wurde der Versuch gemacht, den Schlüssel zurückzuhängen.«

»Ihrem Bericht nach ging es in dem Zimmer – untypischerweise – zu wie auf einem Bahnhof. Henry kam kurz nach zwei in seinem Rollstuhl herein, verschwand aber gleich wieder. Ohne Erklärung. Millicent schaute vor etwa einer halben Stunde vorbei. Wie sie sagte, war sie auf der Suche nach dir, Wilfred. Dennis kam ein paar Minuten später, um eine Telefonnummer nachzuschlagen. Maggie kam, kurz bevor wir eintrafen. Wieder keine Erklärung. Sie blieb nicht, aber sie fragte Dot, ob sie Eric gesehen habe. Die einzige sichere Schlußfolgerung ist, daß Henry zur fraglichen Zeit nicht in der Nähe des Turms gewesen sein kann. Aber schließlich wissen wir ja auch so, daß er nicht in Frage kommt. Wer auch immer das Feuer gelegt hat, muß über ein Paar sehr gesunder Beine verfügen.«

Das können seine eigenen sein oder die eines anderen, dachte Dalgliesh.

Er sprach erneut direkt die stille Gestalt im Bett an. »Haben Sie irgend jemanden gesehen, als Sie im Turm waren, entweder vor oder nach Ausbruch des Feuers?«

»Ich glaube, ja.«

Nach einem Blick zu Julius fuhr er hastig fort: »Ich bin sicher, ich habe jemanden gesehen, doch nur sehr kurz. Als das Feuer ausbrach, saß ich am Südfenster, dem mit Blick auf das Meer. Ich roch Rauch und ging hinunter in die Kammer. Ich öffnete die Tür zum unteren Teil des Turms und sah das schwelende Heu und plötzlich eine Feuerzunge. Zu dem Zeitpunkt wäre ich noch hinausgekommen, doch wurde ich von der Panik überwältigt. Ich habe entsetzliche Angst vor Feuer. Es ist eine irrationale Furcht. Vermutlich könnte man sie als Phobie bezeichnen. Jedenfalls stolperte ich feige in den obersten Raum zurück und fing an, von Fenster zu Fenster zu rennen und hoffnungslos nach Hilfe Ausschau zu halten. Zu dem Zeitpunkt sah ich dann – falls es keine Halluzination war – eine Gestalt in einer braunen Kutte, die zwischen den Felsen in südwestlicher Richtung verschwand.«

Julius sagte: »Wo sie unerkannt entweder zur Straße hin oder über die Felsen hinunter zum Strand entkommen konnte. Vorausgesetzt, die Gestalt war wendig genug für den Felsenpfad. Was war es überhaupt, ein Mann oder eine Frau?«

»Einfach eine Gestalt. Ich konnte nur einen kurzen Blick auf sie werfen. Ich schrie, doch mußte ich gegen den Wind ankommen, und er – ich kam gar nicht auf die Idee, es könnte eine Frau sein – hörte mich auch offensichtlich nicht.«

»Dann denke doch einmal nach. Die Kapuze hatte er oder sie doch bestimmt aufgesetzt?«

»Ja. Ja, das stimmt.«

»Und das an einem warmen Nachmittag! Du kannst dir selbst einen Reim darauf machen, Wilfred. Übrigens hängen im Geschäftszimmer drei braune Kutten. Ich suchte in den Taschen nach dem Schlüssel. Deshalb weiß ich es. Drei Kutten. Wie viele hast du insgesamt?«

»Acht leichte für den Sommer. Sie hängen immer im Geschäftszimmer. Meine hat ziemlich andersartige Knöpfe, doch sonst sind sie alle gleich. Es ist uns eigentlich ziemlich egal, welche wir anziehen.«

»Du hast deine an, Dennis und Philby tragen vermutlich jeder auch eine. Das bedeutet zwei weniger.«

»Eric trägt vielleicht eine, er macht das ab und zu. Und Helen zieht manchmal eine über, wenn es ein kalter Tag ist. Ich glaube mich auch zu erinnern, daß eine gerade im Nähzimmer ausgebessert wird. Außerdem glaube ich, daß eine kurz vor Michaels Tod verschwunden ist, aber ich bin mir nicht sicher. Vielleicht ist sie wieder aufgetaucht. Wir zählen eigentlich nie nach.«

Julius sagte: »Es ist also praktisch unmöglich, festzustellen, ob eine fehlt. Mr. Dalgliesh, ich glaube, wir sollten an diesem Punkt einhaken. Falls sie bis jetzt noch keine Gelegenheit hatte, den Schlüssel zurückzuhängen, hat sie wahrscheinlich die Kutte noch bei sich.«

Dalgliesh sagte: »Wir haben keinen Anhaltspunkt, daß es eine Frau war. Und warum sich so auf die Kutte versteifen? Man könnte sie überall auf dem Gut loswerden, ohne Verdacht zu erregen.«

Anstey richtete sich halb auf und sagte mit unerwarteter Härte: »Nein, Julius, ich verbiete es! Ich will nicht, daß die Leute ausgefragt und ins Kreuzverhör genommen werden. Es war ein Unfall.«

Julius, der seine Rolle als Großinquisitor zu genießen schien, sagte: »In Ordnung. Es war also ein Unfall. Du hast vergessen, die Tür zu schließen. Du hast deine Pfeife ausgeklopft, obwohl sie noch nicht ganz aus war, und hast damit das Feuer entzündet. Die Gestalt, die du gesehen hast, war einfach irgendwer vom Gut, der einen harmlosen Spaziergang machte, ein bißchen zu warm angezogen für die Jahreszeit und anscheinend so versunken in die Schönheit der Natur, daß er oder sie weder deinen Schrei hörte noch das Feuer roch oder den Rauch bemerkte. Was geschah dann?«

»Du meinst, nachdem ich die Gestalt gesehen hatte? Nichts. Ich sah natürlich ein, daß ich nicht durch die Fenster entkommen konnte, und kletterte wieder in die Kammer hinunter. Ich öffnete die Tür zum unteren Teil des

Turms. Das letzte, an das ich mich erinnere, war eine gewaltige Rauchwolke und ein Flammenmeer. Der Rauch schnürte mir den Atem ab. Und ich hatte das Gefühl, als ob die Flammen mir die Augen versengten. Ich hatte nicht einmal mehr Zeit, die Tür wieder zu schließen, da war ich schon von Panik überwältigt. Vermutlich hätte ich beide Türen fest verschlossen halten und einfach abwarten sollen. Doch es ist nicht leicht, vernünftige Entscheidungen zu treffen, wenn man in Panik ist.«

Dalgliesh fragte: »Wie viele Leute hier wußten, daß Sie diese abnorme Furcht vor Feuer haben?«

»Die meisten von ihnen ahnen es, würde ich sagen. Sie wissen vielleicht nicht, wie ausgeprägt diese fixe Idee bei mir ist, doch wissen sie auf alle Fälle, wie sehr mich die Vorstellung von Feuer beunruhigt. Ich bestehe darauf, daß alle Patienten im Erdgeschoß schlafen. Ich mache mir auch immer Sorgen wegen des Krankenzimmers und habe Henry nur widerstrebend ein Zimmer im oberen Stockwerk gegeben. Doch irgendwer muß im Haupttrakt des Hauses schlafen, und das Krankenzimmer muß in der Nähe des Behandlungszimmers und der Schwesternschlafzimmer liegen, für den Fall, daß nachts einmal ein Notfall auftritt. Es ist ja an sich ein Zeichen von Vernunft und Umsicht, in einem Heim wie diesem Angst vor Feuer zu haben. Doch Umsicht ist natürlich weit entfernt von dem panischen Entsetzen, das mich beim Anblick von Rauch und Flammen überkommt.«

Er griff sich mit einer Hand an die Stirn, und es war zu sehen, daß er zitterte. Julius betrachtete die zuckende Gestalt mit beinahe klinischem Interesse.

Dalgliesh sagte: »Ich hole Miss Moxon.«

Er war noch nicht an der Tür, als Anstey bereits eine Hand ablehnend vorstreckte. Sie sahen, daß das Zittern aufgehört hatte. Er sah Julius an und sagte: »Du glaubst doch auch, daß die Arbeit, die ich hier mache, sinnvoll ist?«

Dalgliesh fragte sich, ob nur ihm aufgefallen war, daß Julius den Bruchteil einer Sekunde zögerte, bevor er gleichmütig antwortete: »Natürlich.«

»Du sagst das nicht nur so, um mich zu beruhigen, du glaubst es wirklich?«

»Sonst würde ich es nicht sagen.«

»Natürlich nicht, verzeih! Und du stimmst mir auch zu, daß das Werk wichtiger ist als der einzelne Mensch?«

»Das ist schwieriger. Ich könnte argumentieren, daß das Werk und der Mensch identisch sind.«

»Das trifft hier nicht zu. Das Heim ist jetzt fest etabliert. Es könnte notfalls auch ohne mich funktionieren.«

»Natürlich könnte es das, wenn es entsprechend subventioniert wird und die Sozialämter weiterhin Vertragspatienten schicken. Aber das Heim muß nicht ohne dich weitermachen, wenn du dich vernünftig verhältst, anstatt den zaudernden Helden eines drittklassigen Fernsehdramas zu mimen. Das paßt einfach nicht zu dir, Wilfred.«

»Ich versuche, vernünftig zu sein, und nicht, mich als Held aufzuspielen. Du weißt, daß es mit meinem Mut nicht weit her ist. Das ist eine Tugend, die mir zu meinem eigenen Leidwesen versagt geblieben ist. Ihr beide besitzt sie – nein, keine Widerrede. Ich weiß es, und ich beneide euch darum. Aber in dieser Situation brauche ich nicht wirklich mutig zu sein. Versteht mich doch, ich kann einfach nicht glauben, daß jemand es darauf angelegt haben sollte, mich umzubringen.«

Er wandte sich an Dalgliesh. »Erklären Sie es ihm, Adam. Ihnen ist sicher klar, worauf ich hinauswill.«

Dalgliesh sagte vorsichtig: »Man könnte vorbringen, daß keiner der beiden Versuche ernst gemeint war. Das angekerbte Kletterseil? Das war wohl kaum eine besonders sichere Methode – den meisten hier ist doch klar, daß Sie keine Klettertour unternehmen würden, ohne vorher Ihre Ausrüstung zu überprüfen. Außerdem ist bekannt, daß Sie ganz sicher keine Tour allein unternehmen würden. Die kleine Scharade von heute nachmittag? Wahrscheinlich wären Sie absolut sicher gewesen, wenn Sie beide Türen geschlossen hätten und im oberen Raum geblieben wären. Unangenehm heiß, wahrscheinlich aber keine wirkliche Gefahr. Das Feuer wäre mit der Zeit von selbst ausgegangen. Es war der Umstand, daß Sie die mittlere Tür aufgemacht und eine Lunge voll Rauch eingeatmet haben, was Sie beinahe das Leben gekostet hätte.«

Julius sagte: »Aber angenommen, das Gras hätte wie toll gebrannt und die Flammen hätten auf den Holzboden des ersten Stockwerks übergegriffen? Der ganze Mittelteil des Turms wäre in Sekundenschnelle in Flammen aufgegangen. Das Feuer hätte das obere Zimmer erreicht, und wenn dieser Fall eingetreten wäre, hätte dich nichts mehr retten können.«

Er wandte sich an Dalgliesh: »Stimmt das nicht?«

»Wahrscheinlich schon. Das ist auch der Grund, warum Sie es der Polizei erzählen sollten. Einen Spaßvogel, der solche Risiken eingeht, sollte man ernst nehmen. Das nächste Mal ist vielleicht niemand zur Stelle, um Sie zu retten.«

»Ich glaube nicht, daß es ein nächstes Mal geben wird. Ich glaube, ich weiß, wer für die Sache verantwortlich ist. Ich bin nicht ganz so dumm, wie es aussieht. Ich verspreche, daß ich mich um die Sache kümmern werde. Ich habe so ein Gefühl, als ob die betreffende Person nicht mehr lange bei uns sein wird.«

Julius sagte: »Du bist nicht unsterblich, Wilfred.«

»Das weiß ich selbst, und es könnte auch sein, daß ich mich irre. Deshalb glaube ich, daß es an der Zeit ist, mit dem Ridgewell Trust zu sprechen. Der Oberst ist zur Zeit verreist, er besucht seine Heime in Indien, aber am 18. soll er zurückkommen. Der Aufsichtsrat will bis Ende Oktober meine definitive Entscheidung haben. Länger können sie das Kapital nicht verfügbar halten. Ich würde das Heim niemals ohne den Mehrheitsentscheid der Familie abtreten. Ich habe vor, einen Familienrat abzuhalten. Und falls wirklich irgendwer versuchen sollte, mir Angst einzujagen, um mich dazu zu bringen, daß ich mein Gelübde breche, werde ich dafür sorgen, daß mein Werk hier nicht zerstört werden kann, egal, ob ich am Leben bin oder nicht.«

Julius sagte: »Millicent wird nicht begeistert sein, wenn du den ganzen Besitz an den Ridgewell Trust abtrittst.«

Wilfreds Gesicht erstarrte zu einer Maske hartnäckiger Entschlossenheit. Dalgliesh beobachtete mit Interesse, wie sich die Gesichtszüge veränderten. Die sanften Augen bekamen einen harten Ausdruck und wurden glasig, als wollten sie nichts mehr sehen, der Mund verzog sich zum Ausdruck der Kompromißlosgkeit. Und doch war der Gesamteindruck der verdrießlicher Schwäche.

»Millicent war seinerzeit höchst einverstanden damit, sich ihren Anteil von mir ausbezahlen zu lassen, und das zu einem guten Schätzwert. Sie hat keinen Grund, sich zu beklagen. Wenn ich von hier vertrieben werde, soll wenigstens das begonnene Werk fortgesetzt werden. Was mit mir geschieht, ist nicht so wichtig.«

Er lächelte Julius zu: »Ich weiß, du bist nicht gläubig, deshalb biete ich dir eine andere Autorität an. Wie wäre es mit Shakespeare? ›Sei unbedingt gefaßt auf Tod. Tod sowie Leben wird dadurch süßer.‹«

Über Wilfreds Kopf hinweg trafen sich für einen kurzen Moment Julius Courts und Dalglieshs Blicke. Julius hatte Mühe, seine zuckenden Mundwinkel unter Krontrolle zu halten. Schließlich sagte er trocken: »Dalgliesh ist hier, um sich zu erholen. Er ist schon beinahe in Ohnmacht gefallen bei deiner Rettungsaktion. Und ich mag ja blühend gesund aussehen, trotzdem brauche ich meine Kraft zur Wahrnehmung meiner eigenen persönlichen Vergnügungen. Wenn du also entschlossen bist, am Monatsende das Gut dem Ridgewell Trust zu überschreiben, dann sei bitte so lieb und versuche wenigstens während der nächsten drei Wochen aufs Leben gefaßt zu sein.«

# 3

Als sie das Zimmer verlassen hatten, fragte Dalgliesh: »Glauben Sie, er schwebt in echter Gefahr?«

»Ich weiß nicht. Es war wahrscheinlich heute nachmittag ernster, als jemand beabsichtigt hatte.« Mit liebevollem Spott setzte Julius hinzu: »Alter Heuchler! Unbedingt gefaßt auf Tod! Ich habe schon damit gerechnet, wir würden gleich bei *Hamlet* landen und daran erinnert werden, daß Bereitsein alles ist. Eines ist aber doch sicher, nicht? Er zieht keine große Tapferkeitsschau ab. Entweder glaubt er wirklich nicht, daß jemand auf dem

Gut ihm an den Kragen will, oder er glaubt seinen Feind zu kennen und traut sich zu, selber mit ihm oder ihr fertig zu werden. Warten Sie auf mich, bis die Hand verbunden ist, und kommen Sie dann auf einen Drink mit zu mir. Sie sehen aus, als könnten Sie einen gebrauchen.«

Doch Dalgliesh hatte noch einiges vor. Er überließ Julius der Obhut von Dorothy Moxon und ging zurück zu »Haus Hoffnung«, um seine Taschenlampe zu holen. Er war durstig, doch reichte die Zeit nur für ein Glas kaltes Wasser aus dem Hahn in der Küche. Er hatte die Fenster des Cottage offengelassen, aber in dem kleinen Wohnzimmer war es so warm und stickig wie am Tag seiner Ankunft. Als er die Tür schloß, schwang Pater Baddeleys Soutane mit, und er roch wieder den muffigen Kleidergeruch. Die gehäkelten Schondeckchen lagen glatt und ordentlich auf Sesselrücken und -lehne, ohne Knitterspuren von Pater Baddeleys Kopf oder Armen. Etwas von seiner Persönlichkeit wohnte dem Raum noch inne, obwohl Dalgliesh es schon nicht mehr so stark spürte. Doch war eine Kommunikation nicht möglich. Wenn er Pater Baddeleys Rat wollte, würde er vertraute, aber längst entwöhnte Wege einschlagen müssen, die zu betreten er nicht mehr das Recht zu haben glaubte. Er war zum Weinen müde. Das kühle, herbe Wasser führte ihm nur noch mehr vor Augen, wie groß seine Müdigkeit tatsächlich war. Der Gedanke an das schmale Bett oben, die Vorstellung, sich auf die harte Matratze oben zu werfen, waren fast unwiderstehlich. Es wäre lächerlich, daß eine so verhältnismäßig geringe Anstrengung ihn so zu erschöpfen vermochte. Es schien auch unerträglich heiß geworden zu sein. Er strich sich mit der Hand über die Augenbrauen und fühlte klebrigen feuchtkalten Schweiß auf den Fingern. Er hatte offensichtlich Fieber. Schließlich hatte man ihn in der Klinik ja auch gewarnt, daß das Fieber wieder auftreten könnte. Er fühlte Wut gegen die Ärzte, gegen Wilfred Anstey und gegen sich selbst aufsteigen.

Es wäre jetzt ein leichtes, einfach zu packen und in die Wohnung nach London zurückzukehren. Es wäre kühl und frei dort oben, hoch über der Themse in Queenhythe. Er wäre ungestört, weil man ihn immer noch in Dorset wähnen würde. Eine andere Möglichkeit wäre auch, Wilfred eine kurze Notiz zu hinterlassen und weiterzureisen; der gesamte Westen des Landes stand ihm offen. Es gab hundert und aber hundert bessere Plätze, sich zu erholen, als diese engstirnige, nur mit sich selbst beschäftigte Gemeinschaft, die es sich zum Ziel gesetzt hatte, durch möglichst großes Leiden Liebe und Selbsterfüllung zu erlangen. Wo man sich gegenseitig häßliche anonyme Briefe schickte, sich kindische und gehässige Streiche spielte oder es leid wurde, auf den Tod zu warten, und sich deshalb der Vernichtung entgegenschleuderte. Es gab wirklich nichts, was ihn auf Gut Toynton hielt, sagte er sich mit störrischem Nachdruck und lehnte seinen Kopf gegen die Kühle des kleinen, viereckigen Stückes Glas über dem Ausgußbecken, das Pater Baddeley offensichtlich als Rasierspiegel gedient hatte. Wahrscheinlich waren es irgendwelche grillenhaften Nachwirkungen seiner Krankheit, die bewirkten, daß er so unentschlossen war und sich innerlich so störrisch dagegen auflehnte, den Ort hier zu verlassen. Dafür, daß er beschlossen hatte, sich nie wieder mit polizeilichen Ermittlungen abzugeben, spielte er den Mann, der ganz in seinem Beruf aufgeht, täuschend echt.

Er begegnete niemand, als er das Cottage verließ und sich auf den langen, beschwerlichen Marsch hinauf zum Küstenrand machte. Es herrschte strahlender Tag draußen, jene Helligkeit, wie sie im Herbst kurz vor Sonnenuntergang noch einmal besonders strahlend auftritt. Die Moospolster auf den verfallenen Grenzmauern leuchteten in intensivem Grün und blendeten das Auge. Jede einzelne Blume funkelte wie ein Juwel, ihr Bild schimmerte in der sanft bewegten Luft. Der Turm, als er ihn endlich erreichte, glänzte wie Ebenholz und schien in der Sonne zu zittern. Er hatte das Gefühl, als könne er unter seiner Berührung schwanken und sich auflösen. Sein langer Schatten ragte wie ein mahnender Finger über die Landspitze.

Er nützte das noch vorhandene Tageslicht aus, da die Taschenlampe wohl besser im Innern des Turms angebracht war, und begann mit seiner Suche. Das verbrannte Stroh und die verkohlten Trümmer lagen in unordentlichen Haufen in der Nähe des Vordachs, und die leichte Brise, die auf diesem hochgelegenen Teil der Landzunge ständig wehte, hatte bereits begonnen, diese Ansammlungen auseinanderzuwehen und einzelne Flocken beinahe bis zum Felsrand verstreut. Er inspizierte den Boden um den Turm herum und setzte seine Suche in immer größer werdenden Kreislinien fort. Er fand nichts, bis er die Ansammlung von Felsblöcken etwa fünfzig Meter südwestlich vom Turm erreichte. Sie bildeten eine seltsame Formation, sahen weniger einem Naturgebilde gleich als einer künstlichen Anlage, so als habe der Erbauer des Turms die doppelte Menge an benötigten Steinen zum Bauplatz transportieren lassen und sich damit vergnügt, den Überschuß in Form einer Miniatur-Gebirgskette anzuordnen. Die Steine bildeten einen großen, über vierzig Meter langen Halbkreis; die höchsten Gipfel, die zweieinhalb bis drei Meter hoch waren, wurden durch kleinere, abgerundete Mittelgebirge verbunden. Die Stelle bot ausreichend Schutz für einen Mann, um ungesehen entweder in Richtung Felsenpfad oder auf dem rapid abfallenden Gelände nach Nordwesten zu entkommen, wo er nach einigen hundert Metern die Straße erreicht hätte.

Hier, hinter einem der größeren Felsblöcke, fand Dalgliesh, was er gesucht hatte – ein leichtes braunes Mönchsgewand. Es war zu einem straffen Knäuel zusammengerollt und in den Spalt zwischen zwei kleineren Steinen gezwängt worden. Sonst konnte er nichts entdecken, keine Fußspuren in dem festen, trockenen, grasbewachsenen Boden, keine nach Paraffin riechende Büchse. Irgendwo erwartete er, eine Büchse zu finden. Obwohl das Stroh und das trockene Gras im unteren Teil des Turms sicher wie Zunder brannten, wenn das Feuer erst einmal in Gang gekommen war, bezweifelte er doch, ob man sich lediglich auf ein Streichholz hätte verlassen können.

Er klemmte sich das Gewand unter den Arm. Hätte es sich hier um eine Mörderjagd gehandelt, würden die Experten es auf Spuren von feinsten Fasern und Fädchen, auf Staub, Paraffin, auf jeden erdenklichen Hinweis hin untersuchen, der eine Verbindung zu jemand auf Gut Toynton ergeben würde. Doch es war keine Mörderjagd, es war nicht einmal eine offizielle Ermittlung. Und selbst wenn Fasern auf der Kutte gefunden würden, die zu dem Hemd, der Hose, dem Jackett oder sogar dem Kleid eines Bewohners von Gut Toynton paßten, was bewies das schon? Jeder Angestellte hatte das Recht, sich mit Wilfreds merkwürdiger Vorstellung von einer Arbeitsuniform zu schmücken. Die Tatsache, daß man sich der Kutte entledigt hatte, und noch dazu an dieser Stelle, ließ den Schluß zu, daß der Träger sich entschlossen hatte, lieber über die Felsen zu entkommen als über die Straße. Warum hätte er sonst nicht weiterhin auf die tarnende Wirkung der Kutte vertraut? Es sei denn, der Träger wäre eine Frau gewesen, und darüber hinaus eine, die üblicherweise nicht in dieser Gewandung herumlief. In diesem Fall wäre es belastend, kurz nach dem Brand zufällig hier in der Nähe gesehen zu werden. Doch niemand, weder Mann noch Frau, würde die Kutte auf dem Weg über die Uferfelsen tragen. Das war die schnellere, doch schwierigere Strecke, und die Kutte war ein Kleidungsstück, das sich gefährlich leicht verheddern konnte. Zweifellos würde sie hinterher verräterische Spuren von sandiger Erde oder Tangflecken aufweisen. Doch vielleicht sollte er gerade auf diesen Gedankengang gebracht werden. War die Kutte, wie Pater Baddeleys Brief, vielleicht absichtlich für ihn so hübsch und präzise genau an die Stelle gelegt worden, wo er sie mit Sicherheit finden würde? Warum überhaupt sich ihrer entledigen? So zusammengerollt war sie keine Bürde, die man nicht auf jenem schlüpfrigen Pfad zum Strand hinunter hätte mitnehmen können.

Die Tür zum Turm stand immer noch offen. Im Innern war der Brandgeruch zwar noch wahrnehmbar, doch wirkte er jetzt fast angenehm in der ersten Kühle des frühen Abends, ein typisch herbstlicher Geruch von verbranntem Gras. Der untere Teil des aus einem Seil bestehenden Treppengeländers war durch den Brand zerstört worden und hing in versengten und zerfetzten Bruchstücken von den Eisenringen herab.

Dalgliesh schaltete seine Taschenlampe ein und begann eine systematische Suche in den Resten des verbrannten Strohs. Innerhalb einer Minute hatte er gefunden, was er suchte, eine ramponierte rußverfärbte Büchse ohne Deckel, die einmal Kakao enthalten haben mochte. Er roch daran. Vielleicht war es nur seine Einbildung, die ihm vorgaukelte, daß noch eine Spur von Paraffingeruch festzustellen war.

Sich dicht an die vom Feuer geschwärzte Wand haltend, stieg er die Steintreppe hinauf. In der Kammer fand er nichts und war froh, dieser dunklen, fensterlosen Zelle wieder entfliehen zu können, um den oberen Raum aufzusuchen. Der Unterschied zu der Kammer unten war verblüffend. Der kleine Raum war erfüllt von Licht. Er maß nur etwa sechs Meter im Durchmesser, und die gewölbte, gerippte Decke verlieh ihm eine bezaubernd feminine und ein wenig feierliche Atmosphäre. In vier der acht schmalen Fenster fehlte das Glas, und die Meeresluft strömte kühl herein. Durch die kleinen Abmessungen des Zimmers kam die Höhe des Turms noch mehr zu Geltung. Dalgliesh hatte das Gefühl, in einem reizenden Pfefferstreuer zwischen Himmel und Meer zu schweben. Es herrschte absolute Stille, eine richtig friedliche Atmosphäre. Er vernahm keinen Laut außer dem Ticken seiner Uhr und der endlosen, einschläfernden Brandung des Meeres. Warum, so fragte er sich, hatte jener selbstmörderische Viktorianer Wilfred Anstey seine Notlage nicht von einem dieser Fenster aus nach draußen signalisiert? War der alte Mann zu dem Zeitpunkt, als sein Durchhaltewille von Hunger und Durst gebrochen war, schon zu schwach gewesen, die Treppe hinaufzusteigen? Auf jeden Fall war nichts von seinen letzten Todesqualen und seiner Verzweiflung bis hierher vorgedrungen. In dieses lichtdurchflutete kleine Nest. Beim Blick aus dem Südfenster konnte Dalgliesh das Meer erkennen, azurblau und purpurn, mit dem einzelnen roten Dreieck eines unbeweglich am Horizont stehenden Segels. Die anderen Fenster boten einen Rundblick auf die gesamte sonnenüberflutete Landspitze. Gut Toynton konnte man nur am Kamin des Haupthauses ausmachen, alles übrige blieb in der Senke verborgen. Dalgliesh fiel auch auf, daß das

Rasenplateau, wo Holroyds Rollstuhl vor jenem Sturz in die Vernichtung gestanden hatte, ebensowenig zu sehen war wie der enge Hohlweg. Was immer auch an jenem verhängnisvollen Nachmittag geschehen war, niemand hätte es vom schwarzen Turm aus beobachten können.

Der Raum war einfach möbliert. Ein Holztisch und ein Sessel standen bei dem Fenster zum Meer, ein kleiner Eichenschrank war vorhanden, auf dem Fußboden lag eine Binsenmatte, und in der Mitte des Zimmers stand ein gerippter, mit Kissen reichlich versehener altmodischer Ohrensessel. An der Wand hing ein hölzernes Kreuz. Er sah, daß die Schranktür offenstand und der Schlüssel im Schloß steckte. Im Schrankinnern entdeckte er eine kleine Sammlung pornographischer Taschenbücher. Selbst wenn man von der natürlichen Neigung – von der Dalgliesh sich auch nicht völlig frei wußte – absah, die sexuellen Gepflogenheiten anderer zu verachten, handelte es sich hierbei nicht um die Art von Pornographie, die er selbst ausgesucht hätte. Es war eine erbärmliche und klägliche kleine Sammlung, die, die in Mißhandlungen, sinnlichem Nervenkitzel und Wollust schwelgte und die, wie er fand, nicht dazu angetan war, irgendein Gefühl außer Langeweile und einen unbestimmten Ekel hervorzurufen. Zwar enthielt sie auch *Lady Chatterley* – einen Roman, den als Literatur zu bezeichnen Dalgliesh übertrieben fand, den er aber auch nicht zur Pornographie gezählt hätte –, doch war der Rest kaum nach irgendwelchen seriösen Maßstäben zu bewerten. Selbst aus einer Distanz von über zwanzig Jahren fiel es schwer, zu glauben, daß der sanfte, kunstsinnige und anspruchsvolle Pater Baddeley eine Vorliebe für diese klägliche Sorte von Trivialliteratur entwickelt haben sollte. Und falls doch, warum sollte er dann den Schrank unverschlossen gelassen oder den Schlüssel an eine Stelle gelegt haben, wo Wilfred ihn jederzeit finden konnte? Die naheliegende Schlußfolgerung war, daß die Bücher Anstey gehörten und er gerade noch Zeit gehabt hatte, den Schrank aufzuschließen, bevor er das Feuer gerochen hatte. In der anschließenden Panik hatte er vergessen, die Beweisstücke seines heimlichen Lasters wegzuschließen. Wahr-

scheinlich würde er ziemlich überstürzt wieder hierherkommen, sobald er wieder auf den Beinen und die Gelegenheit günstig war. Und wenn dies zutraf, war eine
Sache unumstößlich bewiesen: Anstey konnte den
Brand nicht gelegt haben.

Nachdem er die Schranktür genau so weit offengelassen hatte, wie er sie vorgefunden hatte, suchte Dalgliesh sorgfältig den Boden ab. Die rauhe Matte aus
einem Material, das wie geflochtener Hanf aussah, war
stellenweise eingerissen und mit einer Staubschicht bedeckt. Aus der Schleifspur auf ihrer Oberfläche und der
Richtung, in welche die zerrissenen, winzigen Fasern
zeigten, schloß er, daß Anstey den Tisch vom Ost- zum
Südfenster umgestellt hatte. Er entdeckte auch etwas,
das wie Spuren zweier verschiedener Sorten Tabak-
asche aussah, doch waren sie zu geringfügig, als daß er
sie ohne sein Vergrößerungsglas und seine Pinzette
hätte aufheben können. Doch ein kleines Stück rechts
vom Ostfenster und vergraben in den Zwischenräumen
der Matte fand er etwas, das leicht mit dem bloßen
Auge identifiziert werden konnte. Es war ein einzelnes
benutztes gelbes Papierstreichholz, das identisch war
mit denen in dem Streichholzbriefchen neben Pater
Baddeleys Bett, und es war in fünf Teilstücke bis zu
seinem ausgebrannten Kopf auseinandergeblättert worden.


# 4

Die Eingangstür zum Gutshaus war wie gewöhnlich unverschlossen. Dalgliesh stieg ruhig und flink die Haus-
treppe nach oben zu Wilfreds Zimmer. Im Näherkom-
men hörte er, daß hinter der Tür gesprochen wurde. Dot
Moxons kriegerische Laute übertönten das gedämpfte
Murmeln männlicher Stimmen. Dalgliesh ging ohne anzuklopfen hinein. Drei Augenpaare sahen ihn überrascht und, wie er fand, auch feindselig an. Wilfred lag
halb aufgerichtet im Bett. Dennis Lerner wandte sich
hastig ab und blickte starr aus dem Fenster, doch konnte
Dalgliesh noch sehen, daß sein Gesicht fleckig war, als

habe er geweint. Dot saß am Bettrand wie eine Mutter, die bei ihrem kranken Kind wacht. Als habe Dalgliesh um eine Erklärung gebeten, murmelte Dennis: »Wilfred hat mir erzählt, was passiert ist. Es ist unglaublich.«

Wilfred sprach mit störrischer Hartnäckigkeit, die seine Zufriedenheit darüber, daß niemand ihm glauben wollte, nur noch unterstrich. »Es ist aber passiert, und es war ein Unfall.«

Dennis fing an: »Wie konntest ...«, als Dalgliesh ihn unterbrach, indem er die zusammengerollte Kutte auf das Fußende des Bettes legte. Er sagte: »Das habe ich zwischen den Felsen in der Nähe des schwarzen Turms gefunden. Falls Sie es der Polizei übergeben, kann die vielleicht etwas damit anfangen.«

»Ich gehe nicht zur Polizei, und ich verbiete jedem hier – jedem –, wegen mir die Polizei aufzusuchen.«

Dalgliesh sagte gelassen: »Keine Sorge, ich habe nicht die Absicht, die Zeit meiner Kollegen zu vergeuden. Angesichts Ihrer Entschlossenheit, sie aus der Sache herauszuhalten, würde die Polizei wahrscheinlich den Verdacht hegen, Sie hätten das Feuer selbst gelegt. Haben Sie das?«

Wilfred unterbrach Dennis' ungläubiges Keuchen und Dots schrillen Protest. »Nein, Dot, es ist vollkommen logisch, daß Adam Dalgliesh so denkt. Er wurde dazu ausgebildet, mißtrauisch und skeptisch zu sein. Zufällig habe ich nicht versucht, mich selbst zu verbrennen. *Ein* Selbstmord im schwarzen Turm pro Familie genügt. Doch glaube ich zu wissen, wer das Feuer gelegt hat, und ich werde mich mit dieser Person zu gegebener Zeit und auf meine Weise befassen. In der Zwischenzeit soll die Angelegenheit mit keinem Wort gegenüber der Familie erwähnt werden, mit keinem Wort. Gott sei Dank weiß ich eines ganz sicher – niemand von der Familie kann seine Hand dabei im Spiel gehabt haben. Jetzt, da ich mir dessen sicher bin, weiß ich, was ich zu tun habe. Und wenn ihr jetzt bitte so freundlich wärt zu gehen ...«

Dalgliesh wartete nicht ab, ob die anderen der Aufforderung Folge leisteten. Er begnügte sich mit einem abschließenden Wort an der Tür. »Falls Sie daran denken, private Rache zu nehmen, vergessen Sie diese Idee. Wenn Sie nicht in der Lage sind oder sich nicht getrauen, im Rahmen des Gesetzes etwas zu unternehmen, dann unternehmen Sie am besten überhaupt nichts.«

Anstey lächelte sein süßliches, aufreizendes Lächeln. »Rache, Herr Kommissar? Rache? Dieses Wort hat keinen Platz in unserer Philosophie auf Gut Toynton.«

Dalgliesh sah und hörte niemand, als er wieder durch die Haupthalle ging. Das Haus hätte eine leere Muschel sein können. Nach sekundenlangem Überlegen lief er schnell über das Gelände zu »Haus Karitas«. Die Landspitze lag verlassen mit Ausnahme einer einzelnen Gestalt, die den Abhang vom Felsrand herunterkam. Es war Julius, der in jeder Hand etwas trug, was nach Flaschen aussah. Er hielt sie hoch emporgestreckt in einer halb aggressiven, halb feiernden Geste. Dalgliesh hob kurz die Hand zum Gruß, bog ab und ging den Steinpfad hinauf zum Cottage der Hewsons.

Die Tür war offen, und er vernahm zunächst kein Lebenszeichen. Er klopfte und trat ein, obwohl keine Antwort erfolgte. Das frei stehende »Haus Karitas« war größer als die beiden anderen Cottages, und das Wohnzimmer war angenehm geräumig. Es wirkte jedoch schmutzig und ungepflegt und spiegelte in seiner Unordentlichkeit Maggies unzufriedenes und zerfahrenes Naturell wider. Dalglieshs erster Eindruck war, daß sie ihre Absicht unterstrichen hatte, sich nur kurz hier aufzuhalten, indem sie sich gar nicht erst die Mühe gemacht hatte, auszupacken. Die wenigen Möbelstücke wirkten, als stünden sie noch immer an derselben Stelle, wo die Möbelpacker sie abgestellt hatten. Ein schmieriges Sofa stand gegenüber dem Fernsehapparat, der das Zimmer beherrschte. Erics dürftige medizinische Bibliothek war auf die Regale des Bücherschranks gestapelt, der auch noch ein Sammelsurium von Steingut, Nippes, Schallplatten und zerknautschten Schuhen enthielt. Bei einer Stehlampe von abstoßendem Äußeren fehlte der Schirm. Zwei Bilder lehnten mit der Vorderseite gegen die Wand, ihre Aufhängevorrichtung hing verknotet und abgerissen herunter. In der Mitte des Raums stand ein viereckiger Tisch, der anscheinend die Überreste eines späten Mittagessens trug, eine aufgerissene Packung Kekse, ein Stück Käse auf einem Holzteller, Butter, die aus dem Papier quoll, eine Flasche Tomatenketchup ohne Deckel. Zwei dicke Brummer surrten über den Resten.

Aus der Küche drang das Geräusch von laufendem Wasser und einem Gasboiler. Eric und Maggie spülten Geschirr. Der Boiler wurde abgestellt, und Dalgliesh hörte Maggie sagen: »Du bist ein Waschlappen! Du läßt dich von jedem ausnützen. Wenn du mit dieser arroganten Zicke bumst – und glaub ja nicht, daß es mir das geringste ausmacht –, dann im Grunde doch nur, weil du nicht nein sagen kannst. In Wirklichkeit kannst du mit ihr genausowenig anfangen wie mit mir.«

Erics Antwort bestand in einem leisen Murmeln. Geschirr klirrte. Dann erhob Maggie wieder die Stimme: »Du kannst dich doch hier nicht immer und ewig verstecken! Diese Fahrt zum Erlöserkrankenhaus war doch gar nicht so schlimm, wie du befürchtet hattest. Keiner hat irgendeine Bemerkung gemacht.«

Diesmal war Erics Antwort deutlich zu vernehmen: »Das war auch gar nicht nötig. Und wen haben wir denn schon gesehen? Doch bloß den Internisten von der Ambulanz und die Frau in der Registratur. Na, und die wußte Bescheid, und sie ließ es mich spüren. So wäre es für mich überall draußen, wenn ich überhaupt eine Stelle bekäme. Sie würden es mir immer wieder eintränken. Der Gewohnheitstäter. Jede Patientin unter sechzehn würde taktvoll an einen Kollegen überwiesen, nur für alle Fälle . . . Aber Wilfred behandelt mich wenigstens wie ein menschliches Wesen. Und hier werde ich gebraucht. Hier habe ich eine Aufgabe.«

Maggie brüllte fast: »Was für eine Aufgabe, um Gottes willen?« Und gleich darauf gingen die Stimmen im Getöse des Boilers und dem Rauschen des Wassers unter. Dann verstummten die Geräusche wieder, und Dalgliesh hörte erneut Maggies laute, durchdringende Stimme: »Ja, ja, ja – ich habe gesagt, ich werde es niemandem erzählen, und ich werde mich daran halten. Doch wenn du andauernd wieder davon anfängst, ändere ich vielleicht meine Meinung.«

Erics Antwort blieb unverständlich, doch hörte sie sich wie ein langes Protestgemurmel an. Dann sprach Maggie wieder: »Na und – und wenn ich es getan hätte? Er war nämlich kein Dummkopf. Er wußte, daß irgend etwas im Busch war. Und außerdem – was macht es schon? Er ist tot, oder? Tot. Tot. Tot.«

Dalgliesh merkte plötzlich, daß er stocksteif dastand und die Ohren spitzte, als sei er in einen Fall verwickelt – seinen Fall – und jedes aufgeschnappte Wort ein wichtiges Indiz. Irritiert gab er sich einen förmlichen Ruck, um wieder aktiv zu werden. Er ging zur Eingangstür und wollte gerade noch einmal nachdrücklich anklopfen, als Maggie mit einem kleinen Zinntablett in der Hand, gefolgt von Eric, aus der Küche auftauchte. Sie erholte sich schnell von ihrer Überraschung und brach in lautes, beinahe echt wirkendes Gelächter aus. »O Gott, sagen Sie bloß nicht, Wilfred hat schon den Yard auf mich gehetzt, um ich in die Zange zu nehmen. Der arme Wicht muß ja völlig durchgedreht sein. Was werden Sie jetzt tun, mein Süßer? Kommt jetzt die Eröffnung, daß alles, was ich von jetzt an sage, aufgezeichnet wird und gegen mich verwendet werden kann?«

Ein Schatten erschien in der Eingangstür, und Julius trat ein. Dalgliesh überlegte, daß er gerannt sein mußte, um so schnell hier zu sein. Warum die Eile, fragte er sich. Schweratmend knallte Julius die beiden Whiskyflaschen auf den Tisch: »Ein Friedensangebot.«

»Das war auch nötig!« Maggie hatte sich aufs Flirten verlegt. Ihre Augen unter den schweren Lidern leuchteten auf, und sie blickte abwechselnd Dalgliesh und Julius an, als sei sie unsicher, wem von beiden sie ihre Gunst schenken solle. Zu Dalgliesh gewandt, sagte sie: »Julius beschuldigt mich, ich hätte Wilfred bei lebendigem Leib im schwarzen Turm rösten wollen. Ich weiß, das ist absolut nicht komisch. Aber Julius ist komisch, wenn er so bierernst sein will. Ganz ehrlich – so was ist doch kompletter Unsinn. Wenn ich unserem heiligen Wilfred eines auswischen wollte, müßte ich dazu nicht wie eine Katze um den schwarzen Turm rumschleichen – gell, mein Süßer?«

Sie unterdrückte ein Lachen, und der Blick, den sie

Julius zuwarf, war gleichzeitig drohend und verschwörerisch. Er blieb unerwidert.

Julius sagte hastig: »Ich beschuldige dich überhaupt nicht. Ich habe mich lediglich äußerst höflich erkundigt, wo du dich nach ein Uhr aufgehalten hast.«

»Am Strand, mein Süßer. Ich gehe gelegentlich dorthin. Ich weiß, daß ich es nicht beweisen kann, aber ebensowenig kannst du beweisen, daß ich nicht dort war.«

»Das ist aber ein erstaunlicher Zufall, dieser Strandspaziergang gerade um diese Zeit.«

»Nicht erstaunlicher, als daß du gerade auf der Straße gefahren bist.«

»Und du hast niemanden gesehen?«

»Ich habe es dir schon einmal gesagt, mein Süßer – keine Menschenseele. Hätte ich jemanden sehen sollen? Und nun, Adam, sind Sie an der Reihe. Werden Sie mir in der besten Londoner Tradition die Wahrheit entlokken?«

»Wieso ich? Das ist Courts Fall. Eines der obersten Prinzipien des Polizeiberufes lautet, sich niemals in den Fall und die Methoden eines anderen einzumischen.«

Julius sagte: »Außerdem, liebe Maggie, ist der Kommissar nicht an unseren Bagatellen interessiert. So seltsam es scheinen mag – wir sind ihm gleichgültig. Er vermag noch nicht einmal für die Frage Interesse zu heucheln, ob Dennis Victor vom Felsen hinuntergestoßen hat und ich ihn decke. Demütigend, nicht?«

Maggie lachte etwas gequält. Sie sah hilfesuchend ihren Mann an, wie eine unerfahrene Gastgeberin, die befürchtet, daß die Party außer Kontrolle gerät.

»Sei nicht albern, Julius. Wir wissen, daß du ihn nicht deckst. Warum solltest du? Was würde für dich dabei herausspringen?«

»Wie gut du mich kennst, Maggie! Nichts würde herausspringen. Aber ich könnte es ja aus reiner Gutmütigkeit getan haben.« Er lächelte Dalgliesh verschlagen an und fügte hinzu: »Ich tue viel, um meinen Freunden gefällig zu sein.«

Eric sagte plötzlich mit überraschender Bestimmtheit: »Was führt Sie hierher, Mr. Dalgliesh?«

»Nur eine Frage. In meinem Cottage fand ich ein Streichholzbriefchen an Pater Baddeleys Bett, ein Werbegeschenk des *Olde Tudor Barn*-Pubs bei Wareham. Ich würde heute gern ausprobieren, wie man dort zu Abend ißt. Wissen Sie, ob er oft dorthin ging?«

Maggie lachte: »Gott, nein! Nie, würde ich sagen. Es war kaum nach Michaels Geschmack. Die Streichhölzer hatte er von mir. Er mochte solche Kleinigkeiten. Aber das *Barn* ist nicht schlecht. Ich war an meinem Geburtstag mit Bob Loder dort, und wir waren sehr zufrieden.«

Julius sagte: »Ich werde es kurz beschreiben. Ausstattung: Eine Girlande von farbigen Glühbirnen um eine ansonsten hübsche alte Scheune aus dem siebzehnten Jahrhundert. Menüvorschlag des Chefs: Tomatensuppe aus der Dose mit einem Tomatenschnitzer obendrauf, um vorzutäuschen, sie sei hausgemacht, Garnelen aus der Tiefkühltruhe mit Soße aus der Flasche auf einem Brett von halbwelkem Gemüse, eine halbe Melone – reif, wenn man Glück hat –, oder Pastete nach Art des Hauses, direkt aus dem Supermarkt um die Ecke. Den Rest der Speisekarte können Sie sich vorstellen. In der Regel ein Sortiment von Steaks mit Tiefkühlgemüse und sogenannten Pommes frites. Wenn Sie es nicht vermeiden können, etwas zu trinken, halten Sie sich an den Rotwein. Ich weiß nicht, ob der Besitzer ihn selbst fabriziert oder nur die Etiketten auf die Flaschen pappt, doch kann man ihn zumindest als Wein bezeichnen.«

Maggie lachte nachsichtig: »Sei doch kein solcher Snob, mein Süßer, so schlimm ist es auch wieder nicht. Bob und ich haben da ganz anständig gegessen. Und egal, wie der Wein in die Flaschen kam, was mich betrifft, hatte er die richtige Wirkung.«

Dalgliesh sagte: »Aber es könnte inzwischen schlechter geworden sein. Sie wissen ja, wie das geht. Der Koch geht, und ein Restaurant ändert sich fast über Nacht.«

Julius lachte. »Das ist der Vorteil des *Olde Barn*. Da kann, und das ist ja auch tatsächlich so, alle zwei Wochen ein neuer Koch anfangen – die Dosensuppe schmeckt garantiert immer gleich.«

Maggie meinte: »Seit meinem Geburtstag hat sich bestimmt nichts geändert. Der war gerade erst am 11. September. Ich bin Jungfrau, mein Süßer. Paßt doch gut, nicht?«

Julius sagte: »Es gibt ein oder zwei anständige Restaurants, die mit dem Auto einigermaßen leicht zu erreichen sind. Ich kann Ihnen die Namen nennen.«

Dalgliesh notierte sie pflichtschuldigst auf den hinteren Blättern seines Taschenkalenders. Doch als er zu »Haus Hoffnung« zurückging, hatte er bereits wichtigere Informationen registriert.

Maggie war also mit Bob Loder so gut bekannt, daß sie zusammen essen gingen. Der zuvorkommende Loder – gleichermaßen bereit, Pater Baddeleys Testament zu ändern – oder ihm davon abzuraten, es zu ändern? – und Millicent zur Hälfte des Geldes zu verhelfen, das ihr Bruder aus dem Verkauf von Gut Toynton erhalten würde. Aber dieses kleine Komplott war natürlich Holroyds Idee gewesen. Oder hatten Holroyd und Loder es zusammen ausgetüftelt? Maggie hatte mit sichtlicher Genugtuung von diesem Essen erzählt. Wenn ihr Mann sie schon an ihrem Geburtstag vernachlässigte, so blieb sie doch nicht ungetröstet. Aber was war mit Loder? War sein Interesse nur ein Zeichen dafür, daß er seine Chancen bei einer unbefriedigten Frau zu nutzen wußte, oder steckte mehr dahinter? Warum versuchte er auf dem laufenden zu bleiben über das, was auf Gut Toynton vor sich ging? Und das abgeblätterte Streichholz? Dalgliesh hatte es bislang noch nicht mit dem Briefchen an Pater Baddeleys Bett verglichen, doch zweifelte er nicht, daß es dort herkam. Er konnte Maggie nicht noch eingehender ausfragen, ohne ihren Verdacht zu erregen, aber das war auch nicht mehr nötig. Sie konnte Pater Baddeley das Streichholzbriefchen erst am Nachmittag des 11. September gegeben haben, dem Tag vor Holroyds Tod. Aber am Nachmittag des 11. war Pater Baddeley bei seinem Anwalt. Er konnte also das Streichholzbriefchen frühestens am Abend bekommen haben. Und das wiederum bedeutete, daß er am nächsten Morgen oder Nachmittag im schwarzen Turm gewesen sein mußte. Es wäre gut, bei nächster Gelegenheit mit Miss Willison zu sprechen und sie zu fragen, ob Pater Baddeley am Mittwochmorgen im Gutshaus war. Ging man von seinem

Tagebuch aus, dann hatte es zweifellos zu seiner unabänderlichen Routine gehört, jeden Morgen einen Besuch im Haupthaus zu machen. Und das bedeutete, daß er sich mit allergrößter Wahrscheinlichkeit am Nachmittag des 12. September im schwarzen Turm aufgehalten und möglicherweise dort am Ostfenster gesessen hatte. Die Schleifspuren auf der Binsenmatte waren jüngeren Ursprungs. Doch selbst von diesem Fenster aus hätte er nicht sehen können, wie Holroyds Rollstuhl über die Felskante raste. Er hätte nicht einmal die fernen Gestalten von Lerner und Holroyd sehen können, die auf dem Hohlweg unterwegs zum Plateau waren. Und selbst wenn er etwas hätte beobachten können, was wäre seine Aussage schon wert gewesen – ein alter Mann, der allein irgendwo saß, ein Buch auf den Knien, und wahrscheinlich in der Nachmittagssonne eingenickt war? Es war sicher lächerlich, hier nach einem Mordmotiv suchen zu wollen. Doch angenommen, Pater Baddeley hätte mit absoluter Sicherheit gewußt, daß er weder geschlafen noch gelesen hatte? In diesem Fall lautete die Frage nicht, was er gesehen hatte, sondern was er seltsamerweise nicht gesehen hatte.

# 6. KAPITEL
# Ein unblutiger Mord

## 1

Am folgenden Nachmittag, am letzten Tag ihres Lebens, saß Grace Willison im Hof in der Nachmittagssonne. Noch wärmten die Strahlen ihr Gesicht, doch legten sie heute auf die welke Haut eine mildere, abschiednehmende Wärme. Von Zeit zu Zeit zog eine Wolke über die Sonne, und sie spürte, wie sie unter dem ersten Vorboten des Winters erschauerte. Die Luft hatte einen kräftigeren Geruch, die Nachmittage wurden kürzer. Es würde nicht mehr viele Tage geben, wo es warm genug war, um draußen sitzen zu können. Selbst heute war sie die einzige Patientin im Hof. Und sie war dankbar für die wärmende Decke auf ihren Knien.

Sie ertappte sich dabei, daß sie über Kommissar Dalgliesh nachdachte. Sie hätte sich gewünscht, daß er öfter nach Gut Toynton gekommen wäre. Er war offenbar noch in »Haus Hoffnung«. Gestern hatte er Julius geholfen, Wilfred aus dem Feuer im schwarzen Turm zu retten. Wilfred hatte tapfer, wie es seine Art war, von dieser Prüfung nicht viel hergemacht. Es war nur ein kleines Feuer gewesen und ganz allein durch seine Unachtsamkeit verursacht; er hatte sich keinen Moment wirklich in Gefahr befunden. Trotzdem, dachte sie, war es ein glücklicher Zufall gewesen, daß der Kommissar gerade da war, um zu helfen.

Würde er Toynton verlassen, fragte sie sich, ohne noch einmal herzukommen und sich von ihr zu verabschieden? Sie hoffte nicht. Sie hatte ihn so ins Herz geschlossen in der kurzen Zeit, die sie miteinander verbracht hatten. Wie schön wäre es, wenn er jetzt hier bei ihr sitzen und mit ihr über Pater Baddeley sprechen könnte. Niemand auf Gut Toynton erwähnte noch seinen Namen. Aber man konnte natürlich nicht erwarten, daß der Kommissar ihr seine Zeit opferte.

Dieser Gedanke enthielt keinerlei Groll oder Bitterkeit. Es gab wirklich nichts, was ihn an Gut Toynton interessieren konnte. Und es war auch nicht so, daß sie ihn zu sich persönlich hätte einladen können. Ein paar Augenblicke lang überließ sie sich dem Gefühl der Trauer, das die Erinnerung daran, wie sie sich ihren Ruhestand einmal ausgemalt hatte, in ihr hervorrief. Die kleine Pension von der Vereinigung, ein sonnendurchflutetes Häuschen mit freundlichen Polstermöbeln und Geranien; mit den Erbstücken von ihrer lieben Mutter, die sie verkauft hatte, ehe sie nach Toynton gekommen war – das Teeservice mit dem Rosenmuster, der Rosenholzschreibtisch, die kolorierten Stiche von englischen Kathedralen; wie schön wäre es, wenn sie jemand, den sie gern hatte, zu sich nach Hause zum Tee einladen könnte. Kein gemeinsamer Tee unter Heiminsassen an einem kahlen langen Eßtisch, sondern ein richtiger Nachmittagstee. Ihr eigener Tisch, ihr eigenes Teeservice, ihr eigenes Essen, ihr eigener Gast.

Sie spürte jetzt das Gewicht des Buchs auf ihrem Schoß. Es war eine Taschenbuchausgabe von Trollopes *Last Chronicle of Barset*. Es hatte den ganzen Nachmittag dort gelegen. Warum, fragte sie sich, hatte sie so einen unbegreiflichen Widerstand dagegen, es zu lesen? Und dann erinnerte sie sich. Dieses Buch hatte sie an dem schrecklichen Nachmittag gelesen, als man Victors Leiche nach Hause gebracht hatte. Sie hatte es seitdem nicht mehr aufgeschlagen. Aber das war absurd. Sie mußte diesen Gedanken aus ihrem Kopf verbannen. Es war töricht, nein, es war falsch, sich die Freude an diesem so heißgeliebten Buch zu verderben – mit seinem gemächlichen Leben in der Domstadt und seinen Verwicklungen, seiner Perspektive gesunden Menschenverstands und seinem feinen moralischen Empfinden –, indem sie es mit Gedanken an Gewalt, Haß und Blut verband.

Sie legte ihre verkrüppelte Hand um das Buch und bog mit der rechten die Seiten auseinander. Ein Lesezeichen lag an der Stelle, wo sie zuletzt gelesen hatte, ein rosa Löwenmäulchen, in einem Blatt Seidenpapier gepreßt. Und dann fiel es ihr wieder ein. Es war eine Blume aus dem Sträußchen, das Pater Baddeley ihr am Nachmittag von Victors Tod gebracht hatte. Er pflückte gewöhnlich keine wildwachsenden Blumen und machte darin nur für sie eine Ausnahme. Sie hatten auch nicht lange gehalten, noch nicht einmal einen Tag. Aber diese eine Blume hatte sie sofort zwischen den Buchseiten gepreßt. Sie blickte regungslos darauf hinab.

Ein Schatten fiel über die Seite. Eine Stimme sagte: »Irgend etwas nicht in Ordnung?«

»Doch, doch. Mir ist nur gerade etwas wieder eingefallen. Seltsam, nicht, wie das Bewußtsein alles verdrängt, was es mit einem schrecklichen Ereignis oder einem großen Schmerz verbindet. Kommissar Dalgliesh hat mich gefragt, ob ich wüßte, was Pater Baddeley die letzten paar Tage gemacht hat, bevor er ins Krankenhaus gekommen ist. Und natürlich weiß ich das. Ich weiß, was er am Mittwochnachmittag gemacht hat. Ich glaube nicht, daß es in irgendeiner Weise wichtig ist, aber ich würde es dem Kommissar gerne sagen. Ich weiß, daß hier alle sehr beschäftigt sind, aber glauben Sie nicht, irgend jemand könnte . . .?«

»Machen Sie sich keine Gedanken deswegen. Ich komme schon dazu, schnell bei ›Haus Hoffnung‹ vorbeizugehen. Er muß sich ohnehin wieder mal hier blicken lassen, wenn er noch länger dableiben will. Und wäre es jetzt nicht besser für Sie, mit ins Haus zu kommen? Es wird allmählich kühl.«

Miss Willison bedankte sich mit einem Lächeln. Sie wäre lieber noch ein bißchen draußen geblieben. Aber sie wollte nicht darauf bestehen. Es war ja lieb gemeint. Sie klappte ihr Buch wieder zu, und ihr Mörder packte den Rollstuhl mit festem Griff und schob sie ihrem Tod entgegen.

# 2

Ursula Hollis bat die Schwester, die sie ins Bett brachte, immer, die Vorhänge offenzulassen, und heute abend konnte sie in dem schwachen Lichtschein, der vom Leuchtzifferblatt des Weckers auf ihrem Nachttisch ausging, gerade noch den rechteckigen Rahmen erkennen, der die Dunkelheit draußen von der Dunkelheit im Zimmer trennte. Es war fast Mitternacht. Die Nacht war sternlos und ganz still. Sie lag in einer so undurchdringlichen Finsternis, daß sie fast wie ein Gewicht auf ihrer Brust war, wie ein undurchdringlicher Vorhang, der sich herabsenkte und ihr den Atem nahm. Draußen die Landspitze schlief, ausgenommen, so stellte sie sich vor, die kleinen Nachttiere, die eilig zwischen den harten Grashalmen hin und her jagten. Hier drinnen, im Gutshaus, konnte sie noch entfernte Geräusche hören; kurze Schritte auf einem Gang; das leise Schließen einer Tür; das Quietschen ungeölter Räder, als jemand einen Aufzug bediente oder einen Rollstuhl schob; von nebenan ein scharrendes Geräusch wie von Mäusen, als Grace Willison sich unruhig in ihrem Bett bewegte; aufdröhnende Musik, die sofort wieder verstummte, als jemand die Tür vom Gemeinschaftsraum auf- und wieder zumachte. Der Wecker auf ihrem Nachttisch griff sich die Sekunden und tickte sie in die Vergessenheit. Sie lag bewegungslos da, heiße Tränen strömten unaufhaltsam über ihr Gesicht und drangen, plötzlich kalt und klebrig, in ihr Kopfkissen. Darunter lag Steves Brief. Von Zeit zu Zeit winkelte sie mühsam ihren Arm über der Brust an und ließ die Finger verstohlen unters Kopfkissen gleiten, um nach der messerscharfen Kante des Umschlags zu fühlen.

Mogg war zu Steve gezogen; sie wohnten jetzt zusammen. Steve hatte ihr diese Neuigkeit fast beiläufig geschrieben, als wäre es nur eine vorübergehende, für beide Teile praktische Lösung, durch die sie sich Miete und Hausarbeit teilen konnten. Mogg besorgte das Kochen; Mogg hatte das Wohnzimmer gestrichen und noch Regale aufgestellt; Mogg hatte ihm in dem Verlag, wo seine Bücher erschienen, eine Büroarbeit verschafft, die vielleicht zu einer dauerhaften, besseren Anstellung führen konnte. Moggs neuer Gedichtband sollte im Frühjahr erscheinen. Nach Ursulas Befinden wurde nur flüchtig gefragt. Er hatte auch nicht die üblichen vagen, unaufrichtigen Versprechungen gemacht, sie zu besuchen. Und kein Wort über ihre Heimkehr, die geplante neue Wohnung, seine Gespräche mit dem zuständigen Amt. Das war auch nicht nötig. Sie würde nicht wieder nach Hause kommen. Das wußten sie beide. Und das wußte Mogg.

Sie hatte den Brief erst kurz vor dem Nachmittagstee bekommen. Albert Philby hatte unerklärlicherweise die Post erst spät geholt, und es war schon nach vier, als man ihn ihr brachte. Sie war dankbar gewesen, daß sie allein im Gesellschaftsraum war und daß man Grace Willison noch nicht zum Tee vom Hof hereingeholt hatte. Keiner war dagewesen, der ihr Gesicht beim Lesen hätte beobachten können, keiner, der ihr taktvoll irgendwelche Fragen stellen, und keiner, der diese Fragen noch taktvoller hätte unterdrücken können. Und Zorn und Empörung hatten sie aufrechterhalten bis jetzt. Sie hatte sich an ihren Zorn geklammert, hatte ihn mit Hilfe von Erinnerungen und Phantasiebildern geschürt; sie hatte sich gezwungen, wie gewöhnlich ihre zwei Schnitten Brot zu essen, ihren Tee zu trinken und sich mit Höflichkeitsfloskeln und Belanglosigkeiten an der allgemeinen Unterhaltung zu beteiligen. Erst jetzt, als Grace Willisons schwere Atemzüge in ein sanftes Schnarchen übergegangen waren, als nicht länger die Gefahr bestand, daß Helen oder Dot ein letztes Mal bei ihr hereinschauten, als das Gutshaus sich endgültig in ein nächtliches Schweigen hüllte, konnte sie ihrer Verzweiflung und Hoffnungslosigkeit freien Lauf lassen und sich einem Gefühl hingeben, von dem sie wußte, daß es Selbstmitleid war. Und die Tränen waren nicht mehr aufzuhalten, nachdem sie einmal zu fließen begonnen hatten. Der Schmerz war nicht mehr zu besänftigen, nachdem sie sich ihm einmal überlassen hatte. Sie konnte nicht aufhören zu weinen. Aber das machte ihr nichts mehr aus; es hatte nichts mit Schmerz oder Sehnsucht zu tun. Es war ein körperlicher Vorgang, unwillkürlich wie ein Schluckauf, aber still und fast tröstlich; ein unendlicher Tränenstrom.

Sie wußte, was sie tun mußte. Sie horchte durch den gleichförmigen Fluß ihrer Tränen. Von nebenan war nur Grace Willisons inzwischen regelmäßiges Schnarchen zu hören. Sie streckte die Hand aus und knipste das Licht an. Die Birne war die schwächste, die Wilfred hatte bekommen können, aber ihre Helligkeit blendete sie trotzdem. Sie sah ein hellerleuchtetes Rechteck vor sich, das ihr Vorhaben aller Welt verkünden würde. Sie wußte, daß niemand da war, der es sehen konnte, aber sie bildete sich ein, daß die Landspitze von hastigen Schritten und rufenden Stimmen erfüllt war. Sie hatte jetzt aufgehört zu weinen, aber ihre geschwollenen Augen sahen den Raum wie eine nicht fertig entwickelte Fotografie, ein Bild mit verschwommenen, verzerrten Formen, die sich verschoben und auflösten, gesehen durch einen schmerzenden, mit Lichtnadeln gespickten Vorhang.

Sie wartete. Nichts geschah. Von nebenan war noch immer nichts anderes zu hören als Graces rauhes, gleichmäßiges Schnarchen. Der nächste Schritt war einfach; sie hatte es schon zweimal gemacht. Sie warf ihre beiden Kissen auf den Boden und ließ sich, indem sie den Körper an den Rand des Betts manövriert, sanft auf das weiche Polster gleiten. Es kam ihr, trotz der beiden Kissen, die den Aufprall abfangen sollten, vor, als ob das ganze Zimmer schwankte. Wieder wartete sie. Aber keine raschen Schritte kamen den Gang entlanggeeilt. Sie richtete sich auf den beiden Kissen am Bett auf und begann, sich zum Fußende hinzuschieben. Sie konnte mit ausgestreckter Hand bequem den Gürtel aus ihrem Morgenrock ziehen. Dann begann sie ihren mühsamen Weg zur Tür.

Ihre Beine waren kraftlos; die ganze Kraft, die sie besaß, war in ihren Armen. Die unbeweglichen Füße lagen weiß und schlaff wie Fischfleisch auf dem kalten Boden; die Zehen waren obszönen Auswüchsen gleich, gespreizt, als mühten sie sich vergeblich um einen Halt. Das Linoleum war ungebohnert, aber glatt, und sie rutschte mit überraschender Geschwindigkeit dahin. Sie erinnerte sich, mit welcher Freude sie entdeckt hatte, daß sie das tun konnte: daß sie sich, so lächerlich und demütigend dieser Trick auch sein mochte, tatsächlich ohne Rollstuhl in ihrem Zimmer umherbewegen konnte.

Aber jetzt wollte sie weiter weg. Zum Glück wurden die modernen dünnen Türen zu den Zimmern im Anbau mit Klinken und nicht mit Drehknöpfen geöffnet. Sie machte aus dem Gürtel eine Schlaufe, und beim zweiten Versuch gelang es ihr, die Schlaufe über die Klinke zu werfen. Sie zog, und die Tür ging leise auf. Sie legte eines der Kissen beiseite und schob sich in den stillen Gang. Ihr Herz klopfte so laut, daß es sie unweigerlich verraten mußte. Wieder ließ sie den Gürtel über die Klinke gleiten und hörte, nachdem sie sich ein paar Zentimeter den Gang hinabgeschoben hatte, die Tür mit leisem Klicken ins Schloß fallen.

Am anderen Ende des Flurs brannte nachts immer eine einzelne, stark abgedunkelte Birne, und sie konnte die kurze Treppe, die zum ersten Stock führte, mühelos erkennen. Das war ihr Ziel. Es stellte sich heraus, daß es erstaunlich leicht zu erreichen war. Das Linoleum im Flur kam ihr, obwohl es nie gebohnert wurde, glatter vor als der Boden in ihrem Zimmer; oder vielleicht hatte sie jetzt einfach den Bogen heraus. Sie glitt fast beschwingt dahin.

Die Treppe allerdings war schwieriger. Sie setzte ihre ganze Hoffnung darauf daß es ihr gelingen würde, sich Stufe für Stufe am Treppengeländer hochzuziehen. Aber sie mußte unbedingt das Kissen mitnehmen. Sie würde es oben brauchen. Und das Kissen schien sich zu einem riesigen weichen weißen Hindernis aufgebläht zu haben. Die Stufen waren schmal, und es war schwierig, das Kissen darauf zurechtzulegen. Es fiel ihr zweimal herunter, und sie mußte hinterherrutschen, um es sich wiederzuholen. Nachdem sie vier Stufen mühsam hinter sich gebracht hatte, fiel ihr ein, wie sie es am leichtesten schaffen konnte. Sie band sich das eine Ende des Gürtels um die Taille und wickelte das andere Ende um das Kissen. Sie wünschte, sie hätte sich den Morgenrock angezogen. Es hätte sie zwar behindert, aber so zitterte sie bereits vor Kälte.

Und so zog sie sich, keuchend und schwitzend trotz der Kälte, Stufe für Stufe nach oben, indem sie immer mit beiden Händen die Stäbe des Treppengeländers umklammerte. Die Stufen knarrten beängstigend. Jeden Augenblick erwartete sie das schwache Läuten einer Nachtglocke und Dots oder Helens herbeieilende Schritte zu hören.

Sie wußte nicht, wie lange es gedauert hatte, bis sie oben war. Aber schließlich saß sie, zusammengekauert und zitternd, auf der obersten Stufe, umklammerte mit beiden Händen so krampfhaft das Geländer, daß das Holz bebte, und starrte hinunter in den Flur. In dem Moment erschien die vermummte Gestalt. Keine Schritte, kein Husten, keine menschlichen Atemzüge hatten ihr Kommen angekündigt. Eben war der Flur noch leer gewesen. Im nächsten Augenblick glitt unter ihr, rasch und lautlos, eine Gestalt in einer braunen Kutte vorüber – den Kopf gesenkt, die Kapuze tief ins Gesicht gezogen – und verschwand den Gang hinunter. Sie wartete voller Entsetzen, wagte kaum zu atmen und kauerte sich soweit wie möglich zusammen, um außer Sichtweite zu sein. Die Gestalt würde zurückkommen. Sie wußte, daß sie zurückkommen würde. Wie die schrecklichen Darstellungen des Todes, die sie in alten Büchern und auf Grabsteinen gesehen hatte, würde sie unter ihr stehenbleiben, die Kapuze, die ihr Gesicht verbarg, zurückwerfen, um den grinsenden Totenschädel, die leeren Augenhöhlen zu entblößen, und würde durch die Geländerstäbe mit den Knochenfingern nach ihr stoßen. Ihr Herz, das in eisigem Schrecken gegen den Brustkorb hämmerte, schien für ihren Körper zu groß geworden zu sein. Dieses rasende Herzklopfen mußte sie unweigerlich verraten! Es kam ihr wie eine Ewigkeit vor, aber sie wußte, daß es noch nicht einmal eine Minute gedauert hatte, bis die Gestalt zurückkam und unter ihren entsetzten Blicken rasch und lautlos im Hauptgebäude verschwand.

In diesem Augenblick wurde Ursula klar, daß sie sich nicht umbringen würde. Es war nur Dot gewesen oder Helen oder Wilfred. Wer sonst sollte es gewesen sein? Aber der Schreck über die lautlose Gestalt, die wie ein

Schatten vorübergeglitten war, hatte ihren Lebenswillen wieder geweckt. Wenn sie wirklich hatte sterben wollen, warum saß sie dann in dieser scheußlichen Kälte zusammengekauert hier oben auf der Treppe? Sie hatte doch den Gürtel von ihrem Morgenrock. Sie konnte ihn sich sogar jetzt noch um den Hals binden und sich widerstandslos die Treppe hinabgleiten lassen. Aber das würde sie nicht tun. Schon der Gedanke an diesen letzten Sturz, an den Gürtel, der in ihren Hals einschneiden und sie strangulieren würde, verursachte ihr eine solche Todesqual, daß sie abwehrend aufstöhnte. Nein, sie hatte nie die Absicht gehabt, sich umzubringen. Kein Mensch, nicht einmal Steve, war eine ewige Verdammnis wert. Steve glaubte vielleicht nicht an die Hölle, aber verstand Steve denn überhaupt etwas von Dingen, die wichtig waren? Aber sie mußte sich die Flasche Aspirin verschaffen, die, wie sie wußte, irgendwo im Behandlungsraum sein mußte. Sie würde nichts damit machen, aber sie würde sie immer griffbereit haben. Sie würde wissen, daß sie das Mittel, ihr Leben zu beenden, falls es unerträglich wurde, zur Hand hatte. Und vielleicht, wenn sie nur eine Handvoll davon nahm und die Flasche an ihrem Bett stehenließ, würde man wenigstens merken, daß sie unglücklich war. Das war alles, was sie wollte; alles, was sie je gewollt hatte. Man würde Steve holen. Man würde auf ihre Verzweiflung aufmerksam werden. Vielleicht konnte man Steve sogar zwingen, sie mit nach London zu nehmen. Sie mußte unbedingt in den Behandlungsraum, nachdem sie unter solchen Mühen so weit gekommen war.

Die Tür bot keine Schwierigkeit. Aber als sie hindurchgeglitten war, merkte sie, daß sie am Ende war. Sie konnte das Licht nicht anmachen. Die schwache Birne im Flur verbreitete zwar ein mattes Licht, aber es reichte, selbst wenn die Tür zum Behandlungszimmer einen Spaltbreit offen war, nicht aus, um ihr zu zeigen, wo der Lichtschalter war. Und wenn es ihr gelingen sollte, das Licht mit dem Gürtel anzumachen, mußte sie ganz genau wissen, wohin sie zielen mußte. Sie streckte die Hand aus und tastete die Wand ab. Nichts. Sie machte aus dem Gürtel eine Schlaufe und warf sie ein

paarmal vorsichtig in die Richtung, wo sie den Lichtschalter vermutete. Aber sie fiel ergebnislos ins Leere.
Völlig verzagt und halberfroren fing sie wieder an zu
weinen, indem sie sich plötzlich vor Augen führte, daß
sie den ganzen mühsamen Weg noch einmal zurück machen mußte und daß das Schwierigste und Mühsamste,
sich wieder ins Bett hinaufzuziehen, noch vor ihr lag.

Und dann tauchte aus der Dunkelheit plötzlich eine
Hand auf, und das Licht wurde angemacht. Ursula stieß
einen leisen Schreckenslaut aus. Sie blickte auf. Im Türrahmen stand Helen Rainer in einer braunen, vorne offenen Kutte, mit zurückgeschlagener Kapuze. Die beiden Frauen starrten einander sprachlos und wie verstei-
nert an. Und Ursula sah in den Augen, die auf sie
gerichtet waren, das gleiche Entsetzen, das auch sie erfüllte.


# 3

Grace Willison fuhr mit einem Ruck aus dem Schlaf und
verfiel sofort in ein unkontrollierbares Zittern, als
würde sie von einer kräftigen Hand wachgerüttelt. Sie
lauschte in die Dunkelheit, indem sie den Kopf mühsam
vom Kissen hob; aber sie konnte nichts hören. Das Geräusch, das sie geweckt hatte, ob wirklich oder eingebil-
det, war nicht mehr zu hören. Sie machte die Nachttischlampe an; es war fast Mitternacht. Sie griff nach
ihrem Buch. Es war schade, daß die Taschenausgabe des
Trollope so schwer war. Das bedeutete, daß sie das Buch
gegen die Bettdecke lehnen mußte, und da sie, wenn sie
sich erst einmal ausgestreckt und die Haltung angenommen hatte, in der sie gewöhnlich schlief, die Knie nur
mit Mühe wieder anziehen konnte, ermüdete die Anstrengung, den Kopf zu heben und auf den kleinen
Druck zu starren, sowohl ihre Augen wie ihre Nacken-
muskeln. Sie hatte sich angesichts dieser Unbequemlich-
keit schon manchesmal gefragt, ob es wirklich ein solcher Genuß war, im Bett zu lesen, wie sie seit ihrer
Kindheit geglaubt hatte, als der väterliche Geiz wegen
der Stromrechnung und die mütterliche Sorge um ihre

Augen und den achtstündigen Nachtschlaf bewirkten, daß ihr eine Nachttischlampe vorenthalten blieb.

Ihr linkes Bein zuckte unkontrollierbar, und sie beobachtete unberührt und interessiert, wie ihre Decke unregelmäßig auf und ab hüpfte, als bewegte sich ein Tier unter dem Bettbezug. Es war immer ein schlechtes Zeichen, wenn sie so plötzlich aus dem ersten Schlaf wieder aufwachte. Sie hatte eine ruhelose Nacht vor sich. Sie fürchtete sich vor der Schlaflosigkeit und war einen Moment in Versuchung, darum zu beten, daß sie ihr nur heute nacht erspart bleiben möge. Aber sie hatte ihre Gebete schon gesprochen, und es kam ihr sinnlos vor, noch einmal um eine Gnade zu bitten, die ihr, das wußte sie aus Erfahrung, doch nicht zuteil werden würde. Gott um etwas zu bitten, das er einem, wie er bereits unmißverständlich deutlich gemacht hatte, nicht geben wollte, hieß sich aufführen wie ein hartnäckiges, eigensinniges Kind. Sie beobachtete interessiert die Kapriolen ihres Beins, auf unbestimmte Weise getröstet durch das sich nun schon fast spontan einstellende Gefühl, mit ihrem aufsässigen Körper nichts mehr zu tun zu haben.

Sie legte ihr Buch beiseite und beschloß, statt dessen an die Wallfahrt nach Lourdes in vierzehn Tagen zu denken. Sie stellte sich das fröhliche Durcheinander bei der Abfahrt vor – sie hatte sich einen neuen Mantel für diese Gelegenheit aufgehoben –, die gemeinschaftliche Fahrt durch Frankreich, ausgelassen, als ginge es zu einem Picknick, den ersten Anblick langgezogener Nebelschleier an den Ausläufern der Pyrenäen, die schneebedeckten Gipfel, Lourdes selbst mit seinem geschäftigen Treiben und seiner immerwährenden Feiertagsstimmung. Die Gruppe von Gut Toynton trat, mit Ausnahme der beiden Katholiken Ursula Hollis und Georgie Allan, nicht als Pilger auf, besuchte keine Messe und hielt sich mit geziemender Bescheidenheit im Hintergrund, wenn die Bischöfe in ihren karmesinroten Gewändern, die goldene Monstranz hoch erhoben, langsam um den Rosenkranzplatz herumgingen. Wie erhebend, wie bunt, wie prächtig das alles war! Die Kerzen webten ihre Lichtmuster, die Farben, der Gesang, das Gefühl, wieder zur Welt draußen zu gehören, aber zu einer Welt, in der Krankheit geehrt wurde und nicht mehr als Entfremdungszustand, als eine Deformation des Geistes wie des Körpers, betrachtet wurde. Jetzt waren es nur noch dreizehn Tage. Sie fragte sich, was ihr Vater, ein Erzprotestant, zu diesem sehnsüchtig erwarteten Vergnügen gesagt hätte. Aber sie hatte mit Pater Baddeley darüber gesprochen, ob es richtig war, an einer Wallfahrt teilzunehmen, und sein Rat war sehr klar gewesen. »Genießen Sie die Abwechslung und die Reise, mein liebes Kind; und warum auch nicht? Niemand kann sagen, daß es schädlich für ihn wäre, wenn er nach Lourdes geht. Feiern Sie Wilfreds Handel mit dem Allmächtigen ruhig mit.«

Sie dachte an Pater Baddeley. Es fiel ihr immer noch schwer, sich damit abzufinden, daß sie nie mehr im Patientenhof mit ihm sprechen oder in dem stillen Zimmer mit ihm beten würde. Tot – ein plumpes, ausdrucksloses, unschönes Wort. Kurz, kompromißlos – ein Wortklumpen. Dasselbe Wort, wenn man es recht bedachte, für Pflanzen, Tiere und Menschen. Das war ein interessanter Gedanke. Man hätte ein charakteristischeres, eindrucksvolleres, bedeutenderes Wort für den Tod eines Menschen erwartet. Aber wieso? Er gehörte doch auch nur zu ein und derselben Schöpfung, hatte teil an ihrem universellen Leben und war abhängig von ein und derselben Luft. Tot. Sie hatte gehofft, sie würde fühlen können, daß Pater Baddeley ihr nahe war; aber das war nicht geschehen, es stimmte einfach nicht. Sie sind alle entschwunden in die Welt des Lichts. Na ja, verschwunden jedenfalls; nicht länger an den Lebenden interessiert.

Sie sollte das Licht ausmachen, Strom war teuer; und wenn sie nicht lesen wollte, war sie verpflichtet, im Dunkeln zu liegen. Erhelle unsere Dunkelheit – ihre Mutter hatte dieses Kirchengebet immer geliebt – und schütze uns in Deiner großen Güte vor den Unbilden und Fährnissen dieser Nacht. Nur gab es hier keine Fährnisse außer Schlaflosigkeit und Schmerzen, den bekannten Schmerz, den sie ertragen mußte und fast als alten Bekannten willkommen hieß, weil sie sicher war, daß sie das Schlimmste, was er ihr antun würde, bestehen konnte; und diesen neuen, beängstigenden Schmerz, mit dem sie irgendwann in naher Zukunft irgend jemand inkommodieren mußte.

Die Vorhänge bewegten sich im Luftzug. Sie hörte plötzlich ein Klicken, unnatürlich laut, so daß ihr Herz eine Sekunde lang heftig klopfte. Metall schrapte auf Holz. Maggie hatte nicht mehr nach den Fensterriegeln gesehen, bevor sie Grace ins Bett brachte. Jetzt war es zu spät. Der Rollstuhl stand zwar neben dem Bett, aber sie konnte ohne Hilfe nicht hineinkommen. Aber das war nicht weiter schlimm, es sei denn, es würde heute nacht stürmisch werden. Und sie war fest davon überzeugt, daß niemand hereinklettern würde. Auf Gut Toynton gab es nichts zu stehlen. Und jenseits dieser flatternden Weiße – nichts – nichts als eine schwarze Leere, als dunkle Felsen, die sich dem ruhelosen Meer entgegenstreckten.

Der Vorhang kräuselte sich, blähte sich auf zu einem weißen Segel, einer lichten Wölbung. Sie stieß einen leisen Schrei aus bei diesem wunderschönen Anblick. Ein kühler Lufthauch strich über ihr Gesicht. Sie blickte zur Tür und lächelte zur Begrüßung. Sie begann: »Das Fenster – würden Sie wohl so gut sein . . . ?«

Aber sie sprach nicht zu Ende. Es blieben ihr nur noch drei Sekunden ihrer irdischen Zeit. Sie sah die vermummte Gestalt, die sich mit tief ins Gesicht gezogener Kapuze auf lautlosen Füßen wie eine Erscheinung rasch auf sie zubewegte, vertraut und doch entsetzlich fremd, dienstbare Hände, die den Tod trugen und sich auf sie herabsenkten. Sie wehrte sich nicht, das war nicht ihre Art, und warum sollte sie sich wehren, sie starb nicht unsanft und fühlte durch die dünne Plastfolie als letztes nur die kräftigen, warmen, seltsam tröstlichen Umrisse einer menschlichen Hand. Dann griff die Hand nach der Nachttischlampe und machte sie leise, und ohne den hölzernen Fuß zu berühren, aus. Zwei Sekunden später ging das Licht wieder an, und die vermummte Gestalt streckte, als sei ihr noch etwas eingefallen, die Hand nach dem Trollope aus, schüttelte das Buch, fand die gepreßte Blume in dem zusammengefalteten Seidenpapier und zerknüllte beides mit kräftigen Fingern. Dann griff die Hand wieder nach der Lampe, und das Licht ging zum letztenmal aus.

# 4

Endlich waren sie wieder in Ursulas Zimmer. Helen Rainer machte mit ruhiger Bestimmtheit die Tür zu und lehnte sich wie erschöpft einen Augenblick dagegen. Dann ging sie schnell zum Fenster und zog mit zwei raschen Bewegungen die Vorhänge zu. Ihre schweren Atemzüge erfüllten das kleine Zimmer. Es war ein schwieriger Weg gewesen. Helen hatte sie kurz im Behandlungsraum zurückgelassen, während sie Ursulas Rollstuhl am Fuß der Treppe bereitstellte. Wenn sie den erreicht hatten, war alles gut. Selbst wenn man sie unten im Flur zusammen sah, würde man denken, daß Ursula geläutet hatte und zur Toilette gebracht wurde. Die Treppen waren das Schwierigste, und es war anstrengend und mit Lärm verbunden gewesen, von Helen halb gestützt und halb getragen, wieder hinunterzukommen, fünf lange Minuten, erfüllt von schweren Atemzügen, dem Knarren des Treppengeländers, gezischten Befehlen und Ursulas halb unterdrücktem Schmerzgestöhn. Es schien jetzt wie ein Wunder, daß niemand im Flur aufgetaucht war. Es hätte sich schneller und leichter bewältigen lassen, wenn sie ins Haupthaus gegangen wären und den Aufzug benutzt hätten, aber das Klirren des Metallgitters und das Rasseln des Fahrwerks hätte das halbe Haus aufgeweckt.

Aber schließlich waren sie sicher zurück, und Helen, blaß im Gesicht, aber ruhig, nahm sich zusammen, trat vom Fenster weg und begann mit fachkundiger Routine, Ursula ins Bett zu packen. Keiner von beiden sprach, bis das geschafft war und Ursula bewegungslos und in halb angstvollem Schweigen dalag.

Helen kam mit dem Gesicht nahe an Ursulas Gesicht heran, unangenehm nahe. Im Schein der Nachttischlampe konnte Ursula die vergrößerten, vergröberten Gesichtszüge sehen, Poren wie kleine Krater, zwei nicht ausgezupfte Haare, die wie Borsten am Mundwinkel standen. Komisch, dachte Ursula, daß ihr das nicht schon früher aufgefallen war. Die grünen Augen schienen größer zu werden und aus den Höhlen treten zu wollen, während sie mit zischelnder Stimme ihre Anweisungen, ihre schreckliche Warnung hervorstieß. »Wenn er den nächsten Patienten verliert, muß er anfangen, Leute von der Warteliste aufzunehmen, oder zumachen. Er kann den Betrieb nicht mit weniger als sechs Patienten aufrechterhalten. Ich habe einen Blick in die Bücher geworfen, als er sie im Büro hat herumliegen lassen, ich weiß Bescheid. Er wird entweder verkaufen oder das Gut an den Ridgewell Trust übergeben. Wenn Sie hier weg wollen, gibt es bessere Möglichkeiten, als sich umzubringen. Helfen Sie mir, daß es zum Verkauf kommt, und gehen Sie zurück nach London.«

»Aber wie?«

Ursula entdeckte, daß sie wie eine Verschwörerin ebenfalls flüsterte.

»Er wird einen Familienrat abhalten, wie er es nennt. Das tut er immer, wenn es etwas Wichtiges zu entscheiden gibt, das den gesamten Haushalt betrifft. Jeder von uns äußert seine Meinung. Dann ziehen wir uns alle zurück, um eine Stunde lang schweigend zu meditieren. Danach wird abgestimmt. Lassen Sie sich von niemand dazu überreden, Ihre Stimme dem Ridgewell Trust zu geben. Sonst sind Sie für den Rest Ihres Lebens hier eingesperrt. Die hiesigen Behörden haben große Schwierigkeiten, Pflegeplätze für junge chronisch Kranke zu finden. Sobald die wissen, daß Sie irgendwo untergebracht sind, werden Sie nie mehr woandershin verlegt.«

»Aber lassen sie mich auch bestimmt nach Hause, wenn das Gut zugemacht wird?«

»Es wird ihnen nichts anderes übrig bleiben; auf jeden Fall wird man Sie nach London zurückschicken. Das ist immer noch Ihr ständiger Wohnsitz. Dort ist Ihr zuständiges Amt und nicht hier in Dorset. Und wenn Sie erst wieder in London sind, werden Sie ihn wenigstens sehen. Er könnte Sie besuchen, Sie abholen, Sie könnten über das Wochenende nach Hause gehen. Außerdem kann man doch bei Ihnen noch gar nicht von einer voll ausgebildeten Krankheit reden. Ich sehe nicht ein, warum Sie nicht beide gemeinsam in einer dieser Wohnungen für verheiratete Behinderte zurechtkommen sollen. Schließlich ist er Ihr Mann. Damit hat er bestimmte Verantwortlichkeiten und Pflichten.«

Ursula versuchte zu erklären: »Verantwortlichkeiten und Pflichten interessieren mich nicht. Ich will seine Liebe.«

Helen hatte aufgelacht. Ein mißtönender, unangenehmer Laut. »Liebe. Sonst nichts? Wollen wir die nicht alle? Aber wie soll er jemand weiterlieben, den er nie sieht? Das geht nicht bei Männern. Sie müssen unbedingt zu ihm zurück.«

»Und Sie werden nichts verraten?«

»Nichts, wenn Sie mir versprechen . . .«

». . . daß ich in Ihrem Sinne stimme . . .«

». . . und daß Sie kein Wort darüber verlauten lassen, daß Sie sich umbringen wollten und über alles, was hier passiert ist. Falls irgend jemand sagt, er hätte etwas gehört heute nacht – Sie haben nach mir geläutet, und ich habe Sie zur Toilette gebracht. Wenn Wilfred die Wahrheit erfährt, schickt er Sie in eine psychiatrische Klinik. Und das wollen Sie doch nicht, oder?«

Nein, das wollte sie nicht. Helen hatte recht. Sie mußte nach Hause. Wie einfach das alles war. Sie war plötzlich von Dankbarkeit erfüllt und mühte sich, die Arme nach Helen auszustrecken. Aber Helen war schon außer Reichweite. Kräftige Hände steckten das Bettzeug fest und erschütterten dabei die Matratze. Das Laken wurde stramm gezogen. Sie fühlte sich gefangen, aber sicher, ein Baby, das für die Nacht gewickelt wurde. Helen streckte die Hand nach der Lampe aus. Ein weißer Fleck bewegte sich im Dunkeln zur Tür. Usula hörte das Schloß leise klicken.

Während sie alleine dalag, erschöpft, aber seltsam getröstet, fiel ihr ein, daß sie Helen nichts von der vermummten Gestalt erzählt hatte. Aber das war wohl auch unwichtig. Wahrscheinlich war es Helen selber gewesen, die auf Graces Läuten hin zu ihr gegangen war. Hatte Helen das gemeint, als sie sagte, kein Wort über das, was heute nacht hier passiert ist? Sicher nicht. Aber sie würde auch nichts sagen. Wie konnte sie das, ohne zu verraten, daß sie oben auf der Treppe gehockt hatte. Und alles würde gut werden. Sie konnte jetzt schlafen. Was für ein Glück, daß Helen in den Behandlungsraum gegangen war, um sich Aspirin gegen ihre Kopfschmerzen zu holen, und sie gefunden hatte! Im Haus herrschte eine himmlische, ganz unnatürliche Ruhe. Etwas Seltsames, Ungewohntes war in dieser Stille. Und dann fiel es ihr ein, und sie lächelte in der Dunkelheit. Es war Grace. Kein Laut, kein Schnarchen drang störend durch die dünne Trennwand herüber. Heute nacht schlief sogar Grace Willison in Frieden.

# 5

Normalerweise war Julius Court schon wenige Minuten, nachdem er die Nachttischlampe ausgemacht hatte, eingeschlafen. Aber heute abend warf er sich nervös und voll innerer Unruhe hin und her, und seine Beine waren so kalt und schwer, als ob es Winter wäre. Er rieb sie gegeneinander und überlegte, ob er seine elektrische Wärmedecke hervorholen sollte. Aber die Mühe, das Bett neu machen zu müssen, hielt ihn davon ab. Alkohol schien ihm ein besseres und rascher wirkendes Mittel gegen beides, die Schlaflosigkeit und die Kälte, zu sein.

Er trat ans Fenster und blickte hinaus über die Landspitze. Tieftreibende Wolkenfetzen verbargen den abnehmenden Mond; die Dunkelheit im Landesinnern wurde nur von einem einzigen gelblich schimmernden Rechteck unterbrochen. Aber während er hinübersah, senkte sich Finsternis wie eine Jalousie über das ferne Fenster. Für einen Augenblick wurde aus dem Rechteck ein Viereck, dann erlosch auch das. Gut Toynton lag als schwach wahrnehmbarer Umriß in der Dunkelheit auf der stillen Landspitze.

# 6

Beim ersten Licht des kalten stillen Morgens stand Dalgliesh auf, fuhr in seinen Morgenrock und ging nach unten, um Tee zu kochen. Er fragte sich, ob Millicent noch im Gutshaus war. Ihr Fernseher war den ganzen vorhergehenden Abend nicht gelaufen, und jetzt war »Haus Hoffnung«, obwohl sie keine Frühaufsteherin war und auch sonst beim Aufstehen keinen Lärm machte, in fast heimlichtuerische und unverwechselbare Stille vollkommener Weltabgeschiedenheit gehüllt. Er machte im Wohnzimmer das Licht an, trug seine Tasse zum Tisch und breitete die Landkarte aus. Heute wollte er den Nordosten der Grafschaft erforschen und hatte sich vorgenommen, zum Mittagessen in Sherborne zu sein. Aber zuerst mußte er höflichkeitshalber im Gutshaus vorbeigehen und sich nach Wilfred erkundigen. Er machte sich keine ernsthaften Sorgen; es fiel ihm schwer, an die Szene von gestern ohne Irritation zu denken. Aber vielleicht sollte er doch noch einen Versuch machen, Wilfred davon zu überzeugen, daß es besser war, die Polizei einzuschalten oder zumindest den Anschlag, den man auf ihn verübt hatte, ernster zu nehmen. Und es wurde Zeit, daß er für den Aufenthalt in »Haus Hoffnung« Miete bezahlte. Gut Toynton war kaum so wohlhabend, daß ein taktvoll übermittelter Geldbetrag nicht willkommen gewesen wäre. Keines der beiden Vorhaben brauchte ihn länger als zehn Minuten im Gutshaus festzuhalten.

Es wurde an die Tür geklopft, und Julius trat herein. Er war formvollendet angezogen und vermittelte selbst zu dieser frühen Stunde den üblichen Eindruck ungezwungener Eleganz. Er sagte ruhig und als sei die Nachricht kaum die Mühe des Erwähnens wert: »Gut, daß Sie schon auf sind. Wilfred hat mich gerade angerufen. Grace Willison ist offenbar im Schlaf gestorben, und Eric macht irgendein überflüssiges Theater wegen dem Totenschein. Ich weiß nicht, was ich Wilfreds Meinung nach dabei tun kann. Seit Eric seine Approbation wieder hat, hat er auch die für seinen Berufsstand typische Arroganz wieder. Er meint, es wäre nicht damit zu rechnen gewesen, daß Grace Willison in den nächsten anderthalb, vielleicht sogar zwei Jahren sterben würde. Nachdem das nun doch geschehen ist, bereitet es ihm Schwierigkeiten, seinen Namen unter diese Insubordination zu setzen. Wie gewöhnlich sind sie alle damit beschäftigt, die Situation so dramatisch wie möglich zu gestalten. Ich würde mir das an Ihrer Stelle nicht entgehen lassen.«

Dalgliesh blickte, ohne ein Wort zu sagen, zum angrenzenden Haus hinüber. Julius sagte aufgeräumt: »Oh, Sie brauchen sich keine Sorgen zu machen, daß wir Millicent stören; ich fürchte, sie ist bereits dort. Anscheinend ist ihr Fernseher gestern abend kaputtgegangen, deshalb ist sie zum Gutshaus gegangen, um sich am späteren Abend noch eine Sendung dort anzusehen; dann hat sie aus irgendeinem unerfindlichen Grund beschlossen, über Nacht dazubleiben. Wahrscheinlich sah sie eine willkommene Gelegenheit darin, ihre Bettwäsche zu schonen und heißes Wasser zu sparen.«

Dalgliesh sagte: »Gehen Sie schon vor. Ich komme gleich nach.«

Er trank ohne Eile seinen Tee und verwandte drei Minuten aufs Rasieren. Er fragte sich, warum es ihm so widerstrebt hatte, mit Julius zu gehen, warum er, wenn er schon zum Gutshaus mußte, lieber alleine hingehen wollte. Und er fragte sich auch, warum ihm die Sache so naheging. Er hatte keine Lust, sich in den Streit auf Toynton einzumischen. Er war nicht sonderlich neugierig auf alles, was Grace Willisons Tod anging. In seinem Bewußtsein gab es nur dieses unerklärliche Unbehagen, das fast etwas wie Trauer um eine ihm so gut wie unbekannte Frau war und ein vager Ärger darüber, daß ihm der Start in einen so schönen Tag durch Bilder des Verfalls verdorben wurde. Und da war noch etwas anderes: ein Schuldgefühl. Das Geschehene kam ihm ebenso unvernünftig wie unfair vor. Durch ihren Tod schien sie sich mit Pater Baddeley verbündet zu haben. Statt des einen gab es jetzt zwei Schatten, die ihn anklagten. Das sollte offenbar ein doppeltes Versagen werden. Er mußte sich zwingen, zum Gutshaus aufzubrechen.

Er wußte sofort, als er beim Betreten des Anbaus die

erhobenen Stimmen hörte, wo Grace Willisons Zimmer war. Als er die Tür öffnete, sah er Wilfred, Eric, Millicent, Dot und Julius um das Bett herumstehen mit der unentschlossenen, beklommenen Miene von Fremden, die zufällig am Schauplatz eines Unfalls zusammentreffen, mit dem sie eigentlich nichts zu tun haben möchten, von dem sie sich aber auch nicht zu entfernen wagen.

Dorothy Moxon stand am Fußende des Betts und umklammerte mit ihren klobigen Händen, die rot wie Schinken waren, das Bettgestell. Sie trug ihre Oberschwesternhaube, von der auch nicht der geringste Hauch beruhigenden Expertentums ausging, sondern die eher grotesk wirkte. Die hohe Sahnetorte aus gefältetem Musselin schien auf morbide, bizarre Weise den Tod feiern zu wollen. Millicent war noch im Morgenmantel, der früher offenbar einmal ihrem Mann gehört hatte. Sie ertrank fast in dem schweren, wie eine Paradeuniform verzierten Plaid. Dagegen waren ihre Hausschuhe ein kokettes Nichts aus rosa Flausch. Wilfred und Eric trugen ihre braunen Kutten. Sie blickten kurz zur Tür, als er hereinkam, und wandten ihre Aufmerksamkeit dann sofort wieder dem Bett zu.

Julius sagte: »Kurz nach zwölf brannte in einem der Zimmer im Anbau das Licht. Sagten Sie nicht, daß sie um diese Zeit gestorben ist, Eric?«

»Es könnte um diese Zeit gewesen sein. Ich gehe lediglich davon aus, wie weit der Körper schon erkaltet ist und wann die Todesstarre eingesetzt hat. Ich bin für diese Dinge nicht zuständig.«

»Wie komisch! Ich dachte, der Tod wäre das einzige, wofür Sie zuständig sind.«

Wilfred sagte ruhig: »Das Licht brannte in Ursulas Zimmer. Sie hat kurz nach zwölf geläutet, um sich zur Toilette bringen zu lassen. Helen ist bei ihr gewesen, aber sie ist nicht mehr zu Grace hineingegangen. Es gab keinen Grund dazu. Sie hatte nicht geläutet. Niemand hat sie mehr gesehen, nachdem Dot sie ins Bett gebracht hat. Und da hat sie auch nicht gesagt, daß ihr irgend etwas fehlt.«

Julius wandte sich wieder an Eric Hewson: »Ihnen

sind die Hände gebunden. Wenn Sie die Todesursache nicht wissen, können Sie auch keinen Totenschein ausstellen. Ich an Ihrer Stelle würde jedenfalls auf Numero sicher gehen. Schließlich haben Sie erst seit kurzem Ihre Approbation wieder. Besser nicht das Risiko eingehen, irgendeinen Fehler zu machen.«

Eric Hewson sagte: »Halten Sie sich da raus, Julius, ich brauche Ihren Rat nicht. Ich weiß nicht, warum Wilfred Sie angerufen hat.«

Aber er sprach ohne Überzeugung, wie ein unsicheres, erschrecktes Kind, und sein Blick schweifte unruhig zur Tür, als hoffe er auf die Ankunft eines Verbündeten.

Julius fuhr unverfroren fort: »Ich habe den Eindruck, daß Sie jeden Rat brauchen, den Sie nur kriegen können. Worüber machen Sie sich überhaupt Sorgen? Haben Sie den Verdacht, daß irgend etwas faul sein könnte?«

Eric bemühte sich, seine Autorität unter Beweis zu stellen: »Seien Sie nicht albern! Es handelt sich ganz offensichtlich um eine natürliche Todesursache. Das Problem liegt darin, daß ich nicht verstehe, warum es ausgerechnet jetzt passiert ist. Ich weiß, daß es mit MS-Patienten so schnell zu Ende gehen kann, aber in ihrem Fall habe ich das nicht erwartet. Und Dot sagt, daß sie ihr genauso vorgekommen ist wie immer, als sie sie gestern abend um zehn ins Bett gebracht hat. Ich frage mich, ob sie noch irgendeine andere organische Krankheit hatte, die ich nicht bemerkt habe.«

Julius fuhr fröhlich fort: »Die Polizei hat nicht den Verdacht, daß irgend etwas faul ist. Na, Sie haben doch einen von ihnen hier, falls Sie einen fachkundigen Rat wollen. Fragen Sie doch den Kommissar, ob er den Verdacht hat, daß irgend etwas faul ist.«

Sie drehten sich um und sahen Dalgliesh an, als würden sie sich seiner Gegenwart zum erstenmal richtig bewußt. Der Fensterriegel klapperte mit quälender Beharrlichkeit. Er trat ans Fenster und sah hinaus. Unten an der Mauer war der Boden wie für ein schmales Beet etwa zehn Zentimeter breit umgegraben. Die sandige Erde war glatt und unberührt. Aber natürlich war sie das! Wenn ein heimlicher Besucher hatte ungesehen zu

Grace ins Zimmer gelangen wollen, warum dann durchs Fenster steigen, wenn die Tür des Gutshauses ohnehin nie verschlossen war?

Er befestigte den Fensterriegel und blickte, ans Bett zurücktretend, auf die Leiche hinunter. Das leblose Gesicht sah nicht gerade friedlich aus, eher ein wenig mißbilligend, der Mund war leicht geöffnet, und die Vorderzähne, noch kaninchenhafter als im Leben, waren gegen die Unterlippe gepreßt. Die Augenlider hatten sich fast ganz geschlossen und ließen nur ein Stückchen der Pupille frei, so daß es aussah, als starrte sie auf ihre beiden Hände, die ordentlich auf der straffgezogenen Bettdecke zurechtgelegt waren. Die kräftige rechte Hand mit den braunen Altersflecken lag über der verkrüppelten linken, als wollte sie sie vor seinem mitleidigen Blick bewahren. Sie trug zu ihrem letzten Schlaf ein altmodisches weißes zerknittertes Baumwollnachthemd mit einer unpassenden kindlichen Schleife aus schmalem blauen Band unter dem Kinn. Die langen Ärmel hatten Rüschen an den Manschetten. Neben dem einen Ellbogen war eine etwa fünf Zentimeter lange, fein gestopfte Stelle. Sein Blick war zwanghaft darauf gerichtet. Wer, fragte er sich, würde sich heute noch so eine Mühe machen? Ihre kranken gequälten Hände konnten dieses verschlungene Flickwerk unmöglich gemacht haben. Wie kam es, daß er diese gestopfte Stelle rührender und herzbewegender fand als die konzentrierte Ruhe auf dem leblosen Gesicht?

Er merkte, daß die Anwesenden aufgehört hatten zu streiten und ihn mit fragenden Blicken ansahen. Er nahm die beiden Bücher von Miss Willisons Nachttisch, ihr Gebetbuch und eine Taschenausgabe von *The Last Chronicle of Barset.* Im Gebetbuch lag ein Lesezeichen. Sie hatte, wie er sah, das Kirchengebet und das Evangelium für den Tag gelesen. Die Stelle war durch eine jener sentimentalen Postkarten markiert, wie sie fromme Menschen lieben, ein buntes, übertrieben naturalistisch gemaltes Bild mit einem von Vögeln umgebenen heiligen Franziskus im Glorienschein, der einer kunterbunt gemischten und von ihrem eigentlichen Lebensraum weit entfernten Tierschar eine Predigt hielt. Seine Gedanken schweiften ab in die Frage, warum in dem Trollope kein Lesezeichen lag. Sie war kein Mensch, der ein Buch aufs Gesicht legte, und sie hätte sicher in diesem Buch die Stelle, an der sie aufgehört hatte zu lesen, schwerer wiedergefunden. Das Fehlen eines Lesezeichens beunruhigte ihn auf unbestimmte Weise.

»Hat sie noch irgendwelche Angehörigen?« fragte er, und Anstey antwortete: »Nein. Sie hat mir erzählt, daß ihre Eltern Einzelkinder waren. Sie waren beide über vierzig, als sie geboren wurde, und sind vor etwa fünfzehn Jahren im Abstand von wenigen Monaten gestorben. Sie hatte noch einen älteren Bruder, aber der ist im Krieg in Afrika gefallen. Ich glaube, bei El Alamein.«

»Hinterläßt sie irgend etwas?«

»O nein, überhaupt nichts. Sie hat nach dem Tod ihrer Eltern einige Jahre bei der Offenen Tür gearbeitet, einer Wohlfahrtsorganisation, die sich mit der Resozialisierung entlassener Strafgefangener befaßt, und bekam von dort eine kleine Invalidenrente, eine winzige Summe. Die erlischt natürlich mit ihrem Tod. Ihr Aufenthalt bei uns wurde von der Sozialfürsorge bezahlt.«

Julius Court sagte mit plötzlich erwachtem Interesse. »Offene Tür? Kannte sie Philby, bevor Sie ihn eingestellt haben?«

Anstey machte ein Gesicht, als fände er diese nicht zur Sache gehörige Frage geschmacklos.

»Vielleicht. Sie hat nie etwas darüber ausgesagt. Aber es war Grace, die den Vorschlag machte, daß wir über die Offene Tür einen Hausdiener suchen sollten, daß Gut Toynton auf diese Weise die Arbeit der Wohlfahrtsorganisation unterstützen könnte. Wir waren sehr froh, als Albert Philby zu uns kam. Er gehört inzwischen zur Familie. Ich habe meinen Entschluß, ihn einzustellen, nie bereut.«

Millicent fiel ihm ins Wort: »Und du hast ihn natürlich billig gekriegt. Außerdem hieß es doch damals, Philby oder gar niemand, nicht wahr? Mit deiner Suche übers Arbeitsamt hattest du doch nie Glück, wenn die Bewerber erst mal dahinterkamen, daß du nur fünf Pfund und Kost und Logis bezahlen wolltest. Ich frage mich manchmal, warum Philby hierbleibt.«

Eine Diskussion darüber wurde dadurch, daß Philby selber zur Tür hereinkam, verhindert. Jemand mußte ihm gesagt haben, daß Miss Willison gestorben war, denn er schien nicht überrascht darüber zu sein, so viele Menschen in ihrem Zimmer vorzufinden, und gab auch keine Erklärung ab, warum er hereinkam. Statt dessen postierte er sich neben der Tür wie ein scharfer, unberechenbarer Wachhund. Die Anwesenden betrugen sich, als hätten sie beschlossen, daß es das Beste sei, keine Notiz von ihm zu nehmen.

Wilfred wandte sich an Eric Hewson: »Können Sie nicht ohne Obduktion zu einer Diagnose kommen? Mir ist der Gedanke, daß sie zerschnitten wird, so schrecklich; was für eine Entwürdigung, was für eine Unmenschlichkeit. Sie war so taktvoll in allem, was ihren Körper anging, so zurückhaltend, wie man das heutzutage gar nicht mehr versteht. Eine Autopsie wäre das letzte gewesen, was sie gewollt hätte.«

Julius sagte grob: »Und nun ist es das letzte, was sie bekommt.«

Dot Moxon sprach jetzt zum erstenmal. Sie fuhr in plötzlicher Wut zu ihm herum, die Fäuste geballt, das derbe Gesicht gerötet. »Wie können Sie es wagen! Was geht Sie das überhaupt an? Ob tot oder lebendig, Sie haben sich doch nie um sie gekümmert, um sie oder um irgendeinen anderen von den Patienten. Sie haben das Gut doch nur für Ihre eigenen Zwecke benutzt!«

»Benutzt?« Die grauen Augen flackerten und wurden dann groß; Dalgliesh konnte förmlich zusehen, wie sich die Pupillen weiteten. Julius starrte Dot in ungläubigem Ärger an.

»Ja, benutzt. Ausgebeutet, wenn Ihnen das besser gefällt. Es pulvert Sie doch auf, nach Gut Toynton zu kommen, wenn Ihnen London zu langweilig wird, Wilfred unter dem Vorwand, ihm Ratschläge zu geben, von oben herunter zu behandeln und sich den Insassen gegenüber als Gönner aufzuspielen wie der heilige Nikolaus. Es tut Ihnen gut und möbelt Ihr Ego auf, wenn Sie den Kontrast zwischen Ihrem eigenen gesunden und den kranken Körpern sehen können. Aber Sie achten verdammt genau darauf, daß Sie nicht zuviel tun. Ihre Freundlichkeit kostet Sie doch in Wirklichkeit gar nichts. Niemand außer Henry wird zu Ihnen nach Hause eingeladen. Aber Henry war früher auch mal ein ziemlich bedeutender Mann. Und es gibt Dinge, über die Sie mit ihm klatschen können. Sie sind der einzige hier, von dessen Haus aus man das Meer sehen kann, aber wir haben es noch nie erlebt, daß Sie uns eingeladen hätten, die Patienten in ihren Rollstühlen auf Ihre Terrasse zu bringen. Nein, ums Verrecken nicht! Das zum Beispiel wäre etwas gewesen, was Sie für Grace hätten tun können – sie ab und zu mit zu sich nehmen und sie ruhig dort sitzen und aufs Meer blicken lassen. Sie war nicht dumm, das wissen Sie. Vielleicht hätte Ihnen die Unterhaltung mit ihr sogar Spaß gemacht. Aber eine häßliche ältere Frau in einem Rollstuhl – das hätte die Wirkung Ihrer schicken Terrasse verdorben, nicht wahr? Und jetzt, wo sie tot ist, kommen Sie hierher und tun so, als wollten Sie Eric gute Ratschläge geben. Hören Sie um Himmels willen auf damit!«

Julius lachte unbehaglich. Er schien sich in der Gewalt zu haben, aber seine Stimme klang schrill. »Ich weiß nicht, womit ich diesen Ausbruch verdient habe. Ich wußte nicht, als ich ein Haus von Wilfred kaufte, daß ich damit die Verantwortung für Grace Willison oder auch für irgend jemand sonst auf Gut Toynton übernehmen würde. Ich zweifle nicht, daß es ein Schock für Sie ist, Dot, so kurz nach Victor einen weiteren Patienten zu verlieren, aber warum lassen Sie das an mir aus? Wir alle wissen, daß Sie Wilfred lieben, und ich bezweifle nicht, daß das ziemlich frustrierend für Sie ist, aber das ist nicht meine Schuld. Ich bin vielleicht ein bißchen ambivalent in meinen sexuellen Neigungen, aber ich werde bestimmt nicht in einen Konkurrenzkampf um ihn eintreten.«

Plötzlich stolperte sie auf ihn los und holte mit einer zugleich absurden und theatralischen Geste aus, um ihn zu ohrfeigen. Aber ehe sie zuschlagen konne, hatte Julius ihr Handgelenk gepackt. Dalgliesh war überrascht über seine schnelle und sichere Reaktion. Seine angespannte Hand, weiß und vor Anstrengung zitternd, hielt mit kraftvollem Griff Dots Hand in die Höhe, so daß die beiden aussahen wie zwei ungleiche Ringer auf der Darstellung eines Kampfes. Plötzlich lachte er und ließ ihre Hand fallen. Er senkte seine Hand langsamer herunter und begann, den Blick noch immer auf ihr Gesicht gerichtet, sein Handgelenk zu massieren und hin und her zu drehen. Dann lachte er wieder, ein gefährlicher Laut, und sagte verhalten: »Nehmen Sie sich in acht! Ich bin kein kranker hilfloser Greis, verstehen Sie!«

Sie ließ einen keuchenden Laut hören, brach in Tränen aus und stolperte schluchzend aus dem Zimmer — eine unbeholfene, mitleiderregende, aber keine lächerliche Gestalt. Philby schlüpfte nach ihr hinaus. Sein Gehen wurde genausowenig beachtet wie sein Kommen.

Wilfred sagte leise: »Das hätten Sie nicht sagen sollen, Julius, das alles nicht.«

»Ich weiß. Es war unverzeihlich. Es tut mir leid. Das werde ich Dot auch sagen, sobald wir wieder ruhiger sind.«

Die Kürze, das Fehlen jeglicher Selbstrechtfertigung und die offenkundige Aufrichtigkeit seiner Entschuldigung beschwichtigte sie.

Dalgliesh sagte ruhig: »Ich könnte mir vorstellen, daß Miss Willison diesen Streit über ihrer Leiche viel schockierender fände als alles, was ihr auf dem Seziertisch passieren könnte.«

Seine Worte riefen Wilfred wieder in Erinnerung, worum es eigentlich ging. Er wandte sich an Eric Hewson: »Aber bei Michael gab es all diese Schwierigkeiten nicht, da haben Sie den Totenschein sofort ausgestellt.«

Dalgliesh konnte den ersten Anflug von Verdrossenheit in seiner Stimme erkennen.

Eric erklärte: »Ich wußte, woran Michael gestorben ist. Ich hatte ihn noch morgens gesehen. Für Michael war es nach dem letzten Herzanfall nur noch eine Frage der Zeit. Er war ein Todeskandidat.«

»Wie wir alle«, sagte Wilfred, »wie wir alle.«

Diese fromme Platitüde schien seine Schwester aufzubringen. Sie sprach jetzt zum erstenmal. »Komm, sei nicht albern, Wilfred. Ich bin bestimmt keine Todeskandidatin, und du wärest auch ziemlich irritiert, wenn man das von dir behaupten würde. Und was Grace anlangt, sie kam mir schon immer viel kränker vor, als irgend jemand hier zu begreifen schien. Vielleicht siehst du jetzt ein, daß nicht immer diejenigen die meiste Aufmerksamkeit brauchen, die das größte Theater machen.« Sie wandte sich an Dalgliesh: »Was passiert denn eigentlich, wenn Eric keinen Totenschein ausstellt? Bedeutet das, daß wir dann wieder die Polizei hier haben?«

»Ja, dann wird wahrscheinlich ein Polizist hierherkommen. Nur ein einfacher Polizist. Er kommt im Auftrag des Untersuchungsrichters und wird die Leiche beschlagnahmen.«

»Und dann?«

»Dann wird der Untersuchungsrichter eine Obduktion veranlassen. Und je nachdem, wie das Ergebnis ausfällt, wird er entweder die Todesurkunde unterschreiben oder aber eine Voruntersuchung durchführen.«

Wilfred sagte: »Das ist alles so schrecklich, so überflüssig.«

»So verlangt es das Gesetz, und das weiß Dr. Hewson.«

»Aber was soll das heißen, so verlangt es das Gesetz? Grace ist, wie wir alle wissen, an multipler Sklerose gestorben. Und wenn sie noch irgendeine andere Krankheit hatte? Eric kann sie jetzt nicht mehr behandeln oder irgend etwas tun, um ihr zu helfen. Was ist denn das für ein Gesetz?«

Dalgliesh erklärte geduldig: »Der Arzt, der einen Verstorbenen während seiner letzten Krankheit behandelt hat, ist verpflichtet, dem Standesamt auf einem vorgedruckten Formular die Todesursache nach seinem besten Wissen und Gewissen urkundlich mitzuteilen. Außerdem muß er einen geeigneten Bürgen, und das könnte der Besitzer des Hauses sein, in dem der Tod eingetreten ist, davon in Kenntnis setzen, daß er eine solche Urkunde ausgestellt hat. Ein Arzt ist gesetzlich nicht dazu verpflichtet, einen Todesfall dem Untersuchungsrichter zu melden, wird es aber in der Regel tun, wenn irgendwelche Zweifel bestehen. Wenn ein Arzt einen Todesfall dem Untersuchungsrichter meldet, entbindet ihn das nicht von der Pflicht, einen Totenschein mit Angabe der Todesursache auszustellen, er muß diese Meldung aber auf dem Formular vermerken, damit das Standesamt mit der offiziellen Eintragung noch wartet, bis es vom Untersuchungsrichter Bescheid bekommt. Nach Paragraph 3 des Coroners Act aus dem Jahre 1887 hat ein Untersuchungsrichter die Pflicht, eine Voruntersuchung durchzuführen, wenn er erfährt, daß sich in seiner Gerichtsbarkeit die Leiche einer Person befindet, für die der begründete Verdacht eines gewaltsamen oder unnatürlichen oder eines plötzlichen Todes aus unbekannter Ursache besteht oder die in der Haft oder unter sonstigen Umständen gestorben ist, die aufgrund anderer Gesetze eine Voruntersuchung erforderlich machen. So lautet, nur weil Sie gefragt haben – und in allen etwas langatmigen Einzelheiten –, das Gesetz. Grace Willison ist plötzlich gestorben, und nach Dr. Hewsons Meinung ist die Todesursache im Augenblick unbekannt. Er verfährt also völlig korrekt, wenn er diesen Todesfall dem Untersuchungsrichter meldet. Das bedeutet eine Obduktion, aber nicht unbedingt eine Voruntersuchung.«

»Aber mir ist der Gedanke schrecklich, daß sie zerstückelt auf einem Seziertisch liegt.« Wilfred hörte sich allmählich an wie ein eigensinniges Kind.

Dalgliesh sagte kühl: »Zerstückelt ist nicht der richtige Ausdruck. Eine Obduktion ist eine saubere, systematische Angelegenheit. Und wenn Sie mich jetzt bitte entschuldigen wollen, ich möchte gerne zu Ende frühstükken.«

Plötzlich unternahm Wilfred eine fast körperliche Anstrengung, sich zusammenzunehmen. Er richtete sich auf und verharrte, die Arme in den weiten Ärmeln seiner Kutte verschränkt, einen Augenblick in schweigender Meditation. Eric Hewson sah ihn verwundert an und blickte dann wie ratsuchend von Dalgliesh zu Julius. Schließlich sagte Wilfred: »Sie rufen jetzt am besten sofort im Büro des Untersuchungsrichters an, Eric. Normalerweise würde Dot die Leiche aufbahren, aber damit warten wir besser, bis man uns gesagt hat, wie wir uns verhalten sollen. Wenn Sie telefoniert haben, sagen Sie doch bitte allen Bescheid, daß ich gleich nach dem Frühstück mit der ganzen Familie sprechen möchte. Helen und Dennis sind im Augenblick bei den Patienten. Und du, Millicent, könntest vielleicht nach Dot sehen und dafür sorgen, daß sie sich wieder beruhigt. Und jetzt möchte ich gerne mit Ihnen beiden, Julius und Adam Dalgliesh, sprechen.«

Er blieb einen Moment mit geschlossenen Augen am Fußende von Graces Bett stehen. Dalgliesh fragte sich, ob er betete. Dann ging er, allen voran, hinaus. Während sie ihm folgten, flüsterte Julius, fast ohne dabei die Lippen zu bewegen: »Erinnert unangenehm an ähnliche Aufforderungen in früheren Zeiten, ins Direktorzimmer zu kommen. Wir hätten uns vorher mit einem kräftigen Frühstück stärken sollen.«

Im Büro kam Wilfred sofort zur Sache.

»Durch Graces Tod muß ich meine Entscheidung früher treffen, als ich erwartet hatte. Wir können den Betrieb nicht mit nur vier Patienten aufrechterhalten. Andererseits kann ich nicht gut anfangen, Leute von der Warteliste aufzunehmen, ohne zu wissen, ob das Gut überhaupt weitergeführt wird. Am Nachmittag von Graces Beerdigung möchte ich einen Familienrat abhalten. Ich denke, es ist richtig, bis dahin zu warten. Das wäre in etwa einer Woche, sofern es keine Komplikationen gibt. Es wäre mir lieb, wenn Sie beide daran teilnehmen und uns dabei helfen würden, eine Entscheidung zu finden.«

Julius sagte rasch: »Das ist unmöglich, Wilfred. Das ist nicht meine Sache. Das heißt, nicht meine Sache im juristischen oder sonst irgendeinem formalen Sinn. Es geht mich einfach nichts an.«

»Sie wohnen hier. Ich habe Sie immer als zur Familie gehörig betrachtet.«

»Das ist lieb von Ihnen, und ich fühle mich geehrt dadurch. Aber es stimmt nicht. Ich gehöre nicht zur Familie und habe absolut kein Recht, bei einer Sache mitzuentscheiden, die mich eigentlich in keiner Weise betrifft. Sollten Sie sich entschließen zu verkaufen, woraus ich Ihnen keinen Vorwurf machen würde, werde ich es wahrscheinlich auch tun. Ich habe keine Lust, auf Gut Toynton zu leben, wenn daraus ein Campingplatz geworden ist. Aber es macht mir nichts aus, zu verkaufen. Irgendein cleverer junger Geschäftsmann aus den Midlands wird mir schon einen guten Preis dafür bezahlen, dem Ruhe und Frieden egal sind, der sich im Wohnzimmer eine schicke Bar einbaut und auf der Terrasse eine Fahnenstange aufstellt. Mein nächstes Häuschen werde ich mir wahrscheinlich in der Dordogne suchen, nachdem ich vorher sorgfältige Erkundigungen eingezogen habe, ob sein Vorbesitzer etwa auch irgendeinen Pakt mit dem Teufel oder mit dem lieben Gott eingegangen ist. Tut mir leid, aber meine Antwort ist ein definitives Nein.«

»Und Sie, Adam?«

»Ich habe noch weniger das Recht, eine Meinung zu haben als Court. Für die Patienten ist das Gut ihr Zuhause. Warum in aller Welt sollte die Stimme irgendeines zufälligen Besuchers mit über ihre Zukunft entscheiden?«

»Weil ich Ihrem Urteil sehr vertraue.«

»Dafür gibt es keinen Grund. In dieser Sache sollten Sie lieber Ihrem Buchhalter vertrauen.«

Julius fragte: »Laden Sie Millicent zum Familienrat ein?«

»Natürlich. Sie hat mir vielleicht nicht immer so beigestanden, wie ich es mir gewünscht hätte, aber sie gehört mit zur Familie.«

»Und Maggie Hewson?«

Wilfred sagte knapp: »Nein.«

»Das wird ihr nicht gefallen. Und ist es nicht ein bißchen verletzend für Eric?«

»Nachdem Sie gerade deutlich gemacht haben, daß Sie das alles nichts angeht, können Sie die Entscheidung darüber, was für Eric verletzend ist, ruhig mir überlassen. Und wenn Sie beide mich nun entschuldigen wollen, ich möchte jetzt mit der Familie frühstücken.«

# 7

Während sie Wilfreds Zimmer verließen, sagte Julius unvermittelt, wie einer spontanen Regung folgend: »Kommen Sie doch mit zu mir zum Frühstück. Oder trinken Sie etwas bei mir. Wenn es für Alkohol noch zu früh ist, vielleicht einen Kaffee. Aber kommen Sie doch bitte mit. Ich kann mich schon den ganzen Morgen nicht leiden und bin kein guter Umgang für mich.«

Das klang zu sehr nach einer Bitte, um einfach abgelehnt zu werden. Dalgliesh sagte: »Wenn Sie mir fünf Minuten Zeit lassen. Ich möchte noch eben jemanden besuchen. Wir treffen uns in der Eingangshalle.«

Er wußte von seiner ersten Besichtigung des Gutshauses noch, wo Jennie Pegrams Zimmer war. Es mochte einen geeigneteren Zeitpunkt für dieses Treffen geben, dachte er, aber darauf konnte er nicht warten. Er klopfte an die Tür und hörte den überraschten Unterton in ihrer Stimme, als sie »herein« rief. Sie saß im Rollstuhl vor dem Toilettentisch, und das strohblonde Haar fiel ihr über die Schultern. Er trat, indem er den anonymen Brief aus der Brieftasche holte, hinter sie und legte ihn vor ihr auf den Toilettentisch. Ihre Augen trafen sich im Spiegel.

»Haben Sie das getippt?«

Sie ließ, ohne den Brief aufzunehmen, den Blick darüber hingleiten. Ihre Augen flackerten, eine Welle brennender Röte lief über ihren Hals. Er hörte, wie sie mit leisem Zischen den Atem einzog; aber ihre Stimme war ruhig. »Warum sollte ich das?«

»Ich könnte Ihnen ein paar Gründe nennen. Haben Sie es getan?«

»Natürlich nicht! Ich habe den Brief noch nie gesehen.« Sie warf wieder einen geringschätzigen, verächtlichen Blick darauf. »Er ist . . . albern, kindisch.«

»Ja, ein jämmerliches Machwerk. Wahrscheinlich in Eile hingehauen. Ich dachte mir, daß Sie nicht sonderlich zufrieden damit sind. Er ist bei weitem nicht so phantasievoll und aufregend wie die anderen.«

»Welche anderen?«

»Kommen Sie, fangen wir mit dem an Grace Willison

an. Der hat Ihnen wirklich Ehre gemacht. Ein phantasievolles Werk und so geschickt abgefaßt, daß es ihr die Freude an dem einzigen wirklichen Freund verderben mußte, den sie hier gefunden hatte, und obendrein schmutzig genug, um sicherzustellen, daß sie sich schämen würde, ihn irgend jemand zu zeigen. Ausgenommen einem Polizisten natürlich. Es hat sogar Miss Willison nichts ausgemacht, den Brief einem Polizisten zu zeigen. Wenn es um Obszönitäten geht, genießen wir fast die Vertrauenswürdigkeit eines Arztes.«

»Das hätte sie sich nie getraut! Außerdem weiß ich gar nicht, wovon Sie reden.«

»Glauben Sie nicht? Schade, daß Sie sie nicht mehr fragen können. Sie wissen, daß sie tot ist?«

»Damit habe ich nichts zu tun.«

»Sie können von Glück sagen, daß ich derselben Meinung bin. Sie war kein Mensch, der sich umbringt. Ich frage mich, ob Sie dasselbe Glück – oder Pech – auch bei Ihren anderen Opfern hatten, bei Victor Holroyd zum Beispiel.«

Ihr Schrecken war jetzt unverkennbar. Die dünnen Hände drehten in verzweifeltem Gebärdenspiel am Griff der Haarbürste. »Das war nicht meine Schuld. Ich habe Victor nie geschrieben. Ich habe niemand geschrieben.«

»Sie sind nicht so schlau, wie Sie glauben. Sie vergessen die Fingerabdrücke. Vielleicht haben Sie sich nicht überlegt, daß man sie im gerichtsmedizinischen Labor auch auf Papier feststellen kann. Und dann ist da noch der Zeitfaktor. Alle Briefe wurden geschrieben, seit Sie auf Gut Toynton sind. Der erste tauchte auf, bevor Ursula Hollis hierherkam, und Henry Carwardine können wir wohl auch ausschließen. Ich weiß, daß die Briefe nach Mr. Holroyds Tod aufhörten. Lag das daran, daß Ihnen klargeworden war, wie weit Sie gegangen sind? Oder haben Sie gehofft, daß man Mr. Holroyd für den Schuldigen halten würde? Aber die Polizei wird herauskriegen, daß die Briefe nicht von einem Mann stammen. Außerdem gibt's noch den Speicheltest. Man kann beim größten Teil der Bevölkerung – mit Ausnahme von fünfzehn Prozent – die Blutgruppe aus dem Speichel bestimmen. Dumm, daß Sie das nicht gewußt haben, als Sie an der Gummierung der Umschläge leckten.«

»Der Umschläge . . . aber ich habe doch gar keine . . .«

Sie zog, Dalgliesh zugewandt, hörbar die Luft ein. Ihre Augen weiteten sich vor Entsetzen. Die Röte wich einer tiefen Blässe.

»Nein, Sie haben keine Umschläge benutzt. Die Briefe wurden Ihren Opfern zusammengefaltet in ein Buch gesteckt, das sie sich aus der Bibliothek ausgeliehen hatten. Aber das wußten nur Sie und der Empfänger.«

Sie sagte, ohne ihn anzusehen: »Was werden Sie jetzt tun?«

»Ich weiß es noch nicht.«

Und er wußte es wirklich nicht. Ein Gefühl, gemischt aus Verlegenheit, Zorn und Scham, erfüllte ihn, das ihm fremd war. Es war so einfach gewesen, sie in die Falle zu locken, so einfach und so gemein. Er sah sich so deutlich, als sei er ein Zuschauer, wie er, gesund und im Vollbesitz seiner Körperkräfte, gebieterisch über ihre Gebrechlichkeit zu Gericht saß und ihr von seinem Richterstuhl aus die übliche Standpauke hielt, bevor er die Strafe zur Bewährung aussetzte. Eine scheußliche Vorstellung. Sie hatte Grace Willison Kummer bereitet. Aber wenigstens konnte sie sich auf psychologische Entschuldigungsgründe berufen. Wieviel von seinem eigenen Ärger und Abscheu entsprang seinem Schuldgefühl? Was hatte er getan, um Grace Willisons letzte Lebenstage glücklicher zu machen? Aber irgend etwas mußte mit ihr geschehen. Sie würde im Augenblick kaum weiteres Unheil auf Gut Toynton anrichten, aber wie sah es in Zukunft aus? Und Henry Carwardine hatte wahrscheinlich ein Recht darauf, alles zu erfahren. Ebenso Wilfred, konnte man sagen, und der Ridgewell Trust, falls er das Gut übernahm. Einige würden auch der Meinung sein, daß sie Hilfe brauchte. Sie würden mit dem heutzutage üblichen Vorschlag kommen, sie zum Psychiater zu schicken. Er wußte nicht recht. Er hatte kein großes Zutrauen zu diesem Heilmittel. Möglicherweise schmeichelte es ihrer Eitelkeit und befriedigte ihren Geltungsdrang. Aber wenn die Opfer selber beschlossen hatten, Schweigen zu bewahren, und sei es nur, um Wilfred Ärger zu ersparen, welches Recht hatte dann er, über ihre Beweggründe einfach hinwegzugehen und ihr Vertrauen zu mißbrauchen. Er war von seinem Beruf her gewohnt, sich peinlich genau an Vorschriften zu halten. Selbst wenn er eine ungewöhnliche Entscheidung getroffen hatte, war die moralische Seite – wenn man diesen Ausdruck gebrauchen konnte, er hatte es nie getan – immer klar und unzweideutig gewesen. Seine Krankheit mußte seine Willenskraft und sein Urteilsvermögen ebenso geschwächt haben wie seinen Körper, wenn er vor diesem lächerlichen Problem kapitulierte. Sollte er Anstey oder seinem Nachfolger eine verschlossene Nachricht dalassen, die sie öffnen sollten, wenn es weitere Schwierigkeiten gab? Es war wirklich absurd, auf einen so kümmerlichen und theatralischen Ausweg zu verfallen. Warum in aller Welt konnte er keine klare Entscheidung treffen? Er wünschte sich, daß Pater Baddeley noch lebte, weil er wußte, daß er dessen schwachen Schultern diese Last getrost hätte aufbürden können.

Er sagte: »Ich überlasse es Ihnen, Ihren Opfern zu sagen, und zwar allen, ohne Ausnahme, daß Sie die Schuldige waren und daß es in Zukunft nicht wieder vorkommen wird. Und daran würde ich mich an Ihrer Stelle auch halten. Ich überlasse es Ihrer Erfindungsgabe, sich eine Entschuldigung einfallen zu lassen. Ich kann mir vorstellen, daß Sie die Aufmerksamkeit und die Überfürsorge, mit der man Sie in Ihrem früheren Krankenhaus behandelt hat, vermissen. Aber muß man das damit kompensieren, daß man andere Menschen unglücklich macht?«

»Sie hassen mich.«

»Unsinn. Sie hassen sich selber. Haben Sie außer Miss Willison und Mr. Carwardine noch jemand so einen Brief geschrieben?«

Sie sah ihn verschlagen von unten herauf an. »Nein, nur diesen beiden.«

Wahrscheinlich war es eine Lüge, dachte er müde. Wahrscheinlich hatte Ursula Hollis auch einen Brief bekommen. Würde es den Schaden verringern oder vergrößern, wenn er sie fragte?

Er hörte Jennie Pegrams Stimme, kräftiger jetzt und selbstsicherer. Sie hob die linke Hand und begann, indem sie sich die Strähnen übers Gesicht zog, ihr Haar zu bürsten. Sie sagte: »Niemand hier macht sich etwas aus mir. Alle verachten sie mich. Sie wollten mich nicht hier haben, und ich wollte nicht hierher. Sie können mir helfen, aber Sie haben kein wirkliches Interesse daran. Sie wollen mir noch nicht einmal zuhören.«

»Lassen Sie sich von Dr. Hewson einen Psychiater besorgen und vertrauen Sie sich dem an. Er wird dafür bezahlt, Neurotikern, die von sich reden wollen, zuzuhören. Ich nicht.«

Er bereute seine Unfreundlichkeit, sobald die Tür hinter ihm ins Schloß fiel. Er wußte, was sie ausgelöst hatte – die plötzliche Erinnerung an Grace Willisons zusammengeschrumpften, häßlichen Körper in dem billigen Nachthemd. Es war gut, dachte er in einem Anflug von Selbstüberdruß, daß er seinen Beruf aufgab, wenn Zorn und Mitleid ihn so parteiisch machten. Oder lag es an Gut Toynton? Dieser Ort, dachte er, geht mir allmählich auf die Nerven.

Während er rasch den Gang hinabschritt, ging neben Grace Willisons Zimmer die Tür auf, und er sah Ursula Hollis. Sie winkte ihn, indem sie den Rollstuhl herumschwenkte, um ihm die Tür frei zu machen, zu sich herein.

»Man hat uns gesagt, daß wir in unseren Zimmern warten sollen. Grace ist tot.«

»Ja, ich weiß.«

»Aber wieso? Was ist passiert?«

»Das weiß man noch nicht genau. Dr. Hewson kümmert sich gerade darum, daß eine Obduktion gemacht wird.«

»Aber sie hat sich doch nicht umgebracht?«

»Nein, bestimmt nicht. Es sah so aus, als ob sie ruhig im Schlaf gestorben wäre.«

»Sie meinen, wie Pater Baddeley?«

»Ja, genau wie Pater Baddeley.«

Sie verstummten und starrten einander an. Dalgliesh fragte: »Sie haben heute nacht nicht irgend etwas gehört?«

»O nein! Nichts! Ich habe heute nacht sehr gut geschlafen, das heißt, nachdem Helen bei mir gewesen
ist.«

»Hätten Sie es gehört, wenn sie gerufen hätte oder
wenn jemand zu ihr hineingegangen wäre?«

»O ja, wenn ich wach gewesen wäre. Sie hat mich
manchmal mit ihrem Schnarchen wach gehalten. Aber
ich habe sie nicht rufen hören, und sie ist auch schon
vor mir eingeschlafen. Bei mir war lange vor halb eins
das Licht aus, und da dachte ich noch, wie ruhig sie ist.«

Er ging auf die Tür zu und blieb dann stehen, als
spürte er, daß sie ihn ungern gehen sah. Er fragte: »Be-
drückt Sie irgend etwas?«

»O nein! Nichts! Es war nur die Ungewißheit wegen
Grace, und weil alle so geheimnisvoll tun. Aber wenn
man eine Obduktion macht... ich meine, nach der Obduktion wird man doch wissen, woran sie gestorben ist.«

»Ja«, sagte er ohne Überzeugung, als wollte er mit ihr
zugleich sich selber beruhigen, »nach der Obduktion
wird man es wissen.‹

# 8

Julius wartete allein in der Eingangshalle, und sie verließen gemeinsam das Gutshaus. Sie gingen, ein wenig Abstand voneinander haltend, in sich gekehrt und den
Blick auf den Weg gerichtet durch die klare Morgenluft.
Keiner von beiden sprach. Wie durch ein unsichtbares
Band zusammengehalten, schritten sie, sorgsam den Abstand zwischen sich wahrend, zum Meer hin. Dalgliesh
war froh über das Schweigen seines Begleiters. Er
dachte über Grace Willison nach und versuchte zu er-
gründen, warum er dieses Gefühl der Unruhe und des
Unbehagens empfand, das ihm bis zum Widernatürli-
chen unlogisch vorkam. An ihrem Körper war nichts
festzustellen gewesen. Keine Verfärbung. Keine Bluter-
güsse im Gesicht oder an der Stirn. Keine Spur von Un-
ordnung in ihrem Zimmer. Nichts Außergewöhnliches
als ein unverriegeltes Fenster. Sie selbst hatte dagelegen
in der Erstarrung eines natürlichen Todes. Warum also

dieser unsinnige Verdacht? Er war Polizist und nicht Hellseher. Er arbeitete mit Beweisen und nicht mit Intuition. Wie viele Obduktionen wurden jährlich durchgeführt? Waren es nicht über 170 000? 170 000 Todesfälle, die zumindest eine Voruntersuchung nötig machten. Bei den meisten ließe sich auch für mindestens eine Person ein handfestes Motiv angeben. Nur der unterste Bodensatz der Gesellschaft hatte nicht irgend etwas zu vererben, und nähme es sich in den Augen der Bessergestellten noch so armselig und dürftig aus. Jeder Todesfall nützte jemandem, befreite jemanden, nahm jemandem eine Last von der Schulter, sei es Verantwortung, Mit-Leiden oder liebende Tyrannei. Betrachtete man ihn ausschließlich von der Frage des Motivs her, dann war jeder Tod verdächtig, so wie jeder Tod letzten Endes ein »natürlicher« Tod war. Das hatte ihn der alte Dr. Blessington, einer der ersten und größten Gerichtsmediziner, gelehrt. Er erinnerte sich, daß es damals für Blessington die letzte Obduktion gewesen war und für den jungen Kriminalbeamten Dalgliesh die erste. Ihnen beiden hatten die Hände gezittert, wenn auch aus ganz verschiedenen Gründen, obwohl der alte Herr sicher wie ein Chirurg weitergearbeitet hatte, sobald der erste Einschnitt gemacht war. Die Leiche einer zweiundvierzigjährigen rothaarigen Prostituierten hatte auf dem Tisch gelegen. Der Assistent hatte ihr mit zwei raschen Bewegungen das Blut, den Schmutz und die Schminke vom Gesicht gewischt, das dadurch plötzlich bleich, verwundbar und anonym erschien. Seine kräftige lebendige Hand, nicht der Tod, hatte jede Individualität darin ausgelöscht. Der alte Blessington hatte gezeigt, was sein Handwerk vermochte:

»Sehn Sie, mein Junge, der erste Schlag, den sie mit der Hand abgewehrt hat, ist am Hals und an der Kehle vorbeigeglitten und hat die rechte Schulter getroffen. Tüchtige Wunde, tüchtiger Blutverlust, hat ihr aber nicht ernsthaft geschadet. Mit dem zweiten Schlag, aufwärts und quer, hat er die Luftröhre durchtrennt. Sie ist am Schock, am Blutverlust und am Sauerstoffmangel gestorben, wahrscheinlich in dieser Reihenfolge, nach dem Aussehen der Thymusdrüse zu urteilen. Wenn wir sie auf den Tisch kriegen, mein Junge, gibt es so etwas wie einen unnatürlichen Tod nicht mehr.«

Natürlich oder unnatürlich, er war jetzt fertig damit. Es war ärgerlich, daß er sich das mit dem Verstand immer wieder sagen mußte, nachdem sich sein Wille so hartnäckig weigerte, mit diesen Problemen Schluß zu machen. Welchen triftigen Grund hatte er denn, zur Ortspolizei zu gehen und sich darüber zu beschweren, daß das Sterben auf Gut Toynton etwas zu alltäglich wurde? Ein alter Geistlicher starb, der weder Feinde noch Besitztümer hatte außer einem bescheidenen Vermögen, das er – was absolut nicht ungewöhnlich war – dem Mann für karitative Zwecke vermachte, der sich mit ihm befreundet hatte, der ein bekannter Menschenfreund war und dessen Ruf und Charakter über jeden Vorwurf erhaben waren. Und Victor Holroyd? Was konnte die Polizei bei diesem Todesfall noch tun, was sie mit großem Sachverstand nicht bereits getan hatte? Die Fakten waren geprüft worden, die Untersuchungskommission hatte das Ergebnis verkündet. Holroyd war begraben, Pater Baddeley verbrannt worden. Alles, was blieb, war ein Sarg mit zerfallenden Knochen und verfaulendem Fleisch und eine Handvoll grauen, grobkörnigen Staubs auf dem Friedhof von Toynton; zwei Geheimnisse mehr, jenen hinzugefügt, die in der geweihten Erde begraben lagen. Sie alle waren jetzt jenseits einer Lösung durch menschlichen Verstand.

Und nun dieser dritte Todesfall, auf den sie alle, im Bann der magischen Vorstellung, daß der Tod in der Dreizahl auftrete, abergläubisch gewartet hatten. Sie konnten jetzt alle aufatmen. Er konnte aufatmen. Der Untersuchungsrichter würde eine Obduktion veranlassen, und Dalgliesh hatte kaum Zweifel an dem Ergebnis. Wenn Michael und Grace Willison ermordet worden waren, hatte es der Mörder geschickt verstanden, keinerlei Spuren zu hinterlassen. Und warum sollte er auch? Bei einer schwachen, kranken, gebrechlichen Frau war es leicht erledigt, so rasch und leicht, wie man eine Hand auf Mund und Nase drückt. Und es gab nichts, was sein Eingreifen rechtfertigen würde. Er konnte nicht sagen: Ich, Adam Dalgliesh, habe eine meiner berühmten Ahnungen – ich bin anderer Meinung als der Untersuchungsrichter, der Gerichtsmediziner, als die Ortspolizei und pfeife auf alle Fakten. Ich fordere angesichts dieses neuen Todesfalls, daß Pater Baddeleys verbrannte Knochen wiederbelebt und gezwungen werden, ihr Geheimnis preiszugeben.

Sie waren bei Haus Toynton angelangt. Dalgliesh folgte Julius ums Haus herum zu dem seeseitig gelegenen überdachten Eingang, der von der Terrasse aus direkt ins Wohnzimmer führte. Julius hatte die Tür nicht abgeschlossen. Er stieß sie auf und trat ein wenig zur Seite, um Dalgliesh den Vortritt zu lassen. Und dann blieben sie beide starr, wie gebannt, stehen. Jemand war vor ihnen dagewesen. Die Marmorbüste des lächelnden Kindes lag zertrümmert am Boden.

Immer noch ohne ein Wort, bewegten sie sich vorsichtig über den Teppich. Der gewaltsam verunstaltete Kopf lag in einem Trümmerfeld von Marmorteilchen. Der dunkelgraue Teppich war mit schimmernden Steinsplittern übersät. Durch die Fenster und die offene Tür fielen breite Lichtstreifen ins Zimmer, in deren Glanz die vielzackigen Splitter wie unzählige winzige Sternchen funkelten. Es sah aus, als wäre die Zerstörung anfänglich systematisch vorgenommen worden. Beide Ohren waren säuberlich abgetrennt und lagen nebeneinander – zwei obszöne Gegenstände, die unsichtbares Blut verströmten –, während der Blumenstrauß, der so kunstvoll ausgemeißelt gewesen war, daß die Maiglöckchen vor Lebendigkeit förmlich zu beben schienen, ein Stück weit von der Hand entfernt lag, wie achtlos weggeworfen. Ein Miniaturdolch aus Marmor steckte wie ein Symbol der Gewalt senkrecht im Sofa.

Es war sehr still im Zimmer. Die behagliche Ordnung, das gleichmäßige Ticken der Standuhr auf dem Kaminsims, das unablässige Branden des Meeres, all das verstärkte noch den Eindruck des Frevels, ließ Haß und Zerstörung um so stärker hervortreten.

Julius kniete nieder und hob einen formlosen Klumpen auf, der einmal der Kopf des Kindes gewesen war. Eine Sekunde später ließ er ihn langsam wieder aus der Hand gleiten. Das Stück Stein rollte eiernd über den Boden und blieb am Fußende des Sofas liegen. Immer noch wortlos streckte er die Hand aus, hob das Sträußchen auf und umfing es behutsam mit den Händen. Dalgliesh sah, daß er am ganzen Körper zitterte. Er war sehr blaß, und Schweiß glänzte auf seiner über das Stück Marmor gebeugten Stirn. Er sah aus wie ein Mensch im Schock.

Dalgliesh ging zu einem Tischchen, auf dem eine Karaffe stand, und schenkte einen gehörigen Schluck Whisky ein. Ohne etwas zu sagen, reichte er Julius das Glas. Das Schweigen des Mannes und sein furchtbares Zittern beunruhigten ihn. Alles, dachte er, eine heftige Reaktion, ein Wutanfall, eine Serie von Flüchen, wäre besser als dieses unnatürliche Schweigen.

Aber als Julius zu sprechen begann, war seine Stimme vollkommen fest. Er lehnte das angebotene Glas mit einem Kopfschütteln ab. »Nein, danke. Ich brauche keinen Drink. Ich will wissen, was ich fühle, was ich hier im Bauch, nicht nur im Kopf fühle. Ich will meine Wut nicht besänftigen, und bei Gott, anzustacheln brauche ich sie nicht! Bedenken Sie, Dalgliesh. Er ist vor dreihundert Jahren gestorben, dieser sanfte Knabe. Die Marmorbüste muß gleich danach entstanden sein. Dreihundert Jahre lang hatte sie keinerlei Nutzen für irgend jemand, als Trost und Freude zu schenken und uns daran zu erinnern, daß wir Staub sind. Dreihundert Jahre, in denen es Kriege gab, Revolutionen, Gewalt und Habgier. Aber sie hat es überlebt bis zu diesem Jahr des Heils. Trinken Sie den Whisky selber, Dalgliesh. Heben Sie das Glas und trinken Sie auf das Zeitalter des Vandalen. Er konnte nicht wissen, daß die Büste hier war, es sei denn, er schnüffelt und spioniert hier herum, wenn ich weg bin. Alles, was ich hier habe, hätte ihm den gleichen Dienst getan. Er hätte alles zerstören können. Aber als er das hier sah, konnte er nicht widerstehen. Nichts anderes hätte ihm ein solches Hochgefühl der Zerstörung gegeben. Das ist nicht nur Haß gegen mich, verstehen Sie. Wer immer es war, er hat das hier auch gehaßt. Weil es Freude schenkte, planvoll gemacht war, nicht nur ein Lehmklumpen gegen eine Wand geworfen, ein Farbklecks auf einer Leinwand, ein Stück Marmor zu nichtssagender Form geglättet. Es hatte Tiefe und Voll-kommenheit. Privileg und Tradition haben es geschaffen, und es begründete seinerseits wieder Privileg und Tradition. Lieber Gott, ich hätte wissen müssen, daß es Wahnsinn war, es hierherzubringen, unter diese Barbaren!«

Dalgliesh kniete sich neben ihn. Er hob zwei Teile eines zertrümmerten Unterarms auf und fügte sie wie bei einem Puzzle zusammen. Er sagte: »Wir werden wahrscheinlich fast auf die Minute genau feststellen können, wann es passiert ist. Wir wissen, daß man Kraft brauchte und daß er – oder sie – einen Hammer benutzt hat. Dafür dürfte es Spuren geben. Außerdem konnte er in der zur Verfügung stehenden Zeit den Weg hin und zurück unmöglich zu Fuß zurücklegen. Entweder hat er Ihren Weg zur Küste hinunter benutzt oder aber er ist mit dem Wagen gekommen und anschließend zum Postholen weitergefahren. Es dürfte nicht schwierig sein, den Schuldigen zu finden.«

»Mein Gott, Dalgliesh, Sie haben wirklich ein Polizistengemüt. Sollen diese Überlegungen vielleicht ein Trost für mich sein?«

»Mich würden sie trösten. Aber vielleicht ist das, wie Sie sagen, doch eine Frage des Gemüts.«

»Ich werde nicht die Polizei einschalten, falls es das ist, was Sie mir vorschlagen wollen. Ich brauche die Schnüffler nicht, um zu wissen, wer das war. Ich weiß es, und Sie wissen es auch, nicht wahr?«

»Nein. Ich könnte Ihnen eine Liste von Verdächtigen aufstellen, nach Wahrscheinlichkeit geordnet. Aber das ist nicht dasselbe.«

»Die Mühe können Sie sich sparen. Ich weiß es, und ich werde mit ihm auf meine Weise abrechnen.«

»Und ihm die zusätzliche Befriedigung verschaffen, Sie wegen schwerer Körperverletzung vor Gericht zu sehen, ja?«

»Auf Ihr Wohlwollen könnte ich dabei kaum rechnen oder auf das des hiesigen Amtsgerichts. Mein ist die Rache, sagt die Zivilgerichtsbarkeit Ihrer Majestät. Böswillig, aggressiv, unterprivilegiert! Fünf Pfund Strafe mit Bewährung. Oh, machen Sie sich keine Sorgen. Ich werde nichts überstürzen. Ich werde mir Zeit lassen, aber der Sache werde ich mich annehmen. Sie können Ihre Schnüffler da raushalten. Ihre Erfolge bei der Untersuchung von Holroyds Tod waren alles andere als berauschend. Aus meinem Schlamassel sollen sie ihre ungeschickten Finger raushalten.«

Er erhob sich vom Boden und fügte, fast so, als sei es ihm nachträglich noch eingefallen, mit trotziger Hartnäckigkeit hinzu: »Außerdem möchte ich jetzt im Augenblick, nachdem Grace Willison gestorben ist, nicht noch mehr Theater hier haben. Wilfred hat genug am Hals. Ich räume das Zeug da weg und sage Henry, daß ich die Büste wieder mit nach London genommen habe. Sonst kommt aus dem Gutshaus ja Gott sei Dank keiner hierher, so daß mir die üblichen falschen Beileidsbezeigungen erspart bleiben.«

Dalgliesh sagte: »Ich finde es interessant, daß Sie um Wilfreds Seelenfrieden so besorgt sind.«

»Das dachte ich mir. Für Sie bin ich ein egoistischer Dreckskerl. Sie haben ein Phantombild von egoistischen Dreckskerlen, und ich stimme nicht ganz damit überein. Also muß man ein Motiv finden. Letztlich muß es doch einen Grund geben.«

»Es gibt immer einen Grund.«

»Also, was ist es? Werde ich vielleicht von Wilfred bezahlt? Frisiere ich seine Bücher? Hat er mich in der Hand? Ist vielleicht irgend etwas Wahres an den Vermutungen der Moxon? Oder bin ich am Ende Wilfreds unehelicher Sohn?«

»Selbst ein ehelicher Sohn müßte vernünftigerweise einsehen, daß es dafür steht, Wilfred ein bißchen Kummer zu bereiten, wenn man dadurch herausfindet, wer das hier gemacht hat. Sind Sie nicht etwas zu skrupulös? Wilfred muß wissen, daß ihn irgend jemand auf Gut Toynton, wahrscheinlich einer seiner Getreuen, absichtlich oder unabsichtlich beinahe umgebracht hat. Er wird den Verlust Ihrer Skulptur vermutlich mit ziemlicher Gelassenheit ertragen.«

»Er muß ihn gar nicht ertragen. Er wird nichts davon erfahren. Ich kann Ihnen nicht erklären, was ich selber nicht verstehe. Aber ich fühle mich Wilfred verbunden.

Er ist so verletzlich und so bemitleidenswert. Und es ist alles so hoffnungslos! Wenn Sie es unbedingt wissen wollen, er erinnert mich in mancher Hinsicht an meine Eltern. Sie hatten einen kleinen Gemischtwarenladen in Southsea. Und als ich ungefähr vierzehn war, machte nebenan ein großer Supermarkt auf. Daraufhin war es aus mit ihnen. Sie haben alles versucht. Sie wollten auf keinen Fall aufgeben! Sie haben Kunden weiter Kredit gegeben, von denen sowieso kein Geld zu erwarten war. Sie haben noch Sonderangebote gemacht, als die Gewinnspanne schon bei Null war. Sie haben nach Ladenschluß Stunden damit verbracht, das Fenster neu zu dekorieren und haben Luftballons an die Kinder im Ort verschenkt. Es hat überhaupt nichts genützt, verstehen Sie. Es war alles völlig sinnlos und vergebens. Es konnte ihnen nicht gelingen. Ihr Fiasko hätte ich noch ertragen können. Was ich nicht ertragen konnte, war ihr Optimismus.«

Dalgliesh dachte, daß er das in gewisser Weise verstand. Er wußte, was Julius sagen wollte. Hier bin ich, jung, reich, gesund. Ich verstünde es, glücklich zu sein, wenn die Welt nur so wäre, wie ich sie gerne haben möchte. Wenn es nicht immer wieder kranke, deformierte, kummervolle, hilflose, verzagte und enttäuschte Menschen gäbe. Oder wenn ich nur so viel Egoismus aufbrächte, mich nicht mehr darum zu kümmern. Wenn es nur den schwarzen Turm nicht gäbe. Er hörte Julius sagen: »Machen Sie sich um mich keine Sorgen. Bedenken Sie, ich habe einen Verlust erlitten. Sagt man nicht, daß die Hinterbliebenen immer Trauerarbeit leisten müssen? Dabei hilft am besten ein detachiertes Wohlwollen und reichlich gute, einfache Kost. Darum wollen wir jetzt lieber frühstücken.«

Dalgliesh sagte ruhig: »Wenn Sie die Polizei nicht verständigen wollen, können wir hier auch aufräumen.«

»Ich hole einen Mülleimer. Das Geräusch von Staubsaugern geht mir auf die Nerven.«

Er verschwand in seiner makellosen hypermodernen Küche und kam mit einer Schaufel und zwei Handfegern zurück. In seltsamer Bruderschaft machten sie sich kniend ans Werk. Aber die Borsten der Handfeger waren zu weich, um die Marmorsplitter vom Teppich zu lösen, und schließlich blieb ihnen nichts anderes übrig, als sie einzeln aufzulesen.

# 9

Der Gerichtsmediziner war ein älterer Amtsarzt, der zur Aushilfe da war, und wenn er von der dreiwöchigen Unterbrechung seines alltäglichen Dienstes auf dem Abstecher ins schöne West Country weniger Hektik erwartet hatte als in London, sah er sich getäuscht. Als das Telefon an diesem Morgen zum zehntenmal klingelte, streifte er seine Gummihandschuhe ab, bemühte sich, nicht an die fünfzehn nackten Leichen zu denken, die noch in den Fächern des Kühlraums warteten, und nahm in aller Ruhe den Hörer ab. Die sichere männliche Stimme hätte, von ihrem angenehmen ländlichen Tonfall abgesehen, genausogut die Stimme jedes beliebigen Londoner Polizisten sein können, und die Worte kamen ihm auch bekannt vor.

»Sind Sie es, Doktor? Wir haben fünf Meilen nördlich von Blandford auf einem Acker eine Leiche gefunden, deren Aussehen uns nicht gefällt. Könnten Sie mal vor Ort kommen?«

Die Anrufe waren meistens gleich. Sie hatten immer eine Leiche gefunden – in einem Graben, auf einem Akker, in der Gosse, im zerknautschten Blech eines zertrümmerten Autos –, deren Aussehen ihnen nicht gefiel. Er nahm seinen Notizblock zur Hand, stellte die üblichen Fragen und hörte die üblichen Antworten. Er sagte zu seinem Assistenten: »Okay, Bert, Sie können jetzt zunähen. Das ist kein Fall für uns. Sagen Sie dem Untersuchungsrichter, daß er die Freigabe unterschreiben kann. Ich muß jetzt vor Ort. Machen Sie mir die nächsten beiden fertig, ja?«

Er warf einen letzten Blick auf den abgezehrten Körper auf dem Tisch. Es war nichts problematisch an Grace Miriam Willison, unverheiratet, 57 Jahre. Keine äußeren Anzeichen von Gewaltanwendung, keine inneren Beweise, die eine Untersuchung der inneren Organe rechtfertigen würden. Er hatte seinem Assistenten mit einiger Bitterkeit zugemurmelt, daß die Gerichtsmedizin ihren Laden zumachen könne, wenn die praktischen Ärzte jedesmal die Hilfe der überlasteten Gerichtsmedizin in Anspruch nähmen, um sich ihre unterschiedlichen Diagnosen auf einen Nenner bringen zu lassen. Aber die Ahnung ihres Arztes war begründet gewesen. Es war tatsächlich etwas übersehen worden, die fortgeschrittene Geschwulst im oberen Magenbereich. Die oder die Multiple Sklerose oder ihr schwaches Herz waren die Todesursache. Was nützte das ihm oder ihr jetzt noch? Er war nicht der liebe Gott und hatte seine Wahl getroffen. Oder vielleicht hatte sie einfach beschlossen, daß sie genug hatte und sich zur Wand gedreht. In ihrem Zustand war es das Geheimnis ihres Weiterlebens und nicht die Tatsache ihres Todes, was der Erklärung bedurfte. Er kam immer mehr zu der Ansicht, daß die meisten Patienten starben, weil sie glaubten, daß ihre Zeit zu sterben gekommen war. Aber das konnte man nicht auf eine solche Urkunde schreiben.

Er kritzelte abschließend etwas auf Grace Willisons Totenschein, rief seinem Assistenten noch eine letzte Anweisung zu und bahnte sich seinen Weg durch die Schwingtür zu einem neuen Tod, einer neuen Leiche und, dachte er mit einer Art Erleichterung, zu seiner eigentlichen Arbeit.

# 7. KAPITEL

# Nebel auf der Landspitze

**1**

Die Kirche Allerheiligen in Toynton, in viktorianischer Zeit nach einer älteren Vorläuferin rekonstruiert, war ein uninteressantes Bauwerk, der Friedhof ein dreiecki- ges Rasenstück zwischen der westlichen Mauer, der Straße und einer Reihe gleichförmiger Häuser. Victor Holroyds Grab erwies sich, nachdem Julius es ausfindig gemacht hatte, als länglicher, nachlässig mit verunkrau- teten Rasenplatten besetzter Erdhügel. Daneben be- zeichnete ein einfaches Holzkreuz die Stelle, wo Pater Baddeleys Asche begraben war. Neben ihm sollte Grace Willison liegen. Alle von Gut Toynton waren zur Beerdi- gung gekommen, mit Ausnahme von Helen Rainer, die daheim geblieben war, um nach Georgie Allan zu sehen, und Maggie Hewson, deren Abwesenheit man offenbar, ohne ein Wort darüber zu verlieren, als selbstverständ- lich hinnahm. Als Dalgliesh alleine zum Friedhof kam, hatte er aber zu seiner Überraschung gegenüber dem Friedhofstor Julius' Mercedes neben dem Gutsbus ste- hen sehen.

Der Friedhof war dicht belegt, und der Pfad zwischen den Grabsteinen war schmal und überwachsen, so daß es einige Zeit dauerte, bis man die drei Rollstühle um das offene Grab herummanövriert hatte.

Der Dorfpfarrer war auf Urlaub, und sein Vertreter, der von Gut Toynton anscheinend nichts wußte, war sichtlich überrascht, vier der Trauergäste in braune Mönchskutten gehüllt zu sehen. Er fragte, ob sie Franziskaner seien, und diese Frage löste bei Jennie Pegram ein nervöses Kichern aus. Ansteys Antwort, die Dalgliesh nicht verstand, fiel offenbar nicht zu seiner Zufriedenheit aus, und der erstaunte Geistliche, der aus seinem Mißfallen kein Hehl machte, hielt die Trauerfeier in sorgfältig berechnetem Tempo, als sei er darauf bedacht, den Friedhof so schnell wie möglich von der Gefahr der Befleckung durch diese Hochstapler zu befreien. Die Anwesenden sangen auf Wilfreds Vorschlag Graces Lieblingschoral *Ihr heiligen Engelsscharen*. Es war ein Choral, dachte Dalgliesh, der sich besonders schlecht dafür eignete, von Laien ohne Begleitung gesungen zu werden, und ihre unsicheren, dissonanten Stimmen erhoben sich dünn in die frische Herbstluft.

Es waren keine Blumen da. Ihr Fehlen, der satte Geruch frisch aufgeworfener Erde, das weiche Herbstlicht, der allgegenwärtige Duft von Holzfeuern, dazu noch das Gefühl, daß hinter den Hecken unsichtbare, aber scharfe Augen mit krankhafter Neugier das Geschehen verfolgten, rief mit bohrendem Schmerz die Erinnerung an eine andere Beerdigung in ihm wach.

Er war vierzehn und Schüler gewesen und verbrachte seine Ferien zu Hause. Seine Eltern waren in Italien, und Pater Baddeley war Pfarrer der Gemeinde. Der Sohn eines Landwirts aus dem Ort, ein scheuer, unaggressiver, übergewissenhafter Achtzehnjähriger, der im ersten Semester studierte und über das Wochenende zu Hause war, hatte das Gewehr seines Vaters genommen und beide Eltern, seine fünfzehnjährige Schwester und schließlich sich selber erschossen. Sie waren eine aufopfernde Familie gewesen und er ein liebevoller Sohn. Für den jungen Dalgliesh, der gerade mit dem Gedanken zu spielen begann, er sei in das junge Mädchen verliebt, bedeutete es einen Schrecken, wie er ihn in seinem ganzen späteren Leben nicht wieder erlebte. Die Dorfbewohner waren von der unerklärlichen, entsetzlichen Tragödie zunächst wie vor den Kopf geschlagen. Aber die Trauer hatte bald einer Welle von abergläubischer Wut, Entsetzen und Abscheu Platz gemacht. Unvorstellbar, daß der junge Mann in geweihter Erde begraben wurde. Und als Pater Baddeley sanft, aber unerschütterlich darauf beharrte, hatte man ihn vorübergehend wie einen Geächteten behandelt. Die Beerdigung, von den Dorfbewohnern boykottiert, hatte an einem Tag wie dem heutigen stattgefunden. Die Familie hatte keine näheren Angehörigen mehr. Nur Pater Baddeley, der Totengräber und Adam Dalgliesh waren dagewesen. Der vierzehnjährige Junge, in unfaßbarem Schmerz erstarrt, hatte sich auf die Responsorien konzentriert, indem er sich dazu zwang, die Worte von ihrem unerträglich bitteren Inhalt losgelöst nur als schwere bedeutungslose Symbole auf der Gebetbuchseite zu betrachten und sie ruhig, ja gleichgültig über dem offenen Grab zu sprechen. Als der unbekannte Geistliche jetzt die Hand hob, um den letzten Segen über Grace Willisons Leichnam zu sprechen, sah Dalgliesh statt dessen Pater Baddeleys aufrechte, zerbrechliche Gestalt mit vom Wind zerzausten Haaren. Während die ersten Erdklumpen auf den Sarg fielen und er sich zum Gehen wandte, kam er sich wie ein Verräter vor. Die eine Gelegenheit, bei der sich Pater Baddeley nicht vergebens auf ihn verlassen hatte, verstärkte nur noch das gegenwärtig quälende Gefühl, versagt zu haben.

Wahrscheinlich war es das, was ihn dazu veranlaßte, Wilfred eine schroffe Antwort zu geben, als der mit den Worten zu ihm trat: »Wir fahren jetzt zurück zum Mittagessen. Wir beginnen um halb drei mit dem Familienrat, und die zweite Sitzung wird dann gegen vier sein. Sind Sie ganz sicher, daß Sie uns nicht helfen wollen?«

Dalgliesh machte die Tür zu seinem Wagen auf. »Können Sie mir einen Grund nennen, warum es richtig wäre, wenn ich es täte?« Wilfred wandte sich ab; er sah zum erstenmal fast ein wenig gereizt aus. Dalgliesh hörte Julius leise lachen.

»Der alte Spinner! Glaubt er wirklich, wir wüßten nicht, daß er nie einen Familienrat abhalten würde, wenn er nicht sicher wäre, daß die Entscheidung in seinem Sinne ausfällt? Was haben Sie heute für Pläne?«

Dalgliesh sagte, daß er es noch nicht genau wüßte. In Wirklichkeit hatte er beschlossen, sich seinen Selbstüberdruß durch körperliche Bewegung zu vertreiben, indem er an der Felskante entlang einen Spaziergang nach

Weymouth und zurück machte. Aber er hatte keine Lust, von Julius begleitet zu werden.

Er hielt bei einem Gasthaus in der Nähe an, um ein Käsebrot zu essen und ein Bier zu trinken. Dann fuhr er schnell zu »Haus Hoffnung« zurück, zog sich bequeme Hosen und einen Anorak an und machte sich an der Felskante entlang in östlicher Richtung auf den Weg. Es war ganz anders als bei jenem ersten frühmorgendlichen Spaziergang, als all seine neuerwachten Sinne für jede Art von Geräuschen, Farben und Gerüchen offen gewesen waren. Jetzt schritt er kräftig aus, tief in Gedanken versunken, den Blick auf den Weg geheftet, und nahm den schweren zischenden Atem des Meers kaum wahr. Er würde im Hinblick auf seinen Beruf bald eine Entscheidung treffen müssen; aber das hatte noch ein paar Wochen Zeit. Es gab wichtigere, wenn auch weniger schwerwiegende Entscheidungen zu treffen. Wie lange sollte er noch in Toynton bleiben? Er hatte kaum einen Vorwand, noch länger dazubleiben. Die Bücher waren sortiert, die Kisten zum Verschnüren bereit. Und mit dem Problem, das ihn in »Haus Hoffnung« festgehalten hatte, kam er nicht weiter. Es bestand kaum noch Hoffnung, daß er das Geheimnis lösen würde, dessentwegen ihn Pater Baddeley gerufen hatte. Es war, als hätte er dadurch, daß er in Pater Baddeleys Haus wohnte und in seinem Bett schlief, etwas von dessen Persönlichkeit in sich aufgenommen. Er durfte sich der Fähigkeit, Böses zu wittern, wenn es gegenwärtig war, fast sicher sein. Es war ein ihm fremd bleibendes Vermögen, dem er mit halber Ablehnung und fast vollständigem Mißtrauen begegnete, und trotzdem fühlte er es zunehmend stärker in sich. Er war jetzt fest davon überzeugt, daß Pater Baddeley ermordet worden war. Wenn er jedoch die Indizien als Polizist unter die Lupe nahm, löste sich die Sache in Luft auf.

Er war in tiefes, fruchtloses Nachdenken versunken, vielleicht war das der Grund dafür, daß er vom Nebel überrascht wurde. Er kam vom Meer hereingezogen, ein beinahe körperhaftes Eindringen weißer, alles verschleiernder Dunstigkeit. Eben war er noch im weichen Licht der Nachmittagssonne dahingeschritten, und der Wind hatte ihm die Haare an Nacken und Armen gezaust. Im nächsten Augenblick waren Sonnenlicht, Farben und Gerüche ausgelöscht, und er stand reglos da und stemmte sich gegen den Nebel wie gegen eine fremde Macht. Er hing in seinem Haar, reizte die Kehle und wirbelte in grotesken Mustern über die Landspitze. Er beobachtete ihn, ein gewundener, durchsichtiger Schleier, der sich durch Brombeer- und Holundersträucher zog und über sie hinwegglitt, der größer wurde, immer neue Formen annahm und den Weg verschwimmen ließ. Zugleich mit dem Nebel trat schlagartig Stille ein. Erst jetzt, nachdem ihr Zwitschern verstummt war, fiel ihm auf, daß die Landspitze von Vogelstimmen erfüllt gewesen war. Jetzt herrschte ein unheimliches Schweigen. Im Gegensatz dazu schwoll das Rauschen des Meeres an, wurde allgegenwärtig, chaotisch und drohend und schien von allen Seiten auf ihn einzudringen. Das Meer war wie ein gefesseltes Tier, bald ächzend in teilnahmsloser Gefangenschaft, bald ausbrechend, um sich mit dem Gebrüll ohnmächtiger Wut gegen den hohen Kiesstrand zu werfen.

Er kehrte um nach Toynton, ohne genau zu wissen, wie weit er schon gegangen war. Der Rückweg würde schwierig werden. Er hatte, abgesehen von dem schmalen Trampelpfad unter seinen Füßen, keine Ahnung von der Richtung. Aber er dachte, daß kaum Gefahr bestand, wenn er langsam ging. Der Pfad war schlecht zu sehen, doch immer wieder von Brombeersträuchern gesäumt, eine willkommene, wenn auch dornige Begrenzung, falls er, für einen Augenblick orientierungslos, vom Weg abkam. Einmal hob sich der Nebel ein wenig, und er schritt mit größerer Sicherheit aus. Aber das war ein Fehler. Er bemerkte gerade noch rechtzeitig, daß er sich am Rand einer breiten, den Pfad teilenden Felsspalte entlangbewegte und daß das, was er für eine aufsteigende Nebelbank gehalten hatte, Gischt war, der fünfzehn Meter unter ihm an den Felsen zerstob.

Der schwarze Turm erhob sich so unvermittelt vor ihm aus dem Nebel, daß er ihn zuerst dadurch wahrnahm, daß seine unwillkürlich vorgestreckten Handflächen gegen das kalte, feste, verwitterte Mauerwerk schürften. Dann lichtete sich auf einmal der Nebel, und er konnte den obersten Teil des Turms sehen. Der untere Teil war noch in wirbelnde weiße Dunstigkeit gehüllt, doch die achteckige Kuppel mit den drei sichtbaren Öffnungen schien sanft hinter den letzten gewundenen Nebelbändern hervorzuschweben, schien bewegungslos, dramatisch, bedrohlich massiv und doch in traumhafter Unwirklichkeit im Raum zu hängen. Sie bewegte sich mit dem Nebel, eine flüchtige Erscheinung, bald so tief herabsinkend, daß er sie fast greifbar nah wähnte, bald numinos und unerreichbar hoch über das brandende Meer aufsteigend. Sie konnte unmöglich mit den kalten Steinen verbunden sein, auf denen seine Handflächen lagen, oder mit dem festen Boden unter seinen Füßen. Er lehnte seinen Kopf gegen den Turm, um das Gleichgewicht wiederzufinden, und spürte hart und fest die Wirklichkeit an seiner Stirn. Von hier aus, dachte er, würde er sich in großen Zügen an den weiteren Verlauf des Wegs erinnern können.

Und dann hörte er es. Einen das Blut in den Adern gerinnen machenden Laut, der unerkennbar davon herrührte, daß Knochenstümpfe an Stein kratzten. Er kam aus dem Innern des Turms. Die Vernunft wurde so schnell wieder Herr über den Aberglauben, daß sein Bewußtsein kaum Zeit hatte, das Entsetzen, in das es geraten war, wahrzunehmen. Nur das schmerzhafte Klopfen seines Herzens gegen den Brustkorb und die plötzliche Eiseskälte im Blut zeigten ihm an, daß er eine Sekunde lang die Grenze zum Unbekannten überschritten hatte. Eine Sekunde lang, vielleicht auch kürzer, waren längst verdrängte Schreckgespenster aus der Kindheit gegen ihn aufgestanden. Und dann war das Entsetzen vorüber. Er horchte genauer hin und sah sich um. Das Geräusch war schnell identifiziert. Auf der zum Meer hin gelegenen Seite des Turms, versteckt in der Ecke zwischen dem überdachten Eingang und der Rundung der Mauer, stand ein kräftiger Brombeerstrauch. Der Wind hatte einen der Zweige ergriffen, und zwei spitze, lose herabhängende Enden kratzten an den Steinen. Durch eine akustische Täuschung verzerrt, schien das Geräusch aus dem Inneren des Turms zu kommen. Aus solchen Zufäl-

len, dachte er mit einem grimmigen Lächeln, entstanden
Sagen und Geistergeschichten.

Kaum zwanzig Minuten später stand er am Oberrand
des Tals und sah auf Gut Toynton herab. Der Nebel begann sich jetzt zu lichten, und er konnte das Gutshaus
gerade eben sehen, ein großer dunkler Schatten, an den
Lichtflecken in den Fenstern erkennbar. Auf seiner Uhr
war es acht Minuten nach drei. Dann hatten sie sich
jetzt alle zu einsamer Meditation zurückgezogen und
warteten darauf, daß es vier schlug, um ihre Entscheidung zu verkünden. Er fragte sich, wie sie wohl wirklich
die Zeit verbrachten. Aber über das Ergebnis gab es
wohl kaum einen Zweifel. Wie Julius hielt auch er es für
unwahrscheinlich, daß Wilfred einen Familienrat abgehalten hätte, wenn er nicht sicher gewesen wäre, daß alles nach seinem Willen verlaufen würde. Und das bedeutete wahrscheinlich die Übergabe an den Ridgewell
Trust. Dalgliesh überlegte sich, wie die einzelnen Entscheidungen wohl ausfallen würden. Wilfred hatte sicher die Zusage erhalten, daß niemand seine Stellung
verlieren würde. Mit dieser Sicherheit würden Dot Moxon, Eric Hewson und Dennis Lerner wahrscheinlich
für die Übergabe stimmen. Dem armen Georgie Allan
würde kaum eine Wahl bleiben. Über die Ansicht der
übrigen Patienten ließ sich nicht so sicher etwas sagen,
aber es schien ihm, als ob Carwardine ganz zufrieden
war, bleiben zu können, besonders in Anbetracht der er-
höhten Bequemlichkeit und der besseren Betreuung, die
vom Trust zu erwarten waren. Millicent würde natürlich verkaufen wollen und hätte in Maggie Hewson eine
Verbündete gehabt, wenn Maggie hätte mit abstimmen
dürfen.

Er blickte ins Tal hinunter und erkannte in den zwei
erleuchteten Vierecken, die er sah, die Fenster von
»Haus Karitas«, wo Maggie, ausgeschlosen von den anderen, allein auf Erics Rückkehr wartete. Ein hellerer,
kräftigerer Lichtschein kam vom Felsvorsprung herüber. Wenn Julius zu Hause war, ging er verschwende-
risch mit dem elektrischen Licht um.

Die Lichter, immer wieder von vorüberziehenden Ne-
belschwaden verdunkelt, halfen ihm, sich zu orientie-

ren. Er entdeckte, daß er den Weg ins Tal fast hinunterlief. Und dann ging merkwürdigerweise in den Fenstern des Hewsonschen Hauses wie ein Signal dreimal das Licht an und aus.

Jemand rief ihn zu Hilfe – dieser Eindruck war so stark, daß es ihn eine Willensanstrengung kostete, sich die Wirklichkeit ins Bewußtsein zu rufen. Sie konnte gar nicht wissen, daß er oder vielleicht sonst jemand auf der Landspitze war. Und es wäre reiner Zufall gewesen, wenn irgendwer auf Gut Toynton, wo alle so mit Meditieren und mit ihrer Entscheidung beschäftigt waren, das Signal gesehen hätte. Außerdem gingen die meisten Patientenzimmer nach hinten hinaus. Wahrscheinlich hatte das Licht nur zufällig geflackert; vielleicht hatte sie sich nicht entscheiden können, ob sie im Dunkeln oder bei Licht fernsehen sollte.

Aber die beiden gelben Lichtkleckse, die jetzt, während der Nebel sich lichtete, heller zu leuchten begannen, zogen ihn zum Hewsonschen Haus. Es lag kaum mehr als dreihundert Meter von seinem Weg ab. Sie war alleine dort. Er konnte genausogut vorbeischauen, selbst auf die Gefahr hin, sich ein betrunkenes Lamento aus Schimpfen und Klagen anhören zu müssen.

Die Haustür war nicht abgeschlossen. Als niemand auf sein Klopfen antwortete, stieß er sie auf und ging hinein. Das Wohnzimmer, schmutzig, unordentlich, mit seiner schlampigen Atmosphäre nur sporadischer Benutzung, war leer. Alle drei Heizschlangen eines tragbaren elektrischen Öfchens waren rotglühend, und es war sehr warm im Zimmer. Der Fernsehschirm war dunkel. Von der nackten Birne mitten an der Decke fiel ein grelles Licht auf den viereckigen Tisch, die offene, fast leere Whiskyflasche, das umgekippte Glas, das Blatt Papier mit dem schwarzen Kugelschreibergekritzel, das, zuerst noch relativ leserlich, immer unregelmäßiger wurde und sich schließlich wie eine Insektenspur über die weiße Fläche zog. Das Telefon war von seinem Platz auf dem Bücherregal heruntergenommen und stand jetzt mit straff gespannter Schnur auf dem Tisch. Der Hörer baumelte über die Tischkante herab.

Er hielt sich nicht damit auf, die Nachricht zu lesen.

Die Tür zum hinteren Flur war nur angelehnt, und er
stieß sie auf. Er wußte mit dem sicheren, übelkeiterre-
genden Gefühl für bevorstehendes Unheil, was er finden
würde. Der Flur war sehr schmal, und die Tür stieß gegen ihre Beine. Der Körper drehte sich, so daß sich ihm
jetzt langsam das gerötete Gesicht zuwandte und scheinbar mit mißbilligendem, halb traurigem, halb bedauern-
dem Erstaunen darüber, sich in einer solch mißlichen
Lage zu befinden, auf ihn herabblickte. Eine einzelne
Birne tauchte den Flur in ein grelles Licht, und die Leiche hing schlaff herunter wie eine groteske, buntbemalte Puppe in einem Schaufenster. Die dunkelrote,
enganliegende Hose, die weiße überhängende Satinbluse,
die lackierten Fuß- und Fingernägel und die gleichfar-
bige Öffnung des Munds sahen schrecklich und zugleich
auch unwirklich aus. Ein Messerstich, und die Säge-
späne würden aus den ausgestopften Adern rinnen und
zu seinen Füßen ein Häufchen bilden.

Das Kletterseil aus weichem rotem und hellbraunem
Material, farbenfroh wie ein Klingelzug, mußte imstande sein, das Gewicht eines Menschen auszuhalten.
Es hatte bei Maggie nicht versagt. Sie hatte es auf einfache Weise benutzt. Sie hatte das Seil doppelt genommen, die beiden Enden durch die Schlaufe gesteckt und
so eine Schlinge gebildet, bevor sie es ungeschickt, aber
zweckdienlich am oberen Treppengeländer befestigt
hatte. Das restliche Seilstück lag als wirres Knäuel auf
dem oberen Treppenabsatz.

Ein hoher Küchenhocker mit zwei Tritten lag umge-
kippt am Boden, als hätte sie ihn unter sich weggesto-
ßen, und versperrte den Durchgang. Dalgliesh stellte ihn
unter die Leiche, stieg, indem er ihre Knie auf das Plast-
polster schob, die zwei Tritte hinauf und streifte ihr die
Schlinge über den Kopf. Der schlaffe Körper sackte mit
seinem ganzen Gewicht auf ihn herab. Er ließ sie durch
seine Arme zu Boden gleiten und schleppte sie ins
Wohnzimmer. Dort legte er sie auf einen Läufer vor
dem Kamin, preßte seinen Mund auf ihren und begann
sie künstlich zu beatmen.

Ihr Mund roch nach Whisky. Er konnte ihren Lippenstift schmecken, ein ekelerregender Belag auf seiner

Zunge. Sein schweißnasses Hemd klebte an ihrer Bluse und vereinte seinen heftig arbeitenden Brustkorb mit ihrem weichen, noch warmen, aber stummen Körper. Er pumpte seinen Atem in sie hinein, gegen einen plötzlich wieder aufsteigenden Ekel ankämpfend. Es war auch wie eine Schändung der Toten. Er empfand das Fehlen ihres Herzschlags so heftig wie einen Schmerz in seiner Brust.

Er merkte nur an dem kühlen Luftstrom, der ins Zimmer drang, daß die Tür geöffnet worden war. Zwei Füße standen neben der Leiche. Er hörte Julius' Stimme:

»Um Gottes willen! Ist sie tot? Was ist passiert?«

Der entsetzte Ton überraschte Dalgliesh. Er blickte einen Augenblick auf und sah in Courts aufgelöstes Gesicht. Es hing, bleich und mit schreckverzerrten Zügen, wie eine körperlose Maske über ihm. Der Mann bewahrte nur mühsam die Fassung. Er zitterte am ganzen Körper. Dalgliesh, verzweifelt mit Wiederbelebungsversuchen beschäftigt, stieß seine Anweisungen in kurzen, unzusammenhängenden Satzfragmenten hervor.

»Holen Sie Hewson. Schnell.«

Julius verfiel in ein schrilles monotones Stammeln. »Ich kann nicht! Verlangen Sie das nicht von mir. Für so etwas eigne ich mich nicht. Außerdem mag er mich auch nicht. Wir kennen uns gar nicht näher. Gehen Sie zu ihm. Ich bleibe lieber bei ihr, ich kann Eric jetzt nicht gegenübertreten.«

»Dann rufen Sie ihn an. Und die Polizei auch. Wikkeln Sie Ihr Taschentuch um den Hörer. Wegen der Fingerabdrücke.«

»Aber es wird keiner ans Telefon gehen. Das tun sie nie, wenn sie ihre Meditationsstunde abhalten.«

»Dann gehen Sie und holen Sie ihn um Gottes willen hierher!«

»Aber Ihr Gesicht! Es ist ganz voll Blut.«

»Das ist Lippenstift. Verschmiert. Rufen Sie Hewson an.«

Julius stand da, ohne sich zu rühren. Dann sagte er: »Ich will es versuchen. Inzwischen werden sie auch mit ihrer Meditationsstunde fertig sein. Es ist kurz nach vier. Vielleicht nimmt jemand das Telefon ab.«

Er ging zum Apparat. Dalgliesh nahm aus den Augenwinkeln wahr, daß der Hörer in seinen Händen zitterte, und bemerkte flüchtig das Aufleuchten des weißen Taschentuchs, das Julius unbeholfen, als bemühte er sich, eine selbst beigebrachte Wunde zu verbinden, um den Hörer gewickelt hatte. Es dauerte zwei lange Minuten, bis sich jemand meldete. Er konnte nicht erraten, wer es war. Und er konnte sich später auch nicht mehr an Julius' Worte erinnern.

»Ich habe es gesagt. Sie kommen.«

»Und jetzt die Polizei.«

»Was soll ich denn sagen?«

»Was passiert ist. Die wissen dann schon, was sie zu tun haben.«

»Aber sollen wir nicht noch etwas warten? Wenn sie nun wieder zu sich kommt?«

Dalgliesh richtete sich auf. Er wußte, daß er in den vergangenen fünf Minuten eine Leiche bearbeitet hatte. Er sagte: »Ich glaube nicht, daß sie wieder zu sich kommt.«

Sofort machte er sich, mit den Lippen ihren Mund umspannend, wieder an seine Aufgabe und fühlte mit der rechten Hand nach einem ersten Lebenszeichen des stummen Herzens. Die Glühbirne an der Schnur schaukelte sachte in dem Luftzug, der von der Tür hereinkam, so daß sich sein Schatten wie ein Vorhang über das leblose Gesicht bewegte. Er war sich des Kontrasts bewußt zwischen ihrem schlaffen Fleisch, den kühlen teilnahmslosen Lippen, denen er mit seinen Lippen zusetzte, und dem Ausdruck geröteter Intensität einer in den Liebesakt vertieften Frau. Die dunkelroten Striemen, die das Seil hinterlassen hatte, wirkten wie eine doppelte Halskette, die den unförmigen Hals umschnürte. Ein paar vereinzelte kalte Nebelfetzen stahlen sich zur Tür herein und schlangen sich um die staubbedeckten Tisch- und Stuhlbeine. Der Nebel stieg ihm beißend wie ein Narkotikum in die Nase; ihr whiskyverpesteter Atem hatte einen säuerlichen Geschmack in seinem Mund hinterlassen.

Plötzlich näherten sich hastige Schritte. Das Zimmer war voller Menschen und Stimmengewirr. Eric Hewson stieß ihn zur Seite und kniete sich neben seine Frau. Hinter ihm öffnete Helen Rainer mit einer raschen Bewegung den Arztkoffer. Sie reichte ihm ein Stethoskop. Er riß die Bluse seiner Frau auf. Behutsam, sachlich hob Helen Maggies linke Brust hoch, damit er das Herz abhören konnte. Er nahm das Stethoskop von der Brust, warf es beiseite und streckte die Hand aus. Diesmal reichte sie ihm noch immer wortlos die Spritze.

»Was wollen Sie denn jetzt machen?« Es war Julius' hysterische Stimme.

Hewson blickte auf und sah Dalgliesh an. Sein Gesicht war leichenblaß. Die Pupillen waren riesenhaft vergrößert. Er sagte: »Das ist nur Digitalis.«

Seine Stimme, kaum hörbar, war eine inständige Bitte um Beruhigung, um Hoffnung. Aber aus seinen Worten sprach zugleich auch eine Bitte um Erlaubnis, ein leiser Verzicht auf die Verantwortung. Dalgliesh nickte. Wenn das Zeug Digitalis war, konnte es klappen. Und der Mann würde doch nicht so verrückt sein, ihr irgend etwas Tödliches zu spritzen? Ihn jetzt zurückzuhalten konnte ihren endgültigen Tod bedeuten. Wäre es vielleicht doch besser gewesen, mit der künstlichen Beatmung fortzufahren? Wahrscheinlich nicht; auf jeden Fall mußte diese Entscheidung ein Arzt treffen. Und ein Arzt war da. Aber Dalgliesh wußte in seinem Innersten, daß seine Überlegungen Theorie waren. Man konnte ihr nicht mehr schaden, genauso wie man ihr nicht mehr helfen konnte.

Helen Rainer hatte jetzt eine Taschenlampe in der Hand und leuchtete Maggie damit auf die Brust. Die Poren zwischen den herabhängenden Brüsten wirkten riesig wie kleine Krater, von Puder und Schweiß verstopft. Hewsons Hand begann zu zittern. Plötzlich sagte sie: »Kommen Sie, lassen Sie mich das machen.«

Er reichte ihr die Spritze. Dalgliesh hörte Julius Courts ungläubiges »O nein! Nein!« und sah dann, wie die Nadel, so sauber und sicher, als würde sie zu einem Gnadenstoß geführt, in den Brustkorb eindrang.

Die schlanken Hände zitterten nicht, als sie die Spritze wieder herauszog, einen Wattebausch auf den

Einstich drückte, und sie ohne ein Wort Dalgliesh reichte.

Plötzlich stürzte Julius Court aus dem Zimmer. Fast unmittelbar darauf war er, ein Glas in der Hand, wieder da. Noch ehe ihn jemand daran hindern konnte, hatte er die Whiskyflasche ergriffen und sich den letzten Rest eingeschenkt. Er zog einen Stuhl unter dem Tisch hervor, ließ sich darauf nieder und blieb vornübergebeugt, die Flasche im Halbkreis seiner Arme eingeschlossen, darauf sitzen.

Wilfred sagte: »Aber Julius . . . wir sollten hier nichts anfassen, bevor die Polizei kommt.«

Julius holte sein Taschentuch heraus und fuhr sich damit übers Gesicht. »Den hatte ich dringend nötig. Und was soll's, zum Teufel. Mit ihren Fingerabdrücken bin ich doch gar nicht in Berührung gekommen. Außerdem hatte sie einen Strick um den Hals, falls Sie das noch nicht bemerkt haben. Was glauben Sie, woran sie gestorben ist – am Suff?«

Die restlichen Anwesenden umgaben den Leichnam wie zu einem lebenden Bild gruppiert. Hewson kniete noch immer neben seiner Frau. Helen barg ihren Kopf in den Händen. Wilfred und Dennis standen zu beiden Seiten, die Falten ihrer Kutten hingen reglos in der unbewegten Luft. Sie sahen aus, dachte Dalgliesh, wie eine buntgemischte Schar von Schauspielern, die, alle Blicke mit dem Ausdruck fragender Erwartung auf den hellen Leichnam der heiligen Märtyrerin gerichtet, für ein modernes Altarbild Modell standen.

Fünf Minuten später stand Hewson auf. Er sagte tonlos: »Keine Reaktion. Legen wir sie aufs Sofa. Wir können sie nicht hier auf dem Boden liegenlassen.«

Julius Court stand von seinem Stuhl auf, und er und Dalgliesh hoben den schlaffen Körper gemeinsam hoch und legten ihn aufs Sofa. Es war zu kurz, und die Füße mit den dunkelrot lackierten Nägeln, die zugleich absurd und bemitleidenswert verletzlich aussahen, ragten steif über das Ende hinaus. Dalgliesh hörte die Anwesenden leise seufzen, als hätten sie irgendein unerklärliches Bedürfnis befriedigt, es der Toten bequem zu machen. Julius blickte sich vergebens nach irgend etwas um, womit er die Leiche zudecken konnte. Es war Dennis Lerner, der zur Überraschung aller ein großes weißes Taschentuch hervorzog, es auseinanderfaltete und mit feierlicher Sorgfalt über Maggies Gesicht breitete. Alle starrten gebannt auf das Stück Leinen, als warteten sie darauf, daß es sich gleich im ersten, noch unsicheren Atemzug bewegen würde.

Wilfred sagte: »Ich finde es eine merkwürdige Sitte, daß wir die Gesichter der Toten zudecken. Tun wir es, weil wir spüren, daß sie sich, unseren kritischen Blicken wehrlos ausgeliefert, in einer mißlichen Lage befinden? Oder tun wir es, weil wir uns vor ihnen fürchten? Ich glaube, letzteres ist der Fall.«

Eric Hewson wandte sich, ohne Wilfred zu beachten, an Dalgliesh: »Wo . . .?«

»Da draußen im Flur.«

Hewson ging zur Tür, blieb dort stehen und betrachtete schweigend das herabhängende Seil und den chrom- und gelbglänzenden Küchenhocker. Er wandte sich dem Kreis gespannter, teilnahmsvoller Gesichter zu. »Wo hatte sie das Seil her?«

»Es könnte meins sein.« Wilfreds Stimme klang aufmerksam, überzeugt. Er wandte sich an Dalgliesh: »Es sieht neuer aus als Julius' Seil. Ich habe es gekauft, kurz nachdem das alte angekerbt gefunden wurde. Es hing an einem Haken im Büro. Vielleicht ist es Ihnen aufgefallen. Als wir heute morgen zu Graces Beerdigung aufbrachen, hing es bestimmt noch dort. Sie erinnern sich doch, Dot?«

Dorothy Moxon verließ ihre Zuflucht an der hinteren Wand, wo sie bisher unbemerkt gestanden hatte. Sie sprach zum erstenmal. Die anderen sahen sich nach ihr um, als seien sie überrascht von ihrer Anwesenheit. Ihre Stimme klang unnatürlich, schrill, heftig, unsicher. »Ja, ich habe es gesehen. Ich meine, es wäre mir sicher aufgefallen, wenn es weg gewesen wäre. Ja, ich erinnere mich. Das Seil war da.«

»Und als Sie von der Beerdigung zurückkamen?« fragte Dalgliesh.

»Da bin ich alleine ins Büro gegangen und habe meinen Umhang aufgehängt. Ich glaube, da war es nicht mehr da. Ich bin fast sicher, daß es nicht mehr da war.«

»Hat Sie das nicht beunruhigt?« fragte Julius.

»Nein, wieso? Ich bin nicht sicher, daß ich mit Bewußtsein wahrgenommen habe, daß das Seil zu diesem Zeitpunkt nicht mehr an seinem Platz war. Erst jetzt, im nachhinein, bin ich eigentlich überzeugt davon, daß es weg war. Aber selbst wenn ich das gemerkt hätte, wäre ich nicht weiter beunruhigt gewesen. Ich hätte angenommen, daß Albert es sich zu irgendeinem Zweck ausgeliehen hat. Natürlich konnte er das gar nicht. Er war ja mit uns auf der Beerdigung und ist vor mir in den Bus gestiegen.«

Lerner sagte plötzlich: »Ist die Polizei verständigt?«

»Natürlich«, sagte Julius, »ich habe angerufen.«

»Was haben Sie hier gemacht?« Dorothy Moxons schulmeisternde Frage klang wie eine Anschuldigung, aber Julius, der sich wieder gefangen zu haben schien, gab ganz ruhig zur Antwort: »Sie hat das Licht dreimal an und aus gemacht, bevor sie starb. Ich habe es zufällig vom Badezimmerfenster aus durch den Nebel gesehen. Ich bin nicht gleich hierher gegangen. Ich habe es zuerst nicht für wichtig gehalten und dachte auch nicht, daß irgend etwas Ernstes mit ihr wäre. Dann war ich aber doch ein bißchen beunruhigt und habe beschlossen, herzugehen. Dalgliesh war schon da.«

Dalgliesh sagte: »Ich habe das Signal von der Landspitze aus gesehen. Wie Julius habe ich mir nicht groß Gedanken gemacht, hielt es aber für besser, vorbeizuschauen.«

Lerner war an den Tisch getreten. Er sagte: »Sie hat einen Brief hinterlassen.«

Dalgliesh sagte scharf: »Fassen Sie ihn nicht an!«

Lerner zog die Hand zurück, als hätte ihn etwas gebissen. Sie kamen an den Tisch. Der Brief war mit schwarzem Kugelschreiber auf das oberste Blatt eines weißen Din-A 4-Blocks geschrieben. Sie lasen schweigend:

»Lieber Eric, ich habe Dir immer wieder gesagt, daß ich es in diesem Drecksloch nicht länger aushalten kann. Du hast das nur für Gerede gehalten. Du hast so viel Theater um Deine kostbaren Patienten gemacht, daß ich vor Langeweile hätte sterben können, ohne daß es Dir aufgefallen wäre. Entschuldige, wenn ich Dir Deine Plänchen über den Haufen schmeiße. Ich mache mir nicht vor, daß Du mich vermissen wirst. Du kannst sie jetzt haben, und bei Gott, meinetwegen könnt Ihr selig miteinander werden. Wir hatten's mal schön miteinander. Denk gelegentlich daran. Gib Dir ein wenig Mühe, mich zu vermissen. Lieber tot. Es tut mir leid, Wilfred. Der schwarze Turm.«

Die ersten acht Zeilen waren in klaren, kräftigen Zügen geschrieben, die letzten fünf waren ein fast unleserliches Gekritzel. »Ist das ihre Schrift?« fragte Anstey.

Eric Hewson antwortete mit kaum hörbarer Stimme: »O ja. Das ist ihre Schrift.«

Julius wandte sich Eric zu und sagte mit plötzlicher Lebhaftigkeit: »Hören Sie, es ist doch völlig klar, wie das passiert ist. Maggie hat nicht die Absicht gehabt, sich umzubringen. Das hätte sie nie getan. Das paßt überhaupt nicht zu ihr. Lieber Gott, warum auch? Sie war noch jung und gesund, und wenn es ihr hier nicht gefallen hat, hätte sie jederzeit weggehen können. Sie war ausgebildete Krankenschwester. Sie hätte sofort eine Stellung gefunden. Das alles sollte Ihnen nur einen Schrecken einjagen. Sie hat versucht, im Gutshaus anzurufen, um Sie hierher zu kriegen – gerade noch rechtzeitig natürlich. Als keiner ans Telefon ging, hat sie die Lichtsignale gegeben. Aber inzwischen war sie schon zu betrunken, um noch zu wissen, was sie tat, und da ist aus der ganzen Sache schrecklicherweise blutiger Ernst geworden. Nehmen Sie den Brief, klingt der vielleicht wie ein Abschiedsbrief?«

»Für mich ja«, sagte Anstey. »Und für den Untersuchungsrichter wahrscheinlich auch.«

»Also für mich nicht. Das könnte genausogut der Brief einer Frau sein, die vorhat, wegzulaufen.«

Helen Rainer sagte ruhig: »Nur, daß sie das nicht vorhatte. Sie wäre nicht nur mit einer Bluse und einer langen Hose bekleidet von Toynton weggegangen. Und wo ist ihre Tasche? Keine Frau verläßt ihr Zuhause, ohne ihr Make-up und ihr Nachtzeug einzupacken.«

Eine geräumige schwarze Umhängetasche stand neben einem der Tischbeine. Julius hob sie hoch und begann darin zu kramen. Er sagte: »Hier ist nichts drin. Kein Nachthemd und auch kein Waschbeutel.«

Er fuhr mit der Untersuchung der Tasche fort. Dann blickte er plötzlich von Eric zu Dalgliesh. Eine seltsame Folge von Gefühlen spiegelte sich auf seinem Gesicht, Erstaunen, Verblüffung, Interesse. Er machte die Tasche wieder zu und stellte sie auf den Tisch. »Wilfred hat recht. Wir sollten hier nichts anfassen, bevor die Polizei kommt.«

Sie standen schweigend da. Dann sagte Anstey: »Die Polizei wird natürlich wissen wollen, wo jeder von uns heute nachmittag gewesen ist. Sie müssen diese Frage stellen, auch wenn es sich eindeutig um Selbstmord handelt. Sie muß gegen Ende unserer Meditationsstunde gestorben sein. Das bedeutet natürlich, daß keiner von uns ein Alibi hat. Unter diesen Umständen können wir vielleicht von Glück sagen, daß Maggie beschlossen hat, einen Abschiedsbrief zu hinterlassen.«

Helen sagte: »Eric und ich haben die ganze Stunde zusammen in meinem Zimmer verbracht.«

Wilfred starrte sie entgeistert an. Er schien zum erstenmal, seit er hereingekommen war, außer Fassung zu sein. Er sagte: »Aber wir haben einen Familienrat abgehalten. Und da ist es Vorschrift, daß alle schweigend und für sich alleine meditieren.«

»Wir haben nicht meditiert, und wir haben auch nicht geschwiegen. Aber wir waren alleine – zusammen alleine.« Sie starrte herausfordernd, fast triumphierend an ihm vorbei Eric Hewson in die Augen. Er warf ihr einen erschrockenen Blick zu.

Dennis hatte sich, als ob er mit dem Streit nichts zu tun haben wollte, zu Dot Moxon an die Tür gestellt. Jetzt sagte er ruhig: »Ich glaube, ich höre Autos. Das muß die Polizei sein.«

Der Nebel hatte das Geräusch der auffahrenden Wagen verschluckt. Lerner hatte noch nicht zu Ende gesprochen, da hörte Dalgliesh schon das Klappen von Autotüren. Eric kniete sich in einer spontanen Reaktion neben das Sofa, wie um Maggies Leiche zur Tür hin abzuschirmen. Dann stand er unbeholfen wieder auf, als

fürchte er, in einer kompromittierenden Haltung entdeckt zu werden. Dot bewegte, ohne sich umzusehen,
ihren kräftigen Körper von der Tür weg.

Das kleine Zimmer war plötzlich so überfüllt wie das
Schutzhäuschen einer Bushaltestelle an einem regneri-
schen Abend, und der Geruch von Nebel und feuchten
Regenmänteln hing in der Luft. Aber es gab keinen
Aufruhr. Die Neuankömmlinge kamen mit ihrer Ausrüstung ruhig und sicher herein und bewegten sich so
zielbewußt wie Mitglieder eines Orchesters, die mit
ihren Instrumenten ihren vorgeschriebenen Platz ein-
nehmen.

Die Gruppe aus dem Gutshaus zog sich in eine Ecke
zurück. Niemand sprach. Dann unterbrach Inspektor
Daniels bedächtige Stimme das Schweigen: »Also, dann
wollen wir mal anfangen. Wer hat die arme Frau gefunden?«

»Ich«, sagte Dalgliesh. »Court kam ungefähr zwölf Minuten später.«

»Dann möchte ich jetzt nur Mr. Dalgliesh, Mr. Court
und Dr. Hewson haben. Das reicht für den Anfang.«

Wilfred sagte: »Ich möchte gern hierbleiben, wenn es
Ihnen recht ist.«

»Entschuldigen Sie, Sir – Mr. Anstey, wenn ich nicht
irre? Aber was wir möchten, läßt sich nicht immer machen. Wenn Sie jetzt bitte alle zum Gutshaus zurückgehen würden. Kriminalwachtmeister Burroughs wird Sie
begleiten, und Sie können ihm alles sagen, was Sie auf
dem Herzen haben. Ich komme später nach.«

Wilfred ging ohne ein weiteres Wort allen voran hinaus. Inspektor Daniel sah Dalgliesh an: »Tja, Sir, anscheinend soll es in Toynton Head keine Erholung vom
Tod für Sie geben.«


# 2

Nachdem er die Spritze übergeben und Bericht über das
Auffinden der Toten erstattet hatte, blieb Dalgliesh
nicht länger da, um den Gang der Ermittlungen zu verfolgen. Er wollte nicht den Eindruck erwecken, Inspek-

tor Daniels Arbeit mit kritischen Augen zu beobachten. Es behagte ihm nicht, die Rolle des Zuschauers übernehmen zu müssen, und er hatte das unangenehme Gefühl, den Männern bei der Arbeit im Wege zu sein. Sie waren sich gegenseitig nicht im Wege. Sie bewegten sich sicher auf dem engen Raum, jeder einzelne von ihnen ein Spezialist, und wirkten dabei doch wie ein Team. Der Fotograf manövrierte seine tragbaren Lampen in den schmalen Flur. Der Fingerabdruckexperte in Zivil ließ sich mit gezückter Bürste am Tisch nieder – die geöffnete Tasche ließ sein wohlgeordnetes Handwerkszeug sehen – und machte sich daran, die Whiskyflasche systematisch einzustäuben. Der Polizeiarzt kniete mit kritischer Aufmerksamkeit neben der Leiche und zerrte an Maggies fleckiger Haut, als hoffe er, sie dadurch wieder zu beleben. Inspektor Daniel beugte sich über ihn, und die beiden berieten sich miteinander. Sie sahen aus, dachte Dalgliesh, wie zwei Geflügelhändler, die über die Güteklasse eines toten Huhns fachsimpelten. Er vermerkte mit Interesse, daß Daniel den Polizeiarzt und nicht den Gerichtsmediziner mitgebracht hatte. Aber warum auch nicht? Ein Amtsarzt konnte, angesichts des riesigen Gebiets, für das die meisten zuständig waren, nur selten sofort am Tatort sein. Und die erste ärztliche Untersuchung warf hier offenbar keinerlei Probleme auf. Es gab keinen Grund, mehr Aufwand zu treiben, als die Sache erforderte. Er fragte sich, ob Daniel überhaupt selbst hergekommen wäre, wenn nicht zufällig ein Kriminalkommissar aus London auf dem Gut gewesen wäre.

Dalgliesh bat Daniel formell um die Erlaubnis, nach »Haus Hoffnung« zurückzukehren zu dürfen. Eric Hewson war schon gegangen. Daniel hatte ihm ein paar kurze, behutsame, unvermeidliche Fragen gestellt, ehe er ihn zu den anderen ins Gutshaus zurückgehen ließ. Dalgliesh bemerkte die Erleichterung, die sein Weggehen bewirkte. Selbst diese routinierten Fachleute bewegten sich freier ohne die hinderlichen Beschränkungen, die öffentlich zur Schau getragener Schmerz ihnen auferlegte. Der Inspektor bemühte sich jetzt, es nicht bei einem kurzen Nicken zum Abschied bewenden zu lassen. Er sagte: »Vielen Dank, Sir. Wenn es Ihnen recht ist, komme ich nachher noch auf einen Sprung bei Ihnen vorbei, bevor ich wegfahre.« Er wandte sich wieder der Leiche zu.

Was immer Dalgliesh in Toynton Head zu finden erwartet hatte, das hier war es nicht gewesen; die altvertraute, immer gleiche Andacht aus Anlaß des gewaltsamen Todes. Einen Augenblick lang sah er es mit Julius Courts Augen, ein esoterisches Totenbeschwörungsritual, das von Schattengestalten in Schweigen oder unter Grunzlauten und wie Beschwörungsformeln kurz dahingemurmelten Worten ausgeführt wurde, eine stille Totenmesse. Offenbar war Julius ganz gebannt von der Prozedur. Er machte keinerlei Anstalten, zu gehen, sondern stand neben der Tür und hielt sie Dalgliesh auf, ohne seine faszinierten Blicke von Inspektor Daniel zu wenden. Daniel forderte ihn nicht auf, auch zu gehen, aber Dalgliesh glaubte nicht, daß Vergeßlichkeit der Grund dafür war.

Es dauerte fast drei Stunden, bis Inspektor Daniels Wagen zu »Haus Hoffnung« hinauffuhr. Der Inspektor war allein. Polizeisergeant Varney und die anderen, erklärte er, waren schon weggefahren. Er brachte beim Eintreten ein paar vereinzelte, Ektoplasma ähnelnde Nebelfetzen und einen Schwall kühler feuchter Luft mit herein. Sein Haar war mit winzigen Tröpfchen übersät, und sein frisches langes Gesicht glühte, als käme er von einem Spaziergang in der Sonne. Er zog auf Dalglieshs Aufforderung seinen Regenmantel aus und machte es sich in dem großen Ohrensessel vor dem Holzfeuer bequem. Seine lebhaften schwarzen Augen schweiften durchs Zimmer und musterten den abgenutzten Teppich, den dürftigen Kamin und die schäbige Tapete. Er sagte: »Hier hat der alte Herr also gelebt.«

»Und hier ist er gestorben. Möchten Sie einen Whisky oder lieber einen Kaffee?«

»Einen Whisky, bitte, Mr. Dalgliesh. Mr. Anstey hat es ihm nicht gerade gemütlich gemacht, was? Aber das ganze Geld wurde vermutlich für die Patienten verwendet, und wahrscheinlich doch völlig zu Recht.«

Einen Teil hatte Anstey für sich selber verwendet, dachte Dalgliesh, und mußte an die sybaritische Zelle, Wilfreds Schlafgemach, denken. Laut sagte er: »Es ist besser, als es aussieht. Ich habe mit meiner Packerei nicht gerade zur Gemütlichkeit beigetragen. Aber ich glaube nicht, daß Pater Baddeley die Ärmlichkeit hier überhaupt bemerkt hat.«

»Na, auf jeden Fall ist es schön warm. Dieser Nebel hier am Meer kriecht einem ja förmlich in alle Knochen. Ein Stückchen weiter landeinwärts, gleich hinter der Ortschaft Toynton, ist es schon wieder klarer. Deswegen konnten wir auch so schnell hier sein.«

Er nippte zufrieden an seinem Whisky. Nach kurzem Schweigen sagte er: »Diese Sache heute abend sieht ziemlich eindeutig aus, Mr. Dalgliesh. Die Fingerabdrücke der Frau und Courts Fingerabdrücke auf der Whiskyflasche und ihre und Hewsons Fingerabdrücke auf dem Telefon. Es besteht natürlich keine Aussicht, daß wir noch irgendwelche Fingerabdrücke auf dem Lichtschalter finden, und die auf dem Kugelschreiber bringen uns auch nichts. Wir haben ein paar Schriftproben von ihr aufgetrieben. Die sollen sich unsere Laborfritzen mal ansehen, aber für mich – und für Dr. Hewson übrigens auch – steht mit ziemlicher Sicherheit fest, daß sie den Abschiedsbrief geschrieben hat. Die Merkmale deuten klar auf eine weibliche Handschrift hin.«

»Bis auf die letzten drei Zeilen.«

»Die Anspielung auf den schwarzen Turm. Sie war schon ziemlich hinüber, als sie das noch drangehängt hat. Mr. Anstey nimmt es übrigens als Eingeständnis, daß sie das Feuer gelegt hat, das ihn beinahe getötet hätte. Und es war seiner Meinung nach nicht der erste Versuch. Sie haben sicher von dem angekerbten Kletterseil gehört? Er hat mir den Vorfall im schwarzen Turm genau geschildert und mir auch erzählt, daß Sie die braune Kutte gefunden haben.«

»Ach ja? Neulich war er noch so darauf bedacht, daß die Polizei nichts davon erfährt. Und jetzt soll es also niemand anderer als Maggie Hewson gewesen sein.«

»Ich bin immer wieder überrascht – obwohl ich es mittlerweile nicht mehr sein sollte –, wie gewaltsamer Tod die Zungen löst. Er sagt, daß er sie von Anfang an in Verdacht hatte. Daß sie aus ihrem Haß auf Gut Toynton im allgemeinen und ihrer Abneigung gegen ihn im besonderen nie ein Hehl gemacht hätte.«

Dalgliesh sagte: »Das hat sie auch nicht. Es würde mich wundern, wenn eine Frau, die mit so hemmungslosem Genuß ihre Gefühle gezeigt hat, das Bedürfnis gehabt hätte, irgendwelche anderen Ventile zu benutzen. Das Feuer. Das angekerbte Kletterseil. Das sind für mich Teile einer ausgeklügelten Strategie oder aber Äußerungen eines aufgestauten Hasses. Maggie Hewson hat nichts so offen gezeigt wie ihre Abneigung gegen Anstey.«

»Mr. Anstey sieht das Feuer als Teil einer ausgeklügelten Strategie. Seiner Meinung nach hat sie ihm Angst machen und ihn dadurch zum Verkauf treiben wollen. Sie wollte ihren Mann unbedingt von Gut Toynton weghaben.«

»Dann hat sie ihren Gegenspieler falsch eingeschätzt. Ich vermute, daß Anstey nicht verkauft. Bis morgen wird er den Entschluß gefaßt haben, Gut Toynton an den Ridgewell Trust zu übergeben.«

»Er ist gerade dabei, seinen Entschluß zu fassen, Mr. Dalgliesh. Offenbar sind sie durch Mrs. Hewsons Tod mitten in der Entscheidung unterbrochen worden. Ihm war sehr daran gelegen, daß ich so schnell wie möglich mit meinen Fragen an die Hausbewohner fertig werde, damit sie wieder zur Sache kommen konnten. Es hat ohnehin nicht lange gedauert, bis ich die wichtigsten Fakten beisammen hatte. Nachdem alle von der Beerdigung zurück waren, ist niemand mehr beim Verlassen des Hauses beobachtet worden. Abgesehen von Dr. Hewson und Schwester Helen, die zugaben, die Meditationsstunde gemeinsam in Schwester Helens Zimmer verbracht zu haben, behaupten alle, alleine gewesen zu sein. Die Patientenzimmer liegen, wie Sie sicher wissen, nach hinten hinaus. Jeder, das heißt, jeder, der seine gesunden Glieder hatte, könnte das Haus verlassen haben. Aber es gibt keinen Beweis dafür, daß es jemand getan hat.«

Dalgliesh sagte: »Und selbst wenn – der Nebel wäre ein sicherer Schutz gewesen. Jeder hätte ungesehen über die Landspitze gehen können. Leuchtet es Ihnen übrigens ein, daß Maggie Hewson das Feuer gelegt hat?«

»Meine Ermittlungen beziehen sich weder auf Brandstiftung noch auf versuchten Mord, Mr. Dalgliesh. Mr. Anstey hat mir diese Dinge im Vertrauen erzählt und hat gesagt, daß es ihm am liebsten wäre, wenn man das Ganze vergessen würde. Sie könnte es getan haben, aber es gibt keinen konkreten Beweis dafür. Er könnte es auch selber getan haben.«

»Das glaube ich nicht. Aber ich habe mich schon gefragt, ob Henry Carwardine die Hand dabei im Spiel gehabt haben könnte. Er konnte das Feuer natürlich nicht selber legen, er hätte aber jemand dafür bezahlen können. Ich glaube nicht, daß er Anstey mag. Aber das ist wohl kaum ein Motiv. Er muß nicht auf Gut Toynton bleiben. Aber er ist außergewöhnlich intelligent und, wie ich meine, anspruchsvoll. Es ist kaum vorstellbar, daß er sich mit solch kindischem Unfug abgibt.«

»Ah, aber er macht von seiner Intelligenz keinen Gebrauch, Mr. Dalgliesh. Das ist sein Problem. Er hat zu leicht und zu früh aufgegeben. Und wer weiß schon wirklich etwas über Motive? Manchmal denke ich, noch nicht einmal der Verbrecher selber. Wahrscheinlich ist es für einen solchen Menschen nicht leicht, mit anderen unter einem so strengen Reglement zu leben, immer auf andere angewiesen, immer Mr. Anstey zu Dank verpflichtet zu sein. Na ja, er ist Mr. Anstey sicher dankbar; das sind sie alle. Aber in der Dankbarkeit steckt manchmal der Teufel, vor allem, wenn man für Hilfeleistungen dankbar sein muß, auf die man lieber verzichten würde.«

»Wahrscheinlich haben Sie recht. Ich weiß nicht viel von Carwardines Gefühlen und von den Gefühlen der anderen auf Gut Toynton. Ich habe es sorgfältig vermieden, ihre Gefühle genauer kennenzulernen. Hat die unmittelbare Berührung mit gewaltsamem Tod irgendeinen von ihnen dazu gebracht, seine kleinen Geheimnisse zu lüften?«

»Mrs. Hollis machte eine Aussage. Mir ist nicht klar, was ihrer Meinung nach damit bewiesen werden sollte oder warum sie die Sache für erwähnenswert hielt. Aber vielleicht wollte sie auch ihren kleinen Auftritt haben. Ebenso diese blonde Patientin – Miss Pegram, wenn ich nicht irre. Sie hat immer wieder darauf angespielt, daß sie wüßte, daß Dr. Hewson und Schwester Rainer eine Affäre miteinander hätten. Natürlich keine konkreten Hinweise, nichts als Bosheiten und Wichtigtuerei. Ich habe vielleicht gewisse Vorstellungen von den beiden, aber bevor ich anfange, über ein Mordkomplott nachzudenken, möchte ich etwas mehr Tatsachenmaterial haben, als man es mir heute abend präsentiert hat. Mrs. Hollis' Geschichte hatte noch nicht einmal sonderlich viel mit Maggie Hewsons Tod zu tun. Sie sagt, sie hätte Mrs. Hewson in der Nacht, in der Grace Willison gestorben ist, in einer braunen Kutte, mit tief ins Gesicht gezogener Kapuze im Patiententrakt den Gang entlanggehen sehen. Anscheinend hat Mrs. Hollis die Angewohnheit, sich nachts aus dem Bett gleiten zu lassen und auf ihrem Kissen im Zimmer herumzurutschen. Sie sagt, daß es eine Art Gymnastik für sie wäre, daß sie sich darum bemühe, etwas beweglicher und unabhängiger zu sein. In der fraglichen Nacht hat sie es jedenfalls geschafft, ihre Tür einen Spaltbreit aufzukriegen – zweifellos mit der Absicht, eine kleine Rutschpartie auf dem Gang zu machen –, und da hat sie die vermummte Gestalt gesehen. Hinterher hat sie sich überlegt, daß es nur Maggie Hewson gewesen sein konnte. Keiner, der einem ganz alltäglichen Geschäft nachgegangen wäre – keiner vom Personal –, hätte sich die Kapuze über den Kopf gezogen.«

»Sofern er einem ganz alltäglichen Geschäft nachgegangen ist. Und wann genau soll das gewesen sein?«

»Sie sagt, kurz nach zwölf. Sie hat die Tür wieder zugemacht und hat es mit einiger Anstrengung geschafft, zurück ins Bett zu kommen.«

Dalgliesh sagte nachdenklich: »Nach dem wenigen, was ich von ihr gesehen habe, wundert es mich eigentlich, daß sie ohne Hilfe wieder ins Bett kommen konnte. Aus dem Bett herauszukommen ist eine Sache, aber sich wieder hineinzuhieven dürfte sehr viel schwieriger sein. Das ist doch die ganze ›Gymnastik‹ nicht wert, möchte ich meinen.«

Es herrschte ein kurzes Schweigen. Dann sagte Inspektor Daniel, die schwarzen Augen voll auf Dalglieshs Gesicht gerichtet: »Warum hat Dr. Hewson diesen Todesfall dem Untersuchungsrichter gemeldet, Sir? Warum hat er nicht den Pathologen vom Bezirkskrankenhaus oder einen seiner hiesigen Spezis gebeten, sie aufzumachen, wenn er sich über die Diagnose nicht im klaren war?«

»Weil ich ihn dazu gezwungen und ihm keine andere Wahl gelassen habe. Er hätte es nicht ablehnen können, ohne verdächtig zu erscheinen. Und ich glaube nicht, daß er hier irgendwelche Spezis hat. Auf diesem Fuß steht er mit seinen Kollegen nicht. Wie haben Sie denn davon erfahren?«

»Von Hewson. Ich habe noch einmal mit ihm gesprochen, nachdem ich Mrs. Hollis' Geschichte gehört hatte. Aber Miss Willisons Tod war doch ein klarer Fall, wie es scheint.«

»O ja. Genau wie dieser Selbstmord. Genau wie Pater Baddeleys Tod. Alles klare Fälle, wie es scheint. Sie ist an Magenkrebs gestorben. Aber diese Sache heute abend. Haben Sie irgend etwas über das Seil herausgefunden?«

»Das habe ich ja ganz vergessen, Ihnen zu erzählen, Mr. Dalgliesh. Das Seil hat den Schlußpunkt unter das Ganze gesetzt. Schwester Helen hat gesehen, wie Mrs. Hewson es heute morgen gegen halb elf aus dem Büro weggenommen hat. Schwester Helen war dageblieben, um nach dem bettlägrigen Patienten – Georgie Allan, wenn ich nicht irre – zu sehen; alle anderen waren auf Miss Willisons Beerdigung. Schwester Helen war gerade damit beschäftigt, den Krankenbericht zu schreiben und brauchte ein neues Blatt Papier. Das gesamte Schreibmaterial wird in einem Aktenschrank im Büro aufbewahrt. Es ist teuer, und Mr. Anstey hat etwas dagegen, daß es in größeren Mengen ausgegeben wird. Als Schwester Helen in den Flur kam, sah sie, wie Mrs. Hewson sich mit dem Seil über dem Arm aus dem Büro stahl.«

»Und wie hat Maggie das erklärt?«

»Laut Schwester Helen hat sie nichts weiter gesagt als: ›Keine Sorge, ich habe nicht die Absicht, es anzukerben. Ganz im Gegenteil. Sie werden es so gut wie neu zurückbekommen, wenn auch nicht von mir.‹«

Dalgliesh sagte: »Zu dem Zeitpunkt, als wir die Leiche

gefunden haben, hat Helen Rainer sich nicht gerade damit beeilt, diese Information loszuwerden. Aber wenn sie nicht lügt, ist Ihr Fall damit tatsächlich abgeschlossen.«

»Ich glaube nicht, daß sie lügt, Mr. Dalgliesh. Aber ich habe mir den Krankenbericht von dem Jungen natürlich noch mal angesehen. Schwester Helen hat heute nachmittag ein neues Blatt Papier angefangen. Und es besteht anscheinend kaum ein Zweifel daran, daß das Seil noch im Büro hing, als Mr. Anstey und Schwester Dot zur Beerdigung aufbrachen. Wer könnte es sonst weggenommen haben? Alle, mit Ausnahme von Schwester Helen, dem schwerkranken Jungen und Mrs. Hammitt, waren auf der Beerdigung.«

Dalgliesh sagte: »Mrs. Hammitt hatte ich ganz vergessen. Ich habe fast alle von Gut Toynton auf dem Friedhof gesehen. Daß sie nicht dabei war, ist mir gar nicht aufgefallen.«

»Sie sagte, sie hat etwas gegen Beerdigungen. Die Toten sollten in gebührender Stille, wie sie es ausdrückt, verbrannt werden. Sie sagt, daß sie den Vormittag damit verbracht hat, ihren Gasherd zu putzen. Ob es nun wahr ist oder nicht, der Herd ist auf jeden Fall geputzt worden.«

»Und heute nachmittag?«

»Hat sie mit den anderen im Gutshaus Meditation gehalten. Sie hätten dabei alle alleine sein sollen. Mr. Anstey hat ihr den kleinen Konferenzraum zur Verfügung gestellt. Laut Mrs. Hammitt hat sie ihn erst verlassen, als ihr Bruder kurz vor vier gegongt hat, um sie alle wieder zusammenzurufen. Kurz danach hat Mr. Court angerufen. Mrs. Hewson ist irgendwann während der Meditationsstunde gestorben, darüber besteht kein Zweifel. Und der Polizeiarzt meint, daß es eher gegen vier als früher gewesen ist.«

Verfügte Millicent über solche Kräfte, fragte sich Dalgliesh, daß sie Maggies schweren Körper hatte aufhängen können? Wenn sie dabei den Küchenhocker benutzt hatte, war es nicht unwahrscheinlich. Und das Strangulieren selbst mußte ein Kinderspiel gewesen sein, sobald Maggie erst einmal betrunken gewesen war. Eine lautlose

Bewegung hinter ihrem Stuhl, die Schlinge mit behand-schuhten Händen über den schwankenden Kopf ge-streift, der plötzliche Ruck nach oben, während das Seil in das Fleisch schnitt. Jeder von ihnen hätte es getan ha-ben können, jeder von ihnen hätte sich im Schutz des Nebels aus dem Haus stehlen und zu dem Lichtklecks schleichen können, an dem das Hewsonsche Haus zu er-kennen war. Helen Rainer war die zierlichste von allen. Aber Helen war Krankenschwester und erfahren darin, schwere Körper zu heben. Und es war möglich, daß He-len Rainer nicht alleine gewesen war.

Er hörte Daniel sagen: »Wir werden das Zeug in der Spritze analysieren lassen, und den Whisky sollen sich unsere Leute im Labor auch noch mal ansehen. Aber diese beiden Kleinigkeiten dürften die Voruntersuchung nicht weiter aufhalten. Mr. Anstey ist sehr daran gele-gen, daß die Sache so schnell wie möglich über die Bühne geht, damit die Wallfahrt nach Lourdes am 23. nicht dadurch gefährdet wird. Über die Beerdigung macht sich anscheinend niemand von ihnen Gedanken. Die hat Zeit, bis sie wieder zurück sind. Ich sehe nicht ein, warum sie nicht fahren sollen, wenn das Labor rechtzeitig mit der Analyse fertig ist. Und wir wissen ja, daß mit dem Whisky alles in Ordnung ist; Court ist doch anscheinend immer noch bei recht guter Gesundheit. Ich habe mich gefragt, Mr. Dalgliesh, warum er den Whisky eigentlich getrunken hat. Übrigens hat er ihn ihr geschenkt. Sechs Flaschen zu ihrem Geburtstag am 11. September. Ein großzügiger Herr.«

Dalgliesh sagte: »Ich habe schon daran gedacht, daß er sie mit Whisky versorgt haben könnte. Aber ich glaube nicht, daß Court den Whisky getrunken hat, um Ihren Leuten Arbeit zu ersparen. Er hat ihn einfach ge-braucht.«

Daniel blickte nachdenklich in sein halbleeres Glas. »Court ist weiter auf seiner Hypothese herumgeritten, daß sie nie ernstlich die Absicht hatte, sich umzubrin-gen, daß die ganze Geschichte nur inszeniert war, eine verzweifelte Bitte um Aufmerksamkeit. Und da könnte ihr dieser Zeitpunkt am günstigsten erschienen sein. Alle waren im Gutshaus versammelt, um eine wichtige

Entscheidung zu fällen, die ihre Zukunft mitbetraf, und von der sie trotzdem ausgeschlossen war. Er könnte recht haben. Vielleicht kaufen es die Geschworenen ihm ab. Aber das ist ein schwacher Trost für den Ehemann.«

Dalgliesh dachte, daß Hewson sich seinen Trost vielleicht anderswo holen würde. Laut sagte er: »Meiner Meinung nach paßt es nicht zu ihr. Ich kann mir vorstellen, daß sie irgend etwas Exzentrisches unternimmt, um ein bißchen Abwechslung in ihr eintöniges Dasein zu bringen. Nicht vorstellen kann ich mir, daß sie als gescheiterte Selbstmörderin auf Toynton weiterleben wollte, um sich ständig der mitleidigen Verachtung auszusetzen, die man für jemanden empfindet, der noch nicht mal imstande ist, sich umzubringen. Mein Problem besteht darin, daß ich der Meinung bin, ein ernstgemeinter Selbstmordversuch paßt noch weniger zu ihr.«

Daniel sagte: »Vielleicht hat sie nicht damit gerechnet, weiter auf Toynton bleiben zu müssen. Vielleicht war es ihre Absicht, ihren Mann davon zu überzeugen, daß sie sich umbringt, wenn er sich keine andere Stellung sucht. Ich kann mir nicht vorstellen, daß es viele Männer gibt, die ein solches Risiko eingehen. Aber sie hat sich umgebracht, Mr. Dalgliesh, ob absichtlich oder nicht. Dieser Fall stützt sich auf zwei Indizien: Auf Schwester Helens Geschichte von dem Seil und auf den Abschiedsbrief. Wenn die Geschworenen die Aussage der Rainer glaubhaft finden und der Sachverständige bestätigt, daß Mrs. Hewson den Brief geschrieben hat, dann braucht man auf das Urteil keine Wetten mehr abzuschließen. Passen hin, passen her, an den Indizien kommt man nicht vorbei.«

Es gab aber noch mehr Indizien, dachte Dalgliesh, sie waren weniger handfest, dafür aber durchaus nicht uninteressant. Laut sagte er: »Sie sah aus, als ob sie irgendwohin wollte oder als ob sie Besuch erwartete. Sie hatte kurz vorher gebadet, ihre Poren waren mit Puder verstopft. Das Gesicht war geschminkt, die Nägel lackiert. Und angezogen war sie auch nicht für einen einsamen Abend zu Hause.«

»Das hat ihr Mann auch gesagt. Ich habe mir selber

schon gedacht, daß sie einen ziemlich aufgeputzten Eindruck machte. Das könnte die Hypothese von einem vorgetäuschten Selbstmord stützen. Wenn jemand vorhat, im Mittelpunkt der Aufmerksamkeit zu stehen, kann er sich auch für seinen Auftritt kostümieren. Es gibt keinen Beweis dafür, daß irgendein Besucher bei ihr war, obwohl natürlich richtig ist, daß niemand ihn in diesem Nebel gesehen hätte. Ich bezweifle, ob er sich zurechtgefunden hätte, sobald er die Hauptstraße erst einmal verlassen hatte. Und wenn sie vorhatte, von Toynton wegzugehen, hätte sie jemand abholen müssen. Die Hewsons haben keinen Wagen. Mr. Anstey gestattet keine Privatfahrten. Heute geht kein Bus. Und die Firmen, die Autos verleihen, haben wir überprüft.«

»Sie haben Ihre Zeit genutzt.«

»Das hat nur ein paar Anrufe gekostet, Mr. Dalgliesh. Ich erledige solche Kleinigkeiten am liebsten gleich, wenn ich daran denke.«

»Ich kann mir nicht vorstellen, daß Maggie ruhig zu Hause gesessen hat, während die anderen über ihre Zukunft entschieden. Sie war mit Robert Loder, einem Anwalt aus Wareham, befreundet. Ich frage mich, ob er sie vielleicht zu sich bestellt hatte?«

Daniel schob seinen massigen Körper nach vorn und warf noch ein Stück Treibholz in die Flammen. Das Feuer brannte nur verhalten, als verstopfe der Nebel den Kamin. Er sagte: »Ihr hiesiges Verhältnis. Sie sind nicht der einzige, der sich das gefragt hat, Mr. Dalgliesh. Ich dachte, es könne nicht schaden, wenn ich mal zu Hause bei dem Herrn anrufe und mich erkundige. Mr. Loder liegt wegen einer Hämorrhoidenoperation im Bezirkskrankenhaus in Poole. Er ist gestern aufgenommen worden und wird eine Woche dort bleiben müssen. Eine scheußlich schmerzhafte Angelegenheit. Sicher nicht der geeignetste Zeitpunkt, darf man annehmen, um mit der Frau eines anderen Mannes durchzubrennen.«

Dalgliesh fragte: »Und was ist mit der einzigen Person auf Toynton, die über einen eigenen Wagen verfügt? Was ist mit Court?«

»Das ist eine Frage, die ich ihm auch gestellt habe, Mr. Dalgliesh. Ich habe eine entschiedene, wenn auch nicht besonders chevalereske Antwort bekommen. Sie lief darauf hinaus, daß er eine Menge für die liebe Maggie tun würde, daß aber Selbsterhaltung das Grundgesetz der Natur sei, und sein Geschmack ginge zufälligerweise nicht in diese Richtung. Nicht daß er dagegen gewesen wäre, daß sie von Toynton weggehen wollte. Er hätte ihr sogar zugeraten, obwohl ich nicht weiß, wie er das mit seiner ursprünglichen Meinung in Einklang bringen wollte, Mrs. Hewson hätte ihren Selbstmordversuch nur vorgetäuscht. Beide Hypothesen können schlicht und einfach nicht zugleich wahr sein.«

Dalgliesh fragte: »Was hat er in ihrer Tasche gefunden, ein Verhütungsmittel?«

»Ach, haben Sie das gemerkt? Ja, ihr Pessar. Anscheinend hat sie nicht die Pille genommen. Court hat sich bemüht, die Sache möglichst taktvoll zu behandeln, aber man kann, wie ich ihm sagte, nicht taktvoll sein, wenn es um gewaltsamen Tod geht. Das ist das einzige gesellschaftliche Desaster, bei dem einem Anstandsregeln nicht helfen können. Es ist der deutlichste Hinweis dafür, daß sie doch vorgehabt haben könnte, wegzugehen, das und ihr Personalausweis. Beides ist in der Tasche gewesen. Man könnte sagen, sie war für alle Eventualitäten ausgerüstet.«

Dalgliesh sagte: »Sie war mit den beiden Dingen ausgerüstet, die sie sich nicht durch einen kurzen Besuch in der nächsten Apotheke wieder hätte beschaffen können. Daß sie ihren Personalausweis in ihrer Handtasche aufbewahrt, leuchtet vielleicht noch ein. Aber das andere?«

»Wer weiß, wie lange es schon da drin war. Und Frauen heben ihre Sachen an den ausgefallensten Plätzen auf. Es hat keinen Sinn, sich darüber in Spekulationen zu verlieren. Und es besteht auch kein Grund zu der Annahme, daß die beiden vorhatten, auszuziehen, sie und Hewson. Wenn Sie mich fragen, ist er genauso abhängig von Anstey und dem Gut wie die Patienten, der arme Kerl. Sie kennen wahrscheinlich seine Geschichte?«

»Nur ganz am Rande. Ich habe Ihnen ja gesagt, daß ich es sorgfältig vermieden habe, in irgendwelche Probleme verwickelt zu werden.«

»Ich hatte mal einen Polizeisergeanten, der war wie er. Den konnten die Frauen auch nicht in Frieden lassen. Liegt wohl daran, daß sie so hilfsbedürftig aussehen wie kleine Jungs, die ihre Mama verloren haben. Purkiss war sein Name. 'n armer Kerl. Er konnte mit den Frauen nicht zurechtkommen und ohne sie auch nicht. Das hat ihn seine Karriere gekostet. Er hat jetzt eine Autowerkstatt irgendwo in der Nähe von Market Harborough, wie ich gehört habe. Und Hewson ist noch schlimmer dran. Ihm macht sein Beruf noch nicht mal Spaß. Zu dem ist er vermutlich gezwungen worden von einer dieser ehrgeizigen Mütter, einer Witwe, die entschlossen war, ihren Augapfel zum Doktor zu machen. Das war wohl gerade standesgemäß. Scheint ja heute das zu sein, was früher mal der Priesterberuf war. Er hat mir gesagt, daß er das Studium gar nicht so schlimm fand. Er hat ein phänomenales Faktengedächtnis. Er kann nur keine Verantwortung übernehmen. Aber das wird auf Gut Toynton ja sowieso kaum von ihm verlangt. Die Patienten sind unheilbar krank, und weder sie noch sonst jemand erwartet, daß er irgend etwas daran ändert. Mr. Anstey hat ihm offenbar geschrieben und ihn eingestellt, nachdem man ihm seine Approbation entzogen hatte. Er hat eine Affäre mit einer Patientin gehabt, einem sechzehnjährigen Mädchen. Es war mal die Rede davon, daß die Sache schon über ein Jahr früher angefangen hatte, aber er hat Glück gehabt. Das Mädchen ist bei seiner Geschichte geblieben. Natürlich durfte er auf Gut Toynton bis vor einem halben Jahr, als er seine Approbation wiederbekommen hat, keine Rezepte ausstellen und keine Todesurkunden unterschreiben. Aber sie konnten ihm natürlich seine medizinischen Kenntnisse nicht wegnehmen, und ich bezweifle nicht, daß Mr. Anstey ihn nützlich fand.«

»Und billig.«

»Ja, das natürlich auch. Und jetzt will er nicht wieder hier weg. Es wäre schon möglich, daß er seine Frau umgebracht hat, um endlich seine Ruhe zu haben, aber ich persönlich glaube das nicht, und die Geschworenen werden es auch nicht glauben. Er ist der Typ Mann, der sich eine Frau nimmt, um sich von ihr die Drecksarbeit machen zu lassen.«

»Helen Rainer?«

»Das wäre doch albern, meinen Sie nicht auch, Mr. Dalgliesh? Und wo ist der Beweis?«

Dalgliesh spielte einen Moment mit dem Gedanken, Daniel von der Unterhaltung zwischen Maggie und ihrem Mann zu erzählen, die er nach dem Brandanschlag zufällig mit angehört hatte. Aber dann verwarf er den Einfall wieder. Wahrscheinlich gab es an einem Ort wie hier auf Gut Toynton eine ganze Reihe belangloser kleiner Geheimnisse. Daniel würde es natürlich für seine Aufgabe halten, ihn zu fragen. Aber er würde es als eine lästige Pflicht ansehen, ihm aufgezwungen von einem übertrieben argwöhnischen, übertrieben diensteifrigen Eindringling aus London, der entschlossen war, aus einfachen Tatsachen ein Gewirr komplizierter Vermutungen zu machen. Und was würde es schließlich schon ändern? Daniel hatte recht. Wenn Helen bei ihrer Geschichte blieb, daß sie gesehen hatte, wie Maggie das Seil wegnahm; wenn der Sachverständige bestätigte, daß Maggie den Abschiedsbrief geschrieben hatte, dann war der Fall abgeschlossen. Er wußte jetzt, wie der Urteilsspruch lauten würde, so wie er gewußt hatte, daß Grace Willisons Obduktion nichts Verdächtiges an den Tag bringen würde. Wieder einmal sah er sich – wie in einem Alptraum – als hilfloser Zuschauer, während das bizarre Fahrzeug der Fakten und Vermutungen auf seiner vorgezeichneten Bahn dahinbrauste. Er konnte es nicht zum Stehen bringen, weil er vergessen hatte, wie man es machte. Offenbar hatte die Krankheit seine Intelligenz und seinen Willen gleichermaßen geschwächt.

Das Treibholzscheit, inzwischen zu einem geschwärzten, mit Funken übersäten Speer verkohlt, kippte langsam um und verlosch. Dalgliesh spürte auf einmal, daß es sehr kalt war im Zimmer und daß er Hunger hatte. Vielleicht lag es an dem dichten Nebel, der die Dämmerstunde zwischen Tag und Nacht verwischte, daß ihm der Abend schon eine Ewigkeit zu dauern schien. Er überlegte, ob er Daniel etwas zu essen anbieten sollte. Der Mann konnte wahrscheinlich ein Omelett vertragen.

Aber selbst die Mühe, etwas zu kochen, ging anscheinend über seine Kraft.

Das Problem löste sich plötzlich von selber. Daniel erhob sich langsam und griff nach seinem Mantel. Er sagte: »Danke für den Whisky, Mr. Dalgliesh. Ich muß jetzt gehen. Wir sehen uns natürlich bei der Voruntersuchung. Das heißt, daß Sie noch ein Weilchen hierbleiben müssen. Aber wir werden den Fall so schnell wie möglich zum Abschluß bringen.«

Sie schüttelten sich die Hand. Daniel packte so kräftig zu, daß Dalgliesh fast zurückgezuckt wäre.

An der Tür blieb Daniel stehen und zog sich den Mantel an. »Ich habe in dem kleinen Konferenzraum, den Pater Baddeley immer benutzt haben soll, alleine mit Dr. Hewson gesprochen. Wenn Sie mich fragen, wäre er mit einem Geistlichen besser bedient gewesen. War nicht schwierig, ihn zum Reden zu bringen. Das Problem war, ihn wieder aufzuhalten. Schließlich fing er an zu weinen, und es kam alles aus ihm heraus. Wie sollte er ohne sie weiterleben? Er hatte nie aufgehört, sie zu lieben, sich nach ihr zu sehnen. Komisch, je größer ihre Gefühle sind, desto unernster klingen sie. Aber das ist Ihnen sicher auch schon aufgefallen. Und dann hat er mich mit tränenüberströmtem Gesicht angesehen und gesagt: ›Sie hat nicht gelogen, weil sie sich etwas aus mir gemacht hätte. Es war nur ein Spiel für sie. Sie hat nie so getan, als ob sie mich liebte. Sie hat nur gelogen, weil sie die Ärztekammer für eine Versammlung von aufgeblasenen alten Schwachköpfen hielt, die sie nicht ernst nahmen, und weil sie ihnen den Triumph nicht gönnen wollte, mich ins Gefängnis wandern zu sehen.‹

Sehn Sie, Mr. Dalgliesh, da ist mir überhaupt erst aufgegangen, daß er nicht von seiner Frau sprach. Oder von Schwester Helen. Der arme Kerl! Ach ja, wir haben schon einen sonderbaren Beruf, Sie und ich.«

Er schüttelte Dalgliesh noch einmal die Hand, als ob ihm schon wieder entfallen wäre, daß er sie ihm vorher fast zerquetscht hatte, und verschwand mit einem letzten aufmerksamen Blick durchs Zimmer – wie um sich zu versichern, daß alles noch an seinem Platz war – draußen im Nebel.

# 3

Dot Moxon stand mit Anstey im Büro am Fenster und blickte hinaus in den Vorhang aus nebliger Dunkelheit. Sie sagte bitter: »Der Trust wird keinen von uns beiden haben wollen, ist dir das klar? Vielleicht werden sie das Heim nach dir benennen, aber sie werden dich nicht als Leiter behalten, und mich werden sie auch loswerden wollen.«

Er legte ihr die Hand auf die Schulter. Sie fragte sich, wie sie sich jemals nach dieser Berührung hätte sehnen oder sich dadurch getröstet fühlen können. Er sagte mit der geduldigen Nachsicht eines Vaters, der einem ungebärdigen Kind gut zuredet: »Man hat mir versprochen, daß keiner seine Stellung verliert. Und jeder von euch bekommt eine Gehaltserhöhung. Von jetzt ab werdet ihr alle nach Tarif bezahlt. Und es gibt noch eine zusätzliche Altersversorgung, das ist ein riesiger Vorteil. Das hätte ich euch nie bieten können.«

»Und was wird aus Albert Philby? Du willst mir doch nicht weismachen, daß sie versprochen haben, Albert zu behalten – ein solides, respektables Unternehmen der öffentlichen Hand wie der Ridgewell Trust.«

»Philby stellt in der Tat ein Problem dar. Aber das wird mit Wohlwollen geprüft werden.«

»Mit Wohlwollen geprüft werden! Wir wissen doch, was das bedeutet. Das hat man mir in meiner letzten Stellung auch gesagt, bevor man mich gezwungen hat zu gehen. Und das hier ist sein Zuhause. Er vertraut uns. Wir haben ihn ermutigt, uns zu vertrauen! Wir haben die Verantwortung für ihn.«

»Jetzt nicht mehr, Dot.«

»Wir lassen Albert fallen und tauschen das, was du dich bemüht hast hier aufzubauen, gegen Tarifgehalt und Altersversorgung ein! Und meine Stellung hier? Oh, ich weiß, man wird mich nicht rauswerfen. Aber es wird nicht mehr so sein wie bisher. Man wird Helen zur Oberschwester machen. Und sie weiß das. Warum hätte sie sonst für die Übernahme gestimmt?«

Er sagte rasch: »Weil sie wußte, daß Maggie tot ist.«

Dot lachte bitter. »Für sie ist das prima gelaufen, nicht? Für sie beide.«

Er sagte: »Meine liebe Dot, wir müssen begreifen lernen, daß wir nicht immer selbst darüber bestimmen können, zu welchem Dienst wir berufen werden.«

Sie fragte sich, wieso ihr dieser unangenehme, salbungsvoll-tadelnde Unterton in seiner Stimme vorher nie aufgefallen war. Sie wandte sich abrupt ab. Solchermaßen verschmäht, glitt seine Hand schwer von ihrer Schulter. Plötzlich wußte sie, woran er sie erinnerte. An den Weihnachtsmann aus Zucker, der, so begehrenswert, so heiß begehrt, an ihrem ersten Christbaum gehangen hatte. Und man biß in ein Nichts, ein kurzer süßer Geschmack auf der Zunge und dann ein Hohlraum hinter seiner weißen Zuckerkruste.

# 4

Ursula Hollis und Jennie Pegram saßen, beide Rollstühle nebeneinander, vor dem Frisiertisch in Jennies Zimmer. Ursula beugte sich zu Jennie hinüber und bürstete ihr das Haar. Sie wußte nicht recht, wieso sie auf einmal hier war und dieser seltsamen Beschäftigung nachging. Jennie hatte sie vorher noch nie zu sich eingeladen. Aber heute abend, während sie darauf warteten, daß Helen zu ihnen kam, um sie ins Bett zu bringen – Helen, die sich noch nie so sehr verspätet hatte –, heute abend empfand sie es als tröstlich, nicht mit ihren Gedanken alleine zu sein, empfand es sogar als tröstlich, zuzusehen, wie sich das goldblonde Haar mit jedem Bürstenstrich hob und dann langsam, ein zarter schimmernder Schleier, über die gekrümmten Schultern fiel. Die beiden Frauen entdeckten, daß sie vertraulich wie zwei verschwörerische Schulmädchen miteinander flüsterten. Ursula sagte: »Was glauben Sie, was jetzt geschieht?«

»Mit Gut Toynton? Ich rechne damit, daß der Trust es übernimmt und Wilfred geht. Ich habe nichts dagegen. Wenigstens bekommen wir dann wieder mehr Patienten. Jetzt ist es doch sterbenslangweilig hier mit uns paar Leutchen. Wilfred hat mir erzählt, daß man draußen auf dem Felsvorsprung vielleicht eine Liegehalle bauen wird. Das fände ich ausgezeichnet. Außerdem haben wir Anspruch auf ein bißchen mehr Geselligkeit, kleinere Ausflüge und so weiter. Davon konnte ja in letzter Zeit kaum die Rede sein. Ich habe mir allen Ernstes schon überlegt, ob ich nicht hier weggehen soll. Aus meinem alten Krankenhaus schreiben sie dauernd und wollen mich wiederhaben.«

Ursula wußte, daß niemand geschrieben hatte. Aber das war egal. Sie gab sich nun ihren eigenen Wunschvorstellungen hin: »Ja, das habe ich mir auch überlegt. Steve will mich unbedingt mehr in der Nähe von London haben, damit er mich besuchen kann. Natürlich nur bis er eine geeignetere Wohnung für uns gefunden hat.«

»Aber der Ridgewell Trust hat doch ein eigenes Heim in London. Man könnte Sie doch dorthin verlegen.«

Seltsam, daß Helen ihr nichts davon gesagt hatte! Ursula flüsterte: »Merkwürdig, nicht, daß Helen für die Übernahme gestimmt hat. Ich dachte, sie wäre dafür, daß Wilfred verkauft.«

»Das war sie wohl auch, bevor sie von Maggies Tod erfuhr. Aber jetzt, wo Maggie aus dem Weg ist, denkt sie wahrscheinlich, daß sie genausogut hierbleiben kann. Ich meine, jetzt hat sie doch freie Bahn, nicht wahr?«

Jetzt, wo Maggie aus dem Weg ist . . . Aus dem Weg geräumt . . . Aber aus dem Weg geräumt hatte Maggie sich doch selbst? Und Helen konnte nicht gewußt haben, daß Maggie sterben würde. Noch vor sechs Tagen hatte sie Ursula gedrängt, für den Verkauf zu stimmen. Dann konnte sie es nicht gewußt haben. Selbst bei den Vorgesprächen des Familienrats, bevor sich alle zur Meditationsstunde trennten, hatte sie noch klipp und klar gesagt, wo ihre Interessen lagen. Und dann, während der Meditationsstunde, hatte sie ihre Meinung geändert. Nein, Helen konnte nicht gewußt haben, daß Maggie sterben würde. Ursula fand den Gedanken beruhigend. Alles würde in Ordnung kommen. Sie hatte Inspektor Daniel von der Gestalt mit der übergestülpten Kapuze erzählt, die sie in der Nacht von Graces Tod gesehen hatte, natürlich nicht alles, aber immerhin genug, um ihre Seele von der Last einer quälenden und irrationalen Sorge zu befreien. Er hatte es nicht für wichtig gehalten. Das hatte sie an der Art seines Zuhörens, an seinen kurzen Fragen gemerkt. Und natürlich hatte er recht. Es war nicht wichtig. Es kam ihr jetzt rätselhaft vor, wie sie jemals, von unerklärlichen Ängsten gepeinigt, hatte wachliegen können, von Schreckgestalten des Bösen und des Todes verfolgt, die, in Kutten gehüllt, mit übergestülpter Kapuze auf stillen Gängen dahinschritten. Und es konnte nur Maggie gewesen sein. Als sie von ihrem Tod hörte, war Ursula plötzlich überzeugt davon. Schwer zu sagen, wieso, wenn es nicht einfach daran lag, daß die Gestalt ihr so theatralisch und zugleich so unecht vorgekommen war, wie jemand Fremder, an dessen Art, die Mönchskutte zu tragen, nicht das geringste von der schlampigen Nachlässigkeit des Hauspersonals war. Aber sie hatte dem Inspektor davon erzählt. Sie brauchte sich keine Sorgen mehr zu machen. Alles würde in Ordnung kommen. Gut Toynton würde nun doch nicht zumachen. Aber das war egal. Man würde sie, vielleicht im Austausch gegen eine andere Patientin, in das Londoner Heim verlegen. Irgend jemand von dort würde sicher gerne hierher ans Meer kommen wollen. Sie hörte Jennies hohe kindliche Stimme: »Ich erzähle Ihnen etwas von Maggie, wenn Sie schwören, es niemandem zu verraten. Schwören Sie.«

»Ich schwöre es.«

»Sie hat anonyme Briefe geschrieben. Ich habe einen bekommen.«

»Woher wissen Sie das?«

»Weil mein Brief mit Grace Willisons Schreibmaschine geschrieben war und ich zufällig gesehen habe, wie Maggie ihn getippt hat. Die Bürotür war angelehnt. Sie wußte nicht, daß ich sie beobachtete.«

»Und was hat sie geschrieben?«

»Es ging alles um einen Mann, der mich liebt. Genauer gesagt um einen Fernsehproduzenten. Er wollte sich von seiner Frau scheiden lassen und mich mitnehmen. Es gab damals einen ziemlichen Wirbel und ein großes Eifersuchtsdrama im Krankenhaus. Das war mit ein Grund, warum ich dort weg mußte. Übrigens könnte ich immer noch zu ihm gehen, wenn ich wollte.«

»Aber woher hat Maggie davon gewußt?«

»Sie war doch Krankenschwester. Ich glaube, sie kannte eine von den Schwestern aus meinem alten Krankenhaus. Maggie war sehr geschickt darin, irgendwelche Dinge herauszukriegen. Ich glaube, sie wußte auch etwas über Victor Holroyd, aber was es war, hat sie nicht gesagt. Ich bin froh, daß sie tot ist. Und wenn Sie auch so einen Brief bekommen haben, werden Sie in Zukunft Ihre Ruhe haben. Maggie ist tot, und die Briefe werden jetzt aufhören. Sie können ruhig ein bißchen fester bürsten, Ursula, und mehr nach rechts. Ja, so ist es angenehm, sehr angenehm. Wir müssen unbedingt Freundinnen sein, wir beide. Wir müssen zusammenhalten, wenn die neuen Patienten kommen. Das heißt, natürlich nur, wenn ich mich entscheiden sollte hierzubleiben.«

Die Bürste in der erhobenen Hand, sah Ursula im Spiegel die Reflektion von Jennies verschlagenem, selbstzufriedenem Lächeln.

# 5

Kurz nach zehn, nachdem er zu Abend gegessen hatte, ging Dalgliesh zu einem kurzen Abendspaziergang in die Dunkelheit hinaus. Der Nebel hatte sich auf die gleiche geheimnisvolle Weise, wie er gekommen war, wieder gelichtet, und die kühle, nach regenfeuchtem Gras duftende Luft schlug sanft gegen sein heißes Gesicht. Er stand in der lautlosen Stille und hörte nur das zischende Flüstern des Meeres.

Der Schimmer einer Taschenlampe bewegte sich, unstet wie ein Irrlicht hin und her wandernd, vom Gutshaus her auf ihn zu. Ein massiger Schatten tauchte aus der Dunkelheit auf und nahm Gestalt an. Millicent Hammitt war wieder nach Hause gekommen. Sie blieb an der Tür von »Haus Zuversicht« stehen und rief ihm zu: »Gute Nacht, Kommissar. Ihre Freunde sind wohl wieder weg?«

Ihre Stimme klang schrill, fast herausfordernd.

»Ja, der Inspektor ist nach Hause gefahren.«

»Vielleicht ist Ihnen aufgefallen, daß ich mich nicht beeilt habe, an Maggies Schmierenkomödie teilzunehmen. Ich habe keinen Sinn für derartige Sensationen. Eric hat sich entschlossen, die Nacht im Gutshaus zu verbringen. Für ihn ist das sicher das beste. Aber wenn es stimmt, daß die Polizei die Leiche mitgenommen hat, dann weiß ich nicht mehr, warum er sich so übersensibel gebärdet. Übrigens haben wir heute abend dafür gestimmt, daß das Gut an den Ridgewell Trust übergeben wird. Alles in allem also ein recht ereignisreicher Abend.«

Sie wandte sich zur offenen Tür. Dann blieb sie noch einmal stehen und rief ihm zu: »Wie ich höre, hat sie rotlackierte Fingernägel gehabt.«

»Ja, Mrs. Hammitt.«

»Und rotlackierte Fußnägel.«

Er gab keine Antwort.

Sie sagte in plötzlich aufwallendem Ärger: »Außergewöhnliche Frau!«

Er hörte, wie die Tür geschlossen wurde. Eine Sekunde später schimmerte ihr Licht durch die Vorhänge. Er ging ins Haus. Fast zu schwach, um die Treppe zum Schlafzimmer hinaufzugehen, streckte er sich in Pater Baddeleys Sessel aus und starrte in das erloschene Feuer. Während er zusah, wie die weiße Asche sich leicht bewegte, wie ein geschwärzter Treibholzspan für einen kurzen Moment zu neuem Leben aufflackerte, hörte er zum erstenmal an diesem Abend das vertraute und beruhigende Ächzen des Winds im Kamin. Darauf folgte ein anderes vertrautes Geräusch. Von jenseits der Wand war schwach und unregelmäßig ein fröhliches Gedudel zu hören. Millicent Hammitt hatte ihren Fernseher angestellt.

# 8. KAPITEL
# Der schwarze Turm

## 1

Am nächsten Tag ging Dalgliesh zum Gutshaus, um Wilfred zu sagen, daß er bis nach der Voruntersuchung in »Haus Hoffnung« bleiben mußte, und um seine symbolische Miete zu bezahlen. Er traf Wilfred allein im Büro an. Von Dot Moxon war erstaunlicherweise nichts zu sehen. Er studierte eine auf dem Schreibtisch ausgebreitete Karte von Frankreich. Ein Stapel Personalausweise, von einer Gummizwille zusammengehalten, beschwerte eine der Ecken. Wilfred schien kaum zu hören, was sein Gast zu ihm sagte. Er antwortete: »Natürlich, die Voruntersuchung«, als handle es sich um eine seinem Gedächtnis entfallene Verabredung zum Mittagessen, und beugte sich wieder über die Karte. Er erwähnte Maggies Tod mit keiner Silbe und nahm Dalglieshs förmliche Beileidsbezeigung so kühl entgegen, als wäre sie eine Geschmacklosigkeit. Es war, als hätte er mit der Trennung von Gut Toynton jede weitere Verantwortung dafür, ja sogar jegliches Interesse daran aufgegeben. Es gab jetzt nur noch seine beiden Obsessionen – das Wunder, das er erlebt hatte, und die Wallfahrt nach Lourdes.

Inspektor Daniel und das gerichtsmedizinische Institut leisteten rasche Arbeit. Die Voruntersuchung fand genau eine Woche nach Maggies Tod statt, eine Woche, in deren Verlauf die Bewohner von Gut Toynton offenbar ebenso fest entschlossen waren, Dalgliesh aus dem Weg zu gehen, wie er entschlossen war, sich von ihnen fernzuhalten. Niemand, nicht einmal Julius, zeigte eine

Neigung, über Maggies Tod zu reden. Es war, als ob sie jetzt nur noch den Polizeibeamten in ihm sahen, einen unwillkommenen, undurchschaubaren Störenfried, jemand, der sie möglicherweise nur ausspionierte. Jeden Morgen früh fuhr er von Toynton weg und kam erst abends spät, wenn alles schon in Dunkelheit und Schweigen gehüllt war, zurück. Weder die Arbeit der Polizei noch das Leben auf Gut Toynton berührte ihn. Er setzte wie ein Gefangener auf Urlaub seine tägliche besessene Erkundung von Dorset fort und freute sich auf die Voruntersuchung, weil das der Tag war, an dem er entlassen werden würde.

Endlich war dieser Tag gekommen. Von den Patienten auf Gut Toynton war nur Henry Carwardine im Gerichtssaal erschienen, überraschenderweise, denn er war nicht als Zeuge geladen. Während die Gesellschaft im Gefühl des momentanen Vakuums, das die Teilnahme an solchen feierlichen öffentlichen Ritualen zu hinterlassen pflegt, draußen vor dem Gerichtsgebäude noch in ehrfürchtig-flüsternden Grüppchen beisammenstand, schob er seinen Rollstuhl mit kräftigen Armstößen zu Dalgliesh hin.

»Ich weiß, daß diese Art von zeremonieller Bereinigung juristischer Unstimmigkeiten für Sie nicht unbedingt denselben Grad von Neuheit besitzt wie für mich. Aber heute entbehrte die Sache nicht eines gewissen Interesses, wie ich meine. In sachlicher und medizinischer Hinsicht vielleicht nicht ganz so faszinierend wie im Fall Holroyd, dafür aber mit einer ausgeprägteren menschlichen Komponente.«

»Sie hören sich an wie ein Experte in Voruntersuchungen.«

»Das werde ich bald auch sein, wenn es auf dem Gut so weitergeht. Helen Rainer war heute der Star, würde ich sagen. Dieses außergewöhnliche Kleid mit dem Hut, das sie für ihren Auftritt gewählt hat, ist wohl die Paradeuniform einer staatlich geprüften Krankenschwester. Eine überaus kluge Wahl. Das Haar hochgesteckt. Ein Hauch Make-up. Ganz hingebungsvolle Samariterin. ›Möglicherweise hat Mrs. Hewson geglaubt, daß zwischen mir und ihrem Mann eine Beziehung besteht. Sie hatte zuviel Zeit zum Grübeln. Natürlich haben Dr. Hewson und ich eng zusammengearbeitet. Ich habe eine hohe Meinung von seiner Güte und seiner fachlichen Kompetenz, aber es hat nie irgend etwas Unschickliches zwischen uns gegeben. Dr. Hewson war seiner Frau treu ergeben.‹ Nichts Unschickliches! Ich hätte nie gedacht, daß jemand diesen Ausdruck benutzt.«

Dalgliesh sagte: »Doch, bei Voruntersuchungen gibt es das schon. Was meinen Sie, haben die Geschworenen ihr geglaubt?«

»Oh, ich denke schon, Sie nicht? Schwer, sich unseren wohltätigen Engel, als der sie heute nachmittag aufgemacht war in ihrem grauen Tuch oder Gabardine, als ausgelassenen Vamp· in den Kissen vorzustellen. Ich glaube, es war klug von ihr, zuzugeben, daß sie und Hewson die Meditationsstunde zusammen in ihrem Zimmer verbracht haben. Aber das nur, wie sie erklärte, weil sie ihre Entscheidung bereits getroffen hatten und nicht sechzig Minuten damit verschwenden konnten, weiter darüber nachzudenken, wo sie so viele berufliche Dinge miteinander zu besprechen hatten.«

»Sie mußten sich entscheiden, ob sie lieber ihr Alibi, egal, was es taugt, oder ihren guten Ruf aufs Spiel setzen wollten. Alles in allem haben sie eine vernünftige Entscheidung getroffen.«

Henry schwenkte, in einen angriffslustigen Wortschwall ausbrechend, seinen Rollstuhl herum. »Obwohl es den braven Geschworenen von Dorset einiges Kopfzerbrechen bereitet hat. Man konnte ihnen die Gedanken förmlich von der Stirn ablesen. Wenn die beiden nichts miteinander haben, warum waren sie dann in einem Zimmer? Wenn sie aber zusammen waren, dann kann Hewson seine Frau nicht umgebracht haben. Wenn sie aber kein Liebespaar sind, hatte er auch kein Motiv, seine Frau umzubringen. Wenn er aber ein solches Motiv hatte, warum geben sie dann zu, daß sie zusammen waren? Offenbar um ihm ein Alibi zu verschaffen. Wenn er aber das übliche Motiv nicht hatte, braucht er auch kein Alibi. Und wenn er ein solches Motiv hatte, wären er und das Mädchen nicht zusammen gewesen. Sehr verwirrend.«

Dalgliesh fragte leicht amüsiert: »Wie fanden Sie denn Hewsons Auftritt?«

»Der war auch nicht schlecht. Den kompetenten, distanzierten Fachmann bringt er noch nicht so gut wie Sie, mein lieber Kommissar, aber als schlichte, ehrliche Haut, die tapfer ihren natürlichen Schmerz unterdrückt, war er ganz überzeugend. Sehr vernünftig von ihm, zuzugeben, daß Maggie nichts sehnlicher wünschte, als daß er von Gut Toynton wegginge, daß er sich Wilfred aber verpflichtet fühlte, ›der mich eingestellt hat, als ich nirgendwo anders unterkommen konnte‹. Natürlich kein Wort davon, daß er seine Approbation verloren hatte, und natürlich ist auch niemand so taktlos gewesen, die Sache aufs Tapet zu bringen.«

Dalgliesh sagte: »Oder darauf hinzuweisen, daß er und Helen im Hinblick auf ihre Beziehung zueinander möglicherweise nicht die Wahrheit gesagt haben.«

»Was erwarten Sie anderes? Was die Leute wissen und was sie juristisch beweisen können – oder bereit sind vor Gericht auszusagen – ist zweierlei. Außerdem mußte doch um jeden Preis vermieden werden, daß der liebe Wilfred durch die Wahrheit an seinem guten Ruf Schaden leidet. Nein, meiner Meinung nach ist alles prima gelaufen. Selbstmord in einem Moment geistiger Unzurechnungsfähigkeit etc. etc. Arme Maggie! Als egoistische, vergnügungssüchtige, dem Alkohol verfallene Schlampe gebrandmarkt, die kein Verständnis hatte für die Hingabe ihres Mannes an seinen hehren Beruf und noch nicht einmal fähig war, ihm ein gemütliches Zuhause zu schaffen, Courts Hypothese, daß ihr Tod ein Unfall war, ein außer Kontrolle geratenes Spielchen, fand bei den Geschworenen wohl keinen Anklang, was? Sie waren der Auffassung, daß eine Frau, die fast eine Flasche Whisky trinkt, sich ein Seil leiht und einen Abschiedsbrief schreibt, das Spielchen doch ein bißchen weit getrieben hätte, wenn es eins gewesen wäre, und erwiesen Maggie die Ehre, zu glauben, daß sie das, was sie getan hat, auch wirklich tun wollte. Der Gutachter hat seine Ansicht mit erstaunlicher Entschiedenheit vertreten, wenn man bedenkt, daß Schriftanalysen im großen und ganzen eine subjektive Angelegenheit sind. Anscheinend besteht kein Zweifel daran, daß Maggie den Abschiedsbrief geschrieben hat.«

»Ein definitives Urteil wollte er nur zu den ersten vier Zeilen abgeben. Was halten Sie denn von dem Spruch der Geschworenen?«

»Oh, ich bin derselben Meinung wie Julius. Sie wollte sich im letzten Moment mit großem Trara wieder abschneiden lassen. Aber mit fast einer ganzen Flasche Whisky im Bauch konnte sie noch nicht einmal ihre eigene Wiederauferstehung inszenieren. Übrigens hat Julius mir das Drama in ›Haus Karitas‹ inklusive Helens eindrucksvollem Debüt in der Rolle der Lady Macbeth mit großer Anschaulichkeit geschildert:

›Gib mir die Spritze. Schlafende und Tote
Sind Bilder nur; der Kindheit Aug allein
Scheut den gemalten Teufel.‹«

Weder Dalglieshs Gesicht noch seine Stimme verriet irgendeine Regung. Er sagte: »Wie unterhaltsam für Sie beide. Schade, daß Court neulich nicht so kaltschnäuzig war. Er hätte mir helfen können, anstatt sich aufzuführen wie eine hysterische Tunte.«

Henry lächelte befriedigt darüber, daß er Dalgliesh zu der Antwort provoziert hatte, die er hatte hören wollen. Er sagte: »Sie mögen ihn also nicht? Ich glaube, Ihr Freund vom heiligen Stand mochte ihn auch nicht.«

Dalgliesh sagte spontan: »Ich weiß, daß es mich nichts angeht, aber wird es nicht allmählich Zeit, daß Sie von Gut Toynton weggehen?«

»Weggehen? Und wo, schlagen Sie vor, soll ich hingehen?«

»Es muß doch noch andere Orte geben.«

»Die Welt ist voll davon. Aber was sollte ich Ihrer Meinung nach dort tun oder sein oder für mich erhoffen? Ich habe tatsächlich einmal vorgehabt, hier wegzugehen. Es war ein äußerst kindischer Traum. Nein, nein, ich werde auf dem Gut bleiben. Der Ridgewell Trust hat die Qualifikation und die Erfahrung, die Anstey fehlen. Ich könnte schlechter fahren. Außerdem habe ich gehört, daß Wilfred selber hierbleibt. Und ich bin noch in

Wilfreds Schuld. Jetzt, wo alles geregelt ist, können wir uns alle erst mal entspannen und morgen in Ruhe nach Lourdes aufbrechen. Sie sollten mitkommen, Dalgliesh. Sie treiben sich nun schon so lange hier herum, daß ich beinahe den Verdacht habe, Sie fühlen sich in unserer Gesellschaft ganz wohl. Warum kommen Sie nicht mit nach Lourdes und sehen mal zu, wie Ihnen der Weihrauchduft und ein Tapetenwechsel bekommen?«

Der Gutsbus mit Philby am Steuer hielt jetzt neben ihnen, und die hintere Rampe wurde heruntergelassen. Dalgliesh beobachtete schweigend, wie Eric und Helen Wilfred stehenließen, den Rollstuhl gleichzeitig an den Handgriffen nahmen und Henry kurzerhand in den Bus schoben. Die Rampe wurde wieder hochgezogen, Wilfred nahm vorne neben Philby Platz, und der Gutsbus entschwand Dalglieshs Blicken.

Nach dem Mittagessen kamen Colonel Ridgewell und die Treuhänder. Dalgliesh sah, wie der Wagen vorfuhr und die feierlich gekleidete Gesellschaft im Haus verschwand. Nach einer Weile kamen sie wieder heraus und gingen mit Wilfred über die Landspitze zum Meer hin. Dalgliesh stellte mit leichtem Erstaunen fest, daß Eric und Helen und nicht Dorothy Moxon bei ihnen waren. Er konnte sehen, wie sich das graue Haar des Colonels im Wind bewegte, während er seine Schritte verlangsamte, um seine Worte mit einem ausladenden Schwenken des Spazierstocks zu unterstreichen, oder plötzlich stehenblieb, um sich mit seinen Begleitern, die rasch einen Kreis um ihn bildeten, zu beraten. Sicher wollten sie die Häuser besichtigen. Schön, »Haus Hoffnung« war bereit für sie. Die Bücherregale waren leer und abgestaubt, die Kisten verschnürt und für den Spediteur beschriftet. Der Koffer war, mit Ausnahme der paar Sachen, die er für die letzte Nacht noch brauchte, gepackt. Aber er hatte keine Lust, sich in gegenseitige Höflichkeitsbezeigungen oder belanglose Gespräche verwickeln zu lassen.

Als die Gesellschaft schließlich umkehrte und auf »Haus Karitas« zuging, stieg er in seinen Wagen und fuhr davon – ohne recht zu wissen wohin, ohne festes Ziel, nur von dem einen Gedanken erfüllt, bis in die Nacht hinein zu fahren.

# 2

Am nächsten Morgen war das Wetter schwül und bleiern, Kopfschmerzen lagen in der Luft, und der Himmel, ein schmutziges Baumwollzelt, war schwer von aufgestautem Regen. Die Teilnehmer der Wallfahrt sollten um neun Uhr abfahren, und um halb acht platzte Millicent Hammitt ohne anzuklopfen bei ihm herein, um sich von ihm zu verabschieden. Sie trug ein schlechtsitzendes blaugraues Tweedkostüm mit einer kurzen zweireihigen Jacke; eine grellblaue Bluse, deren Kragen eine auffällige Brosche zierte, derbe Halbschuhe und einen Filzhut, der die Ohren verdeckte. Sie ließ den ausgebeulten Flugkoffer und ihre Umhängetasche neben sich zu Boden fallen, zog ein Paar rehbraune Baumwollhandschuhe an und streckte die Hand aus. Dalgliesh stellte die Tasse hin. Seine rechte Hand geriet in eine schraubstockartige Umklammerung.

»Also dann, auf Wiedersehn, Kommissar. Komisch, aber ich habe mich eigentlich nie daran gewöhnen können, Sie bei Ihrem Namen zu nennen. Wie ich höre, sind Sie schon weg, wenn wir zurückkommen?«

»Ich will heute am späteren Vormittag nach London zurückfahren.«

»Ich hoffe, es hat Ihnen hier gefallen. Es hat sich ja immerhin einiges ereignet. Ein Selbstmord, ein natürlicher Tod und das Ende von Gut Toynton als unabhängige Einrichtung. Sie können sich nicht gelangweilt haben.«

»Und ein Mordversuch.«

»Wilfred im brennenden Turm? Das klingt wie der Titel eines avantgardistischen Theaterstücks. Ich habe gerade an diesem Spektakel immer meine Zweifel gehabt. Wenn Sie mich fragen, hat Wilfred die ganze Sache selbst inszeniert, um einen Grund dafür zu haben, daß er die Verantwortung an den Trust übergibt. Diese Erklärung ist Ihnen sicher auch schon eingefallen.«

»Mir sind einige Erklärungen eingefallen, aber sie waren alle ziemlich ungereimt.«

»Auf Gut Toynton ist vieles ungereimt. Na schön, die alte Ordnung wechselt und macht der neuen Platz, und

Gott erreicht sein Ziel auf vielen Wegen. Hoffen wir, daß er's auch in diesem Fall tut.«

Dalgliesh fragte, ob Millicent irgendwelche Pläne hätte.

»Ich werde in meinem Haus bleiben. Wilfred hat mit dem Trust vereinbart, daß ich dort wohnen kann, solange ich lebe. Und eins kann ich Ihnen versichern, ich werde sterben, wann es mir paßt. Natürlich ist es jetzt, wo man weiß, daß das Gut fremden Leuten gehört, nicht mehr so wie bisher.«

Dalgliesh fragte: »Wie fühlt sich Ihr Bruder nach der Übergabe?«

»Erleichtert. Na ja, schließlich hat er es so gewollt. Er weiß natürlich nicht, was er sich eingebrockt hat. Übrigens hat er dieses Haus hier nicht dem Trust überlassen. Das wird weiter sein Eigentum bleiben, und er hat vor, es umbauen zu lassen und einzuziehen, wenn es hier etwas zivilisierter und wohnlicher geworden ist. Außerdem hat er angeboten, im Gutshaus zu helfen, wann immer der Trust seine Hilfe brauchen zu können glaubt. Wenn er denkt, daß sie ihn als Leiter behalten, wird er sein blaues Wunder erleben. Die haben ihre eigenen Pläne mit dem Gut, und ich bezweifle, daß Wilfred darin eine Rolle spielt, auch wenn sie seiner Eitelkeit dadurch bereitwillig Vorschub geleistet haben, daß sie dem Heim seinen Namen geben. Wilfred denkt wohl, daß alle zu ihm als ihrem Wohltäter und dem ursprünglichen Besitzer aufschauen werden. Das werden sie nicht tun, da können Sie Gift drauf nehmen. Jetzt, wo die Schenkungsurkunde – oder was immer es ist – unterschrieben und der Trust rechtmäßiger Besitzer ist, gilt Wilfred hier nicht mehr als Philby, wahrscheinlich noch weniger. Das ist seine eigene Schuld. Er hätte das Gut verkaufen sollen.«

»Hätte er damit nicht sein Gelübde gebrochen?«

»Abergläubischer Unsinn! Wenn Wilfred eine Mönchskutte anziehen und sich wie ein mittelalterlicher Abt gebärden wollte, hätte er sich um Aufnahme in ein Kloster bemühen sollen. Ein anglikanisches wäre höchst respektabel gewesen. Die Wallfahrten zweimal im Jahr finden natürlich auch in Zukunft statt. Das ist eine von

Wilfreds Bedingungen. Schade, daß Sie nicht mitfahren, Kommissar. Wir wohnen in einer angenehmen, wirklich recht preiswerten kleinen Pension, und das Essen ist ganz ausgezeichnet, Lourdes selber ist ein fröhliches Plätzchen. Und was für eine Atmosphäre! Ich will nicht sagen, daß es mir nicht lieber gewesen wäre, wenn Wilfred sein Wunder in Cannes erlebt hätte, aber es hätte schlimmer kommen können. Er hätte ja auch in Blackpool geheilt werden können.«

Sie blieb an der Tür stehen und sagte, indem sie sich zu ihm umwandte: »Ich nehme an, daß der Bus hier hält, damit sich die andern von Ihnen verabschieden können.« Sie sagte das in einem Ton, als würden sie ihm eine besondere Ehre erweisen. Dalgliesh sagte, daß er mit ihr gehen und sich im Gutshaus verabschieden würde. Er hatte in Pater Baddeleys Bücherregal ein Buch entdeckt, das Henry Carwardine gehörte, und wollte es ihm zurückgeben. Außerdem mußte er noch seine Bettwäsche zum Gutshaus bringen und ein paar übriggebliebene Konserven, für die man dort vielleicht Verwendung hatte.

»Ich hole mir die Konserven, wenn ich zurück bin. Lassen Sie sie ruhig hier stehen. Und die Bettwäsche können Sie auch später noch zurückbringen. Das Gutshaus ist immer offen. Philby ist sowieso nachher wieder da. Er fährt uns nur zum Hafen und bringt uns aufs Schiff. Anschließend kommt er zurück, um Jeoffrey zu füttern und zu versorgen und natürlich auch die Hühner. Bei den Hühnern fehlt ihnen Graces Hilfe ein bißchen, obwohl man ihr, als sie noch lebte, keinerlei nützliche Fähigkeiten zugetraut hat. Und es sind nicht die Hühner allein. Es fehlt ihnen auch die Liste der ›Freunde von Gut Toynton‹. Eigentlich wollte Wilfred, daß Dennis diesmal zu Hause bleibt. Er hat wieder einen seiner Migräneanfälle und sieht aus wie der Tod. Aber niemand kann Dennis davon abhalten, an einer Wallfahrt teilzunehmen.«

Dalgliesh begleitete sie zum Gutshaus. Der Bus stand vorm Eingang, und die Patienten waren mit ihren Rollstühlen bereits eingeladen. Die bemitleidenswert erschöpfte Gesellschaft gebärdete sich mit grotesk anmutender Scheinmunterkeit. Der erste Eindruck, den Dalgliesh von ihrer unterschiedlichen Kleidung gewann, war der, daß sie ganz verschiedenartigen und voneinander unabhängigen Beschäftigungen nachzugehen beabsichtigten. Henry Carwardine gleich in seinem Tweedmantel mit Gürtel und seiner Jägermütze einem Herrn aus der Epoche König Edwards, der sich auf dem Weg zur Moorhuhnjagd befindet. Philby, in einem dunklen Anzug mit hohem Kragen und schwarzer Krawatte unangemessen feierlich, war Angestellter eines Beerdigungsinstituts, der einen Leichenwagen belädt. Ursula Hollis war angezogen wie eine pakistanische Emigrantin im Galagewand, deren einziges Zugeständnis an die englische Witterung in einer schlecht sitzenden Jacke aus imitiertem Pelz bestand. Jennie Pegram, mit einem langen blauen Tuch über dem Kopf, versuchte anscheinend, die heilige Bernadette zu verkörpern. Und Helen Rainer, im selben Aufzug wie bei der Voruntersuchung, glich einer Gefängniswärterin, die eine Gruppe unberechenbarer Strafgefangener beaufsichtigt. Sie hatte bereits am Kopfende von Georgie Allans Trage Platz genommen. Die Augen des Jungen glänzten fiebrig, und Dalgliesh hörte sein schrilles, erregtes Geplapper. Er hatte einen blauweiß gestreiften Wollschal um den Hals und hielt einen riesigen Teddybär umklammert, dessen Hals eine blaßblaue Schleife und – wie es Dalglieshs verblüfften Blikken erschien – so etwas wie eine Wallfahrtsplakette zierte. Die Gruppe hätte eine bunt zusammengewürfelte Schar von Schlachtenbummlern sein können, die sich auf dem Weg zu einem Fußballspiel befanden, die aber, mußte Dalgliesh unwillkürlich denken, wohl kaum mit einem Sieg der heimischen Mannschaft rechneten.

Wilfred schimpfte leise über die überzähligen Gepäckstücke. Er, Eric Hewson und Dennis Lerner trugen Mönchskutten. Dennis sah schrecklich elend aus, sein Gesicht war schmerzverzerrt, und er hatte die Augen halb geschlossen, als könne er selbst das schwache Morgenlicht kaum ertragen. Dalgliesh hörte, wie Eric ihm zuflüsterte: »Nehmen Sie um Gottes willen Vernunft an, Dennis, und bleiben Sie hier! Mit zwei Rollstühlen weniger kommen wir ausgezeichnet zurecht.«

In Lerners Stimme schwang ein hysterischer Unterton mit: »Das geht schon wieder vorbei. Sie wissen doch, daß es nie länger als vierundzwanzig Stunden dauert. Lassen Sie mich doch in Frieden, Himmel noch mal!«

Zum Schluß wurde die sorgsam verpackte medizinische Ausrüstung eingeladen, die Rampe hochgezogen, die hintere Tür ein letztes Mal zugeschlagen – und weg waren sie. Dalgliesh antwortete mit einem Winken auf das heftige Gestikulieren ihrer Hände und beobachtete, wie der buntbemalte Bus, der im Davonfahren so verletzlich und unwirklich wie ein Kinderspielzeug aussah, langsam über die Landspitze rumpelte. Er war erstaunt und ein wenig betrübt, daß er für Menschen, in deren Probleme verwickelt zu werden er so peinlich vermieden hatte, ein solches Mitgefühl und Bedauern zu empfinden vermochte. Er blieb stehen und sah dem Bus nach, bis er den Talhang hinaufgeholpert und schließlich über die Landspitze verschwunden war.

Die Landspitze lag jetzt verlassen da, die Häuser von Gut Toynton standen unbewohnt und unbeleuchtet unter dem schweren Himmel. In der letzten halben Stunde war es dunkler geworden. Es würde noch vor Mittag ein Sturm aufkommen. Dalglieshs Kopf schmerzte schon im Vorgefühl eines drohenden Gewitters. Über der Landspitze lag die unheildräuende Stille eines zukünftigen Schlachtfelds. Er konnte gerade noch das dumpfe Branden des Meers hören, weniger ein Laut als eine Schwingung in der dichten Luft wie das finstere Grollen von fernem Artilleriefeuer.

Erfüllt von Unruhe und unnatürlichem Widerstreben jetzt, da er endlich frei war, auch tatsächlich abzureisen, ging er zum Tor, um sich seine Zeitung und seine Post zu holen. Der Bus hatte offensichtlich angehalten, um die Gutspost mitzunehmen, denn im Kasten war nichts als die *Times,* ein amtlich aussehender bräunlicher Umschlag für Julius Court und ein rechteckiger weißer, der an Pater Baddeley adressiert war. Er klemmte sich die Zeitung unter den Arm und riß den dicken Umschlag aus gemasertem Papier auf. Dann machte er sich auf den Rückweg und las dabei den Brief. Er war in einer festen ausdrucksvollen Männerhandschrift geschrieben.

Der Schreiber entschuldigte sich, daß er Pater Baddeleys Brief nicht eher beantwortet hatte, aber er war ihm nach Italien nachgeschickt worden, wo er für den Sommer eine Vertretung übernommen hatte. Nach den üblichen Fragen, einem ausführlichen Bericht über persönliche wie die Pfarrgemeinde betreffende Dinge und den landläufigen flüchtigen Bemerkungen zu öffentlichen Angelegenheiten kam für Dalgliesh die Lösung des Rätsels, warum Pater Baddeley ihn gerufen hatte.

»Ich habe mich gleich aufgemacht, Ihren jungen Freund, Peter Bonnington, zu besuchen, aber er war natürlich schon seit einigen Monaten tot. Das tut mir sehr leid. Unter den gegebenen Umständen schien es mir wenig sinnvoll, nachzuforschen, ob er in dem neuen Heim glücklich war oder ob er wirklich von Dorset weg wollte. Hoffentlich hat Ihr Freund von Gut Toynton ihn vor seinem Tod noch besuchen können. Bei Ihrem zweiten Problem kann ich Ihnen, glaube ich, nicht viel helfen. Wir haben in unserer Pfarrgemeinde, wo wir uns, wie Sie wissen, vor allem um jugendliche Straftäter kümmern, die Erfahrung gemacht, daß die stationäre Betreuung ehemaliger Strafgefangener, sei es nun in einem Heim oder in der Art von wirtschaftlich autarker Werkstatt, wie sie Ihnen vorschwebt, sehr viel mehr Kapital erfordert, als Sie haben. Wahrscheinlich könnten Sie, selbst bei den heutigen Preisen, ein kleines Haus kaufen. Sie brauchten aber am Anfang mindestens zwei erfahrene Helfer und müßten so lange für die Finanzierung sorgen, bis das Unternehmen so weit ist, daß es sich selber trägt. Es gibt aber eine ganze Reihe bereits bestehender Werkstätten und Organisationen, denen Ihre Hilfe sehr willkommen wäre. Es könnte sicher keine bessere Verwendung für Ihr Geld geben, wenn Sie es nicht mehr dem Gut Toynton vermachen wollen. Ich glaube, daß es sehr vernünftig von Ihnen war, Ihren Freund von der Polizei einzuschalten. Ich bin überzeugt davon, daß er Ihnen am besten raten kann.«

Dalgliesh hätte beinahe laut aufgelacht. Wenn das keine Ironie des Schicksals und kein passender Abschluß für ein gescheitertes Unternehmen war! So hatte das also angefangen! Es hatte kein finsteres Geheimnis hinter Pater Baddeleys Brief gesteckt, kein Verdacht auf ein Verbrechen, keine Verschwörung, kein vertuschter Mord. Der arme naive weltfremde alte Mann hatte nur einen sachkundigen Rat haben wollen, wie er es anstellen mußte, um mit 19000 Pfund eine Unterkunft für entlassene jugendliche Straftäter zu kaufen, einzurichten, mit Personal zu versehen und zu betreiben. In Anbetracht der Lage auf dem Immobilienmarkt und der Höhe der Inflationsrate hätte er ein Finanzgenie gebraucht. Er hatte aber an einen Polizisten geschrieben, vermutlich den einzigen, den er kannte. Er hatte an einen Experten für gewaltsamen Tod geschrieben. Und warum auch nicht? Für Pater Baddeley waren alle Polizisten im Grunde gleich, erfahren in Sachen Verbrechen und im Umgang mit Verbrechern, ebensosehr um die Verhütung wie um die Aufklärung von Straftaten bemüht. Und ich, dachte Dalgliesh bitter, habe keines von beidem getan. Pater Baddeley hatte von ihm einen sachkundigen Rat haben und nicht wissen wollen, wie er dem Bösen begegnen sollte. Dafür hatte er seine eigene verläßliche Methode, darin war er Fachmann. Er war aus irgendeinem Grund, der höchstwahrscheinlich mit der Verlegung dieses jungen unbekannten Patienten Peter Bonnington zu tun hatte, enttäuscht über Gut Toynton gewesen. Und er hat einen Rat haben wollen, wie er sein Geld sonst verwenden konnte. Typisch für meine Arroganz, dachte Dalgliesh, anzunehmen, daß er mich für etwas Wichtigeres brauchte.

Er steckte den Brief in die Jackentasche und setzte, indem er den Blick über die zusammengefaltete Zeitung gleiten ließ, gemächlich seinen Weg fort. Eine Anzeige sprang ihm in die Augen, als hätte sie jemand angestrichen, die Worte waren vertraut.

»Gut Toynton. Es wird alle unsere Freunde interessieren, zu erfahren, daß wir nach der Rückkehr von unserer Oktober-Wallfahrt zur großen Familie des Ridgewell Trust gehören werden. Bitte schließen Sie uns während dieser Zeit des Wechsels weiter in Ihre Gebete ein. Da die Liste unserer Freunde

unglücklicherweise nicht aufzufinden ist,
bitte ich alle diejenigen, die mit uns
in Verbindung bleiben möchten,
mir umgehend zu schreiben.

Wilfred Anstey, Leiter«

Natürlich! Die Liste der ›Freunde von Gut Toynton‹,
seit Grace Willisons Tod auf unerklärliche Weise verschwunden, diese achtundsechzig Namen, die Grace
auswendig gewußt hatte. Er stand reglos unter dem
dräuenden Himmel und las die Notiz noch einmal. Aufregung bemächtigte sich seiner mit der physischen Hef-
tigkeit eines Magenkrampfs, einem Ansteigen des Blut-
drucks. Er wußte sofort mit beseligender Gewißheit, daß
hier endlich der Anfang des verwickelten Knäuels war.
An diesem Faktum brauchte man nur sachte zu ziehen,
und der Faden würde beginnen, sich auf wunderbare
Weise zu entwirren.

Wenn Grace ermordet worden war, wie er trotz des
Obduktionsbefunds weiterhin hartnäckig vermutete,
dann, weil sie irgend etwas wußte. Aber es mußte etwas
Wichtiges gewesen sein, etwas, das nur sie allein gewußt
hatte. Man brachte niemanden um, nur um ein paar
zweifellos interessante, aber als Beweismittel völlig un-
taugliche Mutmaßungen zum Verstummen zu bringen,
wo Pater Baddeley am Nachmittag von Victor Holroyds
Tod gewesen war. Er war im schwarzen Turm gewesen.
Dalgliesh wußte es, und er konnte es beweisen; möglicherweise hatte Grace Willison es auch gewußt. Aber
selbst wenn man das zerfledderte Streichholz und Graces
Zeugnis zusammengenommen hätte, wäre damit immer
noch nichts bewiesen gewesen. Nachdem Pater Baddeley tot war, war das Schlimmste, was passieren konnte,
daß irgend jemand daherkam und sich laut darüber
wunderte, daß der alte Geistliche mit keiner Silbe darüber gesprochen hatte, daß er Julius auf der Landspitze
gesehen hatte. Und Dalgliesh konnte sich Julius' ver-
ächtliches mokantes Lächeln ganz genau vorstellen. Ein
kranker müder alter Mann, der mit seinem Buch am
Ostfenster saß. Woher wollte man jetzt wissen, daß er
die Zeit nicht verschlafen hatte, bevor er über die Land-

spitze zum Gut zurückgegangen war, während unten, am nicht einsehbaren Strand, sich die Retter mit ihrer Last abplagten? Nachdem Pater Baddeley tot und damit als Zeuge für immer verstummt war, würde kein Gericht der Welt aufgrund dieser wackligen Indizien den Fall wieder aufrollen. Am meisten hätte Grace sich geschadet, wenn sie ausgeplaudert hätte, daß Dalgliesh nicht bloß als Rekonvaleszent in Toynton war und daß er auch Verdacht geschöpft hatte. Diese Enthüllung könnte ihr Todesurteil gewesen sein, denn danach wäre es zu gefährlich gewesen, sie am Leben zu lassen. Nicht weil sie wußte, daß Pater Baddeley am 12. September im schwarzen Turm gewesen war, sondern weil sie eine präzisere, wertvollere Information besaß. Es gab nur eine Adressenliste der »Freunde von Gut Toynton«, und sie konnte sie auswendig aufschreiben. Julius war dabeigewesen, als sie das erzählt hatte. Die Liste konnte zerrissen, verbrannt, vernichtet werden. Aber es gab nur eine Möglichkeit, diese achtundsechzig Namen aus dem Bewußtsein einer einzelnen schwachen Frau auszulöschen.

Dalgliesh beschleunigte seine Schritte. Er entdeckte, daß er fast über die Landspitze lief. In seinem schmerzenden Kopf schien es sich trotz des finsterer werdenden Himmels, der gewittrigen Atmosphäre überraschenderweise gelichtet zu haben. Wechseln wir das Bild, was dann kommt, ist immer noch abgedroschen, aber vielfach bewährt. In diesem Beruf war nicht das letzte, das einfachste von allen Puzzleteilchen von Bedeutung. Nein, es war das unbeachtete, scheinbar uninteressante Stückchen, das, an der richtigen Stelle eingefügt, plötzlich so vielen anderen, als nutzlos beiseite gelegten Stücken einen Sinn gab. Täuschende Farben und unbestimmte, zweideutige Formen fügten sich zusammen wie jetzt, um den ersten erkennbaren Umriß des fertigen Bilds zu enthüllen.

Und nun, wo dieses Teil an seinem Platz war, wurde es Zeit, die übrigen Teile versuchsweise auf dem Tisch hin und her zu schieben. Für den Augenblick vergiß die Zeugenaussagen, den Obduktionsbefund und die formaljuristische Unanfechtbarkeit des Ergebnisses der

Voruntersuchung; vergiß deinen Stolz, die Angst vor der Blamage, den Widerwillen, in die Probleme anderer Menschen verwickelt zu werden. Besinn dich auf die Faustregel, die jeder Ermittlungsbeamte anwendet, wenn er Unrat wittert. Cui bono? Wer lebte über seine Verhältnisse? Wer verfügte über mehr Geld, als sich vernünftigerweise erklären ließ? Es gab auf Gut Toynton zwei solche Personen, und sie waren durch Holroyds Tod miteinander verbunden. Julius Court und Dennis Lerner. Julius, der gesagt hatte, seine Antwort auf den schwarzen Turm sei Geld und die Annehmlichkeiten, die man sich dafür kaufen konnte, Schönheit, Muße, Freunde, Reisen. Wie konnte man mit einem Erbe von 30000 Pfund, mochte es noch so klug angelegt sein, so leben, wie er jetzt lebte? Julius, der Wilfred bei der Buchführung half und über die Finanzen von Gut Toynton besser Bescheid wußte als irgend jemand sonst. Julius, der nie mit den anderen nach Lourdes fuhr, der aber sorgfältig darauf achtete, daß er bei ihrer Rückkehr in seinem Haus auf Toynton war, um ihnen eine Begrüßungsparty zu geben. Julius, der ganz gegen seine Art so hilfsbereit gewesen war, als der Bus mit den Lourdes-Fahrern einen Unfall hatte. Der sofort zum Unglücksort gefahren war und sich um sie gekümmert hatte. Der einen neuen Bus, eine Spezialanfertigung, gekauft hatte, damit sie künftig bei ihren Wallfahrten unabhängig waren. Julius, der den Beweis geliefert hatte, der Dennis Lerner von jedem Verdacht, Holroyd umgebracht zu haben, befreite.

Dot hatte Julius beschuldigt, Gut Toynton zu benutzen. Dalgliesh rief sich die Szene an Graces Totenbett ins Gedächtnis. Dots Ausbruch, der erste verdutzte Ausdruck auf dem Gesicht des Mannes, seine rasche boshafte Reaktion. Was aber war, wenn er diesen Ort für einen spezielleren Zweck benutzte, als der heimlichen Lust zu frönen, sich auf wohlfeile Weise als Gönner und Wohltäter aufspielen zu können. Wenn er Gut Toynton benutzte. Wenn er die Wallfahrt benutzte. Wenn es seinen Plänen entsprach, daß es beides auch weiterhin gab, weil beides für ihn lebenswichtig war.

Und was war mit Dennis Lerner? Dennis, der auf Gut

Toynton blieb, obwohl er unterbezahlt war, und der trotzdem den Aufenthalt seiner Mutter in einem teuren Pflegeheim mitfinanzieren konnte. Dennis, der tapfer seine Angst besiegt hatte, damit er mit Julius klettern gehen konnte. Gab es eine bessere Gelegenheit, sich völlig ungestört zu treffen und miteinander zu reden, ohne Verdacht zu erregen. Und wie praktisch, daß man Wilfred mit dem angekerbten Seil einen solchen Schrecken eingejagt hatte, daß er die Kletterei aufgegeben hatte. Dennis, dem es unmöglich gewesen wäre, an einer Wallfahrt nicht teilzunehmen, selbst wenn er es wie heute vor Kopfschmerzen kaum aushalten konnte. Dennis, der den Versand der Handcreme und des Körperpuders besorgte und auch fast alles selber verpackte.

Und es erklärte Pater Baddeleys Tod. Dalgliesh hatte nie glauben können, daß man seinen Freund beseitigt hatte, damit er nicht mehr aussagen konnte, daß er Julius am Nachmittag von Holroyds Tod nicht auf der Landspitze gesehen hatte. Solange es keinen stichhaltigen Beweis dafür gab, daß der alte Mann an seinem Fenster auch nicht den kleinsten Moment eingenickt war, wäre die Unterstellung, Julius hätte gelogen, die sich auf dieses Indiz gestützt hätte, für ihn vielleicht ärgerlich, aber kaum gefährlich gewesen. Was aber war, wenn Holroyds Tod zu einer größeren und übleren Verschwörung gehört hatte? Dann hätte es sich sehr wohl als nötig erweisen können, einen eigensinnigen, intelligenten, aufmerksamen Beobachter aus dem Weg zu räumen – und wie einfach ließ sich das bewerkstelligen –, der sich, nachdem er einmal das Böse gerochen hatte, auf keine andere Weise hätte zum Schweigen bringen lassen. Pater Baddeley war ins Krankenhaus gekommen, bevor er von Holroyds Tod wußte. Aber als er dann davon erfuhr, mußte ihm schlagartig klargeworden sein, was das, was ihm so eigenartigerweise zu sehen nicht gelungen war, zu bedeuten hatte. Er hätte daraufhin etwas unternommen. Und er hatte tatsächlich etwas unternommen. Er hatte mit London telefoniert, mit einem Teilnehmer, dessen Nummer er sich heraussuchen mußte. Er hatte sich mit seinem Mörder verabredet.

Dalgliesh beschleunigte seine Schritte und kam,

»Haus Hoffnung« hinter sich lassend, beinahe ohne eigenes Zutun beim Gutshaus an. Die schwere Eingangstür öffnete sich, als er dagegendrückte. Er roch wieder den etwas beklemmenden würzigen Geruch, der unheimlichere, weniger angenehme Gerüche überdeckte. Es war so dunkel, daß er gleich das Licht anmachen mußte. Der Flur wurde in ein grelles Licht getaucht wie eine leere Filmdekoration. Der schwarz-weiß gewürfelte Boden blendete die Augen – ein überdimensionales Schachbrett, das darauf wartete, daß die Figuren an ihren Platz gerückt wurden.

Er ging durch die leeren Räume und machte dabei das Licht an. Zimmer nach Zimmer erstrahlte in Helligkeit. Er entdeckte, daß er im Vorübergehen mit der Hand über Tische und Stühle fuhr, als sei das Holz ein Talisman, und sich mit forschenden Blicken aufmerksam umsah wie ein Reisender, der, ohne willkommen geheißen zu werden, in ein verlassenes Zuhause zurückkehrt. Und sein Verstand schob weiter die Puzzleteilchen hin und her. Der Anschlag auf Anstey, der letzte und gefährlichste Versuch im schwarzen Turm. Anstey selber glaubte, daß es eine letzte Bemühung gewesen war, ihm Angst zu machen und ihn dadurch zum Verkauf zu bewegen. Angenommen, es steckte eine andere Absicht dahinter, die Absicht, das Gut zu erhalten und seine Zukunft zu sichern. Und da gab es angesichts Ansteys schwindender Mittel keinen anderen Weg, als es einer finanziell gesunden und fest gegründeten Organisation zu übertragen. Und Anstey hatte nicht verkauft. Befriedigt darüber, daß der letzte, gefährlichste Anschlag auf ihn nicht das Werk eines Patienten gewesen sein konnte und daß sein Traum noch intakt war, hatte er sein Erbe verschenkt. Der Betrieb auf Gut Toynton würde weitergehen. Die Wallfahrten würden auch in Zukunft stattfinden. War es das, was jemand die ganze Zeit geplant und beabsichtigt hatte – jemand, der die prekäre finanzielle Situation des Heims ganz genau kannte?

Holroyds Besuch in London. Es war klar, daß er bei diesem Besuch irgend etwas in Erfahrung gebracht, daß er irgendeine Information aufgeschnappt hatte, auf Grund derer er in freudiger Erregung wieder auf dem

Gut ankam. War es auch eine Information, die zu gefährlich war, um ihn am Leben zu lassen? Dalgliesh hatte geglaubt, daß ihm sein Anwalt etwas gesagt hatte, irgend etwas über seine finanziellen Angelegenheiten oder über die der Anstey-Familie. Aber der Besuch beim Anwalt war nicht der Hauptgrund der Reise gewesen. Holroyd und die Hewsons waren auch im Erlöserkrankenhaus, wo Anstey behandelt worden war. Und dort waren die Hewsons, nachdem sie Holroyd zur Untersuchung gebracht hatten, noch in die Registratur gegangen, wo die Krankenblätter aufbewahrt wurden. Hatte Maggie nicht gesagt, als sie und Dalgliesh sich zum erstenmal begegneten: »Er ist nie mehr ins Erlöserkrankenhaus gegangen, um die wunderbare Heilung in sein Krankenblatt eintragen zu lassen. Es wäre auch recht lustig geworden, wenn er es getan hätte.« Angenommen, Holroyd hatte irgend etwas aus London mitbekommen, aber nicht direkt, sondern durch Maggie, die es ihm bei einem ihrer langen einsamen Ausflüge zur Steilküste anvertraut haben konnte. Er erinnerte sich an Maggie Hewsons Worte: »Ich habe Ihnen doch gesagt, daß ich nichts erzähle. Aber wenn sie mich weiter sekkieren, überlege ich mir's vielleicht noch mal.« Und dann: »Was wäre, wenn? Er war nicht dumm, verstehen Sie. Er wußte, daß irgend etwas im Busch war. Und er ist tot, tot, tot.« Pater Baddeley war tot. Aber Holroyd auch. Und Maggie auch. Gab es irgendeinen Grund, warum Maggie sterben mußte und gerade zu diesem Zeitpunkt?

Aber das griff schon zu weit voraus. Noch waren das alles Vermutungen, Spekulationen. Zugegeben, es war die einzige Hypothese, bei der alle Fakten zusammenpaßten. Aber das waren keine Indizien. Er hatte noch keinen stichhaltigen Beweis, daß die Todesfälle in Toynton Head Morde waren. Eines stand fest. Wenn man Maggie umgebracht hatte, war sie, ohne es zu wissen, zur Komplizin ihrer eigenen Ermordung geworden.

Er wurde ein schwaches Brodeln gewahr und stellte von der Küche her den Geruch von Fett und heißem Seifenpulver fest. Die Küche selber stank wie die Waschküche eines viktorianischen Armenhauses. Ein Kübel mit Tischdecken kochte auf dem altmodischen Gasherd. Dot

Moxon mußte im Aufbruchstrubel vergessen haben, das Gas abzudrehen. Das graue Leinen blähte sich über dem dunklen, übelriechenden Schaum, die Herdplatte war mit angetrockneten Schaumspritzern beschmutzt. Er drehte das Gas ab, und die Tischdecken sanken in sich zusammen in ihrem trüben Bad. Nachdem die Flamme mit einem letzten Schnalzen erloschen war, wurde es plötzlich noch stiller im Raum; es war, als hätte er damit das letzte Anzeichen von menschlichem Leben abgedreht.

Er ging weiter in den Werkraum. Die Arbeitstische waren mit Wachstuch abgedeckt. Er konnte die Silhouette der aufgereihten Kunststoffflaschen und der Dosen mit Körperpuder sehen, die darauf warteten, abgefüllt und verpackt zu werden. Henry Carwardines Büste von Anstey stand auf ihrem hölzernen Sockel. Sie war mit einer weißen Plasthülle bedeckt und am Hals mit etwas zusammengebunden, das wie eine von Carwardines alten Krawatten aussah. Die Wirkung war ausgesprochen unheimlich. Die verschwommenen Züge unter der durchscheinenden Umhüllung, die leeren Augenhöhlen und der Abdruck der spitzen Nase in dem dünnen Plast verliehen dem Ganzen eine Wirkung, als habe man es mit einem abgehackten Kopf zu tun.

Im Büro, am Ende des Anbaus, stand Grace Willisons Schreibtisch noch immer an seinem Platz vor dem Nordfenster, die Schreibmaschine unter der grauen Schutzhülle. Er zog die Schubladen auf. Ihr Inhalt war, wie erwartet, tadellos aufgeräumt und geordnet. Ein Stapel Papier mit dem Briefkopf von Gut Toynton. Umschläge, sorgfältig nach der Größe sortiert. Farbbänder, Bleistifte, Radiergummis. Kohlepapier im Karton. Noch zusammenhängende Bogen von Adressenaufklebern, auf die sie die Namen und Anschriften der »Freunde« zu tippen pflegte. Nur das gebundene Verzeichnis mit den Namen fehlte, das Verzeichnis mit den achtundsechzig Adressen, von denen eine in Marseille war. Und das entscheidende Glied in dieser tödlichen Kette der Habgier hatte sich hier befunden – mit Schreibmaschinenlettern eingetragen in dieses Buch und mit unsichtbaren Lettern eingetragen in Miss Willisons Gedächtnis.

Das Heroin hatte eine weite Reise hinter sich, ehe es schließlich auf Gut Toynton in den unteren Teil der Körperpuderdose gefüllt wurde. Dalgliesh konnte sich jede Station dieser Reise so deutlich vorstellen, als hätte er sie selber mitgemacht. Die Mohnfelder auf der Hochebene von Anatolien, die prallen Kapseln, die ihren milchigen Saft abgaben. Die geheime Umwandlung des Rohopiums in Morphin noch in den Bergen. Die lange Reise auf Maultieren, mit Eisenbahnen, Lastwagen und Flugzeugen nach Marseille, zu einem der Hauptumschlagshäfen der Welt. Die Raffinierung zu reinem Heroin in einem der zahlreichen illegalen Laboratorien. Und dann das verabredete Treffen in der Menschenmenge von Lourdes, vielleicht während einer Messe, das Päckchen, das rasch in die wartende Hand glitt. Er mußte daran denken, wie er Henry Carwardine an seinem ersten Abend auf Toynton über die Landspitze geschoben hatte und wie sich die Gummigriffe unter seinen Händen gedreht hatten. Wie einfach war es, einen der Griffe abzuziehen, ein Plastbeutelchen in das Rohr zu schieben und die Verschlußschnur mit einem Klebestreifen am Metall zu befestigen. Der ganze Vorgang würde weniger als eine Minute dauern. Und es gab eine Menge Gelegenheiten. Philby nahm an der Wallfahrt nicht teil. Also mußte sich Dennis Lerner um die Rollstühle kümmern. Wie konnte ein Rauschgiftschmuggler sicherer den Zoll passieren als mit einer Gruppe anerkannter und angesehener Wallfahrer. Und die weiteren Schritte waren genauso narrensicher. Die Lieferanten mußten im voraus das Datum jeder Wallfahrt wissen, ebenso wie die Käufer und Händler erfahren mußten, wann die nächste Lieferung eintraf. Wie ließ sich das einfacher machen als durch ein harmloses Rundschreiben eines angesehenen Wohlfahrtsunternehmens, ein Rundschreiben, wie es Grace Willison alle Vierteljahre so gewissenhaft und so arglos verschickt hatte.

Und Julius' Aussage vor einem französischen Gericht. Das Alibi, das er einem Mörder verschafft hatte. War das vielleicht weder ein widerwilliges Nachgeben gegenüber einer Erpressung noch die Zahlung für geleistete

Dienste, sondern eine Vorauszahlung auf zukünftige Dienstleistungen gewesen? Oder war es vielleicht so, wie Bill Moriartys Informant meinte, daß Julius' Motiv, Michonnet das Alibi zu verschaffen, einzig und allein in dem perversen Vergnügen bestand, der französischen Polizei eins auszuwischen, wobei er sich dann rein zufällig eine der mächtigsten Familien zu Dank verpflichtete und seine Vorgesetzten in höchste Verlegenheit gestürzt hatte? Möglicherweise. Vielleicht hatte er gar keine andere Bezahlung erwartet oder haben wollen. Aber wenn man ihm eine angeboten hätte? Wenn man ihm auf taktvolle Weise zu verstehen gegeben hätte, daß man ihm eine gewisse Ware in streng begrenzten Mengen liefern konnte, wenn er eine Möglichkeit fände, sie nach England zu schmuggeln? Hätte er danach der Versuchung von Gut Toynton und seinen halbjährlich stattfindenden Wallfahrten widerstehen können?

Und es war so einfach, so bequem, so ohne jedes Risiko. Und so unwahrscheinlich einträglich. Was brachte illegales Heroin im Augenblick? So um die hundertfünfzig Pfund pro Gramm. Julius brauchte nicht mit riesigen Mengen zu handeln und seinen Verteilerapparat nicht über zwei zuverlässige Dealer hinaus zu vergrößern. Mit dreihundert Gramm pro Unternehmung konnte er sich so viel freie Zeit und Schönheit kaufen, wie sich ein Mensch nur wünschen mochte. Und nachdem der Ridgewell Trust das Gut übernommen hatte, war die Zukunft gesichert. Dennis Lerner würde seine Stellung behalten. Die Wallfahrten würden weiterhin stattfinden. Andere Heime, andere Wallfahrten würden ihm für seine Geschäfte zur Verfügung stehen. Und Lerner war ganz und gar in seiner Hand. Auch wenn es jetzt keine Rundschreiben mehr gab und das Heim seinen Vertrieb von Handcreme und Körperpuder einstellen konnte – das Heroin würde weiter fließen. Die Schritte zur Benachrichtigung und Verteilung waren eine weniger wichtige logistische Frage im Vergleich mit dem Hauptproblem, wie man das Rauschgift sicher, zuverlässig und regelmäßig durch den Zoll bringen konnte.

Es gab noch immer keine stichhaltigen Beweise. Aber mit etwas Glück, und wenn er sich nicht getäuscht hatte, würde es die in drei Tagen geben. Er konnte jetzt die Ortspolizei anrufen und es in aller Ruhe ihr überlassen, das Rauschgiftdezernat zu verständigen. Oder besser noch, er konnte Inspektor Daniel anrufen und ihm sagen, daß er auf der Rückfahrt nach London bei ihm vorbeikommen würde. Geheimhaltung war jetzt das oberste Gebot. Man durfte keinen Argwohn erregen. Ein Anruf nach Lourdes genügte, um die Lieferung der Ware zu stoppen, und er hatte wieder nichts in der Hand als einen Mischmasch von nebulosen Vermutungen, zufälligen Übereinstimmungen und haltlosen Anschuldigungen.

Das nächste Telefon, von dem aus man nach draußen telefonieren konnte, stand seines Wissens im Eßzimmer. Er sah, daß der Apparat auf Amtsnetz geschaltet war. Aber als er den Hörer abnahm, war die Leitung tot. Er empfand die übliche momentane Gereiztheit, daß ein Gerät, dessen Funktionieren er als selbstverständlich voraussetzte, nur noch ein lächerlicher und nutzloser Klumpen Plast und Metall war, und dachte, daß ein Haus mit einem toten Telefon noch isolierter wirkte als ein Haus ganz ohne Telefon. Aber es spielte keine Rolle. Er würde losfahren und darauf hoffen, Inspektor Daniel in der Polizeidirektion anzutreffen. In diesem Stadium, wo seine Hypothese noch nicht viel mehr war als eine Vermutung, mochte er mit niemand anderem darüber sprechen. Er legte den Hörer wieder auf die Gabel. Von der Tür her ertönte eine Stimme: »Irgendwelche Probleme, Kommissar?«

Julius Court mußte so behutsam wie eine Katze durchs Haus geschlichen sein. Er stand jetzt, beide Hände tief in die Jackentaschen vergraben, mit der einen Schulter leicht gegen die Türfüllung gelehnt. Man täuschte sich, wenn man seine Haltung für ungezwungen hielt. Er hatte das Gewicht wie zum Sprung auf die Ballen verlagert, und sein Körper war aufs äußerste gespannt. Das Gesicht über dem Rollkragen des Pullovers wirkte so scharf und skelettartig, als sei es aus Holz geschnitzt. Die Muskeln unter der geröteten Haut waren angespannt. Die furchtlosen, unnatürlich glänzenden Augen waren mit der forschenden Aufmerksamkeit eines Spielers, der das Kreisen der Roulettkugel verfolgt, auf Dalgliesh gerichtet.

Dalgliesh sagte ruhig: »Es ist offenbar gestört. Macht nichts. Meine Haushälterin erwartet mich, wenn sie mich sieht.«

»Strolchen Sie immer in anderer Leute Häusern herum, um Ihre privaten Anrufe zu erledigen? Der Hauptanschluß ist im Büro. Wußten Sie das nicht?«

»Ich bezweifle, daß ich dort mehr Glück gehabt hätte.«

Sie sahen einander an, schweigend in dem umfassenderen Schweigen ringsumher, Dalgliesh konnte quer durch den Raum den Ablauf der Gedanken seines Gegners so deutlich wahrnehmen und verfolgen, als würde er sichtbar auf einem Schreibgerät aufgezeichnet und die schwarze Nadel malte das Schema seines Entschlusses. Es gab keine Anzeichen eines inneren Kampfes. Es war ein glattes Aufrechnen von Wahrscheinlichkeiten.

Als Julius schließlich die Hand aus der Tasche zog, nahm Dalgliesh die Mündung der Luger fast mit Erleichterung wahr. Die Würfel waren gefallen. Jetzt gab es kein Zurück mehr, keine Verstellung, keine Ungewißheit.

Julius sagte ruhig: »Machen Sie keine Bewegung, ich bin ein ausgezeichneter Schütze. Setzen Sie sich an den Tisch. Und legen Sie die Hände auf die Tischplatte. Und jetzt erzählen Sie mir, wie Sie mir auf die Spur gekommen sind. Sie sind mir doch auf die Spur gekommen. Wenn nicht, habe ich mich verkalkuliert. Sie werden sterben, und ich werde eine Menge Schwierigkeiten und Scherereien haben, und wir werden uns beide voll Bedauern sagen müssen, daß die ganze Sache nicht nötig war.«

Dalgliesh zog mit der linken Hand den Brief an Pater Baddeley aus der Tasche und schob ihn über den Tisch.

»Das hier wird Sie interessieren. Es ist heute morgen für Pater Baddeley gekommen.«

Die grauen Augen ließen seinen Blick nicht los. »Tut mir leid. Es ist sicherlich sehr interessant, aber im Augenblick habe ich andere Dinge im Kopf. Lesen Sie es mir bitte vor.«

»Es erklärt, warum er mich sehen wollte. Sie hätten

sich nicht die Mühe zu machen brauchen, die anonymen Briefe zu schreiben oder sein Tagebuch zu vernichten. Das, was ihm auf dem Herzen lag, hatte nichts mit Ihnen zu tun. Warum mußte man ihn überhaupt umbringen? Er war im Turm, als Holroyd starb. Er wußte ganz genau, daß er nicht geschlafen hatte, daß Sie nicht auf der Landspitze gewesen waren. Aber war das ein so gefährliches Wissen, daß man seinen Besitzer gleich umbringen mußte?«

»Ja, wenn dieser Besitzer Baddeley war. Der alte Mann hatte einen tief eingewurzelten Instinkt für das, was er das Böse genannt hätte. Das hieß, er hatte ein tief eingewurzeltes Mißtrauen gegen mich, vor allem gegen das, was er als meinen Einfluß auf Dennis ansah. Wir spielten unsere private kleine Komödie auf einer Ebene zu Ende, die in den Verfahrensregeln der Londoner Polizei wohl nicht vorgesehen ist. Es konnte nur einen Ausgang haben. Er rief mich, drei Tage bevor er aus dem Krankenhaus entlassen wurde, in meiner Londoner Wohnung an und bat mich, am 26. September nach neun Uhr abends zu ihm zu kommen. Ich kam vorbereitet. Ich fuhr mit dem Wagen von London hierher und ließ ihn ein Stück von der Küstenstraße entfernt in der Mulde hinter dem kleinen Steinwall stehen. Ich holte mir, während alles beim Abendessen war, eine der Kutten aus dem Büro. Dann ging ich zu Fuß nach ›Haus Hoffnung‹. Ich hätte meinen Plan ändern müssen, wenn mich jemand gesehen hätte. Aber es hat mich niemand gesehen. Er saß allein vorm verlöschenden Feuer. Ich glaube, er wußte schon zwei Minuten nachdem ich hereingekommen war, daß ich ihn umbringen würde. Er zeigte nicht die leiseste Überraschung, als ich ihm die Plastfolie aufs Gesicht drückte. Plastfolie, wohlgemerkt! Die hinterläßt keine verräterischen Fusseln in den Nasenlöchern oder in der Luftröhre. Nicht etwa, daß Hewson sie bemerkt hätte, der arme Trottel. Baddeleys Tagebuch lag auf dem Tisch, und ich nahm es mit, nur für den Fall, daß es irgendwelche Dinge enthielt, die für mich belastend werden könnten. Das war kein Fehler. Er hatte, wie ich entdeckte, die etwas umständliche Angewohnheit, ganz genau festzuhalten, wann er wo gewesen war. Aber den Schreibtisch habe ich nicht aufgebrochen. Das war nicht nötig. Diese kleine Sünde geht auf Wilfreds Konto. Er muß ganz wild darauf gewesen sein, einen Blick in das Testament des alten Mannes zu werfen. Übrigens habe ich Ihre Postkarte nie gefunden, und ich glaube nicht, daß Wilfred noch weitergesucht hat, nachdem er das Testament gefunden hatte. Wahrscheinlich hat der alte Mann sie zerrissen. Er hatte etwas dagegen, unwichtige Dinge aufzubewahren. Danach bin ich wieder zum Auto gegangen und habe dort, nicht sonderlich bequem, die Nacht verbracht. Am nächsten Morgen bin ich auf die Londoner Straße zurückgefahren und kam hier an, als die ganze Aufregung schon vorbei war. Ich entnahm dem Tagebuch, daß er einen A. D. zu sich eingeladen hatte und daß der Besucher am 1. Oktober erwartet wurde. Es kam mir etwas komisch vor. Der alte Mann bekam nie Besuch. Also deponierte ich am Abend davor den anonymen Brief für den Fall, daß Baddeley irgendeine Andeutung hatte fallen lassen. Ich muß sagen, die Entdeckung, daß Sie der mysteriöse A. D. waren, mein lieber Kommissar, war etwas irritierend. Wenn ich das gewußt hätte, hätte ich mich um etwas mehr Raffinement bemüht.«

»Und die Stola? Er hatte seine Stola um.«

»Ich hätte sie ihm abnehmen sollen, aber man kann nicht an alles denken. Sehen Sie, er hat nicht geglaubt, daß ich Dennis geschützt habe, um Wilfred Kummer zu ersparen oder aus Freundschaft für Dennis. Er kannte mich zu gut. Als er mir vorwarf, ich hätte einen schlechten Einfluß auf Dennis und kochte auf Toynton mein privates Süppchen, sagte ich ihm, ich würde die Wahrheit gestehen und gerne bei ihm beichten. Insgeheim muß er gewußt haben, daß dies sein Todesurteil war und daß ich nur Komödie spielte. Aber er konnte das Risiko nicht eingehen. Wenn er sich geweigert hätte, mich ernst zu nehmen, wäre sein ganzes Leben eine Lüge gewesen. Er zögerte nur zwei Sekunden, dann legte er sich die Stola um den Hals.«

»Hat er Ihnen noch nicht einmal die Genugtuung verschafft, ein Fünkchen Angst zu zeigen?«

»O nein. Warum sollte er? Wir waren uns in einer Beziehung gleich. Wir hatten beide keine Angst vor dem Tod. Ich weiß nicht, wohin Baddeley zu gehen glaubte, als er gerade noch Zeit hatte, ein letztes Mal das archaische Zeichen seines religiösen Bekenntnisses zu machen, aber wohin auch immer, er sah offenbar nichts, wovor er sich fürchten mußte. Und ich tue das auch nicht. Ich weiß genauso sicher wie er, was mich nach meinem Tod erwartet. Das Nichts. Es wäre unvernünftig, sich davor zu fürchten. So unvernünftig bin ich nicht. Sobald man die Angst vor dem Tod verloren hat – vollkommen verloren hat –, sind alle anderen Ängste bedeutungslos. Dann berührt einen nichts mehr. Man muß nur das Mittel zum Tod immer greifbar haben. Dann ist man unverwundbar. Ich bitte um Entschuldigung, daß es in meinem Fall ein Revolver sein muß. Mir ist klar, daß ich im Augenblick pathetisch und lächerlich wirke. Aber ich kann mir nicht vorstellen, mich auf eine andere Art umzubringen. Ins Wasser gehen? Mit Wasser in allen Atemwegen ersticken? Tabletten schlucken? Da könnte mich irgendein Idiot, der mich findet, wieder zurückholen. Außerdem, vor dem Schattenreich zwischen Leben und Tod, davor habe ich Angst. Mit dem Messer? Zu schmutzig und unsicher. Hier drin sind drei Kugeln, Dalgliesh. Eine für Sie und zwei für mich, falls ich sie brauche.«

»Wer wie Sie mit dem Tod handelt, tut zweifellos recht daran, sich mit ihm zu arrangieren!«

»Jeder, der harte Drogen nimmt, hat den Wunsch zu sterben. Das wissen Sie genausogut wie ich. Es gibt kaum eine andere Möglichkeit, das so relativ bequem, so einträglich für andere und – wenigstens für den Anfang – mit soviel Lustgewinn zu erledigen.«

»Und Lerner? Ich nehme an, Sie haben die Kosten für das Pflegeheim seiner Mutter bezahlt. Wie hoch sind sie, um die zweihundert Pfund monatlich? Sie haben ihn billig gekriegt. Immerhin muß er doch gewußt haben, was er da mitgebracht hat.«

»Mitbringt, heute in drei Tagen. Und auch in Zukunft mitbringen wird. Ich habe ihm gesagt, daß es Haschisch wäre, eine völlig harmlose Droge, die auf Grund übertriebener Vorsicht der Regierung für illegal erklärt wurde, sich jedoch bei meinen Freunden in London einer gewissen Beliebtheit erfreut, weswegen sie bereit wären, einen guten Preis dafür zu bezahlen. Er hat es vorgezogen, mir zu glauben. Er weiß, daß es nicht wahr ist, aber das würde er nie eingestehen. Das ist klug, das ist vernünftig. Das ist die nötige Selbsttäuschung, die wir alle zum Leben brauchen. Sie müssen im Grunde wissen, daß Ihr Job ein schmutziger Job ist, Gauner fangen Gauner, und daß Sie damit Ihre Intelligenz vergeuden. Aber es würde nicht gerade zu Ihrem Seelenfrieden beitragen, diese Tatsache zuzugeben. Und falls Sie Ihren Job jemals an den Nagel hängen sollten, werden Sie das bestimmt nicht als Grund angeben. Wollen Sie ihn übrigens an den Nagel hängen? Ich habe irgendwie den Eindruck gewonnen, als ob Sie das vorhätten.«

»Das verrät einen gewissen Scharfblick. Ich habe tatsächlich daran gedacht. Aber nicht jetzt.«

Der Entschluß, weiterzumachen, Dalgliesh wußte nicht, wann und warum er dazu gekommen war, erschien ihm genauso unsinnig wie der Entschluß, aufzuhören. Es war kein Sieg. Sogar eine Art Niederlage. Aber falls er am Leben blieb, würde er Zeit genug haben, sein Hin- und Herschwanken in diesem persönlichen Konflikt zu untersuchen. Ein Mensch lebte und starb nach seinem eigenen Gesetz, wie Pater Baddeley. Er hörte Julius' belustigte Stimme: »Schade. Da dieses aber vermutlich Ihr letzter Fall sein wird, können Sie mir ruhig verraten, wie Sie mir auf die Spur gekommen sind.«

»Habe ich noch so viel Zeit? Es würde mir keinen Spaß machen, die letzten fünf Minuten meines Lebens mit einer Aufzählung von Kunstfehlern zu verbringen. Es verschafft mir keine Genugtuung, und ich sehe nicht ein, warum ich Ihre Neugier befriedigen sollte.«

»Das ist richtig. Aber es liegt mehr in Ihrem Interesse als in meinem. Sollten Sie nicht versuchen, Zeit zu gewinnen? Außerdem könnte ich unaufmerksam werden, falls es interessant genug ist, und Ihnen Gelegenheit geben, mit einem Stuhl auf mich loszugehen oder nach mir zu werfen oder was sonst man Ihnen beigebracht hat, in derartigen Situationen zu machen. Oder es könnte jemand kommen, oder ich könnte es mir vielleicht sogar anders überlegen.«

»Und, werden Sie das tun?«

»Nein.«

»Dann befriedigen Sie meine Neugier. Wie die Sache mit Grace gelaufen ist, kann ich mir vorstellen. Sie haben sie auf dieselbe Weise umgebracht wie Pater Baddeley, nachdem Sie zu der Überzeugung gekommen waren, daß ich Verdacht geschöpft hatte und damit zu einer Gefahr geworden war, weil Grace das Verzeichnis der ›Freunde‹ auswendig aufschreiben konnte, das Verzeichnis, das auch die Namen Ihrer Dealer enthielt. Aber Maggie Hewson, warum mußte sie sterben?«

»Weil sie etwas wußte. Haben Sie sich das nicht gedacht? Ich habe Sie überschätzt. Maggie wußte, daß Wilfreds Wunder eine Täuschung war. Ich habe die Hewsons und Victor zu Victors Untersuchung ins Erlöserkrankenhaus gefahren. Eric und Maggie sind in die Registratur gegangen, wo die Krankenblätter aufbewahrt werden, und haben sich Wilfreds Krankenblatt angesehen. Vermutlich wollten sie, nachdem sie schon einmal dort waren, eine ganz natürliche Neugier befriedigen. Sie stellten fest, daß er nie multiple Sklerose gehabt hat und daß bei seinen letzten Untersuchungen herausgekommen war, daß man eine Fehldiagnose gestellt hatte. Seine Lähmungserscheinungen waren nichts weiter als Hysterie. Das wird Sie sicher schockieren, mein lieber Kommissar. Sie sind doch so ein Wissenschaftsfetischist, nicht wahr? Es wird Ihnen sicher schwerfallen, zu akzeptieren, daß die Medizin sich irren kann.«

»Nein. Ich glaube an die Möglichkeit einer Fehldiagnose.«

»Wilfred teilt Ihre gesunde Skepsis anscheinend nicht. Er ist nie zu einer weiteren Untersuchung ins Erlöserkrankenhaus gegangen, folglich hat ihn auch niemand von dem kleinen Versehen unterrichtet. Warum auch? Aber die beiden Hewsons konnten ihr Wissen nicht für sich behalten. Sie haben es mir erzählt, und Maggie muß es später auch Holroyd erzählt haben. Wahrscheinlich hat er auf der Rückfahrt nach Toynton gemerkt, daß etwas im Busch war. Ich habe versucht, sie mit Whisky zu bestechen, damit sie ihr Wissen für sich behält – sie hat mir meine Besorgnis um den lieben Wilfred tatsächlich abgenommen –, und es ging auch alles gut, bis Wilfred sie von der Entscheidung um die Zukunft des Heims ausgeschlossen hat. Sie war außer sich vor Wut. Sie sagte mir, daß sie in die letzte Sitzung nach der Meditationsstunde hineinplatzen und die Wahrheit öffentlich verkünden würde. Das konnte ich nicht riskieren. Es war der eine, der einzige Grund, der Wilfred zum Verkauf bewogen und die Übergabe an den Ridgewell Trust verhindert hätte. Der Betrieb auf Gut Toynton mußte weitergehen, und die Wallfahrten mußten weiterhin stattfinden.

Der Gedanke an den Aufruhr, den ihre Enthüllung auslösen würde, hat sie nicht gerade erfreut, und so war es ziemlich einfach für mich, sie zu überreden, die im Gutshaus Versammelten ihren jeweiligen Reaktionen auf ihre Neuigkeit zu überlassen und gleich danach mit mir nach London zu verschwinden. Ich schlug ihr vor, einen bewußt doppeldeutigen Brief dazulassen, den man als Selbstmorddrohung verstehen konnte. Dann konnte sie, wenn und wann sie wollte, nach Toynton zurückkommen und sehen, wie Eric sich als vermeintlicher Witwer aufführte. Es war genau die Art theatralischer Geste, die der lieben Maggie zusagte. Damit kam sie hier aus einer peinlichen Situation heraus, bereitete Wilfred und Eric ein Höchstmaß an Verdruß und Aufregung und verschaffte sich, zusammen mit einem Ferientag in meiner Londoner Wohnung, die Aussicht auf ein gehöriges Trara, falls sie sich irgendwann entschloß, hierher zurückzukommen. Sie hat sogar selber das Seil geholt. Wir saßen zusammen und tranken, bis sie zu betrunken war, um mißtrauisch gegen mich zu werden, und noch nüchtern genug, um den Brief zu schreiben. Das Gekritzel am Schluß, die Anspielung auf den schwarzen Turm, stammte natürlich von mir.«

»Deshalb hatte sie sich also gebadet und sich zurechtgemacht.«

»Natürlich. Sie hatte sich aufgedonnert, um einen wirkungsvollen Auftritt im Gutshaus zu haben und auch, wie ich mir schmeicheln darf, um Eindruck auf mich zu machen. Es war mir eine Genugtuung, daß ich frischer Unterwäsche und lackierter Fußnägel für würdig befunden wurde. Ich weiß nicht, was ich in ihrer Phantasie vorhatte, sobald wir in London wären. Die liebe Maggie war schon immer ein bißchen realitätsfremd. Daß sie ihr Pessar eingepackt hat, zeugte vielleicht eher von Optimismus als von Umsicht. Die Gute war sicher ganz aus dem Häuschen bei dem Gedanken, von Toynton wegzukommen. Ich kann Ihnen versichern, daß sie glücklich gestorben ist.«

»Und ehe Sie das Haus verließen, haben Sie die Lichtsignale gegeben.«

»Ich brauchte einen Vorwand, um hingehen und die Leiche finden zu können. Es schien mir ratsam, auch die Frage der Wahrscheinlichkeit nicht zu vernachlässigen. Irgend jemand hatte vielleicht aus dem Fenster gesehen und konnte meine Geschichte bestätigen. Ich hatte nicht damit gerechnet, daß Sie es sein würden. Und als ich Sie dann ganz vertieft in Ihre Pfadfinderübung fand, war mir einen Moment lang recht flau zumute. Und Sie waren ja auch ums Verrecken nicht von der Leiche wegzubringen.«

Genauso flau mußte ihm zumute gewesen sein, dachte Dalgliesh, als er Wilfred fast erstickt gefunden hatte. An Julius' Schreck war nichts gespielt gewesen, weder damals noch nach Maggies Tod. Er fragte: »Und ist Holroyd aus demselben Grund vom Felsen gestoßen worden, damit er nicht mehr reden konnte?«

Julius lachte: »Das wird Sie jetzt amüsieren. Eine köstliche Ironie des Schicksals. Ich wußte noch nicht mal, daß Maggie Holroyd etwas erzählt hat, bis ich es nach seinem Tod aus ihr herausbekam. Und Dennis hat es überhaupt nicht gewußt. Holroyd begann Dennis wie gewöhnlich zu verspotten. Dennis war das mehr oder weniger gewohnt und setzte sich mit seinem Buch nur ein bißchen weiter weg von ihm. Daraufhin begann Holroyd ihm auf üblere Weise zuzusetzen. Er begann Dennis anzuschreien. Er überlegte sich lauthals, was Wilfred wohl sagen würde, wenn er erführe, daß seine kostbaren Wallfahrten Betrug sind, daß Gut Toynton selber auf einer Lüge basiert. Er riet Dennis, aus der nächsten Wallfahrt den höchsten Gewinn zu ziehen. Es würde bestimmt die letzte sein. Dennis verlor die Nerven. Er dachte, daß Holroyd den Rauschgiftschmuggel entdeckt hatte. Er zögerte noch nicht einmal so lange, um sich zu fragen, wie Holroyd das herausbekommen haben konnte. Er sagte mir hinterher, daß er sich noch nicht einmal mehr daran erinnern konnte, wie er auf die Füße gekommen ist, die Bremsen gelöst und den Rollstuhl nach vorne gestoßen hat. Aber er ist es natürlich gewesen. Es war ja niemand anders da. Der Rollstuhl hätte nicht dort landen können, wo er gelandet ist, wenn er nicht mit ziemlichem Schwung über den Felsen geflogen wäre. Ich befand mich unterhalb von ihnen am Strand, als Holroyd über die Felskante kam. Eines der ärgerlichen Dinge an diesem Mord war, daß ich für das traumatische Erlebnis, zusehen zu müssen, wie sich Holroyd nur zwanzig Meter von mir entfernt zu Tode stürzte, keinerlei Mitgefühl bekam. Ich hoffe es jetzt von Ihnen zu bekommen.«

Dalgliesh dachte, daß Julius der Mord in zweierlei Hinsicht gelegen gekommen sein mußte. Er schaffte ihm Holroyd und sein gefährliches Wesen vom Hals. Er gab ihm Dennis Lerner endgültig in die Hand. Dalgliesh sagte: »Und während Lerner Hilfe holte, haben Sie die beiden Seitenteile des Rollstuhls verschwinden lassen.«

»In einer tiefen Felsspalte ungefähr fünfzig Meter weiter. Damals erschien es mir vernünftig, den Fall auf diese Weise zu komplizieren. Ohne die Bremsen konnte niemand mit Sicherheit sagen, daß es kein Unfall war. Nach einigem Nachdenken hätte ich es nicht mehr getan und hätte sie in dem Glauben gelassen, daß Holroyd sich umgebracht hat. Das hat er im Grunde ja getan. Davon habe ich Dennis auch überzeugt.«

Dalgliesh fragte: »Was wollen Sie jetzt tun?«

»Ihnen eine Kugel in den Kopf schießen, Ihre Leiche in Ihrem Auto verstecken und mir beides zusammen vom Hals schaffen. Ich weiß, es ist eine ziemlich abgedroschene Mordmethode, aber ich bin sicher, daß sie funktioniert.«

Dalgliesh lachte. Er war erstaunt, wie natürlich der Laut klang. »Wenn ich recht verstehe, wollen Sie etwa hundert Meilen in einem leicht identifizierbaren Wagen fahren mit der Leiche eines ermordeten Polizeikommissars im Kofferraum – noch dazu seinem eigenen Kofferraum. Eine Reihe meiner Bekannten im Hochsicherheitstrakt von Parkhurst und Durham würden Sie sicher wegen Ihrer Chuzpe bewundern, obwohl sie sich nicht gerade freuen würden über die Aussicht, Sie demnächst in ihren Reihen begrüßen zu dürfen. Sie sind eine streitsüchtige, ungehobelte Bande. Ich glaube nicht, daß Sie viel gemeinsam haben werden.«

»Vielleicht klappt es, vielleicht auch nicht. Aber Sie sind ein toter Mann.«

»Natürlich. Aber Sie im Endeffekt auch von dem Augenblick an, wo die Kugel in mich eindringt, es sei denn, Sie bezeichnen Lebenslänglich noch als Leben. Man wird wissen, daß ich ermordet worden bin, auch wenn Sie hinterher versuchen, meine Fingerabdrücke auf den Abzug zu bringen. Ich bin nicht der Typ, der sich umbringt oder mit dem Wagen in ein entlegenes Waldstück oder einen Steinbruch fährt und sich dort eine Kugel in den Kopf schießt. Und für die Leute vom Labor wird die Beweisführung ein gefundenes Fressen sein.«

»Falls man Ihre Leiche findet. Wann wird man frühestens anfangen zu suchen? In drei Wochen?«

»Und wie sie mich suchen! Wenn Ihnen ein Ort einfällt, wo Sie mich und den Wagen verschwinden lassen können, wird er denen auch einfallen. Sie glauben doch nicht etwa, daß die Polizei nicht mit topographischen Karten umgehen kann. Und wie sollen Sie hierher zurückkommen? Indem Sie sich in Bournemouth oder Winchester in einen Zug setzen? Indem Sie trampen, mit einem gemieteten Fahrrad fahren oder einfach durch die Nacht marschieren? Sie können schlecht mit dem Zug nach London durchfahren und erzählen, daß Sie in Wareham eingestiegen sind. Der Bahnhof ist klein, und Sie sind dort bekannt. Jeder, der dort ankommt oder abreist, wird bemerkt.«

Julius sagte nachdenklich: »Da haben Sie natürlich

recht. Dann bleibt uns nur die Steilküste übrig. Man
muß Sie aus dem Meer fischen.«

»Mit einer Kugel im Kopf? Oder glauben Sie, ich
werde Ihnen zuliebe übers Kliff spazieren? Sie könnten
es natürlich mit Gewalt probieren, aber dann müßten
Sie schon gefährlich nahe an mich herankommen, so
nahe, daß wir miteinander kämpfen würden. Wir sind
etwa gleich stark. Ich nehme an, daß Sie keine Lust haben, mit hinuntergerissen zu werden. Sobald man meine
Leiche und die Kugel findet, sind Sie erledigt. Die Spur
fängt hier an, bedenken Sie das. Ich werde zum letztenmal lebend gesehen, als der Gutsbus abfuhr, und es ist
niemand hier als wir beide.«

Und dann hörten sie beide gleichzeitig, wie draußen
die Haustür zugeschlagen wurde. Das dumpfe Geräusch
schwerer, fester Schritte, die die Eingangshalle durchquerten, folgte auf diesen Laut, der so durchdringend
wie ein Schuß gewesen war.

# 3

Julius sagte schnell: »Wenn Sie schreien, bringe ich Sie
beide um. Stellen Sie sich da links neben die Tür.«

Die Schritte, unnatürlich laut in der gespenstischen
Stille, durchquerten jetzt die Diele. Die beiden Männer
hielten den Atem an. Philby stand im Türrahmen.

Er sah sofort den Revolver. Seine Augen weiteten
sich, und dann begann er heftig zu zwinkern. Seine
Blicke gingen zwischen den beiden Männern hin und
her. Als er zu sprechen begann, klang seine Stimme hei-
ser, um Entschuldigung bittend. Er richtete seine Worte
direkt an Dalgliesh, wie ein Kind, das eine begangene
Dummheit erklären will.

»Wilfred hat mich früher zurückgeschickt. Dot
meinte, sie hätte das Gas angelassen.«

Sein Blick wandte sich wieder Julius zu. Sein Entsetzen war diesmal unverkennbar. Er sagte: »O nein!« Fast
im selben Augenblick drückte Julius ab. Der Knall, mit
dem der Schuß sich löste, war, obwohl erwartet, unbe-
schreiblich und ohrenbetäubend. Philbys Körper wurde

steif, schwankte hin und her und fiel mit einem Krachen, das den ganzen Raum erschütterte, wie ein gefällter Baum hintenüber. Dalgliesh wußte, daß es genau die Stelle war, wo Julius hatte treffen wollen – daß er diesen unvermeidlichen Mord zu einer Demonstration seiner Treffsicherheit benutzt hatte. Es war eine Übung im Zielschießen gewesen. Er sagte ruhig, die Pistole jetzt wieder auf Dalgliesh gerichtet: »Gehen Sie zu ihm!«

Dalgliesh beugte sich zu dem Toten. Es sah so aus, als stünde in seinen Augen noch immer der Ausdruck heftigen Erstaunens. Die Wunde war ein sauberer Einschuß mit leicht aufgeworfenen Rändern im Stirnknochen, so unauffällig, daß sie geeignet gewesen wäre, in der Ballistik die Wirkung eines Schusses aus zwei Metern Entfernung zu demonstrieren. Es gab keine Pulver- und auch keine Blutspuren, nur die Haut war leicht angesengt vom Drehmoment der Kugel. Es war ein klar begrenzter, fast dekorativer Fleck, der keinerlei Hinweis auf den zerstörerischen Aufruhr gab, der innen stattgefunden hatte.

Julius sagte: »Damit wäre die Rechnung für meine zertrümmerte Büste beglichen. Gibt es eine Austrittsöffnung?«

Dalgliesh drehte den schweren Schädel vorsichtig um. »Nein. Die Kugel muß im Knochen stecken.«

»So habe ich es beabsichtigt. Zwei Kugeln sind noch übrig. Aber den schickt mir der Himmel, Kommissar. Sie haben sich geirrt, ich bin nicht der letzte, der Sie lebend gesehen hat. Ich werde wegfahren und mir ein Alibi verschaffen, und in den Augen der Polizei wird Philby, ein Krimineller mit dem Hang zur Gewalttätigkeit, der letzte gewesen sein, der sie lebend gesehen hat. Zwei Leichen im Meer mit Schußverletzungen. Eine Pistole, für die ich, wie ich Ihnen versichern darf, einen Waffenschein besitze, und die mir aus meiner Nachttischschublade gestohlen wurde. Überlassen wir es der Polizei, eine Hypothese aufzustellen, um das zu erklären. Es dürfte nicht allzu schwierig sein. Gibt es Blutspuren?«

»Noch nicht. Aber es wird auch kaum welche geben.«

»Daran werde ich nachher denken. Hier von dem Linoleum kann man es ganz leicht wieder wegwischen. Holen Sie die Plasthülle von Wilfreds Büste und ziehen Sie sie ihm über den Kopf. Binden Sie sie unten mit seiner Krawatte zusammen. Und beeilen Sie sich. Ich bin nur zwei Meter hinter Ihnen. Und falls ich ungeduldig werde, könnte ich Lust bekommen, meine Arbeit zu erledigen.«

Die weiße Plasthülle über dem Kopf und die Wunde wie ein drittes Auge auf der Stirn, verwandelte Philby sich in eine reglose Vogelscheuche, deren massiger Balg auf groteske Weise in einen viel zu kleinen schmucken Anzug gezwängt war, die Krawatte auf Sturm unter den puppenhaften Zügen.

Julius sagte: »Und jetzt holen Sie einen von den leichteren Rollstühlen.«

Er dirigierte Dalgliesh wieder zum Werkraum und folgte ihm immer genau im Abstand von zwei Metern. Drei zusammengeklappte Rollstühle lehnten an der Wand. Dalgliesh klappte einen davon auseinander und schob ihn neben die Leiche. Er hinterließ hier Fingerabdrücke. Aber wenn man sie fände, was würden sie beweisen? Das konnte sogar der Rollstuhl sein, in dem er Grace Willison gefahren hatte.

»Jetzt schaffen Sie ihn da rein.«

Als Dalgliesh zögerte, sagte er, indem er eine Spur beherrschter Ungeduld in seine Stimme legte: »Ich habe keine Lust, mich mit zwei Leichen abzuplagen. Aber ich könnte es, wenn es sein müßte. Im Badezimmer ist eine Aufziehvorrichtung. Holen Sie sie, wenn Sie ihn nicht allein heben können. Aber ich dachte, ein Polizist hätte für solche Fälle ein paar nützliche kleine Tricks gelernt.«

Dalgliesh schaffte es ohne die Aufziehvorrichtung. Aber es war nicht einfach. Die festgestellten Räder rutschten auf dem Linoleum, und es dauerte mehr als zwei Minuten, bis der schwere schlaffe Körper gegen die Segeltuchlehne fiel. Es war Dalgliesh gelungen, etwas Zeit zu gewinnen, aber er hatte dafür bezahlen müssen – mit Kraft, die er verloren hatte. Er wußte, daß er gerade so lange am Leben bleiben würde, wie Julius seinen Kopf, dieses Arsenal von makaber zweckentsprechenden Erfahrungen, und seine Körperkräfte brauchen konnte. Es wäre lästig für Julius, zwei Leichen zur Steilküste zu bringen, aber er konnte es schaffen. Gut Toynton war auf den Transport hilfloser Körper eingerichtet. Noch war ein lebendiger Dalgliesh ein kleineres Übel als ein toter, aber der Wendepunkt war bedenklich nahe. Es hatte keinen Sinn, die Distanz noch zu verringern. Der Augenblick zum Handeln würde kommen. Und er würde für sie beide kommen. Beide warteten sie darauf – Dalgliesh, um anzugreifen, Julius, um zu schießen. Beide wußten sie, was auf dem Spiel stand, wenn sie diesen Augenblick verkannten. Zwei Kugeln waren noch übrig, und er mußte dafür sorgen, daß keine von beiden in seinem Körper landete. Und solange Julius seinen Abstand wahrte und die Pistole in der Hand hielt, war er unangreifbar. Irgendwie mußte Dalgliesh ihn in Reichweite locken. Irgendwie mußte er ihn ablenken, und sei es auch nur für den Bruchteil einer Sekunde.

Julius sagte: »Und jetzt gehen wir zusammen nach Haus Toynton.«

Er blieb im selben Abstand hinter ihm, während Dalgliesh den Rollstuhl mit seiner grotesken Last die Rampe am Eingang hinunter und über die Landspitze schob. Der Himmel war eine graue, beklemmende Decke, die den Atem nahm. Die drückende Luft hatte einen scharfen metallischen Geschmack und roch unangenehm nach faulendem Seetang. Die Kieselsteine auf dem Weg glänzten in dem trüben Licht wie Halbedelsteine. Als sie die Landspitze zur Hälfte überquert hatten, hörte Dalgliesh einen hohen wimmernden Klagelaut hinter sich und sah, als er sich umwandte, daß Jeoffrey ihnen mit hoch erhobenem Schwanz folgte. Die Katze lief noch fünfzig Meter hinter Julius her, machte dann, ebenso unvermittelt, wie sie gekommen war, wieder kehrt und trollte sich zurück zum Gutshaus. Julius, die Blicke unverwandt auf Dalglieshs Rücken gerichtet, schien weder ihr Auftauchen noch ihr Verschwinden bemerkt zu haben. Sie gingen schweigend weiter. Philbys Kopf war hintenüber gefallen, sein Hals lag im Segeltuch des Rollstuhls wie in einem Kragen. Am Plast festklebend, starrte die Wunde Dalgliesh wie ein Zyklopenauge an, in stummem Vorwurf, wie es schien. Der Weg war trocken. Dalgliesh bemerkte, daß die Räder kaum einen Abdruck auf den trockenen Grasflecken und dem staubigen sandigen Pfad hinterließen. Und hinter sich hörte er Julius die Spuren mit den Schuhen ins Nichts scharren. Hier würde man keine brauchbaren Indizien finden.

Und jetzt standen sie auf der Terrasse. Sie schien unter ihren Füßen zu beben vom dumpfen Getöse der Wellen, als ahnten Erde und Meer das bevorstehende Unwetter voraus. Aber das Wasser ging zurück. Kein Gischtschleier stieg zwischen ihnen und der Steilküste empor. Dalgliesh wußte, dies war der Augenblick höchster Gefahr. Er zwang sich zu einem lauten Lachen und fragte sich, ob der Laut in Julius' Ohren genauso falsch geklungen hatte wie in seinen eigenen.

»Warum so vergnügt?«

»Es ist leicht zu sehen, daß Sie Ihre Morde gewöhnlich aus der Entfernung verrichten, als reine Geschäftsangelegenheit. Sie wollen uns direkt vor Ihrer eigenen Hintertür ins Meer werfen, eine deutlichere Spur können Sie noch nicht mal dem dümmsten Kriminalbeamten unter die Nase halten. Und auf diesen Fall wird man bestimmt keine Dummen ansetzen. Ihre Putzfrau kommt doch heute morgen, nicht? Und an diesem Küstenabschnitt gibt es selbst bei Hochflut einen Strand. Ich dachte, es läge Ihnen daran, daß die Leichen nicht sofort gefunden werden.«

»Die kommt nicht hierher. Das tut sie nie.«

»Woher wissen Sie, was sie tut, wenn Sie nicht da sind? Möglicherweise schüttelt sie über dem Kliff ihr Staubtuch aus. Vielleicht ist es sogar ihr Hobby, hier unten ein bißchen im Wasser zu planschen. Aber machen Sie, was Sie wollen. Ich möchte Sie nur darauf hinweisen, daß Ihre einzige Erfolgschance darin besteht – und ich schätze sie nicht hoch ein –, daß unsere Leichen nicht sofort gefunden werden. Niemand wird nach Philby suchen, bevor die Wallfahrer zurück sind, und das wird erst in drei Tagen sein. Und wenn Sie mein Auto verschwinden lassen, wird es sogar noch länger dauern, bis man anfängt, nach mir zu suchen. Das gibt

Ihnen die Möglichkeit, diese Lieferung Heroin noch an den Mann zu bringen, bevor die Jagd losgeht, vorausgesetzt, daß Lerner immer noch den Auftrag hat, das Heroin hierher zu bringen. Aber lassen Sie sich von mir nur nicht aufhalten.«

Die Hand mit der Pistole blieb reglos. Julius sagte, als erwäge er einen Vorschlag für ein Ausflugsziel: »Sie haben natürlich recht. Sie müssen ins tiefe Wasser, weiter unten an der Küste. Am besten beim schwarzen Turm. Dort geht das Wasser noch bis zur Steilwand. Wir müssen ihn zum Turm schaffen.«

»Aber wie? Der wiegt bestimmt seine achtzig Kilo. Ich kann ihn nicht alleine zum Felssturz hochschieben. Und Sie werden mir kaum helfen können, wenn Sie mit der Pistole in der Hand hinter mir hergehen. Und was ist mit den Radspuren?«

»Die spült der Regen wieder weg. Und wir gehen nicht die Landspitze hoch. Wir nehmen die Küstenstraße und kommen über die Felsen zum Turm wie neulich, als wir Anstey gerettet haben. Sobald ich euch beide im Kofferraum habe, werde ich durch mein Fernglas nach Mrs. Reynolds Ausschau halten. Sie fährt mit dem Fahrrad vom Dorf hierher, und sie ist immer auf die Minute pünktlich. Wir sollten es so einrichten, daß wir sie direkt vorm Gittertor treffen. Ich werde anhalten und ihr sagen, daß ich zum Essen nicht wieder da bin. Dieser kurze Schwatz dürfte seinen Eindruck auf den Untersuchungsrichter nicht verfehlen, falls man eure Leichen jemals findet und es zu einer Voruntersuchung kommen sollte. Und zum Schluß, wenn ich diese lästige Angelegenheit hinter mir habe, werde ich zu einem späten Frühstück nach Dorchester fahren.«

»Mit dem Rollstuhl und der Plasthülle im Kofferraum?«

»Mit dem Rollstuhl und der Plasthülle im verschlossenen Kofferraum. Ich werde mir für den ganzen heutigen Tag ein Alibi verschaffen und am Abend nach Gut Toynton zurückkommen. Und ich werde nicht vergessen, die Plasthülle abzuwaschen, bevor ich sie zurückbringe, Ihre Fingerabdrücke vom Rollstuhl zu wischen und den Fußboden auf Blutspuren zu untersuchen. Und natür-

lich die Patronenhülse aufzusammeln. Hatten Sie gehofft, daß ich das vergessen würde? Keine Sorge, Kommissar. Ich bin mir durchaus im klaren, daß ich zu diesem Zeitpunkt meine weiteren Pläne ohne Ihre
geschätzte Mithilfe machen werde, aber dank Ihnen
habe ich ja ein oder zwei Tage Zeit, mir die Einzelheiten
genauer auszudenken. Ich möchte gern noch ein oder
zwei Raffinessen einbauen. Ich überlege mir, ob ich aus
der zertrümmerten Büste nicht was machen kann.
Könnte sie nicht das Motiv für Philbys Mord an Ihnen
abgeben?«

»Ich würde alles so einfach wie möglich lassen.«

»Vielleicht haben Sie recht. Meine ersten beiden
Morde waren Muster an Einfachheit, und das war nicht
das Schlechteste. Jetzt schaffen Sie ihn in den Koffer-
raum von meinem Mercedes. Er steht hinter dem Haus.
Aber erst noch mal rein in die Waschküche. In der
Waschmaschine liegen zwei Bettücher. Holen Sie das
oberste heraus. Ich möchte keine Fusseln und keinen
Dreck von den Schuhen im Auto haben.«

»Wird Mrs. Reynolds nicht merken, daß ein Bettuch
fehlt?«

»Sie wäscht und bügelt erst morgen. Eine Frau mit
einer strikten Arbeitseinteilung. Bis heute abend habe
ich es wieder hingelegt. Verschwenden Sie keine Zeit.«

Julius mußte jede Sekunde registrieren, dachte Dalgliesh, trotzdem verriet seine Stimme keine Angst. Er
sah kein einziges Mal auf seine Armbanduhr und auch
nicht auf die Küchenuhr an der Wand. Er hielt seinen
Blick und die Mündung der Luger unverwandt auf sein
Opfer gerichtet. Auf irgendeine Weise mußte seine Aufmerksamkeit abgelenkt werden. Die Zeit verrann.

Der Mercedes stand vor der Garage. Auf Julius' Anweisung machte Dalgliesh den Kofferraum auf und breitete das zerknitterte Bettuch auf dem Boden aus. Es war
kein Problem, Philbys Leiche aus dem Rollstuhl hinein-
fallen zu lassen. Dalgliesh klappte den Rollstuhl zusammen und legte ihn auf die Leiche.

»Jetzt legen Sie sich daneben.«

War das vielleicht die beste Gelegenheit, möglicherweise sogar die letzte Gelegenheit zum Handeln? Hier

vor Julius' eigenem Haus, das Mordopfer in seinem Auto, ein klarer Tatbestand. Aber klar für wen? Dalgliesh wußte, wenn er jetzt auf Julius losging, würde er nichts gewinnen, als eine Sekunde lang von seiner Wut und seiner Frustration befreit zu sein, bevor die Kugel ihn traf. Zwei Leichen anstatt einer würden zum schwarzen Turm geschafft und dort ins tiefe Wasser geworfen werden. Vor seinem inneren Auge konnte er Julius in einsamer Siegerpose oben an der Felsenkante stehen sehen, während die Pistole wie ein herabstürzender Vogel in sanftem Schwung durch die Luft flog und in die rollenden Wellen tauchte, unter denen zwei Leichen von der zurückflutenden Strömung zerfetzt und zerschunden wurden. Der Plan würde durchgeführt werden. Es würde etwas umständlicher sein und etwas länger dauern, da Julius zwei Leichen allein über die Landspitze bringen mußte. Aber wer würde ihn daran hindern? Mrs. Reynolds sicherlich nicht, auch wenn sie jetzt vom Dorf herübergeradelt kam. Und wenn sie Verdacht schöpfte, wenn sie nur beiläufig erwähnte, während sie abstieg, um Julius zu begrüßen, daß sie so etwas wie einen Schuß gehört hatte? Dann waren immer noch zwei Kugeln in der Pistole. Und er war nicht mehr sicher, daß Julius noch bei Verstand war.

Aber wenigstens etwas konnte er jetzt noch tun – etwas, das er sich schon vorher ausgedacht hatte. Aber es würde nicht einfach sein. Er hatte gehofft, daß ihn der Kofferraumdeckel wenigstens teilweise für ein paar Sekunden vor Julius' Blicken schützen würde. Aber Julius stand direkt hinter dem Auto. Dalgliesh war ganz zu sehen. Aber einen Vorteil hatte er. Die grauen Augen ließen ihn nicht los, wagten nicht, sein Gesicht loszulassen. Wenn er schnell war und geschickt und ein bißchen Glück hatte, konnte er es schaffen. Er legte die Hände wie zufällig an die Hüften. Er fühlte den leichten Druck seiner Lederbrieftasche am Gesäß. Julius sagte mit gefährlicher Ruhe: »Ich habe gesagt, Sie sollen sich dazulegen. Dem Risiko, Sie beim Fahren noch mehr in meiner Nähe zu haben, setze ich mich nicht aus.«

Dalglieshs rechter Daumen und Zeigefinger drehten jetzt am hinteren Hosenknopf. Gott sei Dank war das

Knopfloch ziemlich ausgeleiert. Er sagte: »Dann würde ich Ihnen empfehlen, schnell zu fahren, wenn Sie nicht wollen, daß eine der beiden Leichen der Polizei ein zusätzliches Rätsel aufgibt, weil sie erstickt ist.«

»Ein oder zwei Tage im Meer, und Sie haben die Lungen so voll Wasser, daß keiner mehr daraufkommen wird.«

Der Knopf war jetzt offen. Er schob den rechten Zeigefinger und den Daumen ein Stück in die Tasche und griff nach der Brieftasche. Jetzt hing alles davon ab, daß sie sich leicht herausziehen ließ, daß er sie unbemerkt hinters Rad fallen lassen konnte. Er sagte: »Sie wissen, daß das nicht der Fall sein wird. Die Obduktion wird klar zutage bringen, daß ich schon tot war, bevor ich mit dem Wasser überhaupt in Berührung gekommen bin.«

»Das werden Sie auch sein, mit einer Kugel im Körper. Und wenn man das bedenkt, glaube ich kaum, daß man noch nach irgendwelchen Anzeichen suchen wird, ob Sie vielleicht erstickt sind. Aber ich danke Ihnen für die Warnung. Ich werde schnell fahren. Und jetzt machen Sie, daß Sie da reinkommen.«

Dalgliesh zuckte die Achseln und beugte sich mit plötzlicher Entschlossenheit vor, um in den Kofferraum zu steigen, so als hätte er für den Augenblick die Hoffnung fahrenlassen. Er legte die linke Hand auf den Kotflügel. Wenigstens an dieser Stelle würde man den Abdruck einer Hand finden, der sich nicht so leicht erklären ließ. Aber da fiel es ihm wieder ein. Er hatte die Hand auf den Kotflügel gelegt, als er den Schäferstab, die Säcke und den Besen in den Kofferraum getan hatte. Es war nur eine kleine Entmutigung, aber die drückte ihn nieder. Er ließ die rechte Hand herunterhängen, und die Brieftasche rutschte ihm aus den Fingern und fiel unter das rechte Hinterrad. Nichts erfolgte, kein gefährlich ruhiges Kommandowort. Kein Satz, keine Bewegung, und er war noch am Leben. Mit etwas Glück würde er jetzt am Leben bleiben, bis sie den schwarzen Turm erreichten. Er mußte über die Ironie des Schicksals lächeln, daß er sich jetzt über ein Geschenk freute, das er knapp einen Monat zuvor so widerwillig entgegengenommen hatte.

Der Kofferraumdeckel wurde zugeschlagen. Er war in völlige Finsternis, in völliges Schweigen eingeschlossen. Einen Augenblick lang überkam ihn panische Angst, der unwiderstehliche Drang, seinen zusammengekrümmten Körper auszustrecken und mit den Fäusten gegen das Blech zu hämmern. Der Wagen bewegte sich nicht. Julius war jetzt frei, seinen Zeitplan zu überprüfen. Philbys Leiche drückte schwer gegen ihn. Er konnte den Geruch des Toten riechen, als ob er noch am Leben wäre. Eine Mischung aus Schmieröl, Mottenkugeln und Schweiß, die Luft im Kofferraum war angefüllt von seiner Gegenwart. Einen Augenblick fühlte er sich schuldig, daß Philby tot war und er noch lebte. Hätte er ihn retten können, wenn er ihn durch einen Zuruf gewarnt hätte? Er wußte, daß das nur für sie beide das Ende bedeutet hätte. Philby wäre hereingekommen; er mußte hereinkommen. Und selbst wenn er sich umgedreht hätte und weggelaufen wäre, Julius wäre ihm gefolgt und hätte ihn erledigt. Aber jetzt empfand er das kalte feuchte Fleisch, das gegen ihn drückte, und die Haare auf dem schlaffen Handgelenk, die steif waren wie Borsten, als einen quälenden Vorwurf. Der Wagen schaukelte leicht und setzte sich in Bewegung.

Er konnte nicht wissen, ob Julius die Brieftasche gesehen und aufgehoben hatte; er hielt es für unwahrscheinlich. Aber würde Mrs. Reynolds sie finden? Sie lag auf ihrem Weg. Sie würde mit ziemlicher Sicherheit vor der Garage vom Fahrrad steigen. Wenn sie die Brieftasche fand, würde sie kaum ruhen, bis sie sie zurückgegeben hatte. Er dachte an seine Mrs. Mack, die Witwe eines Londoner Polizeibeamten, die bei ihm saubermachte und gelegentlich für ihn kochte; an ihre fast krankhafte Ehrlichkeit, ihre peinliche Sorgfalt mit den Sachen ihres Auftraggebers, die ständigen Briefchen mit Erklärungen über fehlende Wäschestücke, die gestiegenen Lebensmittelpreise, einen verlorengegangenen Manschettenknopf. Nein, Mrs. Reynolds würde kaum Ruhe geben, solange sie die Brieftasche hatte. Er hatte bei seinem letzten Besuch in Dorchester einen Scheck eingelöst; die drei Zehnpfundnoten, das Päckchen Kreditkarten, sein Dienstausweis – das alles würde ihr ganz besonderes

Kopfzerbrechen bereiten. Möglicherweise würde es ein Weilchen dauern, bevor sie nach »Haus Hoffnung« ging. Und was war, wenn sie ihn dort nicht fand? Wahrscheinlich würde sie, erschocken darüber, daß er den Verlust eher bemerken könnte, als sie ihren Fund gemeldet hatte, das Polizeirevier anrufen. Und die Polizei? Wenn er Glück hatte, würde es ihnen spanisch vorkommen, daß die Brieftasche ausgerechnet da lag, wo Mrs. Reynolds über sie stolpern mußte. Ob sie nun argwöhnisch wurden oder nicht, sie würden auf jeden Fall so höflich sein, sich sofort mit ihm in Verbindung zu setzen. Vielleicht riefen sie sogar im Gutshaus an, da »Haus Hoffnung« telefonisch nicht zu erreichen war. Sie würden feststellen, daß das Telefon unerklärlicherweise gestört war. Er hatte zumindest eine reelle Chance, daß sie sogar einen Streifenwagen hinschickten, und wenn gerade einer in der Nähe war, konnte er schnell dasein. Eine Handlung mußte logischerweise auf die andere folgen. Und ein Quentchen Glück hatte er. Mrs. Reynolds war die Witwe des ehemaligen Dorfpolizisten, wie er wußte. Sie würde zumindest keine Angst haben, das Telefon zu benutzen, und sie würde wissen, an wen sie sich wenden mußte. Sein Leben hing davon ab, daß sie die Brieftasche fand. Ein Stückchen braunes Leder auf dem gepflasterten Hof. Und das Licht wurde immer trüber unter dem unheildrohenden Himmel.

Julius fuhr auch auf der holprigen Landspitze sehr schnell. Der Wagen hielt an. Jetzt würde er das Gittertor aufmachen. Erneut eine kurze Fahrt, und wieder hielt der Wagen an. Jetzt mußte er Mrs. Reynolds getroffen haben und das kurze Schwätzchen mit ihr halten. Jetzt fuhren sie wieder weiter, diesmal mit einer glatten Straße unter den Rädern.

Es gab noch etwas, das er tun konnte. Er drehte die Hand unter seiner Wange und biß sich in den linken Daumen. Das Blut schmeckte warm und süß. Er schmierte es an den Kofferraumdeckel und preßte den Daumen, nachdem er das Bettuch beiseite geschart hatte, gegen den Bodenbelag. Blutgruppe AB, Rhesus negativ. Eine ziemlich seltene Blutgruppe. Wenn er Glück hatte, würde Julius diese winzigen verräterischen

Flecken übersehen. Er hoffte, die Beamten von der Spurensicherung würden etwas scharfsichtiger sein.

Er hatte jetzt das Gefühl, ersticken zu müssen, sein Kopf dröhnte. Er sagte sich, daß er genug Luft bekam, daß dieser Druck auf seiner Brust nur ein seelischer Schock war. Und dann begann der Wagen leicht zu schaukeln, und er wußte, daß Julius die Straße verließ und in die Mulde hinter dem kleinen Steinwall fuhr, der die Straße von der Landspitze abgrenzte. Es war ein geeigneter Platz zum Halten. Selbst wenn ein anderer Wagen vorbeikam, was kaum passieren würde, war der Mercedes nicht zu sehen. Sie waren am Ziel. Die letzte Etappe ihres Wegs stand unmittelbar bevor.

Nur knapp hundertfünfzig Meter unebenes, mit Steinen übersätes Grasland trennte sie von der Stelle, wo der schwarze Turm sich feindselig und gedrungen unter dem unheildräuenden Himmel erhob. Dalgliesh wußte, daß Julius daran liegen würde, den Weg nur einmal zu machen. Er würde so schnell wie möglich ganz außer Sichtweite der Straße kommen wollen. Er würde die Sache hinter sich bringen wollen, damit er von hier verschwinden konnte. Was noch wichtiger war, er durfte mit keinem seiner Opfer in unmittelbare Berührung kommen. Ihre Kleider würden nichts mehr verraten, wenn man ihre aufgetriebenen Leichen schließlich aus dem Meer fischte. Aber Julius würde wissen, wie schwer die mikroskopischen Spuren von Haaren, Fasern und Blut ohne die verräterische chemische Reinigung von seinen eigenen Kleidern zu entfernen waren. Bis jetzt war er völlig sauber. Das würde eine seiner Trumpfkarten sein. Dalgliesh würde zumindest so lange am Leben bleiben, bis sie den überdachten Eingang des Turms erreichten. Er war sich dessen so sicher, daß er Philbys Leiche in aller Ruhe am Rollstuhl festband. Dann stützte er sich einen Augenblick schweratmend auf die Griffstange, wobei er sich erschöpfter stellte, als er in Wirklichkeit war. Irgendwie mußte er sich trotz der anstrengenden Schieberei seine Kräfte bewahren. Julius schlug den Kofferraumdeckel zu und sagte: »Beeilen Sie sich. Das Unwetter ist schon fast über uns.«

Aber er wandte seinen erstarrten Blick nicht zum

Himmel, und das war auch nicht nötig. Man konnte den Regen in der auffrischenden Brise fast riechen.

Obwohl die Räder des Rollstuhls gut geölt waren, ging es nur mühsam voran. Dalglieshs Hände rutschten auf den Gummigriffen. Philbys Körper, wie ein ungebärdiges Kind im Rollstuhl festgebunden, ruckte und schlenkerte bei jedem Stein und jedem Grasbüschel hin und her. Dalgliesh spürte, wie ihm der Schweiß in die Augen rann. Das gab ihm die Gelegenheit, die er brauchte, seine Jacke loszuwerden. Wenn es zum letzten Ringkampf zwischen ihnen beiden kam, würde derjenige im Vorteil sein, der sich ungehindert bewegen konnte. Er hörte auf zu schieben und blieb keuchend stehen. Die Füße hinter ihm blieben ebenfalls stehen.

Jetzt konnte es passieren. Es gab nichts, was er tun konnte, wenn es passierte. Er tröstete sich mit dem Gedanken, daß er nichts davon merken würde. Ein Druck von Julius' Finger auf den Abzug und sein geschäftiger angstvoller Geist hätte seine Ruhe. Er erinnerte sich an Julius' Worte. »Ich weiß, was mich nach meinem Tod erwartet, das Nichts. Es wäre unvernünftig, sich davor zu fürchten.« Wenn es nur so einfach wäre! Aber Julius drückte nicht ab. Die gefährliche Stimme hinter ihm sagte: »Was ist los?«

»Mir ist heiß. Kann ich meine Jacke ausziehen?«

»Bitte. Legen Sie sie über Philbys Knie. Ich werfe sie Ihnen nach ins Meer. Die Strömung würde sie Ihnen sowieso vom Leib reißen.«

Dalgliesh schlüpfte aus seiner Jacke und legte sie zusammengefaltet über Philbys Knie. Er sagte, ohne sich umzusehen: »Es wäre unklug von Ihnen, mich in den Rücken zu schießen. Philby war sofort tot. Es muß so aussehen, als hätte er zuerst geschossen, mich aber nur verletzt, bevor ich ihm die Pistole entrissen und ihn erschossen habe. Kein Kampf, bei dem nur eine Pistole im Spiel ist, kann logischerweise mit dem sofortigen Tod beider Beteiligten enden.«

»Ich weiß. Im Gegensatz zu Ihnen bin ich vielleicht unerfahren, was die krasseren Erscheinungsformen der Gewalt angeht, aber ich bin nicht dumm, und mit Schußwaffen kenne ich mich aus. Also los jetzt, weiter.«

Sie gingen in sorgfältig gewahrtem Abstand weiter. Dalgliesh schob seine grause Last und hörte hinter sich das leise Rascheln der Füße, die ihm folgten. Er entdeckte, daß er an Peter Bonnington dachte. Weil man einen jungen Mann, den er gar nicht kannte und der inzwischen tot war, von Gut Toynton weggebracht hatte, marschierte er, Adam Dalgliesh, jetzt mit einer Kanone im Rücken über Toynton Head. Pater Baddeley hätte einen Plan darin erkannt. Aber andererseits hatte Pater Baddeley daran geglaubt, daß allem ein großer Plan zugrunde lag. Wenn man diesen Glauben hatte, waren alle menschlichen Verstrickungen nichts weiter als göttliche Geometrie.

Plötzlich begann Julius zu sprechen. Dalgliesh konnte sich vorstellen, daß er das Bedürfnis hatte, sein Opfer auf diesem letzten mühsamen Gang zu unterhalten, daß er versuchen wollte, sich zu rechtfertigen. »Ich kann nicht wieder arm sein. Ich brauche Geld wie die Luft zum Atmen. Und nicht nur so viel, daß es gerade reicht. Ich brauche mehr. Viel mehr. Armut tötet. Ich habe keine Angst vor dem Tod, aber vor diesem langsamen und schleichenden Prozeß des Sterbens, davor habe ich Angst. Sie haben sie mir nicht geglaubt, nicht wahr – die Geschichte von meinen Eltern?«

»Nicht ganz. Haben Sie etwas anderes erwartet?«

»Eines zumindest hat gestimmt. Ich könnte Ihnen in Westminster Kneipen zeigen – du lieber Gott, wahrscheinlich kennen Sie sie – und Ihnen vor Augen führen, wovor ich Angst habe. Die jämmerlichen alten Tunten, die mit ihrer Rente gerade noch auskommen. Oder auch nicht auskommen. Und diese armen Schweine wissen noch nicht einmal, wie es ist, wenn man Geld hat. Aber leben kann ich nur, wenn ich reich bin. Haben Sie wirklich geglaubt, ich würde mich von einem alten kranken Esel und einer sterbenden Frau aufhalten lassen?«

Dalgliesh gab keine Antwort; statt dessen fragte er: »Sie sind wohl auch auf diesem Weg hierhergekommen, als Sie das Feuer im Turm gelegt haben.«

»Natürlich. Ich habe es so gemacht wie wir heute. Ich bin bis zur Mulde gefahren und zu Fuß hierhergekommen. Ich wußte, um welche Zeit Wilfred, der ein Gewohnheitstier ist, im Turm sein würde, und beobachtete durch mein Fernglas, wie er über die Landspitze ging. Wenn es nicht an dem Tag passiert wäre, dann an irgendeinem anderen. Es war kein Problem, mir den Schlüssel und eine Kutte zu beschaffen. Das habe ich am Tag vorher getan. Jeder, der sich ein bißchen beim Gutshaus auskennt, kann sich unbemerkt dort bewegen. Und selbst wenn ich gesehen worden wäre, hätte ich meine Anwesenheit nicht erklären müssen. Ich gehörte, wie Wilfred sagt, zur Familie. Darum war der Mord an Grace Willison auch so einfach. Ich war schon kurz nach Mitternacht wieder zu Hause in meinem Bett, ohne daß das Ganze mehr bei mir hinterlassen hätte als kalte Füße und leichte Einschlafschwierigkeiten. Übrigens muß ich ihnen sagen, falls Sie irgendwelche Zweifel haben, daß Wilfred von dem Rauschgiftschmuggel keine Ahnung hat. Wenn ich sterben sollte und Sie am Leben bleiben, anstatt umgekehrt, könnten Sie sich auf das Vergnügen freuen, diese Neuigkeit unter die Leute zu bringen. Beide Neuigkeiten. Daß sein Wunder eine Täuschung war und sein Domizil der Nächstenliebe eine Zwischenstation für den Tod. Ich würde einiges dafür geben, sein Gesicht zu sehen.«

Sie waren jetzt nur noch wenige Meter vom schwarzen Turm entfernt. Ohne erkennbar die Richtung zu ändern, dirigierte Dalgliesh den Rollstuhl, soweit er es riskieren konnte, zum überdachten Eingang hin. Der Wind steigerte sich langsam in kurzen, ächzenden Crescendi. Aber andererseits ging auf diesem ungeschützten Landvorsprung, wo es nur Gras und Steine gab, immer eine Brise. Plötzlich blieb er stehen. Er hielt mit der linken Hand den Rollstuhl fest und wandte sich, sorgsam sein Gewicht ausbalancierend, halb zu Julius um. Es war soweit. Jetzt mußte es sein.

Julius sagte scharf: »Heh, was ist los?«

Die Zeit blieb stehen. Der Augenblick wurde angehalten zu unendlicher Dauer. In diesem kurzen Vakuum außerhalb der Zeit zog alle Angst und Spannung aus Dalgliesh ab. Es war, als sei er, abgelöst von Vergangenheit und Zukunft, in einem Bewußtsein, das zugleich ihn selbst, seinen Gegner, die Laute, den Geruch und die

Farbe des Himmels, der Steilküste und des Meers umfaßte. Der aufgestaute Zorn über Pater Baddeleys Tod, die Frustration und Unentschlossenheit der letzten paar Wochen, die unterdrückte Unruhe der vergangenen Stunden, all das war jetzt wie ausgelöscht, bevor es endgültig aus ihm hervorbrach. Er sprach mit schriller, Entsetzen heuchelnder Stimme. Aber selbst in seinen eigenen Ohren klang dies Entsetzen grausig echt. »Der Turm! Es ist jemand im Turm!«

Und dann war es wieder da, genau wie er so sehnlich gehofft hatte, Knochenstümpfe, aus zerfetztem Fleisch hervordringend, kratzten wie rasend am harten Stein. Das scharfe Zischen, mit dem Julius den Atem einzog, spürte er mehr, als daß er es hörte. Dann lief die Zeit weiter. In diesem Augenblick griff Dalgliesh an.

Während sie zu Boden stürzten, Julius' Körper unter seinem, spürte Dalgliesh den Hammerschlag gegen seine rechte Schulter, die plötzliche Benommenheit, die klebrige Wärme, lindernd wie ein Balsam, die in sein Hemd rann. Der Schuß hallte vom schwarzen Turm wider, und es wurde unruhig auf der Landspitze. Ein Schwarm Seemöwen erhob sich kreischend von den Felsvorsprüngen. Himmel und Steilküste waren ein einziger Tumult heftig schlagender Flügel. Und dann, als hätten die aufgestauten Wolken auf dieses Signal gewartet, barst der Himmel mit dem Geräusch zerreißender Leinwand, und der Regen strömte herunter.

Sie kämpften wie ausgehungerte Tiere, die sich auf ihre Beute stürzen, ungeschickt, vom Regen geblendet, haßwütig ineinander verbissen.

Dalgliesh spürte, wie seine Kräfte nachließen, obwohl er Julius unter sich hatte. Jetzt mußte es passieren, jetzt, solange er oben lag. Und er konnte seine heile linke Schulter noch gebrauchen. Er preßte Julius' Handgelenk in die aufgeweichte Erde und drückte ihm mit aller Kraft die Pulsader ab. Er fühlte Julius' Atem wie einen Feuerhauch auf seinem Gesicht. Sie lagen Wange an Wange in einer gräßlichen Parodie der Liebeserfüllung. Und noch immer entfiel die Pistole nicht den zusammengekrümmten Fingern. Langsam, mit schmerzhafter Anstrengung, bog Julius seinen rechten Arm auf Dalglieshs Kopf zu. Und die Pistole ging los. Dalgliesh spürte, wie die Kugel über sein Haar hinwegstrich, um sich dann, ohne weiteren Schaden anzurichten, im strömenden Regen zu verlieren.

Und jetzt rollten sie auf die Steilwand zu. Dalgliesh, dessen Kräfte zu schwinden begannen, spürte, daß er sich wie haltsuchend an Julius klammerte. Der Regen war eine stechende Lanzette auf seinen Augäpfeln. Seine Nase war in den aufgeweichten Boden gepreßt, so daß er keine Luft mehr bekam. Erde. Ein tröstlicher und vertrauter letzter Geruch. Beim Herumrollen griffen seine Finger hilflos nach einem Halt im Gras. Es blieb in feuchten Klumpen in seinen Händen zurück. Und plötzlich kniete Julius mit den Händen an seiner Kehle auf ihm und drückte seinen Kopf über die Felskante. Der Himmel, das Meer und der strömende Regen waren eine einzige wirbelnde Weiße, ein ungeheueres Tosen in seinen Ohren. Julius' triefendes Gesicht war außerhalb seiner Reichweite, die versteiften Arme übertrugen das ganze Körpergewicht auf die unbarmherzig würgenden Hände. Er mußte dieses Gesicht dichter an sich heranbekommen. Er entspannte bewußt seine Muskeln und gab den ohnehin versagenden Druck auf Julius' Schultern auf. Es funktionierte. Julius lockerte seinen Griff und beugte sich instinktiv über Dalglieshs Gesicht. Dann schrie er auf, als Dalglieshs Daumen ihm in die Augen stachen. Ihre Körper prallten auseinander. Sofort war Dalgliesh auf den Füßen und stolperte über die Landspitze, um sich hinter den Rollstuhl zu werfen.

Er kauerte sich dahinter zusammen, lehnte sich schweratmend gegen das durchnäßte Segeltuch und beobachtete, wie Julius auf ihn zukam, mit triefenden Haaren, irrem Blick, die kräftigen Arme ausgestreckt, begierig auf den letzten, den tödlichen Würgegriff. Hinter ihm der Turm verströmte schwarzes Blut. Der Regen klatschte gegen die Mauer und zerstob zu einem feinen Gesprüh, das sich mit rasselndem Atem vermischte. Das rhythmische Keuchen schnitt ihm in die Lungen und betäubte seine Ohren wie der Todeskampf eines Großwilds. Plötzlich löste er die Bremsen und stieß den Rollstuhl mit letzter Kraft vorwärts. Er sah die erstaunten und verzweifelten Blicke seines Mörders. Eine Sekunde lang dachte er, daß Julius sich dem Rollstuhl entgegenwerfen würde. Aber er sprang im letzten Moment zur Seite, und der Rollstuhl segelte mitsamt seiner schrecklichen Last über die Felskante.

»Finde mal dafür eine Erklärung, wenn der rausgefischt wird!«

Dalgliesh wußte hinterher nicht, ob er die Worte zu sich selbst gesprochen oder laut herausgeschrien hatte. Und dann war Julius über ihm.

Das war das Ende. Er wehrte sich nicht mehr, sondern ließ es widerstandslos geschehen, daß er hinab und dem Tod entgegengerollt wurde. Alles, was er jetzt noch hoffen konnte, war, Julius mit sich in die Tiefe zu reißen. Rauhe, mißtönende Schreie verletzten seine Ohren. Die Menge schrie nach Julius. Die ganze Welt schrie. Die Landspitze war von Stimmen, von Gestalten erfüllt. Plötzlich ließ der Druck auf seiner Brust nach. Er war frei. Er hörte, wie Julius »O nein!« flüsterte. Dalgliesh hörte den traurigen, hoffnungslosen Protest so deutlich, als wäre es seine eigene Stimme gewesen. Es war nicht der letzte fassungslose Aufschrei eines Verzweifelten. Die Worte klangen ruhig, niedergeschlagen, fast ein wenig amüsiert. Dann wurde es dunkel um ihn, als hätte sich ein großer schwarzer Vogel auf ihn herabgesenkt, der mit ausgebreiteten Schwingen wie in Zeitlupe über ihn hinwegflog. Erde und Himmel begannen sich langsam zu drehen. Eine einsame Seemöwe kreischte. Die Erde erdröhnte. Ein weißer Kreis gestaltloser Flecken beugte sich über ihn. Aber der Boden war weich, unwiderstehlich weich. Er ließ sein Bewußtsein hineinsikkern.

# 4

Der Chirurg kam aus Dalglieshs Zimmer und trat zu einer Gruppe hochgewachsener breitschultriger Männer, die auf dem Flur den Durchgang versperrten.

»Etwa in einer halben Stunde ist er so weit, daß Sie ihn vernehmen können. Wir haben die Kugel entfernt. Ich habe Sie Ihrem Kollegen ausgehändigt. Wir haben ihn an den Tropf gehängt, aber machen Sie sich keine Sorgen deswegen. Er hat ziemlich viel Blut verloren, aber es ist ihm nichts Ernstliches passiert. Sie können jetzt ruhig zu ihm reingehen.«

Daniel fragte: »Ist er bei Bewußtsein?«

»Kaum. Ihr Kollege drinnen sagt, er hätte *König Lear* zitiert. Jedenfalls irgend etwas mit Cordelia. Und es quält ihn, daß er sich nicht für die Blumen bedankt hat.«

»Gott sei Dank braucht er diesmal noch keine Blumen. Dafür kann er sich bei Mrs. Reynolds, ihren scharfen Augen und ihrem gesunden Menschenverstand bedanken. Und das Unwetter hat auch noch mitgeholfen. Aber es hätte nicht viel gefehlt. Court hätte ihn mit sich in die Tiefe gerissen, wenn wir nicht bei ihnen gewesen wären, bevor er uns bemerkt hat. Also, dann können wir ja auch zu ihm reingehen, wenn Sie meinen, daß es ihm nicht schadet.«

Ein uniformierter Polizeibeamter kam mit dem Helm unter dem Arm herein.

»Ja?«

»Der Polizeichef ist auf dem Weg hierher, Sir. Und sie haben Philbys Leiche in einem Rollstuhl hängend herausgefischt.«

»Und was ist mit Court?«

»Den haben sie noch nicht gefunden, Sir. Sie nehmen an, daß er weiter unten an der Küste angetrieben wird.«

Dalgliesh machte die Augen auf. Sein Bett war von schwarzen und weißen Gestalten umringt, die sich in einem rituellen Tanz vor und zurück bewegten. Schwesternhäubchen schwebten wie körperlose Flügel über den verschwommenen Gesichtern, als seien sie im Ungewissen darüber, wo sie sich niederlassen sollten. Dann wurde das Bild deutlicher, und er sah den Kreis halbwegs bekannter Gesichter. Natürlich, die Oberschwester war da. Und der behandelnde Arzt war früh von der Hochzeit zurückgekommen. Er hatte jetzt keine Rose mehr im Knopfloch. Auf allen Gesichtern erschien gleichzeitig ein abwartendes Lächeln. Also war es keine akute Leukämie. Es war überhaupt keine Leukämie. Er würde wieder gesund werden. Und sobald sie den schweren Apparat wieder abnahmen, den sie aus irgend-einem Grund an seinem rechten Arm angebracht hatten, konnte er aufstehen und wieder an seine Arbeit gehen. Fehldiagnose oder nicht, es war nett von ihnen, dachte er schläfrig, sich so darüber zu freuen, daß er nun doch nicht sterben würde.

# Inhalt

# K-Reihe

## PROGRAMM '89

Arkadi Adamow
(Sowjetunion)

Der verschwundene Hotelgast
Kriminalroman
3. Auflage

Raymond
Chandler
(USA)

Gefahr ist mein Geschäft
Ausgewählte Kriminalstories
1936–1959
2. Auflage

P. D. James
(Großbritannien)

Der schwarze Turm
Kriminalroman

Georges Simenon
(Belgien)

Kommissar Maigret und
die Frauen
Kriminalromane
2. Auflage

Maj Sjöwall /
Per Wahlöö
(Schweden)

Der Mann, der sich in Luft
auflöste
Kriminalroman

Olov Svedelid
(Schweden)

Die Opfer
Kriminalroman
2. Auflage

Arkadi und
Georgi Wainer
(Sowjetunion)

Tödliches Telegramm / Messer
im Schweinwerferlicht
Kriminalromane

Verlag Volk und Welt
Berlin

# ex libris Volk und Welt

Eine Sammlung klassischer
Texte der Weltliteratur des
20. Jahrhunderts

PROGRAMM '89

| | |
|---|---|
| Umberto Eco (Italien) | Der Name der Rose Roman |
| Milán Füst (Ungarn) | Die Geschichte meiner Frau Roman |
| Gabriel García Márquez (Kolumbien) | Hundert Jahre Einsamkeit Roman |
| Jean Genet (Frankreich) | Tagebuch eines Diebes |
| Ken Kesey (USA) | Einer flog über das Kuckucksnest Roman |
| Adolf Muschg (Schweiz) | Texte Erzählungen / Literatur als Therapie? |
| Vladimir Nabokov (USA) | Lolita Roman |
| Juri Trifonow (Sowjetunion) | Zeit und Ort / Das umgestürzte Haus |

Verlag Volk und Welt
Berlin